Artur Becker

Kino Muza

Roman

Hoffmann und Campe

1. Auflage 2003
Copyright © 2003 by
Hoffmann und Campe Verlag, Hamburg
www.hoffmann-und-campe.de
Schutzumschlaggestaltung:
Büro Hamburg/Susanne Schwarz
Umschlagfoto: Dreyer/stone/getty images
Satz: Buch-Werkstatt GmbH, Bad Aibling
Druck und Bindung: Clausen & Bosse, Leck
Printed in Germany
ISBN 3-455-00434-2

Ein Unternehmen der
GANSKE VERLAGSGRUPPE

Der Autor dankt seiner Lektorin Anna Brauckmann sowie dem Literaturrat Niedersachsen e. V., Hannover, und dem Kulturminister des Landes Niedersachsen für die Förderung der Arbeit am vorliegenden Text.

Jegliche Ähnlichkeit mit lebenden oder verstorbenen Personen ist in »Kino Muza« rein zufällig und vom Autor nicht beabsichtigt.

Dla M., którą kocham.

»Was groß war, hat sich als klein erwiesen.
Reiche verblassten wie verschneites Kupfer.«
Czesław Miłosz in »Was groß war« (1959)

»Sie werden bald ein sehr einsamer Mensch sein …«
*Higgins, stellvertretender Direktor New York WTC,
(Cliff Robertson) zu Joe Turner, Deckname Condor,
(Robert Redford) in »Die drei Tage des Condor«
(1975) im Kino Muza*

»situations
new misty misty misty misty misty situations
new misty misty misty misty misty situations
new misty misty misty misty misty situations
new misty misty misty misty misty situations«
*Republika in »New Situations« auf ihrer LP »1984«
(1984)*

PROLOG

DEUTSCHLAND WAR WIE SODBRENNEN. Nachts wachte man auf und saß senkrecht im Bett, mit erhobenem Haupt, wie am Schreibtisch, um der Hitze in der Speiseröhre zu entwischen. Nein, vielleicht nicht mit erhobenem Haupt, es gab in diesem Land viele Fragen zu beantworten, die nicht gerade einfach waren. Zumindest, wenn sie sich an einen, der Antek Haack hieß, richteten.

Die erste Frage fiel in Friedland, im Grenzdurchgangslager, das immer noch in Betrieb war. In den Büros hingen an den Wänden sonderbare, geopolitische Karten: Ostpreußen, Danzig, Breslau und Schlesien gehörten darauf zu Deutschland, obwohl die Karten nach 1945 gedruckt worden waren.

»Kennen Sie jemanden, bei dem Sie wohnen könnten?«, hatte ihn ein Beamter im Plastikpullover von C&A gefragt. »Falls nicht ...«

Natürlich kannte er jemanden. Aber falls nicht ..., wäre er in einem Spätaussiedlerheim einquartiert worden. Antek Haack hätte ein ehemaliges Landbordell in Ahausen im Allertal geblüht. Der Bordellbesitzer sei mit seinem Gefolge umgezogen, hatte der Beamte in Friedland gemeint.

Per Einweisung Nr. 2575257 und mit einer einmaligen Unterstützung (Begrüßungsgabe der Bundesregierung) von 150,– DM (plus Überbrückungsgeld von 30,– DM) wurde Antek aber nach Bremen eingewiesen. Er hatte angegeben, dass er in Bremen gemeldet und wohnhaft sei, bei einer gewissen Lucie Weigert.

In Wirklichkeit hatte er sich noch nicht getraut, an ihre Tür zu klopfen. Er hatte sich stattdessen eine billige Bleibe in einem ehemaligen Güterbahnhof gesucht. Der ganze Gebäudekomplex aus den Sechzigerjahren, der in unmittelbarer Nachbarschaft zum Hauptbahnhof lag, wurde von jungen Künstlern genutzt, die Antek Haack beargwöhnten: »Wann zeigst du uns deine Bilder?«, fragten sie ihn.

Er antwortete ihnen, dass er kein Maler wäre und mit Kunst nichts am Hut hätte, womit er die jungen Künstler umso misstrauischer und neugieriger machte: »Du hältst dich wohl für ein Genie, was?«, quittierten sie seine Ehrlichkeit.

Die ersten drei Monate waren ein Spießrutenlaufen. Einmal hatte er sich aufgerappelt und mit schwarzer Farbe ein Bild gemalt, ein Zen-Bild, einen Kreis mit einem Punkt in der Mitte auf weißem Hintergrund. Bei Gelegenheit wollte er es den jungen Künstlern zeigen, damit sie sich davon überzeugen konnten, dass er einer der Ihren war. Aber er fürchtete, sich zu blamieren, und ging ihnen aus dem Weg wie eine Putzfrau aus der Türkei.

Irgendwann – er hatte das Bild leider nicht vernichtet – fiel sein erstes und einziges Gemälde einem fünfundzwanzigjährigen Mädchen namens Flora in die Hände. Oder besser gesagt: Auf einer kleinen Party in seiner Wohnung zerrte sie es unter seinem Bett hervor.

»Du musst deine Werke nicht verstecken«, meinte das Mädchen, und nachdem sie es lange studiert hatte, urteilte sie plötzlich: »Das ist wirklich gut. Echt! Du hast Talent. Aber – wie soll ich sagen – es ist zu ausdrucksvoll. Ja. Vielleicht könntest du versuchen, ein bisschen biologischer zu malen, nach dem Motto: Zurück zu den Organen!«

Er versprach ihr, in Zukunft sein Bestes zu geben, und war endlich die jungen Künstler los.

Er hatte sie zufrieden gestellt: Antek Haack war der Typ, der japanische Kreise und Punkte malte und ohne Klo und Dusche in zwei Zimmern wohnte, die einst die Kontrollstation gewesen sein mussten, eine Art Tower, von wo aus das Be- und Entladen der Güterwagen überwacht wurde.

Die Duschen und Toiletten im Verwaltungsgebäude waren am schnellsten mit dem Fahrstuhl zu erreichen, denn die Treppenhäuser glichen dem Labyrinth des Minotauros. Wer sich darin verlaufen hatte, konnte damit rechnen, dass er mehrere Stunden brauchen würde, um wieder zum Ausgang zurückzufinden.

Die schwierigste Frage hatte er aber auf dem Arbeitsamt zu beantworten gehabt: »Was sind Sie von Beruf?«

Das polnische Wort Ökonom hatte die Angestellten des Arbeitsamtes in Angst und Schrecken versetzt: Sie dachten, sie hätten es hier mit einem Wirtschaftsexperten aus Brüssel zu tun. Dass er keinen Abschluss besaß, hatte Antek nicht erwähnt.

Und Kartenabreißer gab es in Deutschland wie Sand am Fluss. In jedem Amt musste man eine Nummer ziehen. Damit wurde Chaos vermieden und dem Petenten vermittelt, dass er nicht vergebens wartete. Vergebens – niemals!

»Ja! Wie wollen Sie eigentlich heißen?«, war in Friedland die letztendlich verfänglichste Frage gewesen. »Antoni steht in Ihrem Pass? Sie fallen schon genug auf! Ihren Nachnamen kann ich nicht ändern, der ist ja deutsch. Ihre Papiere bestätigen es. Aber Sie können sich einige Unannehmlichkeiten ersparen, wenn Sie Ihren Vornamen verdeutschen. Wie wär's denn mit Arnold? Das ist eine einmalige Chance – dazu kostenlos!«

Antek Haack hatte bedenkenlos diesem netten Vorschlag zugestimmt und wurde auf dem Arbeitsamt oft als Herr Arnold angesprochen. Macht nichts, dachte er sich, Herr Arnold ist nicht so schlimm wie Adolf; wobei es ihn ein bisschen wurmte, dass er in Friedland nicht schlagfertig genug gewesen war, dem Beamten Adolf vorzuschlagen, um seine Reaktion zu testen: und wenn schon! Was in meinem Ausweis steht, bedeutet nicht automatisch, dachte er später, dass ich das auch wirklich bin! Wer kann heutzutage schon mit hundertprozentiger Sicherheit von sich behaupten, dass er weiß, wer er ist? Vielleicht sind wir alle gottverdammte Klingonen!

Aber besser hatte es gar nicht kommen können. Mit einem neuen Nachnamen würde ihn Brzeziński nicht so leicht finden.

Andere Fragen, die er aus Bartoszyce mitgebracht hatte, gewannen hier in der Bundesrepublik, im alten Reich, eine neue Bedeutung: Warum habe ich Teresas armen Mann verprügelt und sie ermuntert, mir nach Bremen zu folgen? Aus purer Verzweiflung, dass es mit Beata und mir nicht hingehauen hat? Aus Hass auf Brzeziński? Wird er mich wirklich jagen? Mich beseitigen? Und wird es Teresa in Bartoszyce überhaupt schaffen, einen Pass zu bekommen? Und wenn, was fang ich hier mit ihr an?

Der Visumzwang sollte eigentlich kein unlösbares Problem darstellen; Antek hatte Teresa eine Einladung geschickt und per Unterschrift versichert, dass er auch alle Kosten für die Zeit ihres Besuches übernehmen würde, vor allem im Falle einer Krankheit. Und sie würden sofort heiraten müssen, damit Teresa eine unbefristete Aufenthaltserlaubnis erhielt. War ihm klar, was das bedeutete?

Am Tag seiner Ausreise in die BRD hatte er Teresa dreitausend Mark von seinem Anteil aus dem Ziegeleiverkauf ausgehändigt, was ausreichend sein durfte, um *alle* in Bartoszyce zu bestechen, nicht nur Zbyszek Muracki, den Milizoffizier, und seinen Kollegen, der für die Reisepassangelegenheiten zuständig war. Aber würde Teresa dieses unglückselige Geld auch wirklich dafür ausgeben? Vielleicht war sie längst über alle Berge und telefonierte mit ihm von Detroit aus, und er merkte es nicht einmal? Mit drei Riesen, ein bisschen Glück und Grips konnte eine Frau wie Teresa schon in den USA sein, Sprachkurse belegen und sich eine neue – eine amerikanische – Existenz aufbauen.

Ein Trost war Antek geblieben, ein winziger, der aber nicht zu verachten war angesichts all der penetranten Fragen, die ihn um seine Nachtruhe brachten: Die Sprache musste er nicht noch einmal lernen. Weder an der Universität noch bei der Otto-Benecke-Stiftung noch in der Volkshochschule. Er war zwar, milde ausgedrückt, ein bisschen behindert, aber trotzdem zu seinem neuen Volk zugehörig, weil er Papiere hatte. Das Fatale war vielleicht nur, dass er Polnisch besser beherrschte. Schrieb und verstand.

Aber er war jetzt nun mal da, hier in Bremen, so physisch vorhanden und fotogen wie eine nackte Schaufensterpuppe: ein Mann mit Akzent aus dem Osten.

Die Epoche der *Solidarność* war passé, und als Pole war man längst nicht mehr *in*: Antek Haack konnte von sich lediglich sagen, dass sein Name Arnold wäre und er vom Arbeitsamt einen ganz guten Job vermittelt bekommen hätte, obwohl in diesem Land keine Wirtschaftswunder mehr geschahen.

Anteks erster, offizieller Arbeitsplatz war ein Heim für geistig Behinderte im Allertal, eine Autostunde vom Bremer Hauptbahnhof entfernt: *Sie sind weder Ökonom noch*

Kartenabreißer! Sprich: Wir haben eine Stelle für Sie! Ab sofort sind Sie ein Pflegehelfer – und wenn Sie ablehnen, werden Ihnen die Leistungen gekürzt!, schrieb ihm das Arbeitsamt nach seiner dreimonatigen Arbeitslosigkeit.

Er war froh über den Job. Er ärgerte sich nur über seinen Universum-Fernseher von Quelle, den er sich von seinem ersten selbst verdienten Geld gekauft hatte. Das Ding entpuppte sich als ein Fehlkauf: Auf allen Programmen liefen seine alten Filme aus dem Kino Muza. Er schaltete den Fernseher nie ein.

Das westdeutsche Kino war komfortabel, und man legte hier wie auch bei der Arbeit großen Wert auf Pünktlichkeit. An einer Sache fand er Gefallen: In den hiesigen Kinos wurde Bier ausgeschenkt, und sogar Rauchen war erlaubt. Und die Stimmen der Schauspieler wurden mit deutschen Sprechern synchronisiert, während es in Polen nur Originalfassungen mit Untertiteln gab.

Er hätte also ganz zufrieden sein können, wäre da nicht Brzeziński. Jederzeit musste er damit rechnen, von seinen Agenten eliminiert zu werden, selbst am helllichten Tage, mitten in der Menschenmenge einer Großstadt. Brzeziński war ein Ekel, das eine Angelegenheit nie als erledigt betrachten konnte. Für ihn war jeder Fall stets aktuell, selbst wenn alle Verdächtigen schon aus dem Verkehr gezogen waren. Ein guter Spürhund gab nie auf, und so einer war Brzeziński auch.

Antek Haack traute ihm sogar zu, Lucie als Köder einzusetzen. Und Lucie würde nicht einmal ahnen, dass sie Brzeziński direkt zu Antek lotsen würde, damit er sich rächen könnte. »Sie dürfen nicht auf die Hand spucken, aus der Sie essen«, wären die letzten Worte eines namenlosen Henkers, bevor er seine Waffe entsichern und abdrücken würde.

Antek durfte auf keinen Fall zu Lucie gehen. Unter keinen Umständen. Aber der Versuchung zu widerstehen war schwierig. Er belog sich selbst, wenn er sich einredete, er würde es aushalten, einen Bogen um sie zu machen. Natürlich will ich sie sehen, und sei es nur ein Mal.

Er hatte sogar daran gedacht, den Wohnort zu wechseln. Er hatte mit Bekannten in Lübeck telefoniert. Sie würden ihm ohne Schwierigkeiten in ihrer Firma eine Anstellung besorgen: als Dolmetscher aus dem Polnischen und Russischen in der Exportabteilung oder als Stallarbeiter. Es wäre zumindest eine Möglichkeit, die Spuren zu verwischen, wenigstens für ein Jahr.

Stattdessen hatte er schon mehrmals Lucies Nummer gewählt, aber immer den Hörer aufgelegt, sobald ihre Stimme ertönte. Er war auch einmal mit seinem DS, der in der Kfz-Zulassungsstelle problemlos umgemeldet worden war, in der Neustadt gewesen. Er hatte vor Lucies Haus geparkt. In ihrer Wohnung im zweiten Stockwerk brannte Licht. Nein, er würde Bremen nicht verlassen.

Im Prinzip war es eigentlich egal, wo er lebte. Jede Stadt in diesem Land war für ihn wie die andere. Selbst wenn er von einer Larve zum Schmetterling mutiert wäre – Brzeziński würde ihn überall verfolgen; so gut kannte ihn Antek und sagte sich: Seine eigene Vergangenheit loszuwerden und abzuschütteln wie Regentropfen ist das Schwierigste überhaupt. Es reicht eben nicht, dass man in ein fremdes Land geht, um dort ein besseres Leben anzufangen.

In Bartoszyce wussten nur zwei Personen, wo er war: Teresa und Anteks Mutter. Die anderen, seine Freunde Robert, Kimmo, Iwan und sein Cousin Karol konnten es sich nur denken. Er hatte sich von ihnen nicht verabschiedet, und Teresa und Inga würden niemandem seine Adresse verraten, außer Robert. Der alte Bartek Haack war nach erneutem Schlaganfall halbseitig gelähmt, lag zu Hause in der Heilsbergerstraße im Bett und konnte nicht mehr sprechen. Dass er noch lebte, hatte er wohl den pruzzischen Göttern zu verdanken, *Potrimpos* und *Patollu*.

Und Beata wollte Antek nie wieder sehen.

Erstes Buch

1

Es war im Frühsommer gewesen.

Nackt wie ein heiliger Türke kam Antek am frühen Morgen, im braunen Licht der Dämmerung in Bartoszyce an. Seine Kleidung und alles Geld, das er im Westen verdient hatte, waren ihm geraubt worden. Selbst den Türkisch sprechenden Dreißig-Mark-Radiorekorder vom Flohmarkt hatten die Diebe ausgebaut. Die Musik für die lange Autofahrt nach Bartoszyce (immerhin waren es tausendvierundzwanzig Kilometer) zusammenzustellen war für Antek jedes Mal eine Qual. Er konnte sich nie zwischen Van Morrison und Charles Mingus entscheiden: Der Erste war ihm gut für herbstliches Regenwetter oder einen Selbstmord aus Liebe, und beim Zweiten lachte sich der Mond am sternenklaren Himmel kaputt.

Er war mit seinem Wagen kurz nach zweiundzwanzig Uhr, etwa zehn Kilometer vor Bartoszyce, zerschellt. Er war am Lenkrad eingeschlafen, mit seinem Strichachter gegen einen Baum gedonnert und hatte für vier Stunden das Bewusstsein verloren. Totalschaden in einer Lindenallee. Vor Mitternacht. Am Mittwoch des 8. Juni 1988. Niemand kam ihm zu Hilfe. Nichts war zu retten gewesen. Außer der Badehose. Er hatte sie von Lucie bekommen – ein Abschiedsgeschenk von einer, die dreißig geworden war: »›Kompeluwki‹ für Antek Haack und seine Millionen Seen!«, hatte sie in eine Glückwunschkarte aus dem Supermarkt geschrieben. Wenn er gefragt wurde, was das schönste Wort in seiner ersten Muttersprache sei, antwortete er immer: »Die Badehose – *kąpielówki*.«

Ihm war nichts passiert. Gar nichts. Er hatte sich nicht einmal ein blaues Auge zugezogen oder eine Schramme an Ellbogen oder Stirn wie der Fallschirmspringer, der sein Ziel verfehlt hatte und im Hühnerstall der achtzigjährigen Gałdutowa aus Sątopy Samulewo gelandet war, in einem dieser vergessenen Dörfer, das sonst niemand freiwillig besuchen würde, auch Antek nicht.

Nur in Badehose und Turnschuhen lief er die breite, mit Steinen gepflasterte Straße hinunter, die ins Zentrum der Stadt führte.

Er lief noch ein paar Meter, bis zur Kreuzung, wo das Kino Muza stand und das Café Roma und die Dancingbar Relaks, die meistens überfüllt war, vor allem an bestimmten Namenstagen: Feierte man den Jan, war die ganze Stadt betrunken.

Antek wohnte über dem Kino. Er hatte in der ersten Etage über dem Besucherfoyer eine kleine Zweizimmerwohnung, gleich neben dem Vorführraum, wo sein Kollege Gienek Pajło residierte. Gienek war im Kino für die Technik zuständig.

Es war Punkt vier Uhr, als Antek am Haupteingang mehrmals klingelte. Der Wohnungsschlüssel hatte in der Tasche seiner Jeans gesteckt, und die Hose trug jetzt vermutlich einer der Diebe.

Dann ballerte er einige Male mit der Faust gegen die Glasscheibe der Tür. Er zitterte und fror, obwohl er von dem zweistündigen Marathonlauf schweißgebadet war. Na komm schon, Kimmo, steh auf, dachte er, ich bin's, der größte Idiot unter der Sonne; hätte ich mich bloß unterwegs hingelegt, den blöden Joint nicht geraucht ... hätte einfach auf einem Parkplatz ein Stündchen gepennt ...

Scheiß egal ... Ich werd mich rächen ... Ich jag sie alle zur Hölle ... Sieben Riesen ... Wunderbare goldene Scheine! Die lasse ich mir nicht so einfach nehmen! Schön wär's! Die sehe ich nie wieder!

Dann ging im Besucherfoyer das Licht an, und drei schwankende Gestalten kamen zur Tür. Außer Kimmo erkannte er seinen Cousin Karol und Robert. Sie waren in voller Montur und gähnten und rieben sich die Augen. Auf ihren Gesichtern war ein Durcheinander von roten Linien: Abdrücke vom Schlafen auf dem Sofa und dem Teppich.

Kimmo, Robert und Karol waren seine besten Freunde, weil sie genauso wie er all die unbesiegbaren, unsterblichen Stallones, Schwarzeneggers oder Bruce Lees nicht ausstehen konnten. Nachdem 1980 im Muza »Der Mann mit der Todeskralle« gezeigt worden war, wollten viele Männer aus Bartoszyce auch berühmte Kung-Fu-Meister werden, was zur Folge hatte, dass es monatelang in allen Ecken der Stadt zu schlimmen Schlägereien gekommen war. Sogar einen Mord hatte es gegeben: Zwei Säufer erschlugen eines Abends auf offener Straße den Glöckner. Sie entschuldigten sich vor Gericht damit, dass sie nur den einzigartigen Todesgriff des gelben Drachens hatten ausprobieren wollen. Sie hatten dem armen Glöckner und Hausmeister des Priesters Kulas ihre Daumen in den Adamsapfel gebohrt.

Kimmo, ein Finne und Informatikstudent aus Gdańsk, schlief in Anteks Bude – ausnahmsweise, denn sonst war er immer bei Robert, wenn er seine Freunde in Bartoszyce besuchte. Sie kannten sich alle vom Blankisee, wo der Finne einmal seinen Sommerurlaub verbracht hatte. Dass Finnen in Gdańsk studierten, war nichts Ungewöhnliches – schließlich waren sie Leidensgenossen im Kampf gegen die sowjetischen Besatzer. Außerdem war die Danziger Bucht viel näher und die Volksrepublik Polen billiger als England oder Frankreich.

Kimmo hatte sich am Abend zuvor mit Antek telefonisch verabredet und mit ihm zur Begrüßung Wodka trinken wollen.

Karol war verheiratet, hatte zwei Kinder und kellnerte im Café Roma.

Robert lebte alleine, besaß am Rande der Stadt Gewächshäuser und handelte mit Tulpen und Rosen: Beide waren Mitte dreißig wie Antek und Zocha, der als Berufssoldat wegen seines Herzklappenfehlers frühzeitig in Rente gehen musste, was aber den Vorteil hatte, dass er Anteks Kartenabreißerjob während seiner Abwesenheit übernehmen konnte.

Und Kimmo hatte wohl aus Langeweile Verstärkung geholt – doch genau das hatte Antek am allerwenigsten gewollt: dass ihn seine Freunde so sähen, nur in Badehose.

Wo kommen die denn bloß alle her?, dachte er, wie Pilze nach dem Regen! So sollte das doch gar nicht sein! Ich bin doch im Westen gewesen, und jeder, der aus dem Westen nach Polen zurückkehrt, hat ein strahlendes Gesicht und ein dickes Portemonnaie, sieht aus, als hätte er frisches Blut getankt und sich in einer berühmten Klinik für millionenschwere Rockstars und Schauspieler rundherum erneuern lassen.

»Was ist das denn für 'n Vogel da draußen?«, hörte Antek Robert hinter der Glasscheibe fragen. »Der ist ja so nackt wie Jesus Christus am Kreuz!«

»Mensch! Seit wann trägt Jesus Badehosen und Turnschuhe?«, sagte Karol, als er die Tür öffnete. »Das ist doch unser *Hak*.«

Sie stürzten sich auf ihn wie Paparazzi. Er kam mit den Antworten kaum nach, so löcherten sie ihn mit Fragen.

»Was ist passiert? Was ist passiert?«, stammelte Kimmo als Letzter.

»Ich will nur noch ins Bett«, antwortete Antek. »Ihr werdet mir sowieso nicht glauben, wenn ich's euch erzähle!«

Sie schleppten sich die Treppe hoch, betraten den langen kahlen Flur in der ersten Etage über dem Besucherfoyer, dann Anteks Bude und gingen ins Wohnzimmer, dessen Wände mit Filmplakaten tapeziert waren. Unzählige Augen, von Robert Redford und Jack Nicholson bis Meryl Streep, beobachteten die Szene etwas verschreckt wie Leuchtkäfer. Robert stellte sich vor Jessica Lange in »King Kong«, als wollte er sie anbeten: »Eine Göttin! Obwohl der King Kong nicht unbedingt meine Traumrolle gewesen wäre!«, sagte er und nieste in ein Taschentuch, und Kimmo, der die Körpergröße eines Basketballers hatte, klopfte ihm behutsam auf die Schulter: »Aber Antek wieder da ist! Wieder da! King Kong!«

»Sei vernünftig, Kimmo!«, ärgerte sich Robert. »Du siehst doch, dass er alles verloren hat!«

Sie setzten sich auf das Sofa, und Karol sprang auf und holte für Antek eine Flasche Wasser und einen Aschenbecher.

Antek leerte gierig zwei volle Gläser und goss sich noch einen Schluck ein. Er zog die Turnschuhe aus, warf sie in die Ecke, machte unter dem Tisch seine Beine gerade und stöhnte leise. Er hatte seit Jahren keinen Sport mehr getrieben. Aber die zehn Kilometer war er wie ein Weltmeister gelaufen, durch diesen schwarzen Kanal der Lindenallee. Kein Auto hatte angehalten, jeder hatte wohl vor dem nackten Engel, der plötzlich aus der Dunkelheit auftauchte, Angst gehabt. Und ihm selbst hatte Angst gemacht, dass er überhaupt zu so was fähig war. Dass er ohne Unterbrechung so viele Kilometer in der Nacht zurücklegen konnte wie ein Polarhund.

»Jetzt alles der Reihe nach«, sagte Robert. »Was ist passiert?«

Antek erzählte, so gut er konnte, was ihm zugestoßen war. Aber ihm fielen die Augenlider zu; er war so erschöpft, dass er allmählich daran zu zweifeln begann, ob er das alles erlebt hatte. Er dachte an Lucie. Er dachte an die letzte Nacht mit ihr und an andere Nächte. Er dachte an so viele Tage mit Lucie und fand es plötzlich lächerlich und absurd, dass er jetzt so ruhig in seiner Badehose dasaß und von einem Unfall erzählte. Und dass er bald Beata sehen und mit ihr reden würde.

Dann legte er sein Portemonnaie auf den Tisch und sagte: »Aber hier! Meine Papiere haben sie nicht geklaut. Alles da! Der Pass, mein Ausweis und der Führerschein.«

»Was nützt dir das?«, unterbrach ihn Robert. »Dein Geld ist weg! Wovon sollst du mir jetzt deinen Anteil für den Kinokauf bezahlen? Unser ganzer Zeitplan – alles, was wir uns im letzten Jahr ausgedacht haben, kann man in der Pfeife rauchen: Ich wollte doch einen Kredit aufnehmen.«

»Du wirst dir schon was einfallen lassen! Wenn es so weit ist, kannst du mir erst mal meinen Anteil leihen. Du bist der Finanzier. Und meine Bank! Ich kann nicht mein ganzes Leben lang nach Bremen fahren! Und vergiss nicht, dass der Kinokauf meine Idee war, um ein paar Minen zu legen: den Feind unterlaufen, von innen angreifen wie ein Virus – unsere Taktik gegen die *Komuchy*! Mehr haben wir damals nicht besprochen!«

Robert hörte ihm vor Wut gar nicht zu, und Antek sagte: »Zunächst muss ich in Erfahrung bringen, was mit meinem Benz los ist.«

»Wir fahren morgen mit Zygmunt zum ›Tatort‹ und holen deine Kiste ab!«, sagte Karol. »Kann doch nicht sein, dass so 'n Mercedes zu nichts mehr zu gebrauchen ist!«

Robert machte sich eine Flasche Bier auf, steckte sich eine Zigarette an, blies fette Ringe in die Luft und schaute Antek in seine müden Augen: »Stimmt was nicht?«, fragte Antek.

»Allerdings«, sagte Robert.

Kimmo begann zu kichern und rieb sich die Hände: »Allerdings, allerdings! Probleme große! Du wirst staunen, staunen!«

»Antek! Du weißt das Neuste nicht«, sagte Robert. »Es ist viel passiert, während du weg warst. Sehr viel.«

»Ja, es ist viel passiert, viel passiert!«, wiederholte Kimmo.

»Ich weiß: August Kuglowski, Beatas Mann, ist im Blankisee ertrunken. Ich hab sie damals aus Bremen angerufen, kurz nach meiner Ankunft.«

»Aber was für ein seltsamer Zufall«, sagte Robert. »Er ist nämlich in seinem Mercedes ertrunken: Da hattest du schon mehr Glück, Antek. Er wollte sich eine Flasche Wodka in der Stadt kaufen und nahm wie immer eine Abkürzung über den zugefrorenen See. Er ist eine kurze Strecke gefahren, dann brach auf einmal das Eis ein und sein Benz versank. Augusts Leiche wurde übrigens nicht gefunden.«

Antek rührte sich nicht von seinem Platz, er verschränkte nur die Hände hinter seinem Kopf und sagte: »Ich kann das immer noch nicht glauben. Wir haben ihm vor meiner Abreise nach Bremen den Tod an den Hals gewünscht – aus Liebe natürlich! Im Ernst!«

Robert langte nach einer neuen Flasche Bier.

»Behalt diese Story über eure ausgezeichnete Idee lieber für dich! Außerdem musst du endlich kapieren, dass man nicht mit zwei Frauen zusammen sein kann. Früher oder später setzt dir eine von ihnen den Pistolenlauf auf die Brust und sagt: ›Entweder sie oder ich!‹«

Antek schwieg ein Weilchen und sagte plötzlich: »Da muss ich erst mal drüber nachdenken. Karol, hol mir bitte ein *piwo*, jetzt trink ich auch gerne einen Schluck.«

Robert sagte aber: »Wir haben uns so auf dich gefreut! Kimmo hat sogar eine Ente mit Pflaumen gebraten. Als du um zehn noch nicht da warst, haben wir angefangen zu essen. Bis Mitternacht haben wir auf dich gewartet und eine Flasche von Kimmos finnischen Vorräten geleert. Nur ein paar Gläschen, und dann haben wir uns schlafen gelegt.«

»Schön und gut. Was machen wir aber mit dem Kino?«, fragte Antek.

»Wir ziehen uns warm an und versuchen, den 1. Sekretär Kucior für unser Projekt zu gewinnen«, meinte Robert. »Und dass ich kreditwürdig und solvent bin, muss ich keiner Bank beweisen – außer vielleicht Kucior ...«

Seit der vollständigen Aufhebung des Kriegsrechts 1983 hatte er jeden Frühling unbezahlten Urlaub genommen und war nach Bremen gefahren. Er blieb nie länger als drei oder vier Monate. Dann machte er sich wieder auf den Heimweg. Den Rest des Jahres verbrachte er in Bartoszyce, wo er im Kino Muza als Kartenabreißer arbeitete.

Seine Landsleute reisten aus Deutschland nach Hause wie Kleinhändler; in den Gängen der Waggons türmten sich Kartons mit Fernsehern, Radios, Staubsaugern und ALDI-Waren: Konserven, Kaffee, Plastiksalami – die ewige Karawanserei. Antek Haack hatte immer nur eine kleine Ledertasche dabei gehabt, die den Verdacht der Grenzbeamten weckte, wenn er bei der Zollkontrolle auf sie zeigte. Dann mussten alle Reisegäste das Abteil verlassen, die Vorhänge wurden zugezogen, und nicht selten trat der Fall ein, dass er sich sogar ausziehen musste: für die übliche Prozedur mit dem Einweghandschuh.

Das Beste wäre, dachte er oft, man betränke sich und erzählte irgendwelchen Unsinn wie bei der Einreise aus Russland nach Polen: »Ja! Ich hab ein halbes Kilo Goldringe runtergeschluckt und in meinen Absätzen tausend Dollar in frisch gedruckten Hunderterscheinen versteckt, aber in kleinste Teile zerrissen selbstverständlich, damit Sie nichts davon kriegen!«

Einmal hatte er sogar ausprobiert, dummes Zeug zu schwafeln, aber die Grenzbeamten der Deutschen Demokratischen Republik hatten darauf mit der Drohung reagiert, seinen Pass mit dem Stempel *Einreise auf unbestimmte Zeit verboten* zu versehen, was nicht weiter schlimm gewesen wäre (er würde dann mit der LOT zu Lucie fliegen). Da bewiesen die Sowjets schon etwas mehr Humor, so schien es Antek, aber vielleicht nur deswegen, weil sie über Atombomben verfügten und imstande waren, alles Leben auf Erden zu vernichten.

Als er jetzt darüber nachdachte, wunderte er sich, dass er bei der Beantragung des Passes und eines Visums nie auf Unannehmlichkeiten gestoßen war. Die zuständigen Behörden hatten ihn nie abschlägig beschieden. Warum? Normal war das nicht. Und warum wurde er nur einmal in der Gelben Kaserne verhört und danach nie wieder? Nur deshalb, weil Onkel Zygmunt sofort nach dem ersten Verhör interveniert hatte? Er, Antek Haack, war doch ein Reisender, der sich im Westen gut auskannte.

Jeden Frühling fuhr er nach Bremen, jobbte bei einem Malerbetrieb und rauchte bei jeder Gelegenheit heimlich einen Joint, um ein bisschen zu entspannen. Ein slowenischer Kollege hatte ihm das Marihuana-Rauchen beigebracht.

Ab und an bekam die Firma Aufträge in anderen Städten. Er war sogar schon einmal in Hamburg gewesen, wo sie die Villa eines berühmten Politikers renoviert hatten. Bis jetzt war das der beste Auftrag gewesen. Er kaufte sich danach sofort den Benz, und die anstrengenden Zugfahrten von Bartoszyce über Korsze, Toruń, Poznań, Berlin und Hannover und zurück hatten ein Ende.

Und noch etwas zog ihn nach Bremen: Lucie. Sie hatten sich über eine Anzeige in der Tageszeitung kennen gelernt. Die Fremdsprachenkorrespondentin für Arabisch und Hebräisch suchte einen Zimmermaler. Sie hatte sich in der Neustadt im Altbau eine Wohnung gekauft, nachdem ihr Vater an einem Herzversagen gestorben war. Er war Chefpilot bei der Lufthansa, und seine Villa in Schwachhausen stand plötzlich leer: Die Mutter ging anschließend mit einem Scheich nach Dubai, und da das riesige Haus Lucie an die ewigen Auseinandersetzungen ihrer Eltern erinnerte – »Du betrügst mich mit deinen Stewardessen!« –, verkaufte sie es.

Viele Männer an Anteks Stelle hätten einen Luftsprung gemacht, wenn sie einer Frau wie Lucie begegnet wären. Gelegentlich war sie zwar hochexplosiv – ein lebendiger westdeutscher Molotowcocktail –, aber jeder Typ hätte Schlimmeres in Kauf genommen, nur um mit ihr zusammenzusein: »Diese paradiesischen Maße und die ganze Kohle – was will man mehr vom Leben?«, würden sie fragen. Und er?

Was liebt Lucie an mir, dachte er, welchen Planeten in mir, auf dem sie für immer würde leben wollen? Er verstand sie nicht, er wusste nicht, warum gerade er – da liefen doch so viele Typen herum, die ihr zu Füßen lagen und viel besser dran waren als er, der Zimmermaler und Kartenabreißer aus Polen.

Er wollte nicht im Westen leben. »Ab und zu drüben arbeiten«, das ja. Aber mehr nicht. Und das hatte zwei Gründe: Kino Muza und die Polin Beata, ebenfalls eine

Dreißigjährige, von der Lucie niemals etwas erfahren durfte und die er ebenfalls liebte. Beata lebte mit ihrer achtjährigen Tochter auf einer der zwölf Inseln im Blankisee. Auf Blankiwerder, wie sie genannt wurde, hatte ihr Mann August Kuglowski 1970 ein paar Holzhütten für seine Urlaubsgäste aus Westdeutschland, Schweden und Finnland errichtet. Das alte Bauernhaus von seinem Großvater erhielt drei neue Apartments und einen Speisesaal, ebenfalls für die Urlauber. Er hatte auch eine kleine Ziegelei im Dorf Blanki betrieben, das direkt am See lag. August Kuglowski war deutschstämmig und schon einmal verheiratet gewesen. Seine Exfrau und ihre zwei Kinder lebten aber schon seit langem in der BRD. Beata hatte er erst viel später, Ende der Siebzigerjahre, geheiratet.

Einmal im Monat kam Beata nach Bartoszyce, um sich einen Film im Muza anzuschauen und Antek zu treffen. Verheiratete Frauen übten auf ihn eine besondere Anziehung aus, und Beata zu erobern war nicht leicht gewesen, obwohl das Fremdgehen den Eheleuten oft zum letzten Vergnügen wurde. Ihre Romanze begann nicht sofort – erst nach einem Jahr, im Winter, nach den Streiks. Sie hatten beide gedacht, alle Gebäude, Fabriken und Schulen, würden einstürzen, das Land in einer grauen Wolke zur Wüste werden. Sie sahen den Rauch der Apokalypse, die Rotarmisten, den Atomkrieg zwischen den beiden Großmächten und flüchteten in seine Wohnung über dem Kino. In der ersten Nacht, in der Beata bei ihm blieb, nahmen sie einen langen Abschied, in Anteks Bett, und zwar von dem, was sie nicht fürchteten: die Liebe.

Lucie aber war noch kein einziges Mal in Bartoszyce gewesen, dafür war sie wiederum zu ängstlich. Aber vielleicht war genau das der Grund, dass sie ihn liebte, Antek Haack, den großen Unbekannten: Er war wie »Der Fremde – Der achte Fahrgast der *Nostromo*«; unter diesem Titel landete »Alien – Das unheimliche Wesen aus einer fremden Welt« in den polnischen Kinos. Und Robert konnte über seinen Freund nur lachen: »Du bist für sie ein primitiver Asiat, der im Winter im Bärenpelz rumläuft! Sie kann dich gar nicht lieben!«

Beide Frauen, Beata und Lucie, durften auf keinen Fall voneinander wissen. Nie durften sie erfahren, dass sie praktisch in Anteks Leben immer die zweite Geige spielten. Er hatte immer neue Ausflüchte, wenn Lucie ihn fragte, warum er Bartoszyce und Polen nicht verlassen könne. Einmal, weil ihm die Ausreden allmählich ausgingen und Lucie ihn auf den Kopf zu fragte, ob er eine Geliebte hätte, antwortete er ganz verzweifelt: »Bei uns besteht kein Unterschied zwischen dem 1. Sekretär und einem Tellerwäscher. Wir sitzen alle in einem Boot. Wir kommen nirgendwo jemals an – weder in Westberlin noch in San Francisco. Wir treten auf der Stelle, selbst wenn es uns gelingt, ein Visum bei der amerikanischen Botschaft zu ergattern. Mit anderen Worten: Wir wissen mit Wohlstand nichts anzufangen und fühlen uns nur in Krisenzeiten wirklich herausgefordert. Wie echte Samurai. Hexagonales Schachspiel oder Unterwasser-Pingpong – in solchen Disziplinen gewinnen wir immer. Und für dich ist das Kino nur ein langweiliger Freitagabend, an dem du nichts Besseres zu tun hast. Nein, ich muss wieder zurück!«

Ja, Antek Haack, der Lügner, war wieder zurück – in seinem Land, und er konnte froh sein, dass sie ihm nicht auch noch seine Dokumente gestohlen hatten, den Führerschein und den Pass. Dann wäre er nach Hause gekommen wie 1945 sein Vater, der Obergefreite Berthold Haack, der sich von Hamburg aus gegen den Strom der Flüchtlinge auf den Weg nach Ostpreußen gemacht hatte, um seine Geschwister zu suchen. Seine deutschen Papiere hatte er aus Angst vor der Deportation nach Sibirien zerrissen und aufgegessen. Er gab sich dann als masurischer Feld- und Stallarbeiter aus.

»Ich muss jetzt schlafen ...«, sagte er.

2

SAIGON. Antek hatte die Szene in Saigon aus »Apocalypse Now« geträumt: Offizier B. L. Willard, der nackt und blutbeschmiert im Bett eines schäbigen Hotels lag und seit Tagen Whiskey trank. Es war später Nachmittag, und Antek hätte alles dafür gegeben, dieser Offizier zu sein, mit einem geheimen Auftrag der CIA für den Dschungel, am Ende des Flusses, wo der glatzköpfige und wahnsinnig gewordene Colonel Kurz, der beseitigt werden sollte, über abtrünnige GIs und Einheimische und Schnecken und Rinder regierte und mit ihnen den Tod feierte, indem er sie alle wahllos abschlachtete, Menschen und Tiere, und darüber Gedichte schrieb. Aber Antek Haack lag hier in Bartoszyce, in seinem Zimmer, das Bettlaken war sauber, über ihm drehte sich nicht der Propeller eines riesigen Deckenventilators, das Radio spielte keine Stücke von den Doors, und draußen herrschte Frieden. Und er hatte keinen geheimen Auftrag für den Dschungel. Er hatte nur alles Geld verloren, obendrein wartete Lucie auf seinen Anruf, und er musste sich um sein Auto kümmern, den Schrotthaufen, und sich bei Beata melden, später, am Abend.

Karol, Kimmo und Robert waren nicht mehr da. Irgendwann am Morgen, kurz bevor Antek eingeschlafen war, hatte er sie tief über seinen Kopf gebeugt gesehen; sie standen neben dem Sofa – ihre Gesichter registrierte er nur noch als verschwommene, schwebende Flecken – und flüsterten ihm irgendwelche magischen Beschwörungsformeln zu, damit er wieder zu seinen alten Kräften zurückfände: »Schlaf, Antek, schlaf wie ein Stein!«, hörte er noch.

Er war froh, dass er jetzt in aller Ruhe duschen und sich überlegen konnte, was zu tun wäre.

Es zählte nur, dass er endlich Beata wiedersehen würde und dass ihr Mann tot war: Er konnte sich trotzdem nicht vorstellen, wie August Kuglowskis Mercedes gesunken war. Er strengte seine ganze Phantasie an und fragte sich, was dieser Mann in den letzten Minuten gedacht haben mochte. Ob er überhaupt imstande gewesen war, irgendetwas zu denken. Vielleicht war man in so einem Moment mit anderen Dingen beschäftigt, die in dieser Welt keine Namen und Bedeutungen mehr hatten, die aber plötzlich aus der Tiefe des Blankisees auftauchten wie aus einem fremden Universum. Ertrunkene, dachte er, sterben doppelten Todes, da ist kein Zurückkommen mehr möglich, in unsere irdische Welt; das Wasser nimmt ihnen den Atem für alle Ewigkeit, endgültig; sie werden zu Dämonen.

Oder sollte er mit Lucie telefonieren? Sich den Zeigefinger wund drehen? Zweiundfünfzigmal ihre Nummer wählen, bis die Leitung nach Deutschland endlich frei wäre?

Antek Haack und Lucie Weigert hatten das Standesamt schon mit vier Besuchen beehrt, und Lucie war entweder in Ohnmacht gefallen und musste mit Blaulicht ins Krankenhaus gebracht werden, oder sie sagte deutlich Nein. Zugegeben: Antek verlangte viel von ihr, sehr viel.

Er rasierte sich, trank ein Glas Milch, was gut für die Raucherlunge war – zumindest bildete er sich das ein –, und aß ein trockenes Brötchen.

Bevor er das Gebäude verließ, klopfte er noch bei Gienek Pajło an, um ihm guten Tag zu sagen, aber er war noch nicht da. Der Vorführraum war geschlossen. Gewöhnlich kam er eine Stunde vor Vorstellungsbeginn.

Draußen vermisste Antek das Gezwitscher der Vögel. Der Sommer war so heiß, dass sich alle Viecher irgendwo in den dunklen, schattigen Winkeln der Stadt verkrochen hatten. Man sah nicht einmal einen Sperling in einem öffentlichen Mülleimer nach Essensresten wühlen. Aber dafür war Iwan da, der Kleinkriminelle, der von den Leuten »ältester Schüler der Welt« genannt wurde – seit drei Jahren wiederholte er die achte Klasse und konnte sich jeden Film ab achtzehn ansehen, sogar den mit der kahl rasierten Geisha, die ihren Mann betrog.

Mit dem Rücken an einen Stützpfeiler gelehnt, saß Iwan auf dem Betonboden der Terrasse des Muza und ruhte sich aus. Er hatte Stil. Er war gut angezogen – ein helles kurzärmeliges Hemd und eine schwarze Hose. An seinen Füßen Sandalen. Sein kahl rasierter Kopf glänzte in der Sonne. Er rauchte lässig eine Zigarette und starrte auf die Straße. Es war halb fünf, und für niemanden in Bartoszyce gab es mehr Wichtiges zu tun. Die Einzigen, die noch arbeiteten, waren die Verkäuferinnen.

Iwan erkannte Antek und fragte: »Wo gehst du hin, Mister Muza?«

»Und du? Was treibst du? Ich war lange weg und bin erst seit heute Morgen wieder zu Hause.«

»Bist du blöd …«, staunte Iwan. »Ich haue eines Tages ab. Wenn es sein muss, auch nach Russland oder China. Hier hält mich keiner! Verdammte Stadt …«

Antek hockte sich neben den Jungen, holte die Sonnenbrille aus der Brusttasche seines Polohemdes, setzte sie auf und sagte: »Musst du nicht bald zur Armee?«

»Jo. Unser Schuldirektor Lampik meint, ich bräuchte am 1. September gar nicht wiederzukommen. Aber einen Einberufungsbescheid hab ich noch nicht erhalten. Lieber bringe ich jemanden um, als dass ich Soldat werde.«

»Da steh ich dir als Leiche gerne zur Verfügung«, sagte Antek und grinste. »Ich muss jetzt los. Meine Eltern warten. Mach's gut, Iwan.«

Der Junge sagte: »Deine Sonnenbrille – leihst du sie mir mal?«

Antek setzte sie wieder ab, gab sie ihm und sagte: »Ich bin pünktlich zur Abendvorstellung wieder da. Zwanzig Uhr. Dann krieg ich sie zurück, Kumpel.«

Iwan machte seine Zigarette aus und nahm die Sonnenbrille. Er schwieg, und Antek ging auf die andere Straßenseite und kaufte sich in einem Lebensmittelladen ein Eis. Er hatte Angst, erkannt zu werden. Er wollte mit niemandem sprechen. Aber da war kein bekanntes Gesicht, nirgendwo. Alte Frauen luden ihre Taschen mit Milchflaschen und dicken Brotlaiben voll. Er musste sich wieder an den Geruch von Heringen, Sauerkraut und Wurstwaren *Made in Poland* gewöhnen, an den schweren sauren Geruch, der sich überall ausbreitete wie eine Smogwolke.

Er überquerte die Hauptverkehrsstraße, die nach Kaliningrad. Das Eis schmeckte ihm nicht, er schmiss es ins Gebüsch und wischte sich die Hände mit einem Taschentuch ab. Sie waren klebrig und rochen süßlich. Er erinnerte sich sofort an seine Kindheit, auch weil er sich der Wohnung seiner Eltern in der Lidzbarska, der Heilsbergerstraße, näherte. Hier war das mittelalterliche Tal, wo einst Mauern die Altstadt umschlossen und vor Angreifern schützen sollten. Von dieser Anlage war nur das Brama Lidzbarska, das Heilsberger Tor, übriggeblieben, mit der riesigen Uhr und den Schießscharten für Bogen- und Armbrustschützen.

Antek blickt auf das sechshundertjährige Gemäuer, dann nach rechts, auf den mittelalterlichen Graben, der so groß war wie ein künstlich angelegter Badesee in einer stillgelegten Sandgrube und zu einem Defilierplatz umgebaut worden war: Er war fünfundzwanzig gewesen. Eine junge Russin aus dem benachbarten Grenzort Bagrationowsk – eine zwanzigjährige fremde Schönheit – war nach Bartoszyce gekommen, um ihre Verwandten zu besuchen. Es war ihre erste Reise ins Ausland. Bei einem spontanen Nachtspaziergang passierte es dann. Und Antek war zufällig in der Nähe des Tatorts gesehen worden. Er hatte wie immer nicht einschlafen können und in den astronomischen Jahrbüchern rumgelesen, wo er kleine, unbedeutende Entdeckungen gemacht hatte, über die sich vermutlich jeder kaputt lachen würde. Und doch kam er zuweilen auf Ideen, die ihn stolz machten, obwohl sie ihm verrückt erschienen. In jener Nacht, als die Russin ermordet wurde, war er überglücklich auf dem Marktplatz herumgeschlendert, dann zum Mietshaus seiner Eltern spaziert, die schon schliefen, und zum Defilierplatz der Kommunisten. Dort hatte er sich auf die Tribüne gesetzt und sich über seine Entdeckung gefreut: Seine Stadt lag an einem Fluss, den die Deutschen die Alle nannten – wie das All, dachte er, und die Woiwodschaftshauptstadt Olsztyn hieß einmal Allenstein – wie der Kern des Alls, das Zentrum jeder Galaxie, dachte er.

Muracki hatte Zeugen gefunden, die gegen Antek aussagten. Sie waren sich hundertprozentig sicher, dass es sein Gesicht war, das sie in der Dunkelheit hatten leuchten sehen, auf der Tribüne, nur wenige Meter von der Leiche entfernt. Das tote Mädchen lag unter einer Eberesche, zugedeckt mit Zeitungspapier. Es hatte Brandwunden. Von den Zigaretten und ...

Er kam für ein Jahr ins Gefängnis. Und ohne seinen Vater und die Hartnäckigkeit von Onkel Zygmunt säße er wahrscheinlich immer noch hinter Gittern. Das war 1978. Seine Eltern und Zygmunt waren nicht die Einzigen, die nicht glauben konnten, dass er der Täter gewesen sein sollte. Niemals. Der Fall Haack wurde wieder neu aufgerollt, und man fand sofort neue Spuren. Die wahren Mörder waren zwei junge Burschen, die in einem Schweinezuchtbetrieb in Kinkajmy arbeiteten. Sie hatten die Haut ihres Opfers mit einem Brenner versengt, den sie von der Arbeit mitgenommen hatten. Sie waren nicht einmal besoffen gewesen.

Und mehr als dreißig Jahre lang marschierten hier auf dem Defilierplatz am 1. Mai Arbeiter, Beamte, Soldaten und Schüler auf und hörten bei Hitze oder Regen stehend den Rednern zu, die auf der Tribüne ins Mikrofon brüllten und den Sieg des Sozialismus immer wieder aufs Neue verkündeten. Stundenlang. Sie hätten in ihrer gekünstelten und alkoholisierten Euphorie bestimmt nicht gemerkt, dachte Antek als Kind, wenn plötzlich auch noch die alten Pruzzenstämme, die Barten und die Natanger, und dann die Kreuzritter in langen Kolonnen herangeschwommen wären wie Gespensterschiffe.

Antek hörte im Geiste die Redner noch einmal wie von einer Kassette: »... wir werden den Mord an unserem geliebten Vater und Stadtdirektor nicht akzeptieren. Der imperialistische Täter, geschult von den bürgerlichen Banden, wird seiner gerechten Strafe zugeführt werden! Genossen! Niemand darf zerstören, was wir mit unserem Schweiß und Blut aufgebaut und bezahlt haben! Wir werden noch einmal siegen, wenn es sein muss, und jeder Parasit und jedes Ungeziefer, das uns bedroht, wird es bitter bereuen! Wir rufen hiermit den Namen unseres Helden ...«

Erst als er das zweistöckige Mietshaus betrat, eine alte Villa im Jugendstil, in dem seine Eltern wohnten, verließen ihn die Stimmen der Vergangenheit. Halbdunkel und kühle, feuchte Luft schlugen Antek im Treppenhaus entgegen. Er blieb kurz stehen und berührte mit den Fingerspitzen seine Stirn. Er schwitzte und keuchte, als hätte er aus dem Keller einen Eimer voll Steinkohle für den Kachelofen und den Herd geholt.

Eines gefiel ihm aber an diesem Gebäude: die riesigen Türen und Fenster und die hohen Decken, wie in einem Schloss. Nachdem der Eigentümer, ein deutscher Zahnarzt, vor der Roten Armee geflüchtet war, war das Haus auf sechs Parteien aufgeteilt worden. Der Vater hatte die Praxis im Parterre zu einer Wohnung umgebaut, um stets die Straße im Blick zu haben. Der alte Haack saß oft im Fenster und beobachtete das träge Geschehen der Heilsbergerstraße; manchmal sprach er jemanden an und verwickelte sein Opfer in endlose und hitzige Diskussionen über die vergreisten Hundesöhne aus Moskau, Warschau und Ostberlin, die nichts als Lügenmärchen verbreiteten, weswegen er den Fernseher gar nicht mehr einschalten würde – er höre nur noch den Sender *Wolna Europa*. Ganze Nachmittage und Abende konnte er mit diesem Straßenpalaver zubringen, wenn er nicht gerade wieder sturzbetrunken war, seine Survivalkost, eine Suppe aus Kartoffeln und Speck, kochte, in der der Esslöffel von alleine stehen musste, oder in der gegenüberliegenden Schusterwerkstatt mit seinen Freunden die Zeit totschlug, während die Mutter beim Fleischer Schlange stand oder wieder einmal ins Hotelowa gerufen wurde, um für Reisegäste aus Deutschland zu dolmetschen.

Antek klopfte an die Wohnungstür, und die Mutter machte ihm auf. Sie warf sich ihm um den Hals und küsste ihn auf die Nase. Sie war sehr klein, und ihre deutschen Backen wirkten nach über vierzig Jahren des Lebens im sozialistischen Polen immer noch befremdend und exotisch – als hätte man ihr die Wangenknochen herausoperiert und Silikonpolster eingenäht. Ein Gesicht wie ein Luftballon. Sie hieß vor der Heirat Inge Döhring, und Berthold Haack fand eine schnelle Lösung für ihre ostpreußische Herkunft, nachdem sie sich das Jawort gegeben hatten: »Ab heute wird nicht nur Deutsch gesprochen: Du bist Inga und ich Bartek!«

Anteks Mutter hatte dann eine steile Karriere gemacht: Sie brachte es von der Putzfrau im Hotelowa, dem einzigen Hotel von Bartoszyce, bis zur Mathematiklehrerin – sie hatte es nicht mehr ertragen können, dass sie von den polnischen Hotelgästen immer wieder als *Szwabka*, als Deutsche, beschimpft wurde.

Das zweistöckige Haus bewohnten sechs Familien, und die Wohnung seiner Eltern bestand aus zwei großen Zimmern mit Kachelöfen. Die Eingangstür führte sofort in die Küche, einen Flur gab es nicht. Auf jeder Etage befand sich ein Klosett. Und zum Baden ging man einmal in der Woche ins Hotelowa.

Der Vater kam an Krücken aus dem Schlafzimmer. Sein künstliches Bein ruhte sich in der Rumpelkammer aus. Er fiel der Mutter ins Wort: »Hab schon alles geregelt! Der Zygmunt kommt gleich mit seinen Soldaten und dem Anhänger!«

Sein Vater lehnte sich an die Wand, stellte die Krücken ab und öffnete die Arme, als wollte er sie beide zusammen umarmen und beschützen – sein kleiner, spindeldürrer Vater mit den buschigen Leonid-Breschnew-Augenbrauen.

»Mein Sohn!«, rief er. »Was haben sie mit dir gemacht?! Um Gottes willen! Wer hat dich so zugerichtet?! Du siehst ja aus wie ein gerupftes Huhn!«

Antek gab ihm einen Wangenkuss und sagte: »Mir fehlt nichts. Ich habe einen Unfall gehabt und wurde überfallen.«

»Vielleicht von der ZOMO«, spottete Bartek: Die ZOMO war die Spezialeinheit der Miliz und ihre Hauptaufgabe, streikende Arbeiter und Studenten zu verprügeln.

»Na ja, ich bin auch gefahren wie ein Kamikaze ... Nächstes Mal guck ich immer schön auf die Straße und sauf vorher einen Liter Kaffee ...«

»Keine Enkelkinder, kein Fußball, öde Sonntage, die verfluchte Messe in der Kirche! Wozu hab ich dich bloß gezeugt?«

»Soll ich jetzt sagen: wegen der schlaflosen Nächte, *tatko?*«

»Ach was!«, seufzte er. »Inga! Hol mir mein Bein! Ich muss mich fertig machen!«

Antek kannte die Rituale seiner Eltern. Inga war für die Orthopädie zuständig. Sobald der Vater etwas in der Stadt zu erledigen hatte, musste sie für ihn die Krankenschwester und den Orthopädiemechaniker spielen. Der Alte hasste die Krücken, und es hatte viele Jahre gedauert, bis er mit seinem Kunststoffbein einigermaßen bequem laufen konnte. Das amputierte Bein des Vaters – sein rechtes – wurde im Krematorium des Johanniter-Krankenhauses verbrannt, wo alle Haacks zur Welt gekommen waren. Das Bein war kein Kriegsopfer. Berthold hatte es selbst umgebracht, nachdem ihm die Polen gezeigt hatten, was für eine Zauberwirkung der Wodka auf die Seele des Mannes ausüben konnte. Er hatte es sich einfach weggetrunken. Und er war sehr stolz darauf, dass seine Leber und sein Kopf von den Trinkgelagen nach Feierabend in der Möbelfabrik von Bartoszyce keinen Schaden genommen hatten.

Und dann kam endlich Onkel Zygmunt. Er wünschte sich einen Kaffee, aber keinen gefilterten. Er nahm für ein Glas immer zwei spitze Löffel mit einer Prise Salz. Er machte es sich im Wohnzimmer bequem: »Wir brauchen uns nicht unnötig zu beeilen«, sagte er. »Wer stiehlt schon ein Wrack? Wahrscheinlich haben sie in der Zwischenzeit sowieso das Wichtigste längst ausgebaut – die Lichtmaschine und den Anlasser, sofern sie nicht beschädigt worden sind.«

Er war der geborene Panzerfahrer, aber vor allen Dingen war er ein alter Partisan, dem es nie an Mut mangelte. Zu seinen bekanntesten Kunststücken gehörte der Überfall auf die PKO-Bank. Er war in alle Zeitungen gekommen, und ein Fernsehteam aus Gdańsk hatte einen Dokumentarfilm über Onkel Zygmunts Krieg mit den Behörden von Bartoszyce gedreht. Kurz nachdem General Jaruzelski das Kriegsrecht aufgehoben hatte, waren in der Gelben Kaserne der Kościuszkowcy, in der Onkel Zygmunt diente, zehn Panzer auf einen Güterzug geladen und für den Abtransport nach Afghanistan vorbereitet worden. Den Sowjets ging anscheinend ihr Kriegsmaterial aus, und sie hätten in Bartoszyce bestimmt auch gerne Soldaten geordert, da aber in ihren Augen kein einziger Pole als zuverlässiger Kämpfer galt, weil er weder in seiner Heimat noch im Ausland das Maul halten konnte, beschränkten sie sich auf materielle Hilfe. Aus Protest über die halb leer geräumte Kaserne fuhr Onkel Zygmunt mit einer Strafkompanie zum Marktplatz und drohte, die PKO-Bank sturmreif zu schießen, wenn sie ihm nicht sofort so und so und so viele Millionen Dollar aushändigen würden, damit er neue Panzer einkaufen könnte. OHNE

WAFFEN KEINE VERTEIDIGUNG UNSERES SOZIA-
LISTISCHEN VATERLANDES! stand auf einem Plakat
geschrieben. Antek war dabei. Onkel Zygmunt wurde
über Nacht zum Nationalhelden, sodass die Zensur keine
Chancen hatte, diesen peinlichen Vorfall zu verheimlichen. Sie konnten ihn nicht mehr sauber beseitigen, ohne
Zeugen. Im Gegenteil. Er wurde sogar befördert und ge-
noss seitdem in der Stadt den Status des Unantastbaren.
Sein hohes Ansehen machte selbst dem 1. Sekretär Kucior
zu schaffen, der ihn oft zu Rate zog, aber mehr aus Angst
vor neuen spektakulären Aktionen.

Und deswegen wäre Onkel Zygmunt genau der richtige Mann für Anteks Sorgen – so glaubte in seinem ver-
drehten Kopf der Vater, und Antek wusste, dass er dieser
Logik nichts entgegenzusetzen hatte. Er konnte noch
hundertmal die Geschichte vom Unfall in der Lindenallee
erzählen, der Vater würde es ihm sowieso nicht glauben:
Am Lenkrad eingeschlafen? Ausgeraubt? Blödsinn! Und
ein Mercedes sei doch nicht totzukriegen, der Motor laufe wie eine Singer-Nähmaschine, besser seien vielleicht
nur die SS 20, aber das seien ja auch Mittelstreckenrake-
ten. Was sollte Antek dazu schon sagen?

Zu allem Übel rief in der ganzen Hektik, die der Vater
verbreitete, Lucie an. Antek hatte ihr für den äußersten
Notfall die Telefonnummer seiner Eltern gegeben. Und
was sie ihm zu verkünden hatte, war alles andere als er-
freulich: »Warum meldest du dich nicht? Ich will nichts
mehr von dir wissen, du ›Polski Fiat‹! Lass dich in Bremen nie wieder blicken! Ich kündige! Es ist aus! Du hast
bestimmt eine niedliche Brünette, die dir jeden Wunsch
erfüllt! Fahr zur Hölle, Haack!«

Es war immer dasselbe, nach jeder Rückkehr nach
Bartoszyce. Lucie drehte jedes Mal durch und wollte
sich von Antek trennen. Sie trank dann Baldriantropfen

wie Flachmänner aus dem Bahnhofskiosk. Sie wünschte sich, ihn mit einer Frau im Bett zu erwischen, um ihn mit ihrer Handtasche zu verhauen und »Leb wohl!« zu sagen.

Lucie hatte Antek am Telefon zusammengestaucht und ihn nicht zu Wort kommen lassen. Sein Trommelfell war auf das Zehnfache angeschwollen, er hatte keine Gelegenheit gehabt, ihr seine übliche und professionelle Erklärung, warum er noch nicht angerufen hatte, zu liefern, und Onkel Zygmunt grinste breit und schüttelte nur den Kopf: »Du und deine Weibergeschichten! ›Abschleppdienst Antek *Hak*‹ – so müsstest du eigentlich heißen! Zähne putzen und ab ins Bett mit dir!«, was so viel bedeutete wie, dass ein Mann, der jeden Tag früh schlafen gehe wie seine Soldaten, nicht sündigen könne.

Wie dem auch sei – Antek spürte, dass es für ihn jetzt hieß, seine Pflicht zu tun: Im Geiste bereitete er sich allerdings schon auf die Debatten vor, die sein Vater mit Onkel Zygmunt führen würde, wenn er erst einmal den vollkommen zerstörten Benz gesehen hätte: »Der Junge kann froh sein, dass er das überlebt hat! Oder dass er nicht zum Krüppel wurde wie ich. Ich sag's dir, Zygmunt – wir müssen doch an Gott glauben! Hilft nichts! Der Allmächtige weiß schon, was er tut! Er hat nämlich meinem Jungen neues Leben geschenkt!«

Die Mutter kochte für Onkel Zygmunt den Kaffee und stellte für Antek in Eile einen Picknickkorb zusammen, mit Brotschnitten und Hähnchenflügeln und Tomaten und Tee und Zigaretten. Es gab Zeiten, da aßen die Bewohner von Bartoszyce monatelang nur Käse und Hühnerfleisch. Was anderes, zum Beispiel saftige Schweine- und Rindersteaks, bekam man nur auf dem Lande bei den Bauern, für einen horrenden Preis allerdings, den vor allem die Parteibonzen und die Neureichen, wie Robert, bezahlen konnten. Antek hatte immer Westmark zur Verfügung – entweder aus Bremen oder von seiner Mutter, die Pakete und Spenden von ihren ehemaligen Schulfreundinnen aus Göttingen und Duderstadt und Paderborn erhielt. Selbst aus Schweden. Da kamen immer ordentliche Summen zusammen, die sie an alle großzügig verteilte. Sie spielte auch zu Hause mit den Nachbarn Bridge. Es gab Kaffee und Schokolade und Waschpulver und Toilettenpapier zu gewinnen, wobei vor allem auf den letzten Artikel alle scharf waren.

»Antek«, sagte die Mutter in der Küche. »Behalt den Vater im Auge. Du weißt ja, in seinem Kopf und seinem Herzen brodelt es ständig wie in einem Wasserkessel, und dann sagt er Dinge, die er nicht so meint. Der wird mich mit seinen abstrusen Monologen noch ins Grab bringen.«

»Ist schon gut«, sagte er, »und danke für das Essen. Ich bin zwar überhaupt nicht in der Stimmung, mit den beiden Kriegsveteranen zu Muracki zu gehen und mit ihm zu verhandeln, aber was soll's!«

Inga fragte noch nach Lucie, und Antek wich ihr aus und sagte, er hätte alles unter Kontrolle, was natürlich nicht stimmte. Denn diesmal quälte ihn die dumme Ahnung, dass Lucie es mit der Trennung ernst meinte und dass sie nicht mehr anrufen würde. Antek, dachte er, dein Land wird von fürchterlichen Plagen heimgesucht werden, und man wird dir die Augen ausstechen, damit du nie wieder begehren kannst – nicht einmal eine Hure –, und Lucie wirst du nie wieder sehen und Beata wird dich verfluchen und für den Tod ihres Mannes verantwortlich machen, den ihr ihm beide so sehnsuchtsvoll gewünscht habt, um endlich zusammen zu sein. Ab und zu werden die Götter mit dir reden, Antek, und dir Geheimnisse verraten, die ein Sterblicher besser nicht erfahren hätte. Das ist deine Zukunft im siebten Himmel, Mister Haack und Mister Muza!

Er dachte noch, als er mit Vater und Onkel Zygmunt in den Tarpan, den polnischen Landrover, stieg, dass er gerne mit Iwan oder Kimmo getauscht hätte. Sie waren in seinen Augen glücklicher als jeder, den er kannte, und sie scherten sich einen Dreck darum, was mit ihnen passierte oder was die Leute über sie erzählten. Vielleicht bildete er sich das auch nur ein, aber es tat gut zu wissen, dass auf dieser Erde nicht nur Zimmermaler und Kartenabreißer herumkrochen und sich mit ihren Ängsten herumschlugen, die sie gelegentlich in Drogen, Suff und Jazzmusik ertränkten. Zu entscheiden, was er lieben sollte, welches Mädchen, welchen Film, welche Jahreszeit, gehörte zum Schwierigsten überhaupt, weil nichts beständig und wirklich hässlich war.

Onkel Zygmunts Helfer, zwei junge Wehrpflichtige, saßen auf der Ladefläche des Tarpan und sahen aus, als würden sie zur Exekution in den Wald gefahren. Traurige, aschfahle Gesichter. Die beiden Jungen rauchten Zigaretten und schwiegen. Sie waren nicht älter als zweiundzwanzig. Richtige Rotznasen in Felduniformen, die an der Front mit Sicherheit als Erste fallen würden.

Onkel Zygmunt saß am Steuer, und als sie an Anteks Kino und dem Café Roma vorbeirollten, lief plötzlich jemand schreiend und gestikulierend auf die Straße und versuchte, den Tarpan zu stoppen. Zygmunt trat auf die Bremse, der Anhänger hüpfte wie verrückt, die beiden Wehrpflichtigen wurden durchgeschüttelt, und ihre brennenden Zigaretten glitten ihnen aus den Fingern auf den Boden – der Anhalter war Karol, Zygmunts Sohn. Er kam zum Fahrerfenster und sagte: »Los! Aussteigen! Ihr braucht nicht weiterzufahren. Die Miliz hat soeben Anteks

Benz geholt und auf dem Parkplatz im Hinterhof des Reviers abgeladen. Wirklich! Ich hab's mit eigenen Augen gesehen!«

Das waren keine guten Neuigkeiten. Das bedeutete entweder neuen Krieg in Bartoszyce, stundenlange Verhandlungen mit dem Staatsanwalt Sadowski, oder gar einen neuen Fall für den Staatssicherheitsdienst.

Das Milizrevier befand sich gleich neben dem Stadtgefängnis und der Hauptschule Nr. 2. Vom Café Roma und Kino Muza waren es nur wenige Minuten zu Fuß. Es waren alte deutsche Gebäude der ostpreußischen Garnisonsstadt Bartoszyce: Das Haus der Miliz war im Zweiten Weltkrieg der Sitz der SS und der Russen gewesen. Dort waren den Menschen Fingernägel ausgerissen worden, mal von den Totenköpfen der Nazis, ein anderes Mal von den Henkern der Stalinisten. Antek war der Einzige in dieser Runde, der nach seinem ersten Besuch in Westdeutschland zu einem vertraulichen Gespräch auf das Milizrevier vorgeladen worden war. Die blauen Anzüge beabsichtigten, aus ihm einen Spion zu machen. Nur über seine Leiche. Onkel Zygmunt hatte die für ihn peinliche Situation schnell bereinigt – mit einer öffentlichen Petition an seine Vorgesetzten und mit Schmiergeldern, die Anteks Mutter hingeblättert hatte.

Onkel Zygmunt schickte sein technisches Bergungskommando mit dem Tarpan weg, und nach einem kurzen Abstecher ins Roma, wo sie Karol den Picknickkorb daließen und wo Robert und Kimmo mächtig am Bechern waren, gingen sie zum Milizrevier.

3

Antek musste an den Herbst 1979 denken. Als er wieder frei war, hatte er sich in Warschau eine Single von Pink Floyd gekauft. Zur Belohnung sozusagen. Es war seine erste ausländische Schallplatte gewesen, so etwas vergaß man nie. Und er dachte auch daran, dass er sich damals nach der Entlassung aus dem Gefängnis tatsächlich vorgenommen hatte, Zbyszek Muracki umzubringen.

Jetzt, da Antek Haack seinem alten Schulfreund Muracki auf dem Milizrevier gegenüberstand und ihn anblickte, als wäre alles erst gestern gewesen, wurden Onkel Zygmunt und der Vater nervös.

»Jawohl«, sagte der Vater. »Wir wollen den Mercedes wiederhaben.«

Zbyszek Muracki sank auf seinen Stuhl und faltete die Hände über seinem Dienstbuch zusammen.

»Ich verstehe, aber der Wagen ist zusammengedrückt wie eine Harmonika! Da ist nicht mehr viel, was einem Auto ähneln würde. Und Antek – keine Sorge! In meinem Protokoll werde ich schreiben, dass du übermüdet warst ... So was ist ja gar nicht so selten ...«

»Das hoffe ich für dich ...«, sagte Antek.

Der Onkel erkämpfte sich eine Besichtigung, er wollte sich überzeugen, dass Muracki wirklich die Wahrheit sagte. Antek zuckte mit den Schultern. Er wusste, was er seinem Benz angetan hatte.

Sie verließen mit Zbyszek Muracki das Büro und gingen in den Hinterhof, wo das Auto abgestellt worden war. Die Sonne stand hoch am blauen Himmel, und als Antek sich umschaute, kam es ihm so vor, als würden das Gebäude der Miliz und die angrenzenden Wohnblöcke blassrot schimmern. Für einen flüchtigen Moment schien alles um ihn herum in Flammen zu stehen, aber als er wieder hinsah, kam ihm der Himmel ruhig und sogar etwas kalt vor und seine Stadt nicht größer als eine geballte Faust. Sie hielt alle Häuser und Straßen zusammen, und es war ihm, als könnte man aus diesem Kerker niemals fliehen, weil es nirgendwo einen Geheimgang gab, der aufs offene Feld hinausführen würde. Er fühlte sich gefangen und eingeengt und wünschte sich, so schnell wie möglich vom Hinterhof des Milizreviers und ins Roma zu kommen. Aber vor allen Dingen musste er sich endlich bei Beata melden. Und Robert wollte er fragen, ob er nicht vielleicht einen Job für ihn hätte, in seiner Gärtnerei. Dann könnte er ein bisschen Geld zur Seite legen.

»So, jetzt habt ihr alles gesehen«, sagte Zbyszek Muracki. »Mein Bruder ist Automechaniker, das wisst ihr, ich hab mit ihm gesprochen, und er hat sich Anteks Kiste angeschaut, da kann man nichts mehr geradebiegen, meinte er – kein Wunder. Ist mir überhaupt schleierhaft, wie du den Zusammenprall heil überstanden hast. Sag mal, Antek, bist du etwa stuntmanmäßig während der Fahrt rausgesprungen und hast den Wagen gegen den Baum knallen lassen? Unglaublich ...«

Der Vater sagte: »Das reicht, Zbyszek. Deine blühende Phantasie ist uns allen bekannt. Kommt, wir gehen.«

Antek nahm seine Nummernschilder mit und atmete erst auf, als sie wieder auf der Straße standen und ihm bewusst wurde, wie glimpflich er davongekommen war. Niemand wollte Strafanzeige gegen ihn erstatten, er musste auch kein Geld bezahlen. Weder für den Transport noch für die Verschrottung seines Wagens. Und Zbyszek Muracki hatte offensichtlich nicht vor, irgendwelche Nachforschungen anzustellen, ob Anteks Angaben zum Unfall wirklich der Wahrheit entsprachen. Er hatte zum Abschied nur angekündigt, dass er die Diebe suchen lassen würde, keine Sorge; er verdächtigte Zigeunerbanden, die von Olsztyn aus operierten und die Gegend um Bartoszyce herum unsicher machten, und Antek dachte, was der 1. Sekretär des ZK Gomułka nicht geschafft hat, wirst du schon gar nicht hinkriegen: »Juden und Zigeuner schicken wir nach Schweden und Frankreich und in die USA!« – von wegen, Zbyszek.

Er dachte oft, er hätte die Geschichte mit der jungen Russin aus Bagrationowsk längst vergessen. Aber dieses schwarze Etwas holte ihn immer wieder ein, verfolgte ihn in seinen Alpträumen, vor allem im Winter. Deshalb opferte er seine Nächte für andere Dinge: Da Antek normalerweise nur am späten Nachmittag und Abend im Kino Muza arbeiten musste, konnte er lange schlafen, das tat er meistens bis zum Mittag, und wenn er aufwachte, lag er noch eine ganze Weile im Bett und las Zeitungen und hörte Radio, und nicht einmal eine Schreckensnachricht vom Bürgerkrieg oder Einmarsch der Sowjets hätte ihn aus der Ruhe bringen und seinen gewohnten Rhythmus stören können.

Nach dem Dienst im Muza ging er meistens noch auf einen Drink ins Roma zu Karol, blieb dort aber nie länger als ein oder zwei Stunden; dann begann seine Nacht – »Anteks ›Tanz der Vampire‹«, wie es Zocha spottend zu sagen pflegte.

Es gab viel zu tun. Mal vergrub er sich in alten Stadtplänen von Bartoszyce. Er verglich die alten deutschen Straßennamen mit den polnischen und fragte sich, wer in diesen Straßen, deren manches Haus seit 1945 unverändert geblieben war, einmal gewohnt haben mochte. Er konnte viele Stunden über bräunlichen, vergilbten Fotos verbringen, die ein unbekanntes Gesicht seiner Stadt zeigten. Die Synagoge und das Schloss der Kreuzritter gab es nicht mehr. Aber die eiserne, zusammengenietete Balkenbrücke, die über der Łyna, der Alle, hing, war immer noch da. Sie verband die Altstadt mit der Neustadt, wo die Plattenbauten, die Wohnblöcke und das neue Krankenhaus standen. Die Bewohner von Bartoszyce nannten dieses Viertel *Hamburg*, weil dort vor allem *chamy* und *burki* lebten: Bauern und Köter. In den Siebzigern hatte es viele Menschen vom Land in die Stadt gezogen, wo es Zentralheizung, warmes Wasser, Badewannen und saubere Toiletten gab.

Außerdem führte er ein Buch mit allen Filmtiteln, die seit 1979 im Muza gelaufen waren. Das tat er deswegen, weil er wissen wollte, wie oft es im Kinoprogramm von Bartoszyce zu Wiederholungen kam; denn viele Kopien tauchten spätestens nach fünf Jahren noch einmal auf. Dass die Lizenzen längst ungültig waren, kümmerte niemanden, solange es wiederum seiner Leiterin Teresa kein Kopfzerbrechen machte. Es war verbreitete Praxis – zumindest in der Provinz. Teresa verfügte über gute Kontakte nach Warschau und zu der für Lizenzen zuständigen Renatka. Sie verwaltete das provinzielle Chaos, so gut es ging. Bestellte sie bei Renatka »Die Geliebte des französischen Leutnants«, sandte man ihr einen sowjetischen Kriegsfilm mit sibirischen Birken und Frühlingen oder Winnetou von Karl May, und das noch mit der Bitte, die Drei-Tage-Frist einzuhalten. Danach sollten die Birken und Frühlinge aus dem Krieg gegen *Gitler* oder der tapfere Winnetou im Muza nicht mehr gezeigt werden. Von wegen!

»Wir wollen nicht über die Jämmerlichkeit und Nichtigkeit unserer menschlichen Existenz unterrichtet werden – wir wollen etwas Leichtes, Frivoles, das uns unterhält und entspannt und mit tiefer Freude erfüllt«, sagte Teresa spöttisch über manche Filme und setzte sie auf die Schwarze Liste. Die Schwarze Liste war ihre Erfindung. Der 1. Sekretär Kucior, ihr Boss, hatte nichts gegen diese

Maßnahme. Für ihn war das Kino nichts weiter als ein ausgezeichnetes Propagandamittel, was es in Wirklichkeit sein könnte, verstand er nicht. Er saß in den Gremien und Jurys seine Stunden ab wie ein altes Weib aus Blanki und erhob jeden noch so beschissenen Film zu einem Kunstwerk, sobald jener der sozialistischen Sache nützlich werden konnte. Sein wahrer Beruf war das Sitzen.

Doch es gab noch etwas zu tun. Manche Nächte opferte er den langen Zahlenreihen, die in den Himmelsjahrbüchern abgedruckt worden waren. Er hatte diese astronomischen Führer aus Paderborn geschenkt bekommen, in einem der Weihnachtspakete an seine Mutter. Es handelte sich dabei um längst vergangene Jahrgänge – '71, '76, '77 und '83. Er versuchte trotzdem zu verstehen, was sich am nächtlichen Himmel über Bartoszyce abspielte. Das war nicht einfach, weil er kein Astrophysiker war, und das Ökonomiestudium an der Nikolaus-Kopernikus-Universität in Toruń, das für viele gescheiterte Studenten eine Art Rettungsring darstellte, hatte er wegen des dummen Fehlers seines Schulfreunds Muracki abbrechen müssen. Er hatte es auch, als alles vorbei war, nicht wieder aufgenommen (die Partei hätte es außerdem nicht erlaubt).

4

ER GING INS CAFÉ, der Vater und Onkel Zygmunt blieben vorm Roma stehen und ärgerten sich immer noch – teils über Anteks Leichtsinn, teils über Zbyszek Muracki, dessen Amt ihm solche Überlegenheit verlieh.

Die Leckereien aus dem Picknickkorb, den die Mutter

gepackt hatte, waren verschwunden. Antek fand nicht einmal die Schachtel Zigaretten, die sie obendrauf gelegt hatte. Die schöne Camel.

Er setzte sich an den Tisch zu Kimmo und Robert, der als sein eigener Chef gerne im Roma Kaffeepausen machte, und Karol brachte ihnen die Speisekarte, aber mehr aus Gewohnheit, denn die Auswahl war nicht gerade üppig, und niemandem fiel es schwer, sich für etwas zu entscheiden.

»Und? Alles gut gelaufen?«, fragte er.

»Was hast du mit meinem Abendessen angestellt?«, fragte Antek im Gegenzug und zeigte seinem Cousin den Picknickkorb. »Was hattest du erwartet? Du hast den Benz doch gesehen, als er in den Hinterhof der Miliz gekarrt wurde.«

Ich fahr morgen zu Beata auf die Insel, dachte er, und bringe dort meinen unbezahlten Urlaub zu Ende, hoffentlich ohne weitere Zwischenfälle und nur, falls ihr Mann wirklich tot ist.

»Ich habe Semesterferien bald. Ich jette nach Karibik«, sagte Kimmo. »Mit dich, Antek.«

»Seit wann kannst du meine Gedanken lesen?«

»Schon lange.«

»Wolltest du nicht nächste Woche nach Hause fliegen«, wandte sich Robert an den Finnen, »und in der Keksfabrik deines Alten Kokosplätzchen backen wie jeden Sommer?«

Kimmo lachte, und Karol sagte: »Den werden sie nach Finnland nicht mehr reinlassen. Der ist doch längst Pole ... Kimmo – die werfen dich über der Ostsee ab wie 'nen Müllsack. Und deinen Picknickkorb, Antek, hat Iwan geplündert. Er war hungrig, hatte wie immer keinen Groschen in der Tasche. Was sollte ich machen? Ihn abservieren, damit er irgendwann meine Kasse ausraubt? Nee.«

»Ist schon gut«, sagte Antek. »Ich seh ihn sowieso gleich. Er hat noch meine Sonnenbrille, und die will ich wiederhaben. In meinem Kleiderschrank hängen ein Paar Hosen und ein Jeanshemd, mehr besitze ich nicht. Ich müsste schon meine Schallplatten und Videos verkaufen, um an Geld zu kommen.«

»Jammer nicht«, sagte Robert. »Ich werde dich schon nicht im Stich lassen. Ich doch nicht, dein zuverlässigster Mäzen! Schließlich bist du mein Geschäftspartner. Wenn du willst, kannst du schon am Montag bei mir als Fahrer anfangen und meine ganzen Kunden mit Blumen beliefern!«

»Gerne!«

Antek freute sich, dass Robert von selbst auf die Idee gekommen war.

»Eigentlich sollten wir uns auf das Wesentliche konzentrieren: auf den Kinokauf. Reich wird man davon nicht. Ich stelle nur das Kapital zur Verfügung. Du bist der Künstler, der Regisseur. Und früher oder später müssen wir Teresa in unsere Pläne einweihen. Ohne ihre Unterstützung läuft gar nichts, Freundchen! So haben wir doch immer geredet. Mir nutzt wenig, wenn du für mich Blumen verkaufst ...«

»Trotzdem bin ich dabei, ich, dein neuer Blumenlieferant! Ab Montag! Jeden Vormittag!«

Sie bestellten sich drei panierte Schnitzel mit Kartoffeln und Rote-Bete-Salat und Wodka und Pepsi Cola. In der Dancingbar Relaks bekam man das gleiche Menü zum gleichen Preis. Was anderes gab es nicht. Natürlich, Bigos und Kuttelnsuppe und Hühnerbrühe – aber das stand auf jeder Speisekarte, von der Oder bis zum Bug.

Antek sagte: »Entschuldigt mal! Ich muss Beata anrufen!«

Er ging zur Garderobe, wo das Münztelefon war. Er

wählte mehrmals ihre Nummer, aber sie war besetzt. Ihr Telefon hing im Speisesaal, und oft, wenn er sie anrief, nahm niemand ab. Man musste immer zu den Mahlzeiten anrufen, wenn ihre Feriengäste im Speisesaal aßen. Dann war Beata da – sie oder ihre Köchin Stefcia. August Kuglowski war Gott sei Dank nie ans Telefon gegangen.

»Ich hab noch nichts von Zocha gehört«, fing Antek an, als er zurückkam. »Er muss doch heute Abend im Muza arbeiten – mein lieber Vertreter, wo bist du?«

Im selben Augenblick, als Robert sich anschickte, Antek eine Auskunft über Zocha zu geben, kam der Vater mit Onkel Zygmunt rein. Sie sahen nicht besonders freundlich aus. Es fehlte nur noch die Kriegsbemalung auf ihren Gesichtern. Am liebsten würden sie sich eine Flasche greifen und sie am Tresen zerschlagen, dachte Antek, um ihre Wut auf den sozialistischen Staat rauszulassen, die sie seit dem Ende des Zweiten Weltkriegs mit sich herumtragen wie eine Erbkrankheit.

Plötzliche Zornausbrüche gehörten im Café Roma beinah zur Tagesordnung. Sie waren Karols größte Sorge. Einmal hatten vier Abiturienten sein Café komplett zerlegt, und Karol war eine Woche außer Gefecht, weil er mit gebrochenen Rippen und Prellungen am ganzen Körper ins Krankenhaus gefahren wurde. Dabei waren alle glücklich, vor allem seine Frau, dass es ihm endlich gelungen war, einen Job länger als ein halbes Jahr zu behalten, denn er war ein ausgesprochener Pechvogel. Seine letzte Arbeit bei einem Beerdigungsinstitut hatte dazu beigetragen, dass es um seinen Leumund in Bartoszyce nicht gerade gut bestellt war: Sein Unfall an einem verregneten Oktobersonntag, der ihn die Stelle als Sargträger gekostet hatte, kursierte in der Stadt als ein guter Witz: Er hatte sich während des Beerdigungsgottesdienstes für den Verstorbenen an einer Bierbude betrunken. Und auf dem Friedhof von Bartoszyce in der Nähe der Molkerei war er dann beim Tragen des Sarges ausgerutscht wie auf einer Bananenschale und der Leichnam aus seiner Koje auf die Erde gerollt, weil der Sarg so hart auf die Steinplatten des Gehwegs aufgeschlagen war, dass sich der Deckel gelockert und vor aller Augen geöffnet hatte. Und Karol war direkt neben dem Kopf des Toten gelandet, hatte ihn auf die Stirn geküsst und gesagt: »Herr Leichnam! Verzeihen Sie mir, dass ich Sie geweckt habe!«

Nachdem sich der Vater und Onkel Zygmunt zu Antek und seinen Freunden gesetzt hatten, fingen sie an, Karol herumzukommandieren: ein alter Scherz. Sie gaben bei ihm Bestellungen auf, die ein Vermögen kosteten – französischen Cognac und russischen Kaviar und deutschen Kaffee, und all dies gab es in Bartoszyce nicht einmal im Hotelowa. Schließlich brachte er ihnen eine Flasche *Bałtycka* und die Kuttelnsuppe mit ein paar Scheiben Brot.

Irgendwann würden seine Mutter und Tante Bacha kommen, um ihre besoffenen Männer nach Hause zu holen. Und Antek wollte sich dieses Theater nicht mehr mit angucken. Es war wie mit einem Horrorfilm, den man sich schon zigmal angeschaut hatte. Antek kannte sich damit aus: Irgendwann hatte man den Kanal voll, und dann mussten bestimmte Szenen aus dem Gedächtnis gelöscht werden.

Seitdem Karol im Roma arbeitete, war das Café zu einem Ort geworden, den die meisten Bewohner flohen. Hier trafen sich die Aufsässigen von Bartoszyce, die mit ihren störrischen Seelen oder mit den Regierungen in Warschau und Moskau kämpften, meistens über dem vollen Glas. Nur das Kino Muza konnte mit dem Roma konkurrieren, weil es keine Unterschiede zwischen Guten und Bösen machte und jeden anlockte wie ein Jungbrunnen.

Als der Vater endlich genug getrunken hatte und satt

war und Onkel Zygmunt am Tisch fast einnickte, begann er mit seinen Tiraden – dem Nachtisch gewissermaßen. Es war erst kurz vor acht, doch Antek hatte sich mit Iwan verabredet und wollte Zocha treffen. Außerdem musste er sich ein paar Gedanken über seine Zukunft machen und Beata noch einmal anrufen.

Als Antek vom Tisch aufstand und seine Zigaretten in die Hosentasche steckte, sagte der Vater mit heiserer, entschlossener Stimme: »Setz dich wieder, Junge, ich bin noch nicht fertig! So viel Zeit wirst du wohl deinem *tatko* noch einräumen können, bevor er den Löffel abgibt! Außerdem: So weit ist es noch nicht!«

»Er hat nur Angst«, mischte sich Robert ein, »dass er gleich seine hübsche Theaterleiterin verpasst. Die Teresa wartet doch schon seit Wochen auf ihn. Das mit Iwan ist doch nur eine faule Ausrede – oder, Antek? Wo sonst kriegt man jedes Jahr drei und vier Monate unbezahlten Urlaub? Da muss noch was anderes im Spiel sein! Die Teresa wird schon wissen, was sie tut ...«

»Du bist nur neidisch«, ärgerte sich Antek, »weil es bei dir mit den Frauen nie richtig funktioniert. Typen wie Robert Redford zum Beispiel in ›Die drei Tage des Condor‹ – die haben Stil und Klasse: wir Männer aus Bartoszyce nicht. Und was meinen unbezahlten Urlaub angeht, weißt du selbst, wie viel Zocha davon hat, dass ich jedes Jahr abhaue! Der Frührentner würde doch sonst seine Wohnung überhaupt nicht mehr verlassen. Er fährt ja nicht einmal zum Blankisee angeln oder segeln!«

Kimmo sagte: »Ja, ja. Aber Frau Leiterin ist nicht mit dem Kopf gefallen. Sie verliebt in Antek. Sie weiß, was sie hat mit dich: ein echten Stier! Ein echten Stier!«

Robert nippte an seinem Wodkaglas, schnalzte mit den Fingern und sagte nichts mehr. Er hatte Anteks Vorwürfe verstanden. Und Antek setzte sich wieder auf seinen

Stuhl, so schwer, als hätte man ihn gerade zum Straflager verurteilt, und sagte: »Kimmo: Willst du mir Nachhilfeunterricht in Polnisch und Liebe geben? Bitte, ich hab nichts dagegen. Aber mit Teresa liegt ihr beide vollkommen falsch! Nahe liegender wäre, wenn sie mich morgen feuerte! ›Ab auf die Straße, *Pan* Haack! Du bist gekündigt! Einen Kartenabreißer, der ständig Urlaub beantragt, kann ich nicht gebrauchen!‹ – das lass ich mir aber von ihr schriftlich geben, wenn ich sie treffe. Das könnt ihr mir glauben!«

In Wirklichkeit war er froh, dass sie ihn noch nicht angerufen hatte.

Mit Teresa (sie war vierzig) verband Antek nur eine Sache: Sex. Sie hatte die Macht. Sie war seine Vorgesetzte, und diese paar Minuten im Vorführraum des Muza hatten damals, 1979, über seine Zukunft entschieden. Er bekam den Job des Kartenabreißers. Aber Teresa wollte ihn besitzen, sie stellte eine Bedingung. Er sollte immer bereit sein. Wenn er am Wochenende alleine war. Wenn das Kino geschlossen war. Und Antek wehrte sich mit Erfolg, und sie lachte ihn aus und spottete über Beata und Lucie und sagte: »Diese beiden jungen Mädchen! Was soll das? Du begehrst doch mich! Gib's endlich zu!«

Andererseits durfte Antek seine Lieblingsstreifen behalten. Teresa sagte, es seien sowieso nur Kopien aus der Zentrale, dem Verleih. Ihre Kollegin Renatka, »die Schnattertante aus Warschau«, würde sie als »verschollen« oder einfach als »zurückgegeben« in ihren Akten dokumentieren. Teresa neckte Antek: »Herr Regisseur Kieślowski! Was willst du denn damit? Reichen dir deine Videos nicht?«

Ein Freund von Lucie hatte Gienek Pajło drei Videogeräte gespendet, die im Westen veraltet und aus dem Handel gezogen worden waren. Ja, sie schickten nicht nur Aspirin und Salami und Kakao nach Ostpreußen: Ab und zu musste Antek über die Westdeutschen staunen. Entweder waren sie so großzügig oder vom CIA gekauft. Wer konnte das schon wissen? Niemand.

Wenn das Kino geschlossen war, zum Beispiel wegen einer Renovierung, organisierte er geheime Filmvorführungen für Auserwählte, meistens kurz nach Mitternacht – selbst der 1. Sekretär Kucior war ein gern gesehener Gast. Mit seiner schützenden Hand darüber war auch alles gut abgesichert, falls es einmal Ärger mit der Lizenzabteilung aus Warschau geben sollte. Und weiß Gott – »Der große Gatsby«, »Einer flog über das Kuckucksnest«, »Hair, »Taxi Driver«, »Das Schlangenei«, »Nosferatu«, »Unheimliche Begegnung der dritten Art« und »Kagemusha« – von all diesen Filmen konnte sich Antek nicht trennen.

Onkel Zygmunt wurde wach und sagte: »Bartek! Lass den Jungen gehen! Aber bevor er uns verlässt, solltest du eine von deinen berühmten Abschiedsreden halten. Erzähl uns noch einmal, wie dein künstliches Bein zum ersten Mal mit dir gesprochen hat! Und die Geschichte mit dem Mond und den Gespenstern! Ich könnte sie jeden Tag hören!«

Antek fasste sich an den Kopf, verbarg kurz das Gesicht in seinen Händen, holte Luft, atmete zur Beruhigung einmal tief durch und seufzte: »Na gut, *tatko*, erzähl uns dein Märchen! Aber dann geh ich!«

Der Vater wurde sofort munter. Sein mageres, trockenes Gesicht, das mehr einem Sterbenskranken ähnelte, lief knallrot an und wurde plötzlich so sanft und lebendig wie bei einem Komiker.

»1968 wurde ich operiert. Mein rechtes Bein wurde mir abgenommen. Aber die Ärzte hätten mir damals auch den Kopf abschneiden können, ich wusste, dass ich weiterleben würde. Der Mensch braucht die Knochen und den Schädel nur zum Laufen und Denken, aber nicht zum Träumen! Und dann, nach zwei, drei Wochen, die ich im Krankenhaus verbringen musste, träumte ich davon, wer auf dem Mond wohnt. Ich sah mein neues, künstliches Bein, das mit der Post aus Prag nach Warschau geschickt worden war und dann später zu mir nach Bartoszyce, in unser geliebtes Johanniter-Krankenhaus, das noch mein Vater gebaut hat – er war Maurer, aber zurück zu unserer Geschichte. Ich sah mein neues Bein, das wunderschön war und sogar sprechen konnte und mir eines Nachts im Traum erzählte, was nach dem Tod mit uns geschieht – gänzlich anders als in der Bibel. Aber ich bin nicht blöd. Als mein eigenes Bein noch lebte, hat es mit mir kein einziges Mal gesprochen, und da kommt diese orthopädische Wundertechnik aus Prag, die ich mit Westmark bezahlen musste, und redet plötzlich mit mir und sagt: ›Hör mir genau zu, du nichtsnutziger Erdling! Du weißt doch, dass in eurem Haus in der Heilsbergerstraße seltsame Dinge passieren, wenn ein Mensch in Bartoszyce stirbt: Seifenstücke und Kämme und Blumenvasen fliegen plötzlich von alleine durch die Luft; und während ihr schlaft, werden eure Bettdecken von unsichtbaren Händen auf den Fußboden heruntergezogen.‹ – ›Das stimmt, Eure Königliche Hoheit!‹, sage ich. ›Wir haben diese Vorfälle schon gemeldet, aber man hat uns nur ausgelacht.‹ – ›Na siehst du! Und weißt du, wie das alles zustande kommt? Du irdischer Wurm? Nein, das kannst du auch gar nicht wissen! Ich werd's dir aber erklären: Euer Mond, auf dem die Verstorbenen wohnen, ist übervölkert. Deswegen müssen viele Tote auf der Erde bleiben. Und wo sollen sie dann bitte schön leben? Etwa auf der Straße?‹ – ›Natürlich nicht! Mein Herr und Gebieter!‹, antworte ich. – ›Richtig!‹, freut sich das künstliche Bein aus Prag. ›Die ahnungslosen Toten irren durch eure Städte und suchen nach einem Unterschlupf und müssen hier auf der Erde lange, lange warten, und wenn sie ein bisschen Glück haben, kriegen sie vielleicht irgendwann auf dem Mond ein kleines Zimmer mit Küche und Bad. Komm mal mit! Ich zeig dir, wie sie dort hausen!‹ So 'nen Unsinn hab ich geträumt! Jahre später dachte ich dann, die Amis wissen gar nicht, was sie da tun! Die landen auf dem Mond und fragen mich nicht einmal, ob ich damit einverstanden bin. Ich war doch der erste Mensch, der auf unserem Trabanten spazieren gegangen ist – zwar nur im Traum und mit seinem künstlichen Bein, das sprechen kann, aber es war alles so echt, dass ich beim Namen meiner seligen Mutter schwören könnte, dass ich wirklich dort oben gewesen bin! Und das soll Gerechtigkeit sein! Niemand will mir glauben!«

Zygmunt orderte bei Karol noch mehr *Bałtycka* und sagte: »Ja. Die Gerechtigkeit! Für sie hab ich mein Leben lang gelebt und gearbeitet wie eine Ameise! Und was hab ich davon? Nichts! Die werden nach meinem Tod nicht einmal für jeden gut sichtbar eine Gedenktafel für den Oberstleutnant Zygmunt Biuro am Heilsberger Tor anbringen. Kein Mensch wird wissen, wer ich war – geschweige denn, dass ich überhaupt mal gelebt hab – also tatsächlich hier in Bartoszyce gewesen bin!«

Karol brachte die neuen Gläser mit dem Wodka und auch eines für sich und sagte: »Jawohl! Papa! Auf die Gerechtigkeit und auf das große Nichts, das uns alle erwartet! Prost!«

Antek hatte jetzt genug. Er sagte: »Robert, ich ruf dich morgen an! Könnte sein, dass ich dein Auto brauch. Und jetzt hau ich mich aufs Ohr.«

Er verabschiedete sich. Vielleicht würde er Zocha noch erwischen. Der Wodka und die Mondgeschichte des Vaters, die er auswendig kannte, hatten ihn betrunken gemacht. Draußen war die Sonne verschwunden, und roter Nebel bedeckte die Stadt.

5

Zocha, obwohl völlig unschuldig, war Teresa ein Dorn im Auge. Ihre Antipathie gegen den Frührentner mochte vielerlei Gründe haben, wovon Antek mindestens zwei einigermaßen verständlich schienen. Zum einen: Ihre Wut, die sich eigentlich darauf richtete, dass Antek alljährlich nach Bremen verschwand, projizierte sie auf Zocha, der ihn dann im Kino vertrat. Zum anderen: Dass Zocha sich selten wie ein Normalsterblicher verhielt, war in der Stadt kein Geheimnis. Man hatte sich gewissermaßen an sein misstrauisches Schweigen gewöhnt, sein verwirrtes Umherblicken und rastloses Wandern durch die Straßen und am Ufer der Łyna entlang. Die Bewohner von Bartoszyce liebten seine Traurigkeit, Teresa hasste sie aber.

Die Abendvorstellung im Muza hatte längst begonnen, und Iwan und Zocha waren nicht da. Der Exoffizier war der unzuverlässigste Kartenabreißer auf Erden, was Teresa zusätzlich wurmte. Er war unpünktlich. Er schaute sich nicht einmal den Film an, wie es alle Kollegen taten, zumal sie keinen Eintritt zahlen mussten. Zocha nicht, schon in der Einarbeitungsphase, als ihn Antek vor fünf Jahren in diesen Job einweihte, vor seiner ersten Reise nach Bremen, hatte sich Zocha als besonders untalentiert erwiesen. Er war zu redselig, zu sentimental und quatschte jeden Besucher an, und die Schlange vor dem Kino wurde nicht kleiner. Während seiner Offizierszeit hatte es einen furchtbaren Unfall auf dem Truppenübungsplatz bei Bartoszyce, hinterm Fluss Łyna, gegeben, bei dem er angeblich seine Manneskraft eingebüßt haben sollte. Jedenfalls kam er erst nach zwei Monaten aus dem Johanniter-Krankenhaus nach Hause und durfte seinen Dienst in der Gelben Kaserne nicht mehr versehen: Der Grund dafür wäre seine Herzschwäche, erklärte er seinen Freunden. Antek glaubte ihm, und die anderen verhöhnten Zocha, der sich mehr und mehr in seine Plattenbauwohnung in *Hamburg* zurückzog: Welcher Mann wäre schon auf den Spitznamen *Gabi* stolz?

Antek erkundigte sich bei *Pani* Ela, der Kartenverkäuferin, ob sie seine Freunde gesehen hätte, aber sie verneinte. Sie sagte, Zocha könnte doch mit Meryl Streep nichts anfangen, »Jenseits von Afrika« fände er langweilig und wäre deswegen nach dem Einlass sofort abgehauen – wohin, wüsste sie nicht. Sie hätte jetzt die ganze Verantwortung und müsste bis zweiundzwanzig Uhr dreißig bleiben, um das Kino nach der Spätvorstellung zu schließen. Und Iwans spitzer Glatzkopf wäre ihr doch in der Menschenmenge sofort aufgefallen. Antek wiederholte seine Frage mehrmals, bis *Pani* Ela schließlich die Geduld verlor und sagte, er solle sie nicht mit dummen Fragen belästigen: »Gehen Sie ins Bett, Antek. Sie sind besoffen. Kaum sind Sie da, machen Sie wieder Ärger!«, wehrte sie sich, und Antek baute sich vor ihr auf und sagte mit dreistem, schleimigem Grinsen auf den Lippen: »Wissen Sie! Wenn ich mit Ihnen eine Liebesszene drehen müsste, würde ich Sie so lange küssen, bis Sie keine Luft mehr bekämen! Haben Sie sich jemals gefragt, wie die das im Film anstellen? Sind das wirklich echte Küsse?«

»Hauen Sie ab! Jetzt reicht's. Oder ich ruf unsere Frau Leiterin an!«

»Schon gut! Immerhin bin ich nicht alleine auf dieser Welt: Sie lieben mich doch! Das kann ich an Ihren hübschen Augen ablesen! Aber ich sag jetzt gute Nacht!«

Pani Ela hatte vier Kinder und war nicht gerade die Vorzeigegöttin im Harem der Männer von Bartoszyce, was vor allem daran lag, dass ihre Nase Ähnlichkeit mit einem Korkenzieher hatte.

Ich Vollidiot – was wollte ich bloß von ihr?, dachte Antek, aber Schwamm drüber! Er stieg die Treppe hoch, sah noch kurz bei Gienek Pajło im Vorführraum vorbei und wechselte mit ihm ein paar Worte. Gienek machte Feierabend.

Dann ging Antek zu seiner Wohnung, und als er die Tür aufschloss, lag dort alles im Halbdunkel versunken, und es war so still, dass er sich für einige Sekunden mit den Zeigefingern die Ohren zuhielt, weil er das summende Geräusch der Stille nicht aushalten konnte. Die Fenstervorhänge waren zugezogen; in der Küche über der Spüle brannte Neonlicht. Er hatte heute Nachmittag vergessen, es auszuschalten. Im Kühlschrank herrschte gähnende Leere wie in den Läden. Eine Flasche Milch und zwei Bier waren noch zu haben. Er machte Musik an und hatte, ohne lange zu überlegen, die richtige Schallplatte aufgelegt. Was aus den Boxen kam, passte zu seiner Stimmung: Perfect (»... *chciałbym być sobą jeszcze, chciałbym być sobą wreszcie ..., chcemy być sobą jeszcze, chcemy być sobą wreszcie ...*«). Er legte sich aufs Sofa und rauchte eine Zigarette. Das weiße Neonlicht fiel in den Flur und bahnte sich seinen Weg bis ins Wohnzimmer. Er dachte an Beata, er versuchte, zu ihr zu finden, sich ihr Bild in Erinnerung zu rufen, aber er schlief ein, als er die Brücke erblickte und August Kuglowskis Haus und in der Ferne die sonnigen Ufer des Blankisees.

6

EINE STUNDE SPÄTER schrillte das Telefon. Es war kurz vor elf. Er sprang nervös vom Sofa auf und stieß mit dem Fuß die Bierflasche um, die auf dem Couchtisch stand. Es war nur noch ein kleiner Schluck drin, sodass der Teppich trocken blieb. Er rannte zum Telefon und nahm den Hörer ab. Er tippte auf Beata oder Lucie. Am anderen Ende der Leitung begrüßte ihn eine klare Stimme.

»Du bist wieder da ...«, sagte Teresa leise. »Ich versuche schon den ganzen Tag, dich zu erreichen ...«

Antek knöpfte sein Polohemd auf und hockte sich auf den Fußboden. Er war verkatert und überrumpelt. Jeder andere Anrufer wäre ihm willkommen, selbst Lucie ein zweites Mal, jede andere Stimme, aber sie, seine Theaterleiterin? Sie war die Letzte, die er jetzt sprechen wollte.

»Du bist in Bartoszyce«, wiederholte Teresa.

»Ja, du hast doch meine Nummer gewählt«, sagte er.

»Schläft dein Mann schon?«

»Nein. Er ist bis Freitag in Elbląg. Ich muss dich sehen und mit dir reden – jetzt gleich. Nimm dir ein Taxi und komm zu mir«, sagte Teresa.

Er dachte kurz nach, und da er ziemlich sicher war, dass er in den nächsten zwei Stunden nicht wieder einschlafen würde, sagte er, dass er sich sofort auf den Weg machen würde.

Er legte wieder auf. Die ganze Aufregung und Trunkenheit aus dem Café Roma war in null Komma nichts verflogen. Er trank ein Glas Wasser und ging auf die Straße.

Es war eine warme Nacht. Ein paar zerzauste Wolken schwammen langsam in die Dunkelheit und versteckten die Sterne in ihren grauen Armen. Er dachte immer noch an Coney Island und an den alten Vergnügungspark mit dem riesigen Wonder Wheel und den bunten Lichterketten und der stillgelegten Achterbahn, die seit unzähligen Jahren verwahrlost dalag wie ein auf Grund gelaufenes Schiff und herumspukte. Coney Island war wie Bartoszyce, die Zeit war dort wie hier stehen geblieben – so hatte er sich das damals vorgestellt, als er mit Lucie in einem der mit blauer Farbe gestrichenen Wagen des Wonder Wheels saß und über dem ältesten Vergnügungspark der Welt schwebte. Lucie lachte und kreischte und war außer sich, wenn der Wagen in seinen Schienen ekstatisch ein paar Meter in die Tiefe rutschte und abrupt stoppte, während sich das Wonder Wheel drehte: Brooklyn, Manhattan und der Atlantik glitzerten unter ihnen! Da spürten sie beide, dass die Erde nicht wirklich rund war, sondern sogar Ecken und scharfe Kanten hatte und tatsächlich durch das ganze Universum reiste. Es war wie Musik, wie das Vokalsolo »The Great Gig in the Sky« von Clare Torry.

Antek ging zum Taxistand. Er musste über den Defilierplatz zurück laufen, die Tribünentreppe nehmen, dann war er wieder in der Altstadt, wo die kleinen Gassen anfingen und jeden Fußgänger zum Marktplatz führten. Hier konnte man sich gar nicht verirren.

Er setzte sich in ein Taxi und sagte die Straße an. Teresa wohnte in der Neustadt, in *Hamburg*, hinter dem Fluss.

Der Taxifahrer, ein alter Mann, redete nur vom Sterben. Sein Bruder, seine Mutter und sein Enkelkind – alle seien sie dieses Jahr auf dem neuen Friedhof im TPD-Wald hinter der Eisenbahnlinie von Bartoszyce beerdigt worden. Und neulich, wovon selbst die Gazeta Olsztyńska, die Tageszeitung aus Olsztyn, berichtet habe, sei es zu einem Brudermord gekommen. Die beiden Łużyckis, die Bäckersöhne, hätten sich um ihre Erbschaft gestritten: »›Er hatte ein Messer – ich hatte ein Messer!‹ stand in der Zeitung«, sagte der alte Mann. »Verstehen Sie?«

Nein? Sie haben davon nichts gehört? Wo waren Sie denn? Im Ausland? Antek bezahlte die Fahrt, sagte auf Wiedersehen und eilte zu Teresa.

Roberts Vorschlag, er solle zusätzlich zum Job im Muza für ihn Blumen ausfahren, gefiel Antek. Er hatte während der Taxifahrt alles ganz klar vor sich gesehen. Er würde Rosen, Tulpen und Gerberas ausliefern. Für all die Feste, die in Bartoszyce seit 1945 kein Ende nahmen: der 1. Mai, der Frauentag am 8. März, der Schulbeginn am 1. September, die Beerdigungen jeden Morgen, die Weihnachtsfeste, die Namenstage, die Abschiedsfeste in den Schulen und den Betrieben, der Fahneneid in der Gelben Kaserne, das Erntedankfest, die Zahnprothesen, die künstlichen Beine aus Prag und die glücklich ausgegangenen Schwangerschaftsvergiftungen, die erste Kommunion, der 30. Parteitag, die Einweihung der Denkmäler für Kriegshelden und Staatsmänner, die Poesie- und Musikwettbewerbe im Kulturhaus und die neuen Autos und immer wieder die Beerdigungen und die Taufen und die Gottesdienste – es gab keinen einzigen Tag ohne Blumen.

Teresas Wohnung war im vierten Stockwerk, er klingelte dreimal, und sie öffnete endlich, sie fielen sich sofort in die Arme, ohne Worte. Als hätte es zwischen ihnen nie irgendwelche Vereinbarungen oder einen Streit gegeben.

»Wo warst du?«, fragte Teresa.

Sie hatte grüne Augen, kurzes, blond gefärbtes Haar und war etwas größer als Antek. Ihre Beine reichten bis zum Himmel.

»Das weißt du doch«, sagte Antek und schob die Frau auf Armeslänge von sich und schaute sie an. »Ich muss eigentlich wieder gehen. Es war falsch von mir, hierher zu kommen ...«

»Nein, es ist endlich alles richtig«, sagte Teresa. »Ich hab auf dich gewartet.«

»Jeder in dieser Stadt scheint auf mich gewartet zu haben.«

»Du bist hier der einzige Mann, der ein bisschen in der Welt rumkommt …«

Antek zuckte nur mit den Achseln und verzichtete auf einen Kommentar. Teresa bat ihn ins Wohnzimmer, wo schon der Couchtisch gedeckt war. Mit Tee und Mohnkuchen und Cognacgläsern.

Die Sawickis hatten keine Kinder. Seweryn, Teresas Mann, war Schaffner. Er war auf seine Frau so eifersüchtig, dass er sich sogar einmal mit einer Rasierklinge die Unterarme und Oberschenkel verletzt hatte. Er hielt Teresa für ein Flittchen. Er glaubte alles, was die Leute in der Stadt über sie erzählten. Aber Antek wusste, dass Teresa nie etwas mit anderen Männern gehabt hatte – außer mit ihm selbst. Er vertraute ihr.

Teresa behauptete, den falschen Mann geheiratet zu haben, was wie eine billige Ausrede für ihre Unzufriedenheit klang: Sie brachte es einfach nicht fertig, Antek zu sagen, dass sie am liebsten mit ihm aus Bartoszyce abhauen würde und aus dieser ewigen Erstarrung, in der sie lebte. Von Anteks und Roberts Plänen, das Muza zu kaufen, ahnte sie überhaupt nichts. Und er musste sich wundern, dass Kimmo, dieses Plappermaul, Teresa nichts verraten hatte. Manchmal war auf ihn Verlass.

»Ich bin pleite«, sagte Antek, als er sich auf den Sessel setzte.

»Du warst doch bei deiner *Lussi*. Hast du diesmal nichts verdient?«, fragte sie.

»Nein. Bitte, Teresa, erspar mir deine Neugier. Du bist diejenige, die angerufen hat. Du wolltest mich sprechen. Ich muss dir nichts erklären. Also – was ist los?«

»Erst mal stoßen wir an, dann sehen wir weiter«, sagte sie und holte eine Cognacflasche, die noch zur Hälfte voll war, aus dem Wandschrank.

Sie schenkte ein, und sie tranken.

Teresa sagte: »Am Montag um siebzehn Uhr hast du auf der Matte zu stehen – Zocha ist entlassen. Ich will ihn nie wieder bei mir im Kino sehen.«

»Zocha ist in Ordnung, weil alles, was schlechter ist als sein Kultfilm ›Das Messer im Wasser‹, bei ihm durchfällt. Aber egal. Okay. Am Montag komme ich zur Arbeit. Vormittags werde ich wohl Rosensträuße für Robert ausfahren. Und jetzt sollte ich besser gehen.«

»Nein, bitte, verlass mich nicht! Zumindest nicht heute.«

»Was hast du eigentlich gegen Zocha? Was hat er dir angetan?«

»Jedes Mal, wenn ich ihn in der Einlasstür des Muza sehe, erinnert er mich daran, dass du mich nicht liebst. Und dass du vielleicht eines Tages aus Bremen nie wieder zurückkommst. Zocha weilt noch unter den Lebenden, obwohl er schon längst tot sein müsste. Wie ich und wie diese Stadt. Er ist mein Abbild. Ich verabscheue ihn, weil ich mich in ihm wiedererkenne. Übrigens, ich hab von Kimmo gehört, dass du einen Autounfall hattest. Ich hab ihn heute im Kino getroffen.«

»Das ist doch kein Verhör. Oder?«, fragte Antek.

Er stand vom Sessel auf, fest entschlossen zu gehen, aber Teresa kniete vor ihm nieder, klammerte sich an ihn und redete wirr und ohne Unterbrechung: »Wo du bist, bin ich auch, das weißt du! Antek, tu doch endlich was, ich halt's nicht mehr aus ...«

»Lass mich los, Teresa – lass mich endlich los!«, flüsterte er und zerrte sie vom Boden auf das Sofa, und Teresa gab keinen Ton mehr von sich, schloss nur ihre Augen, sie begann plötzlich hysterisch zu lachen wie vor Schmerzen, die nur mit Morphium gelindert werden könnten.

7

ER WAR DIE GANZE NACHT ÜBER bei Teresa geblieben. Ihre Nachbarn konnten sich freuen – sie hatten gesehen, wie er mit Teresa auf dem Balkon Zigaretten rauchte und Musik hörte: Im Radio 3 aus Warschau spielte zufällig Jarretts Symphonie »Arbour Zena« mit Jan Garbarek und Charlie Haden. Das Konzert hatte sich zwischen den Plattenbauten wie ein Echo ausgebreitet. In der Wohnung war es mörderisch heiß und schwül gewesen, und sie konnten lange nicht einschlafen.

Am Morgen stand Antek gegen acht auf und ging zu Fuß nach Hause. Er rief bei Robert an und fragte, ob er von ihm ein Auto leihen könne. Aber Robert musste nach Kętrzyn fahren, und die beiden Dienstwagen, zwei Tarpans, waren den ganzen Tag unterwegs.

Am Vormittag telefonierte er aber mit Beata, er hatte sie endlich erreicht. Er sagte, dass er mit dem nächstbesten Bus nach Blanki kommen würde. Etwa in zwei Stunden könnte sie ihn abholen. Er sagte, dass er sie liebe, und er erschrak im selben Moment, weil Beata keinen blassen Schimmer davon hatte, was er in all den Jahren mit Lucie erlebt hatte.

Er packte eine Tasche mit Zahnbürste, Rasierzeug, Socken und Unterwäsche, etwas zum Lesen und machte sich dann auf den Weg zum Busbahnhof. Er hoffte, unterwegs Iwan zu treffen. Er wollte sich von ihm seine Sonnenbrille zurückholen, die ihm Lucie in Coney Island gekauft hatte.

Zweites Buch

8

DIE SONNE SCHICKTE ihre wärmsten Strahlen seit langem zur Erde. Der Sommer war nahe und der Himmel voller Bläue, und es war kein weiter Weg nach Blanki, etwa sechzig Kilometer. Der Bus brauchte anderthalb Stunden für diese Strecke. Aber Antek kannte den Weg seit seiner Kindheit, und es kam ihm immer noch so vor, als würde diese Reise einen ganzen Tag dauern oder noch länger, wie damals, als er jedes Jahr mit seinen Eltern in den Sommerurlaub zum Blankisee fuhr, zum Erholungszentrum der Möbelfabrik von Bartoszyce.

Selbst der alte Jelcz, der gelbe Bus, pendelte noch von Dorf zu Dorf und sammelte Urlauber, Schüler und Bauern ein, wie vor fünfundzwanzig Jahren. Und etwa so lange kannte er auch schon August Kuglowski. Antek hatte sogar mit seinen beiden Kindern aus erster Ehe, Elisa und Marian, im Wald und am Seeufer von Blanki gespielt, und hätte ihm, dem kleinen Jungen Antek, jemand zu jener Zeit in die Zukunft geschaut und geweissagt, dass er eines Tages August Kuglowski den Tod wünschen und in seine junge Frau Beata verliebt sein würde, hätte er einen Stein in die Hand genommen und geantwortet: »Schau her, ich kann Hüpfsteine werfen!«

Ertrunkene sterben doppelten Todes, dachte Antek wieder, als der Bus an einer Haltestelle hielt und neue Reisegäste zustiegen. Er hatte jetzt viel Ruhe, um herauszufinden, was Kuglowski eigentlich zugestoßen war.

In Bartoszyce warteten auf ihn bloß der Alltag und die endlosen Gespräche im Café Roma, die zu nichts führten, außer dass ein neuer Tag zu Ende gebracht wurde. Abgeschlachtet wie Vieh. Er liebte seine Stadt, er war ihr Kind durch und durch, mit allen Fehlern und Stärken, aber sie wurde ihm allmählich lästig, weil es in ihr kein Vorankommen gab, so schien es ihm. Es änderte sich nichts. Als Kartenabreißer kannte er alle Gesichter, alle Bewohner. Er begegnete ihnen Abend für Abend und sah, dass die Menschen des Lebens müde waren und am liebsten flüchten würden. Irgendwohin. Und die zwei, drei Stunden im Kino waren keine Rettung – wenn überhaupt, dann nur ein kurzer Traum von glücklichen Ländern und Städten, ein Traum, der sie aber nicht heilen konnte.

Manchmal bezweifelte Antek, dass es ihm und Robert jemals gelingen würde, das Kino Muza zu privatisieren und etwas Neues aufzubauen. Da kamen ständig andere Dinge dazwischen, zum Beispiel seine Reisen nach Deutschland, die viel zu kurz gewesen waren. Er verdiente zu wenig. Er müsste schon für mindestens ein ganzes Jahr in Bremen bleiben und arbeiten, dann würde er ein reicher Mann sein und könnte sogar Roberts ebenbürtiger Geschäftspartner werden.

Mit Robert war das aber alles anders. Er war wie der listige Billardspieler Paul Newman. Er schrieb immer seine Einnahmen und Ausgaben auf und rechnete alles genau aus. Er kombinierte und schuftete so lange, bis alles im Plus stand. Aber er ging auch, ohne mit der Wimper zu zucken, jedes Risiko ein. Er hatte für Geschäfte einen siebten Sinn. Er war verschlagen und dabei stets gut gelaunt. Das Kino Muza würde neben den Gewächshäusern, der kleinen Villa und dem BMW sein materielles Sammelsurium nur ergänzen wie eine schöne Schweizeruhr, seine zweite oder dritte. Er assoziierte Freiheit mit

Geld und Besitz, obwohl ihm die Kinnlade schon mehrmals nach unten geklappt war – bei großartigen und mitreißenden Filmen wie »Apocalypse Now« oder »Der Mann aus Eisen«, und selbst der erste »Rocky« hatte Robert tief beeindruckt.

Er war wieder unterwegs, war gar nicht richtig zu Hause in Bartoszyce angekommen, hatte seinen Freund Zocha nicht getroffen und Iwan verpasst – und dennoch, trotz alldem, fühlte er sich jetzt von allen Pflichten und Sorgen befreit.

Er war plötzlich nüchtern und entspannt wie in den Tagen mit Lucie, als sie einmal zusammen für ein längeres Wochenende zu ihrer besten Freundin nach New York geflogen waren. Das war unter anderem deswegen möglich gewesen, weil er über das Konto A verfügte, das jeden polnischen Staatsbürger zu einem Westeuropäer machte. Das Konto A war der Schlüssel zum schnellen Glück, welcher Art auch immer. Dabei musste man gar keine großartigen Reisen geplant und viel Geld zusammengekratzt haben, um bei der PKO-Bank das geheimnisvolle Konto eröffnen zu können: Ein eintägiger Besuch in der Tschechoslowakei oder in Frankfurt an der Oder reichte, vorausgesetzt man verfügte über Devisen – jeder läppische Betrag genügte – und konnte ihre Herkunft sachlich erklären. Danach wurde man sogleich zum Ritter geschlagen und durfte sich mit seinem Visum und der Einladung von Verwandten oder Freunden aus dem Westen auch auf die Suche nach dem heiligen Gral begeben oder einfach in Coney Island auf dem Boardwalk flanieren, aus einem Trinkhalm Piña Colada schlürfen und den Mexikanern beim Tanzen, Trommeln und Singen zuschauen. Santana!

Wenn er gemeinsam mit Lucie im Westblock verreisen wollte, beschaffte sie Antek von ihren ausländischen Bekannten Einladungen. Die Warteschlangen und Streitereien vor der amerikanischen, schwedischen oder italienischen Botschaft, gelegentliches Übernachten in der Kälte, waren die einzigen Hürden, die er zu nehmen hatte.

Die Landschaft änderte sich allmählich, und je näher man dem Dorf Blanki kam, desto mehr Hügel und Wälder gab es. Kleine Seen tauchten auf und verschwanden wieder hinter den Hügeln und Feldern.

Antek wühlte in seiner Tasche, suchte nach Zigaretten, zum Lesen war er gar nicht gekommen, weil er ständig aus dem Fenster geschaut und nach neuen Bildern und Eindrücken gesucht hatte. Er fand seine Zigaretten und machte sich zum Aussteigen fertig. Als der Bus in Blanki anhielt und er sich zum Ausgang begab, war beim Blick durchs Fenster von Beata nichts zu entdecken. Ihr Auto, der GAZ, ein alter russischer Geländewagen, stand zwar vor dem Kiosk geparkt, aber nirgends eine Beata. Die Haltestelle war menschenleer, Antek war der einzige Reisende, der in Blanki ausstieg.

Er wartete, bis der Bus abgefahren war, dann zündete er sich eine Zigarette an und sah sich um. Das Dorf eignete sich nicht für Touristen. Es gab keinen Laden, und zum Einkaufen musste man nach Jeziorany fahren. Alte, bucklige Weiber saßen auf den Bänken vor ihren Häusern. Um ihre Köpfe hatten sie buntscheckige Tücher gewickelt, und sie schwitzten und tranken schwarzen Tee und redeten kaum miteinander. Ihre Männer waren längst tot, oder sie angelten mit den Enkelkindern im Blankisee. Ihre Söhne arbeiteten auf dem Feld, aber die meisten taten nichts, soffen nur den ganzen Tag billiges Bier und qualmten eine nach der anderen. Beata hatte mit diesen Menschen, deren Bauernhäuser verwahrlosten, wenig zu schaffen. Man erzählte sich, dass die letzten Renovierungsarbeiten der Deutsche durchgeführt hatte, als er hier noch lebte und die Kornkammern für den bevorstehenden Krieg füllen musste, in der ärmsten Gegend des Dritten Reiches.

Antek rauchte eine Weile, nahm gierig zwei, drei Züge und drückte die Zigarette an der Glaswand der Bushaltestelle aus. Er ging zum Geländewagen, er war sich sicher, dass die Türen nicht abgeschlossen waren. Bingo! Er setzte sich auf den Beifahrersitz, schmiss seine Tasche nach hinten auf die Ladefläche, klappte die Sonnenblende aus einem ausgeschlachteten Polonez auf und warf einen Blick in den kleinen Spiegel.

Es roch nach Beata, nach ihrem süßen Schweiß, den er so gut kannte. Ihr Duft war stärker als der von Lucie oder Teresa. Und sie trug immer Kleider, keine Hosen, er hatte sie bis jetzt nur einmal in Jeans gesehen. Er verriet es niemandem, aber er hatte den besten Sex mit Beata gehabt. Er wollte sich dieses kleine Geheimnis bewahren wie etwas sehr Kostbares, Unverkäufliches. Wenn er sie liebte, den Geruch ihrer Haut einatmete, verlor er für Sekunden das Gespür für die Schwerkraft, wie beim Kiffen, und es ging weiter und tiefer, wo sie beide anfingen, an die Unsterblichkeit zu glauben, dass es sie tatsächlich gab. In dieser armseligen Gegend, am Seeufer und auf der Insel und auch in Bartoszyce. Bei Teresa oder Lucie dachte er allzu oft daran, dass er irgendwann sterben müsste, der Tod war immer ganz nah, und er hatte Angst vor ihm.

Er wartete noch ein paar Minuten und wollte gerade gehen und Beata suchen, als er plötzlich ihre Stimme hörte. Sie rief seinen Namen, er sah sie im Seitenspiegel auf den Wagen zukommen und stieg aus.

»Antek!«, rief sie. »Antek! Da bist du ja! O Gott! Ich hab mir solche Sorgen gemacht! Seit Monaten schlaf ich keine einzige Nacht! Warum hast du so selten von dir hören lassen!? Antek!«

Er umarmte sie, er küsste ihre Lippen und Wangen und war sprachlos. Beata redete weiter, schob Antek einen Schritt von sich weg und sah ihn an, als könnte sie nicht glauben, dass er es wirklich war, hier in Blanki.

»Jetzt wird alles gut«, sagte sie. »Ich versprech's dir. Alles wird gut werden. Wir brauchen uns nicht mehr zu verstecken, und was die Leute über uns sagen, ist mir schnuppe. Und du, warum schweigst du?«

Er nahm sie an die Hand und sagte: »Lass dich mal ansehen! Dreh dich mal um! Ich will prüfen, ob alles da ist!«

Beata fing an zu lächeln und erfüllte seine Bitte. Sie drehte sich einmal um ihre eigene Achse und warf dabei die Arme in die Luft wie eine Tänzerin. Sie hatte lange, rostfarbene Haare, die ihr bis zu den Hüften reichten.

Antek durchkämmte sie manchmal mit seinen Fingern, wenn Beata auf dem Bett saß, kurz nachdem sie sich geliebt hatten. Ihre Augen waren dunkelblau, wie der Blankisee an den tiefsten Stellen und wenn die Sonne schien. Sein eigenes Gesicht war kantig und etwas schroff, sehr trocken und nie aufgedunsen, als würde er jedes Jahr für mehrere Monate nach Irak oder Libyen fliegen und dort auf riesigen Baustellen schuften, um Petrodollars zu verdienen.

Alle Männer aus dem Ostblock, die bei den Arabern arbeiteten, hatten solche ausgedorrten Gesichter. Weil ihm sein eigenes Gesicht hässlich vorkam, liebte er Beata über alles. Sie hatte sanfte Züge und würde selbst mit fünfzig keine Falten bekommen, da war er sich sicher. Die Kraft kam bei ihr von ihrem reinen Gesicht und von den Augen.

»Wo warst du denn?«, fragte Antek, als sie losfuhren.

»Morgen kommt hoher Besuch aus Warschau. Ich musste bei dem alten Kozieł Fisch bestellen, zwei Kilo Plötze und drei Welse. Der Brzeziński hat sich wieder gemeldet – nach drei Jahren.«

»Ich dachte, der Säufer lebt nicht mehr.«

»Das wäre das Beste für uns alle. Aber seit dem Tod von August schnüffelt er wieder. Er war schon zweimal auf der Insel, und er hat auch nach dir gefragt.«

»Ich war im Ausland. Das muss ihm doch klar sein.«

»Ja, ich weiß ...«

»Eines begreife ich nicht. Warum ist dein Mann ertrunken, praktisch in seiner eigenen Badewanne? Er kannte doch den See – seine Launen und Gefahren. Und seine Leiche, wo ist die?«

»Reg dich bitte nicht auf. Ein besseres Geschenk konnte er uns nicht machen: Wir sind endlich frei und haben sogar ein bisschen Geld, zumindest für den Anfang.«

»Schön wär's«, sagte Antek. »Ich hab in der Nacht von Mittwoch auf Donnerstag einen Unfall gebaut, und dann bin ich zu allem Übel noch ausgeraubt worden.«

Beata reduzierte die Geschwindigkeit und bremste scharf ab. Der Geländewagen kam abrupt zum Stehen, mitten auf dem Sandweg, der von Blanki am Seeufer entlang zu August Kuglowskis Inselbrücke führte.

»Wie denn das?«, wunderte sie sich. »Ich hätte also beinah zu deiner Beerdigung kommen müssen?!«

Sie küsste ihn und schmiegte ihren kleinen Kopf an seine Brust.

»Mir ist nichts passiert«, sagte Antek. »Und das Geld – ist mir jetzt egal. Außerdem war es sowieso für was ganz anderes geplant. Ich konnte ja nicht ahnen, dass August zustoßen würde, was wir uns in unseren Träumen schon immer erhofft hatten.«

Beata drehte den Zündschlüssel, und sie fuhren weiter.

Seine Geliebte setzte eine besorgte Miene auf und war nicht mehr so gesprächig wie am Anfang.

Sie passierten die letzte Ortschaft, das Erholungszentrum der Möbelfabrik von Bartoszyce. Die gemauerten Touristenhäuschen standen zum größten Teil noch leer. Hier und da, auch am bewachten Badestrand der Möbelfabrik, sah man ein Rentnerehepaar, das seinen zweiwöchigen Urlaub am Blankisee verbrachte. Die Hauptsaison fing erst mit den Schulferien an, am 1. Juli.

»Für was war denn dieses Geld geplant?«, fragte Beata.

»Bestimmt für ein krummes Geschäft mit Robert. Oder überlegt ihr immer noch, das Kino Muza zu privatisieren?«

»Ja. Irgendwas hängt in der Luft, was noch keiner von uns benennen kann. Ich weiß nicht, was es ist. Aber wir müssen es selber in die Hand nehmen. Wenn das Kino endlich uns gehören würde – das wäre doch was. Der Staat könnte es uns vielleicht zu günstigen Kreditraten verkaufen. Ich würde dann ein neues Programm machen, neben dem kommerziellen etwas Klassisches und von der Regierung Verbotenes – Zensiertes.«

»Träume. Nichts als Träume«, sagte Beata. »Ich muss daran denken, was mein Vater immer gesagt hat: ›Eure Köpfe werden gefällt wie Bäume, und ihr träumt weiter!‹«

Sie fuhren am See entlang und erreichten die Holzbrücke, die August Kuglowski eigenhändig gebaut hatte. Zwei Eisenbahnschienen mit einem Steg aus Brettern und Holzgeländern. Die Schienen waren zu beiden Uferseiten in die Erde einbetoniert. Die Brücke war schon dreißig Jahre alt und musste häufig ausgebessert werden. Die Bretter hielten keine drei Winter hintereinander. Sie gingen bei den kalten Temperaturen schnell kaputt.

Die Insel war etwa drei Kilometer lang. In der Breite maß sie höchstens siebenhundert Meter. Aus der Luft sah sie aus wie der Abdruck eines Gummistiefels, Größe dreiundvierzig. Bäume, vor allem Pappeln, Birken und Erlen, wuchsen ringsherum um die ganze Insel und beschützten sie vor Wind und Sturm.

August Kuglowskis Bauernhaus und ein ehemaliger Pferdestall standen auf einem Hügel und überschauten riesige Wiesen. Dort grasten ein paar Ziegen und Schafe. Das letzte Pferd war auf einem Metzgertisch geendet. Die Apartments und der Speisesaal lagen im Erdgeschoss des Haupthauses, Beatas Wohnung darüber.

Die Holzhütten für die Gäste lagen aber in Hainen verborgen, direkt am Ufer, und hatten ihre eigenen Stege mit Bänken und Holzbooten. Dort, zwischen den Bäumen, war es immer feucht und dunkel, aber dafür hatte man einen weiten Blick über den See. Und dann gab es noch einen kleinen Hafen, in der einzigen Bucht des Blankiwerders, nahe der Brücke und dem Binnenland.

In dieser Bucht wuchsen keine Bäume, die Sonne schien dort den ganzen Tag, und es roch nach wilder Pfefferminze, die sich überall ausbreitete. Die Ruder- und Motorboote waren an Betonpfeiler angekettet, die im schwarzen Uferboden steckten. Ein Paradies für Regenwürmer.

»Hast du zurzeit viele Urlauber?«, fragte Antek.

»Nein. Nur eine Familie mit zwei kleinen Kindern aus Katowice und zwei Westdeutsche, *Panowie* Gerhard und Wilfried aus Lübeck, aber die sind den ganzen Tag unterwegs, tingeln in der Gegend herum. Seltsame Typen. Etwa zweiundvierzig Jahre alt. Die haben Sauerstoffflaschen und Taucheranzüge mitgebracht, sind aber noch kein einziges Mal zum Tauchen rausgefahren.«

»Erzähl ihnen nicht, dass ich ihre Sprache verstehe. Ich will da in nichts reingezogen werden.«

»Wie du willst.«

Beata parkte den Geländewagen im Pferdestall, wo Ruder, Schwimmwesten und Angeln untergebracht waren. Dort stand auch seit Jahren, zugedeckt mit einer grauen Plane, der alte DS, der August Kuglowski sozusagen in den Schoß gefallen war. Er hatte in den Siebzigern Besuch aus Frankfurt am Main bekommen. Zwei Bankiers und eine Frau besuchten die Insel, und der DS ging ihnen kaputt. Sie gaben den Wagen bei August in Verwahrung und sagten, sie würden in einem Monat zurückkehren und ihn abholen. Nichts dergleichen. August hatte geduldig auf sie gewartet, den DS sogar repariert. Sie ließen sich nie wieder blicken.

Antek nahm seine Tasche mit, und sie gingen zum Haus, um Stefcia zu begrüßen. Sie lebte in dem Städtchen Barczewo und war bei Beata angestellt, um wie jeden Sommer für die Gäste zu kochen. Sie blieb bis September auf der Insel und sah ihre Kinder nicht, die in Barczewo von ihrer Schwester betreut wurden. Stefcia konnte sich nie einen Tag freinehmen. Sie musste kochen. Antek kannte ihre Kochkünste: Beata fütterte ihn damit im Kino Muza, bei jedem ihrer Ausflüge nach Bartoszyce – sie brachte ihm in Töpfen die Reste vom Mittag, Bigos oder Barsche. Wie Stefcia den Fisch briet und zubereitete, war sagenhaft. Alle leckten sich die Finger, kein Restaurant konnte mit Stefcias Fischgerichten mithalten. Die besten Köche hätten von ihr viel lernen können. Es war einfaches, gesundes Essen – das, was man auf dem Land aß. Aber Stefcia bereitete es mit derselben Liebe zu, die sie auch ihren Kindern gab, und ihrem Mann, der schwer krank war. Er hatte Krebs und lag im Sterben. Die Ärzte hatten ihm schon einen ganzen Lungenflügel abgenommen.

»Meine Tochter ist bei ihrer Großmutter in der Stadt, wo sie zur Schule geht«, sagte Beata. »Ich seh sie nur am

Wochenende. Da hat sich nach wie vor nichts geändert. Ich muss sie heute Abend abholen. Du kannst ja angeln oder eines meiner Boote reparieren. Sie laufen voll Wasser, wenn man mit ihnen rauspaddelt.«

»Kleinigkeit«, sagte Antek.

Sie traten ins Haus, gingen die Treppe hoch zu Beatas Wohnung und klopften an Stefcias Zimmer, aber sie war nicht da.

»Sie ist wohl schon in der Küche«, sagte Beata. »Wir sollten ihr und meinen Gästen beim Mittagessen Gesellschaft leisten. Stefcia hat sich bestimmt Mühe gegeben. Sie hat sich sehr gefreut, dass du kommst. Also, was machen wir jetzt?«

»Ich bin nicht hungrig. Ich will nur dich. Jetzt sofort.«

Antek ließ seine Tasche auf den Boden fallen und drückte Beata an die Wand im Flur. Er hob ihr dünnes Sommerkleid hoch und schob seine Hände unter ihren Schlüpfer. Ihr Hintern fühlte sich fest und rund an, obwohl sie eine zierliche Person war, mit schlanken Gliedmaßen. Sie sah gar nicht so aus, als würde sie auf dem Land leben und schwer arbeiten. Beata hätte in jede Großstadt gepasst.

»Nein, bitte, nicht hier. Es könnte jemand vorbeischauen. Und Stefcia wartet«, bat sie.

»Du kannst dir nicht vorstellen, was ich durchgemacht habe. In all den Monaten. Ohne dich.«

»Ich will es mir auch nicht vorstellen. Lass uns gehen. Wir kommen ja vielleicht schon gleich zurück, und dann wird alles so sein wie früher.«

Antek ließ sie los und sagte: »Na gut. Ich fühl mich eh wie ein von den Toten Auferstandener. Du hattest Recht. Ich war dem Tod ganz nah, in dieser heißen Nacht. Dein Mann hat nur Pech gehabt. Und ich war noch nicht dran.«

»Erzähl doch nicht so was. Wir planen zuviel. Aber

jetzt ist endlich alles klar. August ist für eine gute Sache gestorben. Er wusste es bloß nicht.«
»Ist das Mitleid, oder denkst du das wirklich?«
»Kennst du mich nicht?«
»O doch.«
»Wir haben August nicht umgebracht. Der Blankisee hat ihn getötet. Mehr nicht.«
Antek schwieg. Er rieb sich die Hände, als hätte er gerade eben erfahren, dass er beim russischen Roulette gewonnen hätte. Sein Leben war gerettet und hing an einem Bügel im Kleiderschrank wie ein Hochzeitsanzug. Er hatte etwas Zeit gewonnen. Und er hatte Beata, ganz für sich allein.

9

DIE NACHT ZOG SICH IN DIE LÄNGE, sie lagen im Bett und hatten sich so viel zu sagen, dass sie beide keine Müdigkeit verspürten. Jetzt einfach einzuschlafen schien ihnen absurd. Sie liebten sich immer wieder, und Beata drückte ihr Gesicht ins Kissen, um ihre Tochter Agatka nicht aufzuwecken. Ihr kleines Zimmer hatte dünne Wände und war das hellhörigste im ganzen Haus. Beatas abgedämpfte Stimme erregte Antek noch mehr, und er war fast außer Atem, wenn er sie von hinten sah, ihren gekrümmten Rücken und den Kopf, der sich hin und her bewegte, die Haare vollkommen zerwühlt, feucht vom Schweiß. Das verdammte Bett gab leise knarrende Geräusche von sich wie in einem billigen Hotel, aber sie lachten nur darüber und ließen sich nicht davon abbringen weiterzumachen.

Stefcia ging dreimal zur Toilette, sie konnten hören, wie sie das Licht im Flur einschaltete. Stefcia war kein Problem, sie würde am nächsten Morgen nicht einmal grinsen, sie würde nur einen starken Kaffee zubereiten und Antek am Frühstückstisch zuflüstern, dass ihr Mann, als er noch gesund war, ein guter Liebhaber gewesen wäre.

Hauptsache, Agatka wacht nicht auf, dachten sie.

Eines aber fand Antek seltsam. Beata sprach nie, wenn sie sich liebten – im Gegensatz zu Lucie, die ununterbrochen redete wie in einem Pornofilm. Beata war anders. Sie hielt ihre Augen geschlossen, und sie redete nie davon, was in der Nacht gewesen war. Und das war auch gut so.

Antek umarmte Beata; die Augen hatten sich an die Dunkelheit gewöhnt, und sie konnten beide im blauen Licht der Nacht, das durchs Fenster in ihr Zimmer fiel, die Konturen der Möbel und die bombastischen Blumenmuster der aus der Mode gekommenen Tapete erkennen. Antek stand auf und ging nackt zum Fenster, dessen Vorhänge zur Hälfte zugezogen waren, sodass in der Mitte ein breiter, heller Streifen leuchtete. Er langte mit der Hand unter die Gardine zum Griff und stellte das Fenster auf Kipp. Frische Luft drang von draußen in den Raum ein, und er begann zu zittern. Es war unheimlich, im Haus von August Kuglowski zu schlafen – das erste Mal in seinem ganzen Leben. Er hatte dieses Haus, nachdem Beata seine Geliebte geworden war, nie wieder betreten. Als Kind war er hier schon mehrmals gewesen, aber niemals in der Nacht.

Antek setzte sich auf den Boden, mit dem Rücken an das Holzbett gelehnt, und goss sich ein Glas Wein ein, den Beata von den beiden Westdeutschen geschenkt bekommen hatte. Zwei Flaschen Dornfelder.

»Komm zu mir«, sagte Beata. »Es ist kalt. Ich werde dich zudecken und in den Schlaf wiegen. Ich muss morgen um acht wieder auf den Beinen sein. Wie spät ist es?«

Antek warf einen Blick auf seine Armbanduhr, die auf dem Nachttisch lag. Es war halb eins. Die Nacht gab draußen ihr stilles Konzert. Feldgrillen und Hunde wetteiferten miteinander. Der Himmel war absolut klar und mit Tausenden von winzigen Sternen übersät.

»Noch einen Schluck«, sagte Antek. »Dann sage ich dir, wie spät es ist.«

»Was denkst du jetzt?«, fragte Beata.

»Ich denke an August. Er könnte jederzeit reinkommen und uns erwischen.«

»Er ist tot, Antek. Begreif's doch endlich.«

»Nein. Er wird diesen Ort nie wieder verlassen. Das weißt du doch. Wohin soll er denn gehen? Hier ist sein Zuhause. Oder viel mehr im Blankisee.«

»Du machst dir zu viele Gedanken«, sagte Beata, »die dich nur verwirren. Lass ihn sterben, für immer.«

»Man muss ihn suchen und endlich begraben.«

»Sie haben nicht einmal den Mercedes finden können.«

»Du willst mir doch nicht sagen, dass er vielleicht da unten in seiner Karre sitzt, mit weit aufgerissenen Augen, und dass sich Aale um seinen Hals schlingen?«

»O doch. Das will ich dir sagen.«

»Das kann nicht wahr sein. Kein Staatsanwalt dieser Welt würde so etwas zulassen. Der Staat braucht die Leiche, um zu beweisen, dass alles seine Richtigkeit hat.«

Beata schob die Decke von sich und sprang vom Bett auf den Boden und hockte sich neben Antek.

»Gib mir bitte auch einen Schluck, vielleicht kann ich dann besser schlafen. Wir haben alles versucht, da waren sogar Spezialisten aus Gdynia, aber selbst die Tiefseetaucher haben im Dunkeln getappt. Da war nichts zu machen. Und die Stelle, wo das riesige Loch im Eis war, entpuppte sich als falsch. Es scheint, als wäre August auf dem Seegrund weitergefahren und plötzlich verschwunden wie im Bermudadreieck.«

»Wo ist diese Stelle? Kannst du mich morgen hinbringen?«

»Wozu? Was willst du machen?«

»Du sagtest doch, dass die beiden Westdeutschen Taucherausrüstung mitgebracht hätten. Vielleicht könnte ich mir sie von ihnen ausleihen.«

»Antek«, sagte Beata. »Was willst du tun?«

»Ich weiß es noch nicht. Ich muss Augusts Gesicht sehen, ein einziges Mal.«

Beata küsste Antek auf den Nacken, dann strich sie über seine Knie, legte den Kopf auf seinen Schoß und flüsterte: »Ich tu alles für dich – alles, was du dir nur wünschst, aber lass uns die ganze Sache vergessen. Warum willst du jetzt unser Glück kaputtmachen?«

»Beata, wir wollten August umbringen.«

»Nein. Wir haben nur herumgesponnen. Mehr nicht.«

»Wie dem auch sei. Wir sprechen noch darüber. Hauptsache ist, dass Brzeziński nicht auf dumme Gedanken kommt. Er kann einem das Leben zur Hölle machen.«

»Wem sagst du das.«

Sie krochen wieder ins Bett. Beata drehte sich mit dem Hintern zu Antek, und er schob seine Hand zu ihren Brüsten. Aber jetzt mussten sie schlafen.

10

Der Morgen begann mit wolkenlosem Himmel und knallender Sonne. Auf den Wiesen lag noch der nächtliche Tau, der jetzt an den Spitzen der Grashalme schillerte. Die Ziegen und die Schafe fraßen sich satt, und der dichte Nebel hatte sich längst verzogen und war ins Binnenland auf die Felder abgewandert.

Antek, Beata und ihre Tochter gingen in den Speisesaal. Sie waren ausgeschlafen und hatten Hunger.

Stefcia, die jeden Tag um sechs Uhr aufstand, hatte für die Gäste das Frühstück vorbereitet. Sie hatte auch Brzeziński begrüßt, der kurz vor acht aus Warschau angereist war. Er war sechsundfünfzig und arbeitete im Auftrag der Regierung. Seine Aufgabe war einfach: Er sollte den Blankiwerder verstaatlichen. Und dieser Aufgabe ging er schon seit etlichen Jahren mit dem für hohe Staatsbeamte aus der Hauptstadt typischen Eifer nach: Er kannte keine Gnade.

Er war mit Dienstwagen und Eskorte auf die Insel gekommen. Ein junger Fahrer, der zugleich sein Gorilla war, begleitete ihn.

Brzeziński mietete von Beata eines der Ein-Zimmer-Apartments und begann bereits zum Frühstück zu trinken. Er hatte Stefcia vier 0,5-Liter-Flaschen Wodka abgekauft. Ihr Kühlschrank war für alle Fälle perfekt gerüstet. Stefcia musste nicht zaubern: Beata nutzte ihre Kontakte zu privaten Lebensmittelverkäufern, um den Gästen das Beste zu bieten. Dollars und Westmark waren da gar nicht notwendig, zumindest nicht auf dem Land.

Kurz nach neun füllte sich der Speisesaal mit Menschen. Stefcia pendelte mit einer Thermoskanne schwarzen Tees oder Kaffees von Tisch zu Tisch. Lautstark, was in polnischen Ohren wie Soldatengebrüll klang, unterhielten sich zwei Hobbytaucher aus Lübeck über die Wolfsschanze und die Bunker Adolf Hitlers in Gierłoż, die ihres Wissens völlig zerstört und mit Moos bewachsen wären und Touristen aus aller Welt anzögen. Das stimmte, musste Antek beipflichten, aber nur zum Teil. Manche Bunker waren angeblich noch gar nicht richtig erforscht worden, und es konnte sein, dass in ihnen unsagbare Schätze vergraben lagen, die seit dem Ende des Zweiten Weltkriegs immer noch gesucht wurden, zum Beispiel das berühmte Bernsteinzimmer. Zumindest kursierten in der Gegend um Gierłoż herum verschiedene Legenden, die besagten, dass es tief in der Erde geheime Gänge gäbe, die zu einem Raum führten, wo die Nazis Pläne für eine ihrer Geheimwaffen versteckt hätten. Man munkelte etwas von der Atombombe. Antek, der die Ohren spitzte, gab auf all die Gerüchte nichts, und Tatsache war, dass die ganze Anlage bis auf den letzten Stein für weitere Grabungen gar nicht abgebaut werden konnte.

Brzeziński, der kein Deutsch konnte, lauschte dem Gespräch der beiden Lübecker und bat Antek zu übersetzen, der sich vehement wehrte und behauptete, dass seine Sprachkenntnisse gar nicht so weitreichend wären, was die Technik, insbesondere die Bauingenieurskunst, anginge.

Brzeziński, sein Gorilla, Beata und Antek saßen zusammen an einem Tisch. Die polnische Familie aus Katowice war mit sich selbst beschäftigt und widmete dem ganzen Geschehen im Speisesaal keine Beachtung. Ab und zu rannte eines der Kinder, die beide im Grundschulalter waren, zu Stefcia in die Küche mit der Bitte, den Eltern etwas Brot oder Butter zu bringen.

Agatka, die acht Jahre alt war, hatte ihr Brötchen mit

Honig aufgegessen und spielte nun draußen mit einem der Hunde, die die Insel bewachen sollten, sich aber darauf beschränkten, jeden neuen Inselbesucher anzubellen, und zwar so lange, bis Beata oder Agatka herbeieilte und die Hunde wieder in ihre Schranken wies.

Brzeziński sagte: »*Pan* Antek verheimlicht uns etwas, aber machen Sie sich keine Sorgen. Wir werden schon dahinter kommen. Schließlich geht es hier um das Wohl unseres sozialistischen Staates. Und wir sind bereit, und zwar jederzeit, zu kooperieren. Ihr müsst uns nur vertrauen. Nicht wahr?«

Antek versetzte Beata unter dem Tisch mit dem Fuß einen Stoß, um ihr zu sagen, dass Brzeziński vollkommenen Blödsinn redete. Brzezińskis Uhr war längst abgelaufen. Er merkte es bloß noch nicht, und für Antek lag klar auf der Hand, dass es nur noch wenige Jahre dauern würde, bis die letzten Offiziere des Staatssicherheitsdienstes feststellen würden, wie aussichtslos ihre Lage war. Ungeklärt war nur noch der Punkt, wie viele Opfer es in der Endphase geben würde, und ob er, Antek Haack, sich dann zu den Pechvögeln zählen müsste.

Robert prophezeite manchmal, dass der Kommunismus im Ostblock noch mindestens hundert Jahre herrschen würde, doch Antek belächelte ihn nur und sagte, dass in diesem Fall die Schlange sich selbst in den Schwanz beißen würde: »Robert, was willst du eigentlich? Ist doch scheißegal, wer uns regiert! Die Zeit kennt keine Ewigkeit, nur der Mensch! Und er irrt pausenlos!« Er beschimpfte seinen Freund als einen Idioten, der Geschäfte nur deshalb mache, um an Devisen heranzukommen und sich später eine echte Levi's oder ein paar Schallplatten von Talk Talk oder Depeche Mode zu leisten. Das sei armselig. Man müsse hier und jetzt etwas ändern, in Bartoszyce.

Antek hörte Brzeziński zu, aber er war mit seinen Gedanken ganz woanders. Brzezińskis Herrschsucht interessierte Antek nicht, außerdem dachte er, dass er genauso wie August Kuglowski mit Brzeziński fertig würde. Aber vielleicht wollte er sich nur ein wenig Mut machen. Plötzlich erschien ihm Beatas Mann in einem anderen Licht, und er begann, es zu bereuen, dass August, der viel älter gewesen war, nie sein Freund hatte werden können. Angeblich hatte August Beata gegenüber immer wieder betont, dass er weder Deutscher noch Pole sei, sondern Inselbesitzer.

Doch es war jetzt zu spät, viel zu spät, dachte Antek, um darüber zu grübeln, was aus einer Freundschaft zwischen ihm und August hätte werden können.

»Also, *Pan* Antek *Hak*«, fuhr Brzeziński fort, »Sie dürfen uns nicht für dumm verkaufen. Wir wissen, was Sie und Ihr Freund Robert vorhaben. Wir wollen euch unterstützen. Es geht also auch um das Kino Muza. Glauben Sie mir, wir sind nicht von gestern. Wir haben Methoden. Gute Methoden. Aber lassen wir diese ernsten Gespräche. Ich will mich amüsieren. Und *Pani* Beata soll es mir verzeihen, wenn ich jetzt etwas ausschweife. Ja, wir sollten uns amüsieren. Ich leg mich jetzt in die Sonne und schlaf ein bisschen, damit ich für den Abend fit bin. Ich hab eine lange Fahrt hinter mir.«

Er verließ den Speisesaal. Sein Gorilla blieb noch auf eine Tasse Kaffee, dann ging auch er, und sobald er aus der Tür war, wurde es für wenige Sekunden ganz still, selbst die Lübecker schwiegen.

Stefcia fing an, die Tische abzuräumen, und Antek sagte zu Beata, dass er sich den alten DS ansehen wolle. Ob er noch anspringe.

»Du kannst das Auto haben«, sagte sie. »Ich brauche es nicht.«

»Ich werde es dir abkaufen«, sagte Antek. »Meine Eltern schulden mir noch etwas Geld, vom letzten Jahr. Es ist nicht viel, aber es reicht.«

»Wie du willst.«

Er sagte: »Auf Wiedersehen«, Stefcia drückte ihm noch ein Brötchen mit Schinken, eingewickelt in eine Papierserviette, in die Hand.

»Für später. Sie wollen doch arbeiten, Sie werden Hunger bekommen: Ich freue mich, dass Sie hier sind, kann es aber gleichzeitig gar nicht fassen – zumal der August nicht mehr lebt ...«

»... ich verstehe, Stefcia. Und danke für alles«, sagte Antek und verschwand.

Beatas Köchin war nur einssechzig groß und hatte eine Kartoffelnase. Die Nase war ihre Visitenkarte. Ihre Hände kannten nichts als Arbeit, und ihre Fingernägel würden nie wieder sauber werden. Aber sie war gesund, kräftig gebaut und hatte so gut wie gar keine Falten im Gesicht. Ihre Tränensäcke waren etwas üppig, doch es lag wohl daran, dass sie Zigaretten rauchte und auf einem Fest keine einzige Wodkarunde ausließ. Am glücklichsten war Stefcia, wenn die Fischer und die Arbeiter aus dem Schweinezuchtbetrieb in Blanki ihre dünnen Beine und ihren breiten Arsch anstierten, als gäbe es für sie keine anderen Schönheiten.

Als Antek den Pferdestall ansteuerte, um den DS in Gang zu bringen, begegnete er unterwegs Agatka, die auf dem Rasen mit dem Wasserschlauch spielte. Sie besprengte die Stiefmütterchenbeete. Er dachte kurz daran, dass das kleine Mädchen ebenso gut seine Tochter hätte sein können. Der Gedanke erregte ihn sogar, doch bis jetzt hatte Beata seine Vermutung, Agatka wäre im Kino Muza gezeugt worden, stets als lächerlich abgetan. Sie hatte ihm schon mehrmals vorgeschlagen, einen Vaterschaftstest zu machen: »Wenn du mir nicht traust? Bitte! Der Arzt wird dir beweisen, wer der wahre Vater ist – nämlich August!«, entgegnete ihm Beata.

Die Kleine sagte kein Wort und schaute Antek etwas misslaunig an. Sie war sehr hübsch, eines Tages würde sie die Männer in ihren Bann ziehen, dachte er, und sie würden jedes Opfer bringen, um wenigstens einen kurzen Augenblick mit ihr zusammen zu sein. Antek sah sie schon, diese Männer, die auf die Insel kommen und Agatka anbaggern würden. Sie war ein Mädchen, das mit dreizehn früh reif sein würde. Sie hatte ein schmales Becken wie ihre Mutter, dazu die langen Beine und die feisten, blutreichen Lippen, doch bereits jetzt konnte man erkennen, dass da eine Teufelin heranwuchs.

Es war erst zehn Uhr, der ganze Tag lag vor ihm, und er wusste eigentlich nichts mit ihm anzufangen. Am liebsten würde er mit Beata vögeln und trinken und reden. Aber das ging nicht. Er musste bis zum Abend warten. Die Sache mit dem DS war nur ein Vorwand, er wollte etwas zu tun haben. Sobald der Wagen flott wäre, würde er sich neue Arbeit suchen. Beatas Ruderboote mussten mit Teer gestrichen werden, und die Holzhütten brauchten ebenfalls dringend einen frischen Anstrich. Arbeit gab es auf der Insel genug. Die Toiletten waren ab und zu verstopft, im Prinzip müsste man neue Abflussrohre legen oder zumindest versuchen, die alten zu säubern. Doch wann sollte er all das tun? In welchem Leben? Hier und jetzt? Er hatte mit Beata so viele Dinge zu klären, dass ihm der Kopf wehtat, wenn er nur daran dachte. Auf einmal verstand er, dass er nicht aus Bartoszyce weggehen konnte. Er würde dann auf der Insel ein anderer Mensch werden müssen. Ein Fischer und ein Großgrundbesitzer. Er müsste in die Fußstapfen von August Kuglowski treten, ihn ersetzen und den Blankisee lieben wie er. Das war zu viel verlangt. Hier zu sterben, irgendwann, wenn die Zeit dafür reif wäre, kam ihm völlig fremd und sogar etwas grotesk vor. Das war nicht sein Tod. Ihn musste er in Bartoszyce suchen – daran war kein Zweifel. Jeder musste seinen Tod suchen.

Früher oder später würde er es Beata sagen müssen, aber er wollte diesen Zeitpunkt so lange wie möglich hinausschieben.

Der DS war weiß lackiert. Eine dicke, klebrige Staubschicht bedeckte den Lack, die Scheiben und die Radkappen. Der Schlüssel steckte im Zündschloss. Der Innenraum roch modrig, die Ledersitze hatten bereits Risse bekommen. Doch der Wagen gefiel ihm. Antek war kein Schrauber, aber irgendeine Vorahnung sagte ihm, dass der DS in gutem Zustand war. Die Reifen waren platt, die Batterie leer, und das Öl musste gewechselt werden. Alles halb so wild. Er machte sich an die Arbeit und fand im Kofferraum Werkzeug, Ölflaschen, Hydraulikflüssigkeit, Überbrückungskabel und Reifen – gebrauchte zwar, aber sie hatten noch ein gutes Profil. Außerdem war August Kuglowskis Pferdestall bestens ausgestattet. Antek wechselte das Öl samt Filter, die Reifen und die Batterie. Nach zwei Stunden war alles fertig. Der DS sprang an, die Hydraulik funktionierte problemlos, der ganze Wagen ging hoch und hielt seine Höhe. Jetzt musste er nur noch eine Probefahrt machen. Der Robert wird aus dem Staunen nicht rauskommen, überlegte sich Antek, und die ganze Stadt wird Augen machen, wenn ich mit diesem Geschoss durch die Straßen fege – selbst der Radiorekorder funktioniert, bis auf den UKW-Empfang, im Westen wird im anderen Frequenzbereich gesendet.

Dann fuhr er den DS auf den Rasen und borgte sich von Agatka den Wasserschlauch. Er wusch das Auto, und die Westdeutschen sahen sich von weitem an, wie er sich mit der Brause und dem Schwamm abmühte. Nachdem Antek Beata aus dem Speisesaal herbeigerufen hatte, um zusammen mit ihr die Probefahrt durchzuführen, kamen sie auf ihn zu und fragten, ob er Deutsch verstünde (Beata grinste, weil sie Antek gestern Nachmittag etwas hatte versprechen müssen).

Er nickte nur mit dem Kopf und sagte zu den Lübeckern: »Ja. Klar.«

»Die Frankfurter Kennzeichen sind uns aufgefallen. Sie sind doch Pole, oder?«, fragten sie.

»Jaja, ich werd den Wagen am Montag ummelden. Da muss ich mir noch was einfallen lassen. Ich brauche polnische Papiere, das lässt sich aber leicht machen. Ich hab da meine Verbindungen. Sie verstehen.«

Sie brachen in lautes Gelächter aus: »Ja, sicher«, sagten sie, »da drücken wir Ihnen die Daumen.«

»Wir machen keine halben Sachen. Aber der Wagen ist nicht geklaut!«

Beata wurde rot im Gesicht. Sie liebte es, wenn er Deutsch sprach. Sie hatte es auch bei ihrem Mann geliebt – zumindest am Anfang, als sie sich kennen lernten. August hatte zusätzlich noch den alten ostpreußischen Akzent gehabt. Sie verstand auch einiges, jedes dritte, vierte Wort, was viel war, nur das Reden fiel ihr schwer. August Kuglowski prahlte immer damit, dass er keine Schulen besucht hätte und trotzdem viel klüger wäre als Lehrer, Anwälte und Ärzte, weil er Fremdsprachen beherrschte.

Es war ein langer, himmelblauer Samstag, Antek hatte jedoch keine Lust, den ganzen Tag mit Beatas Gästen zu verplempern. Er hatte sich vorgenommen, seiner Geliebten zu helfen und möglichst viel zu erledigen. Er wollte bis zum Abend durcharbeiten, um dann endlich mit Beata allein zu sein. Er sagte zu den Lübeckern: »Na gut. Wir müssen jetzt los, aber wir sehen uns noch.«

Sie machten einen Abstecher nach Blanki und besichtigten August Kuglowskis Ziegelei, die Beata nach seinem Tod hatte stilllegen lassen. Sie war unrentabel gewesen und die Betriebsgebäude stark renovierungsbedürftig, und für neue Investitionen hatte Beata kein Geld. Das Baugrundstück stand seit Monaten in der Zeitung zum Verkauf, die fünf Arbeiter waren zur Fischerei zurückgekehrt.

Die Ziegelei hatte schon einige Jahre auf dem Buckel – mindestens siebzig. Sie kannte die Zeiten der Weimarer Republik und der Machtergreifung durch die NSDAP.

»Von solch einem Atelier träumt jeder Künstler«, sagte er, als sie in der leeren Lagerhalle umherliefen. »Und was für eine Akustik! Uhuuu!«, imitierte er eine Eulenstimme. »Hier müsste man eigentlich Jazz- und Rockkonzerte veranstalten. Was hätte ich dafür gegeben, um einmal John Coltranes ›Impressions‹ live zu hören! Mein größtes Erlebnis war bis jetzt das Konzert von Toots Thielemans' Quartett im New Yorker *Blue Note*.«

Da hatte er sich verplappert.

»Du warst in New York?«, fragte Beata.

»Nein, natürlich nicht. Ich phantasiere nur vor mich hin«, log er, umhalste Beata und betastete durch das dünne Kleid die Ränder ihres Höschens.

»Und willst du nicht erfahren, was genau an jenem Abend, an dem August ertrank, vorgefallen ist?«

»Gewiss«, antwortete er, »aber ich kann's mir schon denken: Er hat dir vorgeworfen, dass du ihn mit einem Mann betrügen würdest. Hab ich Recht?«

»Nicht ganz.«

»Für mich bist du die Jungfrau von Orleans«, sagte Antek und führte Beata an eine der grün lackierten Eisensäulen mitten in der Lagerhalle, wo sie sich mit dem Rücken anlehnte.

»Du spinnst. Und ich mag nicht, wenn du dich über mich lustig machst«, antwortete Beata. »August ist mir gegenüber nie handgreiflich geworden, aber an jenem Märzabend dachte ich, dass er mich umbringt. Er schlug mir das Gesicht blutig und schrie, er hätte den Grund meiner Ausflüge zum Kino Muza nach Bartoszyce herausgefunden. Nein, er hat deinen Namen nicht erwähnt. Er verdächtigte alle Männer – selbst Brzeziński –, nur dich nicht! Auf die Idee, dass ich mit einem Kartenabreißer ein Verhältnis hätte, kam er nicht. Ich war eine ganze Stunde bewusstlos, lag in einer Blutlache in der Küche. Agatka hat mich wieder wachgerüttelt: ›Papa ist mit dem Auto weg‹, weinte sie.«

»Brzeziński ... So ein Kappes ...«, sprach Antek.

Er knöpfte Beatas Kleid an ihrem Rücken auf, zog es ihr aus und hängte es sich über die Schulter.

»Ich werd nicht schwanger – zumindest heute nicht«, flüsterte sie.

Auf dem Rückweg zum Blankiwerder sagte Beata: »Ich hab vor kurzem einen Brief von Augusts Kindern aus Hamburg erhalten. Sie wollen bald zu Besuch kommen. Theoretisch steht ihnen sogar ein Erbe zu. Und sie wollen von ihrem Anwalt prüfen lassen, ob das stimmt. Da kann ich nur hoffen, dass sie mich nicht von der Insel vertreiben. Die Ziegelei kriege ich verkauft, ein weiteres Baugründstück liegt noch im Wald von Blanki, in der Nähe des Ufers. Das würde ich auch gerne abgeben. Was soll ich damit?«

»Elisa und Marian haben dir geschrieben?«, staunte Antek. »Merkwürdig.«

»Ja, deine Spielkameraden! Oder viel mehr *deine* Sandkastenliebe ...«

»Das ist nicht wahr! Und außerdem – nur keine Bange! Die Insel nehmen sie dir nicht weg. Du bist Witwe – das ist nun mal amtlich. Du bist die Erbin. Ärger kannst du nur von Brzeziński erwarten. Und nun sag mir, was ich auf dem Blankiwerder zusammenflicken soll.«

»Du kannst alle Fensterrahmen neu abdichten und lackieren. Und manche Fenster schließen nicht richtig. Mehr schaffst du eh nicht.«

11

Gegen Abend, als Antek müde auf die Holzbank vor den Fenstern des Speisesaals sank und sich eine Zigarette ansteckte, kam Iwan mit einem Rucksack den Weg zu August Kuglowskis Hof hochgelaufen, bei bester Laune und mit einem Straßenköter, den er scheinbar unterwegs aufgelesen hatte und der sofort von Beatas Hofhunden angegriffen wurde. Es entstand ein Riesengemetzel. Iwans Hund jaulte auf und begann, um sein Leben zu winseln. Er war den drei Inselhunden, die sich auf ihn gestürzt hatten wie Tollwütige, kräftemäßig nicht gewachsen. Iwan aber hatte einen Höllenspaß und tänzelte um die Meute herum wie ein Schamane und feuerte sie an, indem er ihr wütendes Gebell nachahmte und seinen Rucksack in der Luft herumwirbelte. Erst als Agatka dazwischentrat und ihre Hunde zurückrief, die sofort gehorchten, atmete der besiegte Straßenköter auf und zog sich zurück. Er lief in den Obstgarten und legte sich in den dunklen Schatten eines Apfelbaumes. Es war klar, dass er dort übernachten und nicht einmal um eine Schale Wasser betteln würde.

Antek hatte das Hundetheater gefallen. Er war gar nicht überrascht, dass Iwan wie aus dem Nichts plötzlich aufgetaucht war. Der Junge lief ihm schon seit Jahren nach. Antek hatte sich früher Sorgen gemacht, dass Iwan es sogar fertig brächte, ihm nach Bremen zu Lucie und seinem Zimmermalerjob zu folgen, mit einem Haufen Schulden und Problemen. Er kannte Iwans Mutter vom Sehen, wusste aber nicht, was mit seinem Vater war. Er wusste über diesen Jungen so gut wie nichts. Aber er mochte ihn, und Beata hatte nichts dagegen, dass Iwan sie so unangemeldet auf dem Blankiwerder überraschte. Und dafür, dass sie unkompliziert war und nie irgendwelche Szenen machte, liebte er sie umso mehr.

Nicht nur ihr Körper, die Art, wie sie sich bewegte, als würde sie mit der Welt nichts zu tun haben – einfach alles, jedes Wort, selbst irgendwelche Nichtigkeiten, waren ihm an ihr teuer und Grund genug, um ihr sagen zu wollen: »Lass uns sofort durchbrennen!« Nur hatte er vor diesem Satz immer zurückgeschreckt, und jetzt, wo alles viel einfacher war, wusste er, dass er ihn nie aussprechen würde.

Beata brachte Agatka ins Bett und besorgte einen Klappstuhl für Iwan, der wie aufgezogen von seiner abenteuerlichen Tramperfahrt nach Blanki redete. Er hätte einen LKW angehalten, der Fahrer wollte den armen Hund loswerden; Iwan kann nicht mit ansehen, wie jemand leidet und einsam ist, Iwan hilft, er hat ein großes Herz, er hilft immer.

»Ich musste mich irgendwie dafür revanchieren«, sagte der Junge, »dass ich mitfahren durfte, und nahm das arme Vieh mit. Der Fahrer sollte den Köter auf dem Land aussetzen. Angeblich ist er todkrank und seine Tage gezählt. Ich möchte sehen, wie er stirbt. Ich begleite ihn bis zur letzten Sekunde, damit er es auf seinem Weg zu Petrus nicht so schwer hat.«

Beata sagte: »Der kann auf der Insel bleiben. Vielleicht ist er nur unterernährt und erholt sich schon bald. Diesen Fresser kriegen wir auch noch durch.«

Antek bot dem Jungen eine Zigarette an und fragte ihn, ob er Zocha in der Stadt getroffen hätte.

»Nein, Zocha ist weg – einfach unsichtbar geworden, und die Miliz sucht ihn auch schon.«

»Weswegen?«, fragte Antek.

»Keine Ahnung! Ich hab nur gesehen, wie der Muracki mit seinem Polonez durch *Hamburg* gefahren ist, durch alle Straßen, und Passanten ausgefragt hat. Er tat wieder einmal wichtig, sprach ins Funkmikrofon, kaute Kaugummi und machte immer wieder das Blaulicht an. Da kommt man sich vor wie in den Straßen von Los Angeles oder Chicago. Ich kenne diese Städte aus dem Muza, mir kann keiner was vormachen, ich weiß, wie so 'n Officer mit Menschen redet, wie er lässig aus dem runtergekurbelten Fenster schaut und jedem einen verachtenden, coolen Blick zuwirft. Ich werde eines Tages zu den Amis auswandern, die nehmen mich bestimmt auf, und dann werde ich selbst Officer, am besten in Manhattan! Ich lass meine Haare wieder wachsen und mir einen Irokesenhaarschnitt verpassen wie der ›Taxi Driver‹.«

Iwan stand auf, stellte sich vor Antek hin und tat so, als würde er in einer Uniform stecken. Seine Hand schnellte zum Holster, dann zog er seine Waffe und schoss dreimal auf einen der beiden Lübecker. Sie waren gerade von einem Ausflug zurückgekommen und entluden ihren Wagen, den Opel Omega. Sie hatten drei kleine Kartons aus dem Kofferraum geholt und stellten sie auf dem Rasen ab und unterhielten sich dabei lebhaft.

»Ich möchte wissen, was die eigentlich vorhaben«, murmelte Antek.

»Solange sie zahlen und keine Schwierigkeiten machen, ist es mir egal, was meine Gäste tun«, sagte Beata.

»Da spricht ja die wahre Geschäftsfrau«, sagte Antek. »Seltsam, dass Brzeziński sich nicht blicken lässt.«

»Ich vermisse ihn nicht.«

Iwan sagte: »Frau Kuglowska, ich geh mal in die Küche, ich brauche was zwischen die Zähne, mir knurrt schon den ganzen Tag der Magen. Krieg ich noch einen Happen?«

»Aber sicher. Stefcia wäscht jetzt ab. Sie gibt dir was vom Mittag.«

Der Junge stapfte davon, sein Rucksack, weit aufgerissen, lag auf der Erde. Die Autokennzeichen von Anteks Benz guckten heraus.

Haack rieb sich die Augen wie ein Kind und packte die Schilder aus.

»Ich werd verrückt – ist er ein Hellseher?«

»Wer denn?«, fragte Beata.

»Na sieh doch mal – meine Nummernschilder! Iwan hat sie mitgebracht! Der muss bei mir eingebrochen sein, so ein Hundsfott!«, lachte Antek.

»Fährst du morgen wieder nach Bartoszyce?«

»Ja«, antwortete er. »Ich muss arbeiten.«

»Warum bleibst du nicht hier? Bei mir?«

»Beata ...«

»Wenn du nur eine Frau fürs Bett suchst, bist du bei mir falsch. Das weißt du.«

»Bitte, du weißt doch, was ich für dich empfinde.«

»Oh! Na bravo! War das eine Liebeserklärung?«

»So was in der Art. Komm, wir sagen den Deutschen guten Tag. Sie sollen bloß nicht denken, dass wir misstrauisch sind und sie beschatten. Wir sind friedliebende Wesen.«

»Ein gutes Ablenkungsmanöver. Meinst du, ich durchschaue dich nicht?«

Er sah sie eine Weile an und sagte nichts, obwohl ihm so viele wichtige Dinge auf der Zunge lagen. Er war ein Meister im Verschieben und Ablenken, da hatte sie Recht. Er stand auf und ging vor, Beata folgte ihm, sie begann, die Melodie der sowjetischen Hymne zu pfeifen, gegen die Antek allergisch war und auf die er reagierte, als würde jemand neben ihm zwei Messerklingen aneinander wetzen.

Er hielt sich die Ohren zu, drehte sich um und küsste Beata.

»Ich bin erst seit Mittwoch wieder im Lande. Lass mich erst mal etwas zu mir kommen, bitte.«

Seine Geliebte schaute weg von ihm und hieß mit einem Handwink die Lübecker willkommen.

Gerhard winkte zurück und trug mit seinem Kumpel die Kartons ins Apartment. Die beiden bewohnten die zwei größten Zimmer, eines davon hatte eine Hausbar und einen Kamin.

Gerhard kam wieder nach draußen und sagte: »Tag, Frau Kuglowska! Was für ein herrlicher Abend, und das hier im tiefsten Norden – aber ein Himmel wie in Portugal. Wir wollen am Montag nach Russland fahren und uns Königsberg anschauen. Vielleicht haben Sie ein paar Tipps, worauf wir besonders achten sollen und so. Wir könnten bei einem Gläschen darüber reden!«

Antek begrüßte den Lübecker und übersetzte Beata, die sofort eine Antwort gab: »Wenn sie keine Visa haben, geht das nicht. Aber sag ihnen, dass ich die besorgen könnte. Das würde allerdings etwas kosten.«

Antek meinte zu Beata: »Überleg dir gut, was du da tust. Ich möchte mit dir allein sein. Wenn ich übersetze, kommt man ins Plaudern, und das Ganze wird in ein Besäufnis ausarten.«

»Mir egal. Lieber verbringe ich den Abend mit ihnen als mit Brzeziński, wobei ich mir gut vorstellen kann, dass er sich heute zwei Nutten aus Olsztyn kommen lässt wie letztes Mal. Und du willst ja morgen sowieso abhauen.«

»Okay.«

Er erklärte Gerhard, wie es um die Visa für Russland bestellt war, dann kam Wilfried mit zwei Flaschen Wein und Gläsern.

Sie setzten sich auf die Veranda, von der aus man auf den Obstgarten und die Augustapfel- und Pflaumenbäume blickte. Dahinter war die Bucht mit dem Hafen und der See. Es dämmerte bereits, und alle Farben, das dunkle Silber der Wasseroberfläche, das schläfrige Grün der Kiefern und Eichen am Ufer des Binnenlandes und der abendliche Himmel selbst verschwammen in der Ferne mehr und mehr zu einem einzigen Farbton: Irgendwann würde alles ringsherum um das Haus so schwarz werden wie in Anteks Kino, wenn die Lichter kurz vor Beginn der Vorstellung ausgingen. Er hatte schon verschiedene Länder bereist, er war in Chile und in der Sierra Nevada, auch am Vänersee in Schweden und sogar einmal im Death Valley gewesen, aber nirgendwo herrschte solche Finsternis wie hier am Blankisee. Sie brach schnell herein und schwächte dann gegen Mitternacht im Licht der Sterne wieder ab, wenn der Himmel wolkenlos war und die Milchstraße hervortrat – ihr ganzer Fluss, vom Anfang bis zum Ende.

Sie brachten einen Toast aus und warteten mit der zweiten Runde auf Stefcia.

»Meinst du, Stefcia wird mit Iwan fertig?«, fragte Antek.

»Ihr ältester Sohn hat ein halbes Jahr auf Bewährung

bekommen – wegen eines dämlichen Autodiebstahls. Die weiß genau, wie man mit solchen Vögeln umspringen muss.«

»Also, was wird das kosten?«, begann Wilfried. »Wir zahlen jeden Preis für die Visa.«

Antek dolmetschte wieder und fragte die beiden Typen, wo sie in Deutschland arbeiten würden.

Er sah sie sich genau an: Sie trugen beide Jeans und Turnschuhe und gaben sich mit ihren vierzig Jahren jugendlich, waren aber in den Siebzigern stehen geblieben, bei Neil Young und Peter Gabriel und Bob Dylan. Sie fuhren S-Klasse, und der Aschenbecher war immer voller Kippen, und in ihrem Radio lief pausenlos Rock. Sie waren nett, hilfsbereit und gehörten zu der Sorte, die sich nur beschwerte, wenn der Wagen vorzeitig zu rosten begann oder die Nachbarn zu laut Musik auflegten. Dann riefen sie bei ihrem Rechtsanwalt an und wollten auf der Stelle die Welt verbessern: Ihr NEIN, ihr Protest, war launisch und der Langeweile entsprungen wie das Bellen der Hunde von Beata. Er hatte Typen dieses Schlages bei Lucie zuhauf kennen gelernt und erwartete von ihnen keine Überraschungen. Aber vielleicht war Antek nur neidisch, dass sie Geld auf dem Konto hatten und ihre Urlaubsreisen von Paris bis nach Tibet haargenau planen konnten, bis ins letzte Detail.

»Ich bin genauso ein Armleuchter«, dachte er kurz, und biss sich auf die Zunge, weil er den Satz fast laut ausgesprochen hätte: Wilfried und Gerhard sind Hobbytaucher, legen ihre Aktien gut an und leiten eine internationale Firma. Wie Robert. Und ich bin genauso einer, nur ein kleineres Kaliber halt, ich fahre zu Lucie und lass mir von ihr einen Kurzurlaub in Italien finanzieren. Ich sollte mich wirklich nicht aufplustern. Es sind zwei nette Männer, und ich mag sie!

»Antek, sag doch was«, meinte Beata. »Was erzählen sie?«

»Nichts von Bedeutung für dich. Ich hab sie nur gefragt, wie sie ihre Kohle verdienen. Sie sind Unternehmer. Mehr hab ich aus ihnen nicht rauskriegen können.«

Beata ging einen Kerzenständer holen; sie kam mit Stefcia und Iwan zurück, die beide bester Laune waren und scheinbar schon einen gepichelt hatten. Iwan konnte was ab. Antek wusste, dass er dem Alkohol zugetan war, dass er sich bisweilen mit seinen Freunden auf der Bank im Stadtpark, der an den Defilierplatz der Kommunisten grenzte, eine Flasche Wein oder Schnaps vorknöpfte.

Iwan schaute im Obstgarten nach seiner Töle. Es war alles in Ordnung, das hilflose Tier schlief, nachdem es sich zuvor satt gefressen hatte.

Stefcia schmierte noch ein paar Brote mit Wurst und Schmalz und brachte eine Flasche eiskalten Wodkas.

»Brzeziński traut sich wohl nicht zu uns. In seinem Zimmer brennt Licht, aber es ist dort mucksmäuschenstill«, sagte Antek.

»Mach dir seinetwegen keine Sorgen«, sagte Beata. »Er schläft bestimmt seinen Rausch aus und wird uns morgen früh wieder auf die Pelle rücken.«

Antek schenkte den Wodka ein, Iwan aber nur ein halbes Gläschen.

»Ich schlag vor, dass wir uns duzen«, sagte Wilfried.

»Ich heiße Antek. Aber eins will ich wissen«, sagte er und hob das Glas auf Augenhöhe. »Wozu diese ganzen Geräte, die Sauerstoffflaschen, die Schwimmflossen? Sucht ihr etwa nach altem Nazigold?«

Gerhard, der einen fetten Bauch hatte, kratzte sich mit dem Mittelfinger über dem Nabel und grinste unsicher. Sein Freund Wilfried wurde für eine Sekunde ernst, dann fing er an zu lachen und konterte: »Ja, genau, wir, zwei ehrenwerte Geschäftsleute, suchen nach Nazigold. Gibt es hier welches?«

»Nein«, sagte Antek. »Nicht dass ich wüsste, aber vielleicht habt ihr ja mehr gehört als ich. Ertrunkene gibt's jede Menge, Leichen, die sich zwischen den Steinen in den Kanälen der Moräne verfangen haben und nicht ans Ufer gespült werden.«

Er sagte dies so beiläufig, dass es den beiden Lübeckern die Sprache verschlug. Der Tod war für sie anscheinend ein Tabuthema. Für Sekunden wurde es bedrohlich still, dass sich Antek plötzlich des Eindrucks nicht erwehren konnte, er hätte etwas Falsches gesagt, und er wurde dieses unangenehme Gefühl lange nicht los.

»Prosit!«, sagte er und versuchte, das Gespräch zu lockern. »Ich will niemandem Angst einjagen. Der Blankisee ist wie jeder andere hier, ab und an ertrinkt halt einer, wie überall. Meistens sind die Leute selbst schuld.«

Diesen letzten Satz durfte er Beata nicht übersetzen. Sie würde nur wieder an ihren tödlich verunglückten Mann denken und sich darüber ärgern, dass er den Deutschen womöglich noch von August erzählen würde, was aber nicht seine Absicht war.

Gerhard und Wilfried stießen mit Beata und Stefcia an und übergingen Anteks Geschichte. Sie fragten wieder nach den Visa, aber Antek konnte spüren, dass sie nicht mit der ganzen Wahrheit rausrücken wollten und tatsächlich nach irgendetwas suchten, vielleicht gar nicht an diesem See, und das Nazigold, Anteks dummer Witz, stand für etwas anderes, was sie unbedingt haben wollten.

Ich lasse sie zappeln, der Wodka wird ihnen die Zungen schon lösen, dachte er, und wenn nicht heute, dann ein anderes Mal. Jetzt muss ich meinem Schatten aber eine kleine Strafpredigt halten.

Er sah zu Iwan, der Antek gegenübersaß.

»Danke, dass du meine Autokennzeichen mitgebracht hast. Ich werd sie morgen brauchen. Und wenn du mir meine Brille zurückgeben würdest, wäre ich dir noch dankbarer.«

»Sei nicht so schroff zu deinem Freund«, sagte Beata. »Er hat es nur gut gemeint, Antek.«

Er schickte sich an, Iwan ins Kreuzverhör zu nehmen, aber Gerhard kam ihm mit einer neuen Frage dazwischen.

»Woher kannst du so gut Deutsch? Man merkt ja kaum was.«

»Von zu Hause. In Deutschland bin ich einmal im Jahr, aber nur kurz, zum Arbeiten.«

»Verstehe«, sagte Wilfried. »Willst du nicht auswandern?«

»Warum?«

»Na, hier ist einiges los, in eurem Land«, meinte Gerhard. »Das kommunistische Regime ...«

»Ach, das ist alles nur Säbelrasseln. Der ganze Laden bricht doch zusammen.«

»Du hast eine hübsche Frau«, sagte Gerhard. »Sie hat uns nichts von dir erzählt. Dass ihr ...«

»Das hab ich verstanden ...«, unterbrach ihn Beata.

»Ah! Sie weiß, wovon wir reden!«, meinte Gerhard, stand dann plötzlich auf, verbeugte sich vor Beata und küsste ihre Hand.

»Eine Sitte, die bei uns verloren gegangen ist – das Händeküssen«, sagte Wilfried. »Nicht wahr, Gerhard!? Die Hände deiner Frau hast du noch nie geküsst!«

»Beata und ich sind nicht verheiratet. Ich reise morgen ab«, sagte Antek.

Stefcia errötete ein bisschen. Antek sah ihr an, dass sie dachte, hier am Tisch würden bedeutende Dinge besprochen, aber er holte sie auf den Boden zurück und sagte:

»Stefcia, du solltest den beiden Herren deine Hände zum Küssen geben, damit sie merken, wie schwer du arbeitest.«

»Danke, *Pan* Antek übertreibt ein bisschen. So, für mich ist es spät geworden! Ich muss außerdem das Bett für Iwan noch beziehen.«

Nachdem Stefcia allen gute Nacht gewünscht hatte und weggegangen war, machte sich Antek wieder daran, Iwan Löcher in den Bauch zu fragen. Ob er etwa hellsehen könne.

»Ich hoffe nur eines: dass du nicht ins Kino eingebrochen bist. Dann bist du fällig – ich bin der einzige Mensch in Bartoszyce, der keine Angst vor dir hat.«

»Eben deshalb sitz ich hier«, antwortete der Junge und grinste. »O Herr Antek! Verzeihen Sie mir!«

»Jetzt halt mal die Luft an!«, sagte Antek. »Ich hab nicht umsonst ein Jahr im Knast gesessen. Mit einem wie dir werd ich schon fertig. Also raus mit der Sprache.«

Iwan verbarg seine Hände unter dem Tisch, er ließ den Kopf sinken, als hätte ihn jemand bis aufs Äußerste gedemütigt, so niedergeschlagen hatte ihn Antek noch nie gesehen, und er bereute plötzlich, dass er so hart zu ihm gewesen war.

»Ich sag's dir zum letzten Mal, Antek. Lass ihn in Frieden. Ihr könnt morgen klären, was nun war.«

»In Ordnung«, sagte Antek. »Schlaf jetzt besser, Iwan.«

Der Junge ging ohne ein einziges Abschiedswort, sodass selbst Gerhard und Wilfried etwas verwirrt in die Runde schauten und ihre Unterhaltung über den Ausflug nach Königsberg unterbrachen.

»Stimmt was nicht mit dem Jungen?«, fragte Wilfried.

»Nein. Nichts weiter Schlimmes. Kleine Meinungsverschiedenheit, die aber schon ausgeräumt ist.«

»Danach sah es aber eben nicht aus«, sagte Gerhard.

»Trinken wir die Flasche leer«, sagte Antek. »Iwan ist nur ein Pechvogel. Das ist alles.«

12

BEATA KAM AUS DER DUSCHE und legte sich zu ihm ins Bett. Er war leicht beschwipst, der kalte Wodka war schnell durch alle Adern bis ins kleinste Glied vorgedrungen, Stefcias fette Schmalzbrote hatten keine Gegenwirkung gezeigt. Früher, als er noch in seinen Zwanzigern war, hatte er mehrere Koteletts verschlingen und einen Liter allein aussaufen können und war danach noch imstande gewesen, den Weg nach Hause zu finden, ohne sich unterwegs den Schädel zu zerschlagen, irgendwo auf den menschenleeren Straßen von Bartoszyce, kurz vor Morgengrauen.

Es ging bereits auf elf Uhr zu – für die Stadt war es immer noch früh. Dort fing er um diese Zeit an zu arbeiten, doch hier in der schwarzen Wildnis des Blankisees war es schon sehr spät, die hiesige Luft machte den Menschen müde und ließ ihn in einen gesunden, traumlosen Schlaf fallen, ohne Ausflüge in phantastische Welten, ohne schmerzliche Erfahrungen, die ihm am nächsten Morgen zu Bewusstsein kamen und ihn in den Tag begleiteten.

Manchmal träumte er schlecht wegen der jungen Russin Swetlana, obwohl schon so viele Jahre seit der Tragödie ins Land gegangen waren. Nichtsdestotrotz vertraute er dem Ort, an dem er lebte, seiner Stadt, ihrem Geist, darauf, dass August Kuglowski niemals mit der Faust an das Heilsberger Tor klopfen würde, um ihn überraschend zu besuchen, wie die schwarzen Schwäne, die ihn in seinen Alpträumen bedrängten und immer Unheil verhießen.

Beata rankte sich um ihn wie eine Schlange, sie war nackt und ihre Haut nass, sie hatte sich nach dem Duschen nicht richtig abgetrocknet. Er löste sich aus ihrer festen Umarmung. Beata war voll von Wünschen, die er nicht alle auf einmal erfüllen konnte. Sie liebten sich eine ganze Stunde, und Antek spürte Beatas Wut, die sich während der beiden Tage am Blankisee angesammelt hatte. Wut auf ihn, weil er von August Kuglowski so einen schmerzvollen Abschied nahm und weil er am Abend zu seinem Freund Iwan so gemein gewesen war. All diese herrliche Wut, die keiner Sprache bedurfte.

»Meinst du, dass für mich der Tod von August schon vergessen ist? Meinst du wirklich, er würde mir nicht zu schaffen machen und mich würde der Gedanke nicht quälen, dass August nie von uns erfahren hat? Und dass wir ihm den Tod gewünscht haben? Und dann kommst du und sagst, du müsstest morgen wieder los und wüsstest nicht, wann wir uns wieder sehen.«

»Hab ich das wirklich gesagt?«

»Du Dummkopf. Dein Schweigen ist schlimm und böse, weil es mir viel mehr sagt, als du glaubst – nämlich das, was du mir verheimlichen willst.«

»Nächsten Freitag bin ich wieder da, das versprech ich dir.«

13

Brzeziński, der am folgenden Morgen voller Elan und Energie aus seinem Zimmer geschossen kam, machte Beata ein Kompliment nach dem anderen: aber nicht dafür, dass sie so hübsch wäre. Nein, er lobte Beata, weil sie dafür sorgen würde, dass sich ihre Gäste auf der Insel gut erholen könnten. Er hätte gestern einen stillen Tag verbracht, und die Landluft sei überhaupt das Beste für einen Großstädter.

»Aber Herr Brzeziński, wir haben Sie gestern beim Abendbrot vermisst«, grinste Beata.

»Mir ist ja hoffentlich nichts Verdächtiges entgangen. Jedenfalls fühle ich mich prächtig und bin nur etwas verstimmt, weil ich wieder nach Warschau zurückmuss. Also, wir haben viel zu besprechen, Frau Beata. Ich würd sagen, wir treffen uns um zehn im Hafen, gleich nach dem Frühstück. Und bringen Sie mir Ihren Freund mit! Wir nehmen uns ein Boot und machen eine kleine Fahrt.«

Antek stand im Schlafzimmerfenster und belauschte von weitem ihr Gespräch. Er rief nach draußen, dass er zur Verabredung kommen würde.

Er schloss das Fenster wieder und lief die Treppe hinunter. Agatka hatte schon gefrühstückt und spielte mit Iwan Monopoly.

»Guten Morgen, Chef, alles klar?«, fragte Iwan.

»Und bei dir? Hallo, Agatka.«

»Antek. Bist du noch müde?«, fragte das Mädchen dazwischen.

»Nein, mein Kleines. Ich bin ausgeschlafen.«

»Ich kann nicht klagen«, fuhr Iwan fort. »Wann hauen wir heute ab?«

»Ich weiß es noch nicht. Wahrscheinlich erst gegen

Abend. Ich hab noch einiges zu erledigen. Und du wirst mir dabei helfen.«

»Kein Problem. Du bist nicht mehr sauer auf mich?«

»Quatsch! Ich war nur angetrunken. Trotzdem schuldest du mir noch eine Erklärung. Wir reden später darüber.«

Antek schmierte sich ein Brot mit Honig, goss sich Kaffee ein und ging nach draußen zu Beata, die sich immer noch mit Brzeziński unterhielt.

Iwans Köter wedelte mit dem Schwanz – sein Lager im Obstgarten zu verlassen, traute er sich aber nicht.

Gerhard und Wilfried waren früh aufgestanden und angelten. Stefcia hatte ihnen Kaffee kochen müssen.

»Da sind Sie ja«, meinte Brzeziński zu Antek. »Gut. Ich geh jetzt frühstücken. Mein Leibwächter pennt noch. Dem werde ich was erzählen! Der verträgt ja nichts!«

Er ging weg, und Antek setzte sich mit Beata auf eine der Bänke, die am Zaun des Obstgartens standen. Er stellte den Becher mit dem Kaffee ab und biss in sein Brot.

»Warum hast du mich nicht geweckt?«, fragte er mit vollem Mund.

»Pass auf! Ich will die Sache mal auf den Punkt bringen. Ich liebe dich sehr. Ich habe niemanden – außer Agatka und Stefcia. Aber ich kann so nicht weiterleben. Du musst eine Entscheidung treffen. Nicht heute und nicht morgen, aber bald. Dieses Jahr noch. Entweder siedelst du auf den Blankiwerder um und heiratest mich, oder ich trenne mich von dir.«

»Das sind ja klare Worte«, sagte Antek. »Du setzt mich ganz schön unter Druck.«

»Nein. Ich will nur mein Leben nicht verpfuschen. Ich brauche einen Mann – und nicht nur zu meinem Vergnügen. Du siehst ja, wie viel ich hier zu tun habe. Wo soll ich denn diesen Typen suchen? In Blanki unter all den Säufern und Bauern?«

»Du hast doch mich. Und ich bin schließlich kein Ungeheuer und entschieden habe ich auch noch nichts. Also, wart mal ab.«

»Ja. Das will ich auch. Aber ich lass mich nicht verarschen.«

»Schon klar. Aber hast du dich jemals gefragt, wie viel mir das Kino Muza bedeutet?«

»Wen liebst du mehr? Mich oder die toten Schauspielerinnen auf der Leinwand? Das Muza ist deine Hure!«

Antek beendete sein Frühstück. Er hatte verstanden, was ihm Beata sagen wollte. Er rauchte eine Zigarette und schaute in der Gegend rum. Er vermisste jetzt seine Coney-Island-Brille. Die Augen taten ihm weh, die Sonne erklomm den Himmel und brachte alles zum Glühen.

»Sei mir nicht böse, Antek. Bitte. Du wirst die richtige Entscheidung treffen. Das weiß ich.«

»Schon gut.«

Sie gab ihm einen Kuss und ging zu Agatka. Er blieb alleine auf der Bank, drehte sich um und sah durch die Obstbäume hindurch auf die Bucht des Blankiwerders. Dort war es ruhig, viel zu ruhig, niemand lag in der Sonne und las ein Buch. Enten schwammen im See, leichter Wind wehte durch das Schilf und brachte die Stängel und Halme zum Schaukeln. Dass er unfähig sein sollte, hier in dieser Bucht Frieden zu finden, überstieg Anteks ganze Vorstellungskraft und machte ihn nervös. Der Gedanke stahl ihm die Ruhe des Herzens. Doch wie sollte er hier leben, auf der Insel mit Beata und Agatka? In solch einer Gegend. Zum Glück gesellte sich Iwan zu ihm und beendete seine Meditation.

Er hatte sofort gemerkt, dass mit Antek etwas nicht stimmte, und fragte: »Was ist los, Chef?«

»Was meinst du, soll ich in Bartoszyce das Handtuch werfen, meinen Job kündigen, das Kino aufgeben und zu Beata ziehen? Auf den Blankiwerder?«

Iwan hockte sich vor Antek nieder, rupfte ein paar Halme aus einem Grasbüschel und sah sie sich genau an. Er warf sie wieder weg und zauberte aus der Seitentasche seiner Jeansweste Anteks Sonnenbrille hervor.

»Danke. Ich hab sie nicht kaputtgemacht.«

»Du hast mir meine Frage nicht beantwortet«, sagte Antek, nahm seine Coney-Island-Brille entgegen und setzte sie auf.

»Warum auch? Du kennst doch die Antwort. Du wirst es nicht tun. Ich würde keine einzige Minute zögern. Mein Gott! So eine Frau triffst du nie wieder!«

»Was verstehst du schon von Frauen?«

»Ich hab mit meiner Polnischlehrerin gevögelt. Also pass auf, was du sagst.«

»Die Geschichte kenne ich aber anders. Sei froh, dass sie dich nicht eingebuchtet haben.«

»Von meiner Schwester hab ich viel gelernt. Und im Muza auch, ich erinnere mich an jede Liebesszene.«

»Deine Schwester? Wo lebt die?«

»In Gdańsk. Hania hat keinen Mann, aber dafür ein Kind. Sie arbeitet im Reisebüro. Na ja – manchmal geht sie mit einem Touristen aus, meistens mit einem Skandinavier.«

»Und deine Eltern?«

»Mein Vater ist tot. Ich wohn bei meiner Mutter.«

»Woran ist dein Alter gestorben?«

»Er hat sich erhängt. Kurz nach der Geschichte mit der Polnischlehrerin. Ist auch besser so. Er war selten nüchtern und hat uns nur ständig beschimpft. Ich hab ihn einmal in der Woche verprügelt. Er war mein Sandsack – im Boxen bin ich nicht zu besiegen.«

»Du hast auf deinen Alten eingedroschen, der sich nicht wehren konnte?«

»Er war ein Sadist. Ein Masochist. Verstehst du? Krank! Wenn ich nicht gewesen wäre, hätte er meine Mutter umgebracht.«

»Du kannst ja bei mir einziehen. Wenn du willst. Ich bin selten zu Hause. Eigentlich nur nachts. Selbst dann arbeite ich noch ein bisschen.«

»Chef – danke!«

Iwans Ohren wurden tomatenrot. Er freute sich, sein breiter Mund wurde noch größer, wie bei einem Hai, und Antek sah diesen riesigen Schlund mit Ehrfurcht an. Iwans Zähne aber waren Ruinen.

»Ich kann ja mal Robert interviewen, ob er dich einstellen kann (ich fange an, ein guter Mensch zu werden). Und mein Onkel Zygmunt besorgt dir ein psychiatrisches Gutachten, das dich von der Armee befreit. Dass du bescheuert bist, weiß er ja!«

»Warum willst du mir helfen?«

»Frag nicht so blöd. Wenn man sich selber nicht helfen kann, muss man den anderen was Gutes tun. Meistens aber scheitert das Ganze daran, dass man jemandem den kleinen Finger gibt und der gleich deine ganze Hand will. Na, macht nichts, ich muss jetzt los. Hab gleich eine Verabredung.«

Er holte Beata ab. Sie gingen zum Hafen, und Antek kehrte um, sie hatten die Ruder und Schwimmwesten vergessen. Agatka wollte auf die Fahrt mit Onkel Brzeziński mitkommen.

Brzeziński selbst erschien pünktlich um zehn mit seinem Gorilla, der ein blaues Auge von einem gut gezielten Faustschlag hatte. Sein Name war Grzesiek. Der junge Mann war groß und athletisch gebaut. Aber sein Herrchen Brzeziński hatte wohl kein Mitleid mit ihm: Er dressierte ihn wie einen Hund.

Grzesiek setzte sich an die Ruder, Agatka und Beata nahmen im Heck Platz, und Antek musste sich mit Brzeziński eine Bank teilen.

Als sie die Bucht des Blankiwerders verlassen hatten und auf dem offenen Wasser waren, wo es plötzlich windig wurde, begann Brzeziński seinen Monolog, den Beata schon zur Genüge kannte: Sozialismus, der Westen, die NATO, die Schlacht in der Schweinebucht, der Katholizismus und zum Schluss die Nutten, wobei er sich beim letzten Stichwort etwas bremste, wegen Agatka.

»Die Welt ist unerträglich geworden«, sagte er. »Und Sie, Frau Beata und Herr Antek, könnten doch einen kleinen Beitrag dazu leisten, dass sie endlich besser wird. Warum heiraten Sie nicht? Wir verpachten Ihnen die Insel, und Sie bauen hier ein Sanatorium auf – für Auserwählte selbstverständlich; für unsere besten Mitarbeiter und Helden. Ich habe ja nichts dagegen, dass Sie, Frau Beata, ausländische Gäste beherbergen. Wir brauchen ja Devisen, wir brauchen sie für unsere Projekte: Wie viele gute Terroristen und Geheimagenten könnten wir ausbilden, wenn wir mehr Geld hätten – nur ein kleiner Scherz«, sagte er mit einem Seitenblick auf Antek. »Und ich brauche Ihnen ja nicht zu sagen, was passiert, wenn wir uns Ihre Insel gewaltsam nehmen: Ihr Geschäft einfach schließen lassen. Denn was mich am meisten ärgert, ist, dass der Mensch glaubt, er könne die Erde besitzen. Niemand besitzt irgendetwas. Wir wissen das, wir Kommunisten sind klüger als der korrupte westliche Mensch – ja, wir sind sogar klüger als sämtliche Häretiker und Gegner des Papstes. Verstehen Sie? Bei dieser Insel geht es nicht nur um Politik, nicht nur darum. Hier geht es auch um den Glauben. Um die Religion. Aber ich fass mich jetzt kurz. In Ihrer

Sprache, Frau Beata und Herr Antek. Geben Sie uns dieses Land zurück, und was das Kino Muza angeht, Herr Antek, machen Sie damit, was Sie wollen, zusammen mit Ihrem Freund Robert, *aber* geben Sie uns auch das Kino zurück!«

Grzesiek war ein schlechter Ruderer. Das Boot begann, sich im großen Kreis zu drehen, er kam nicht gegen die Wellen an – zu Agatkas Freude.

»Ich denk, es ist besser, wenn ich mich an die Ruder setze«, meinte Antek und tauschte mit Brzezińskis Gorilla den Platz.

»Also, wohin soll ich fahren?«, fragte er. »Was ist das Ziel?«

»Frau Beata, was meinten Sie, wo ist Ihr Mann ertrunken? Etwa hier?«

»Ich hab Ihnen doch die Stelle schon einmal gezeigt. Bitte, quälen Sie mich damit nicht mehr.«

Antek drehte um und peilte die Bucht des Blankiwerders an.

Er sagte: »Nehmen Sie mir es nicht übel, Herr Brzeziński, aber hier ist unser Ausflug zu Ende.«

»Tja, dann ist ja alles perfekt. Ich räume Ihnen beiden großzügig ein Jahr zum Nachdenken ein. Das ist reichlich – nächsten Sommer wird die Insel offiziell der Regierung übergeben. Samt Eintragung in die Bücher. Wir wollen Sie beide als Verwalter beschäftigen – und was meinen Sie, wie viel Geld in Ihre Kasse fließen wird! Sie könnten sogar ein Hotel bauen! Also, überlegen Sie sich die ganze Sache gut. Sonst – tja – Herr Antek, wir haben da unsere Möglichkeiten« – er sah Antek lange an –, »und Sie, Gnädigste, könnten sich in Barczewo mit Ihrer Köchin Stefcia die Wohnung teilen. Oder mit Ihrer Mutter.«

»Herr Brzeziński«, sagte Beata, »ich lass mich von Ihnen nicht einschüchtern. Sie haben meinen Mann vom Blankiwerder nicht verjagen können und Sie werden auch mich nicht verjagen. Das schwöre ich Ihnen. Die Insel bekommen Sie nie!«

14

KURZ VOR DER RÜCKFAHRT nach Bartoszyce und nachdem Antek die alten Nummernschilder am DS angeschraubt und seine Tasche gepackt hatte, nahm er eines von Beatas Motorbooten und fuhr zusammen mit Iwan zu der Stelle, wo August Kuglowski verunglückt war. Beata hatte ihm eine genaue Beschreibung gegeben: Man musste zur Schwesterinsel vom Blankiwerder, dem Krebs, fahren und von dort aus in nördlicher Richtung weiter bis zu dem dunklen Fleck, wo der See am tiefsten war.

»Wir kommen nächstes Wochenende zurück. Kannst du tauchen?«, fragte er den Jungen, als sie eine Weile bei ausgeschaltetem Motor über der Unglücksstelle drifteten.

»Nein. Woher denn?«

»Ich red mal mit den Lübeckern. Ich werd ihnen weismachen, dass ich Profi bin. Die sagen bestimmt nicht Nein, wir leihen uns von ihnen die Sauerstoffflaschen und die Taucheranzüge, und dann werden wir sehen, ob der August wirklich tot ist.«

»Du meinst, der ist einfach abgehauen? Ins Ausland? Genial!«

»Nein. Das nicht. Und jetzt lass uns umkehren, es ist schon spät, und du verrätst mir endlich, ob du bei mir eingebrochen bist und wer dir gesagt hat, dass du die

Nummern von meinem alten Benz mitnehmen sollst. An Vorsehung glaube ich nämlich nicht.«

Antek ließ den Bootsmotor wieder an, er hatte den Starterriemen nur zweimal ziehen müssen. Iwan kniete sich auf die Bank am Bug. Er stützte sich mit den Ellbogen auf die Bootsränder und blickte zur Sonne, zu dem riesigen, gelbroten Ball, der über dem westlichen Ufer des Blankisees schwebte.

An Land nahm Antek Beatas Paket mit Fleischkonserven und Getränken aus ihren Küchenvorräten in Empfang. Sie hätte den Proviant zusammen mit Stefcia vorbereitet, damit er für den Anfang etwas zu beißen hätte. Und Iwans Straßenköter, sagte sie noch, sei am Leben und würde sich bei ihr pudelwohl fühlen.

DRITTES BUCH

15

Es war neunzehn Uhr, und sie belagerten seit einer halben Stunde Anteks Wohnung: Zocha, Robert, Anteks Vater und Onkel Zygmunt, Kimmo, Karol und Iwan. Selbst Gienek Pajło war da, der jetzt eine kurze Pause machte – bis zur sonntäglichen Nachtvorstellung.

Die ganze Stadt war am Samstag in Aufruhr geraten. In der Tageszeitung aus Olsztyn war bekannt geworden, dass in Bartoszyce Handel mit gestohlenen Grabsteinen betrieben würde. Tatsächlich war es in den letzten Monaten häufiger vorgekommen, dass vom Friedhof, der am Südkap der Stadt lag, teure Grabsteine verschwunden waren. Und am Samstag glaubte Muracki, den Dieb gefasst zu haben. Ein Denunziant hatte ihm mitgeteilt, Zocha hätte zwei Nächte hintereinander auf dem Friedhof Wache gehalten, in der Allee mit den neuen Gräbern.

Robert und Onkel Zygmunt hatten Westmark zusammengeschmissen und Zocha von Muracki freigekauft, der am Sonntagmorgen den Frührentner ins Gefängnis hatte sperren wollen. Dem dicken Batzen Geld aber hatte er nicht widerstehen können. Die Summe reichte für einen Videorekorder *Made in Japan*. Außerdem musste er einsehen, dass Zocha mit der ganzen Sache nichts zu tun haben konnte. Zocha hatte ja nur um Bożena getrauert, seine erste Liebe, die sechsunddreißigjährig verstorben war. Nach unheilbarer Krankheit. Sie war beerdigt worden, und Zocha, der an chronischer Melancholie litt, war in tiefste Verzweiflung gefallen.

Alles – wirklich alles war denkbar, aber dass Zocha ein Grabsteindieb sein sollte, konnte sich nicht einmal Anteks Vater vorstellen, der in Schwarzmalerei und Beschwörung von Katastrophen jeglicher Art, privater und weltumspannender, ein Spezialist war.

»Immer, wenn ich wegfahre«, sagte Antek zu Zocha, der sichtlich froh war, auf freiem Fuß zu sein, »passiert etwas Unheimliches. Nächstes Mal werdet ihr mir berichten, dass Jesus in einem Raumschiff auf dem Defilierplatz der Kommunisten gelandet ist und Werbematerial – Kugelschreiber und Feuerzeuge – an Passanten verteilt hat.«

»Nichts ist ausgeschlossen!«, sagte Zocha.

Iwan war der Erste, der nach Hause gehen wollte. Er sagte: »Antek, danke für dein großzügiges Angebot, aber ich muss doch zu meiner Mutter zurück. Ich hab nachgedacht. Ich kann nicht bei dir wohnen. Ich übernachte gerne mal im Muza. Ab und zu, wenn ich diese Stadt und ihre Leute nicht mehr sehen kann, weiß ich wirklich nicht, wohin mit meinem elenden Arsch.«

»Wie du willst. Meine Tür steht dir immer offen«, sagte Antek.

Iwan hatte ihm unterwegs nach Bartoszyce erklärt, wie es dazu gekommen war, dass er mit den Nummernschildern vom Benz nach Blanki aufgebrochen war. Teresa hätte ihm den Auftrag gegeben. Und da sie über alle Schlüssel zum Muza verfügte, wäre es ein Einfaches gewesen, die Autokennzeichen aus seiner Wohnung zu holen.

»Teresa ...«, murmelte Antek. »Jetzt wird mir einiges klar ...«

»Du siehst ja, ich hab mit der ganzen Sache nichts zu tun. Ich wollte dir nur einen Dienst erweisen. Deine Chefin meinte, du würdest die Nummern dringend brauchen, und wenn ich vor Frau Beata angefangen hätte zu erzählen, wer mich geschickt hat, wärst du davon bestimmt nicht so sehr begeistert gewesen.«

»Schon gut, Iwan«, sagte Antek, schüttelte ihm die Hand und begleitete ihn zur Tür. »Wir sehen uns! Und ich red mal mit Robert, ob du bei ihm jobben kannst, okay?«

Der Junge ging weg, und Antek latschte wieder ins Wohnzimmer zurück.

»Was ist das für ein Techtelmechtel mit Iwan?«, fing der Vater an. »Und dieses weiße Auto da draußen? Die Leute sagen, es gehört dir, meinem Sohn Antek. Eine Meute Schaulustiger steht um den Wagen herum und quatscht dummes Zeug.«

»Ich hab den DS Beata abgekauft«, sagte Antek und blickte Zocha an, der auf dem Teppich neben dem Couchtisch kauerte wie ein Findelkind, das seine tägliche Tracht Prügel bekommen hatte.

»Abgekauft?«, staunte Robert. »Ich dachte, du bist pleite!«

Antek ließ sich gar nicht erst auf einen Schlagabtausch mit Robert ein. Er sagte: »Mein Gott, Zocha, du siehst richtig schlimm aus. Du wusstest doch nicht erst seit gestern, dass Bożena bald sterben würde. Zwanzig Jahre lang hast du kein Wort über sie verloren, nicht einmal ihren Namen fallen lassen, und jetzt diese Trauer!«

»Sie war mein erstes Mädchen«, sagte Zocha. »Mein erstes Mädchen! Ich hab sie sogar entjungfert!«

Onkel Zygmunt sagte: »Du schuldest mir und Robert Geld. Das sollte dir Sorgen bereiten. Deine Liebe wird nicht auferstehen: Die war schon vorbei, bevor sie überhaupt angefangen hat.«

»Ich werde arbeiten, ich zahl euch die Knete bis auf den letzten Groschen zurück!«, sagte Zocha. »Oder ich fang wirklich an, Grabsteine zu klauen!«

Er hatte einen langen, dünnen Hals, auf dem der viel zu groß geratene Kopf mit dem schütteren Haar saß. Doch sein ganzer Körper war seinen Schöpfern misslungen: Zocha ähnelte einem Paukenschlegel. Er war groß, überall schmal, selbst die Schultern, und hatte weder Fleisch noch Muskeln, nur diesen überdimensionalen Kopf wie die Außerirdischen in »Unheimliche Begegnung der dritten Art«.

»Wer ist denn gestern und heute für dich eingesprungen?«, fragte Antek Zocha.

»Teresa, Teresa«, sagte er apathisch.

»Und sie ist jetzt im Haus?«

»Ja«, sagte Zocha. »Ja.«

»Komisch«, sagte Antek.

»Als ich vorhin mit Iwan ins Besucherfoyer kam und die Treppe zu meiner Bude hochstieg, hab ich sie nirgendwo gesehen.«

»Sie ist da!«, schrie ihn Zocha plötzlich an. »Sie ist verdammt noch mal da!«

»Reiß dich endlich zusammen, sei kein Waschlappen«, sagte Antek.

»Genau. Und du, Mister Muza«, sagte Robert, »falls dich das überhaupt interessiert: Ich hab mit Kucior gesprochen, wegen einer Vorführung im Kino. Wie wär's denn damit?«

Antek sagte: »Bravissimo! Und was für einen Film soll ich wählen? In meiner kleinen Sammlung im Keller habe ich so einiges, was in Frage käme. Vielleicht sogar etwas aus Teresas Schwarzer Liste? Der 1. Sekretär verträgt nur Diät: Die Fünfte von Beethoven wird wohl das Falsche sein. Zu bombastisch.«

»Ich bin für eine Schocktherapie: heimische Produktion, bloß nichts Ausländisches, die Geschichte muss hier und jetzt spielen und hyperrealistisch sein, am besten durch die schwarz-weiße Brille gefiltert: Das Böse im Kampf gegen das Gute wie in ›Karate – Polish Style‹.«

Gienek Pajło, der sich nie über irgendetwas beklagte und stets zufrieden zu sein schien, sagte zu Zocha: »Nun gut! Du wirst bald wieder gesund, wir kennen ja deine Krankheit! So. Ich muss auch los, die letzte Vorstellung beginnt gleich. Die Leerspulen hab ich schon aufgerollt, den 1. Akt eingelegt. Tschüs Antek, man sieht sich! Tschüs, Herr *Hak*! Herr Oberstleutnant Biuro!«

Der Finne Kimmo hatte noch nie einen echten Vorführraum gesehen: »Antek. Ich in fünf Minuten zurück bin, ich will gucken, was ist dort«, sagte er und ging mit Gienek Pajło mit.

»Bis später! Sollten wir nicht da sein, findest du uns im Roma oder Relaks«, rief Antek Kimmo nach und lugte aus dem Wohnzimmerfenster nach draußen. »Die Straßen sind wie leer gefegt. Ich könnte noch was essen! Tapetenwechsel wird uns allen gut tun. Außerdem müsst ihr euch meinen DS angucken! Das ist genau das Modell, mit dem Fantomas immer gefahren ist – mit dem kleinen Unterschied, dass meine Karre nicht fliegen, tauchen und keine Raketen und Torpedos abschießen kann. Sie ist genauso harmlos wie ich. Gehen wir?«

»Aber sicher!«, sagte Karol. »Ist das wirklich eine echte Fantomas-Kutsche? Du nimmst uns auf den Arm!«

Karol hatte heute frei, aber selbst dann kam er im Roma vorbei, um nachzuschauen, ob Maria, seine Kollegin, alles im Griff hatte.

Onkel Zygmunt und Anteks Vater fanden nichts mehr zu tun, sie betrachteten ihre Aufgabe als erledigt: Zocha war draußen, Antek würde ab dem morgigen Montag jeden Tag arbeiten, um Zocha zu entlasten, und sein Freund könnte sich ab sofort wieder auf sein Frührentnerdasein konzentrieren, was nach ihrer Meinung in seinem Fall das Beste wäre – zu Hause im Sessel vor dem Fernseher, keine Aufregung, viel Obst und Gemüse, einmal in der Woche Sonntagsbraten, lange Spaziergänge und gelegentlich ein Besuch im Roma oder Muza. Dann dürfte ihm nichts mehr aus dem Ruder laufen.

»Junge, genieß das Leben und freu dich, dass du nicht irgendwo in der Pampa mit Wehrpflichtigen im Regen und Matsch zelten musst«, sagte Onkel Zygmunt zum Abschied.

Als Zygmunt und Anteks Vater endlich fort waren, und niemand von seinen Freunden vermisste die alten Herren, glaubte Antek, dass seine altgewohnte Routine wiedereinkehren könnte: Sonntagabend der kurze Besuch in einer der beiden Gaststätten, dann die Nacht, und wenn sie sternenklar war – Himmelsbeobachtungen auf dem Dach des Muza mit bloßem Auge und ab Montag Kino. Ein Film nach dem anderen, er hatte schon unzählige Streifen gesehen, er lebte eigentlich nur auf der Leinwand, in fremden Geschichten, und Beata irrte sich wohl kaum, wenn sie behauptete, dass er eine Hure hätte: nämlich das Muza.

Sie verließen kurz nach acht seine Wohnung und begegneten im Besucherfoyer Teresa, die sich übertrieben über das Treffen freute. Sie ließ den letzten Gast ein und warf die Papierschnipsel von den Eintrittskarten in den Müll.

»Kommst du mit, Teresa?«, fragte Antek. »Wir besichtigen kurz mein neues Auto und gehen dann was essen. Übrigens! Danke, dass du Iwan nach Blanki geschickt hast! Du kannst wohl in den Sternen lesen ...«

»Sei kein Vollidiot«, sagte sie. »Jeder weiß doch, warum du zu ihr gefahren bist. Um dein Gedächtnis ist du wirklich nicht zu beneiden. Es hat dich doch schon lange gejuckt, den DS zu besitzen. Hat sie dir auch Geld gespendet?«

»O ja! Was denkst du denn? Also, was ist jetzt, Teresa?«

»Frau Leiterin, lassen Sie sich nicht zweimal bitten!«, sagte Zocha, der allmählich fröhlicher wurde.

Sie beäugte ihn für fünf Sekunden wie einen Kranken, der seine Medizin verweigerte, und sagte: »Zocha, spar dir die Floskeln. Aber gut, Antek, ich ergebe mich! Auf einen Kaffee komme ich mit – die Nachtvorstellung hat gerade erst angefangen.«

Robert nahm Teresa unter den Arm und flirtete mit ihr.

»Vielleicht kann uns Antek ja seinen tollen Wagen mal für eine Spritztour zum Blankisee ausleihen?«, sagte er, als sie alle auf dem Hinterhof des Muza standen, wo Antek den DS geparkt hatte.

Der Robert, dachte er, der Kapitalist, wartet seit Jahren auf seine Prinzessin, hat Angst zu heiraten und macht jetzt meine Leiterin an – wenn du bloß wüsstest, dass sie auf deine Kohle gar nicht scharf ist!

Zocha und Karol waren aus dem Häuschen, als sie den DS sahen.

»Seht nur! Ein Klassiker!«, sagten sie zu den Dreizehn- und Vierzehnjährigen, die den Wagen von allen Seiten umlagerten.

»Wie schnell fährt der?«, fragte einer der älteren Jungen. »Schneller als ein Ferrari?«

»Zwar kein Zwölfzylinder, zischt aber ab wie ein Porsche!«, sagte Antek. »Passt mal gut darauf auf, dass keiner vorbeikommt und den Seitenspiegel abreißt!«, bat er die Kinder.

Dann gingen sie zur Abwechslung ins Relaks, Teresa hatte so entschieden. Die Dancingbar Relaks war viel größer als das Roma und bestand aus einem Tanzsaal und einem Bistro, wo man im Stehen an der Theke einen Krug

Bier bekam. Im Winter wurde das Bier warm und mit Zucker versüßt ausgeschenkt, eine Spezialität vom Relaks.

Zocha schwebte auf Wolke sieben. Er organisierte einen Tisch, nahe der Bühne, wo normalerweise die Tanzband auftrat, aber sonntags wurde nicht gespielt. Dann war es im Relaks angenehm still. Auf den Tischen mit den feinen, weißen Tafeltüchern, die meistens fleckig waren, standen Lämpchen. Nicht einmal im Hotelowa gab es solch eine Ausstattung, das trotz der Säufer zur späten Stunde und ihrer blutigen Schlägereien vor dem Eingang eine gute Adresse war. Zumindest für Gäste aus fremden Städten.

Die ursprünglichen Fensterscheiben des Relaks waren zur Straßenseite verdunkelt gewesen und hatten viel mitmachen müssen, und die Direktion ließ sie gegen schwarze Stahlplatten austauschen, damit das Glaseinschlagen aufhörte. Dies hatte wiederum zur Folge, dass im Relaks ewige Nacht herrschte, zu jeder Jahres- und Tageszeit.

Antek mochte diese ewige Nacht, und er mochte auch die kühle Luft des etwa einhundertfünfzig Quadratmeter großen Tanzsaals. Selbst wenn er voll war – das beißende und meist billige Parfüm der Frauen und der Zigarettenrauch konnten kaum unerträglich werden.

Robert gab die Bestellung auf, und Karol beobachtete die Bedienung. Man kannte sich hier, jeder wusste vom anderen, wusste, wer mit wem verheiratet oder verschwägert war, aber dennoch war das Relaks eine andere Welt, wie nicht in dieser Stadt. Im Roma wurde über Politik und Religion gesprochen, und das Relaks war die Hure Babylon. Hier trank man bis zum Exitus und zeugte Kinder, die, wenn sie ein bisschen Glück hatten, später von Alimenten ihrer Erzeuger lebten, in den meisten Fällen jedoch ihre wahren Väter nie kennen lernten.

Teresa zog ihre Mentholzigaretten aus der Handtasche

und steckte sich eine an. Karol reichte ihr Feuer, sie beugte sich etwas vor und berührte mit ihrem Kinn den gläsernen Schirm des Tischlämpchens. Sie trug einen dunkelroten Rock und eine violette Bluse, die weit aufgeknöpft war, der BH-Ausschnitt sah sehr einladend aus. Jedem an diesem Tisch war klar, dass Teresa eine gescheite Frau war und dass ihr niemand etwas vormachen konnte – selbst dann nicht, wenn sie betrunken war.

Teresa inhalierte den Zigarettenrauch, und der Kellner brachte das Essen und etwas zu trinken. Kaffee, Wodka und Limonade.

»Du kommst mit deinem DS morgen um neun«, sagte Robert zu Antek. »Wir melden erst mal deine Karre an. Meine beiden Tarpans sind wieder ausgebucht. Du wirst die Blumen mit deinem Auto ausfahren müssen. Ich geb dir eine Liste mit den Kundenadressen. Du fährst jeden Tag etwa zehn Touren. Wir rechnen immer freitags ab. Dann will ich die Knete und die Rechnungen sehen.«

»Gut«, sagte Antek. »Aber ab siebzehn Uhr muss ich wieder im Kino sein. Und wenn wir schon dabei sind – hast du vielleicht auch was für Iwan, damit er von der Straße wegkommt?«

Robert machte sich daran, sein Schnitzel zu sezieren. Er zerschnitt es in kleine Würfel und sagte: »Er ist ein Tollpatsch, ein Schwachkopf, vor allem versteht er nichts vom Geld. Aber ich werd mal sehen, was sich machen lässt. Ich hab klein angefangen – wie jeder, der reich werden will. Iwan müsste spuren. Wenn ich sage, dass in zwei Stunden Antek *Hak* kommt, um die Rosen abzuholen, müssen sie fertig sein. *Fertig!* Zwanzig Eimer voller Blumen für unsere Stadt. *Frisch und elegant!* Der Kunde will es elegant haben. Ich war zwar noch nie im Westen – Antek, du kennst ja fast alle Länder der nördlichen und südlichen Hemisphäre. Aber ich unterscheide mich bestimmt in nichts von meinen Kollegen dort. Es ist doch so einfach: Unsere Regierung sollte die Wirtschaft in private Hände geben, dann würden sich die Regale in den Einkaufsläden von allein füllen!«

»Ihr kleinen Jungen!«, sagte Teresa. »Ihr denkt immer in denselben Kategorien: Wer ist mächtiger, größer als ich – ich Robert, ich Antek, ich Iwan. Ich höre bei euch Typen immer nur ICH. Mein Kaffee ist kalt ...«

»Wir sind hinter dem Kino Muza her«, sagte Antek. »Robert und ich wollen es kaufen.«

»Wie bitte? Und was, wenn es klappt? Was soll dann aus mir werden? Eure Angestellte? Putzfrau? Lächerlich ...«

»Ich würde dich niemals entlassen«, antwortete Robert, »und für deine Unterstützung bei Kucior wären wir dir sehr dankbar.«

Zocha, der zu seinem gewohnten Zustand des teilnahmslosen Beobachtens zurückgekehrt und die ganze Zeit über still geblieben war, sagte plötzlich: »Schaut mal! Da kommt der Kimmo! Robert! Du kannst dich anstrengen, wie du willst! Der Kimmo, der ist ein Kind des Westens: Er wird irgendwann die Keksfabrik seines Vaters übernehmen und leiten, wie es auch sein Alter getan hatte, als er jung war. Und das fehlt uns: ökonomische Familientradition. Wir werden deshalb als Volk irgendwann aussterben.«

Kimmo schnappte sich einen Stuhl, stellte ihn zwischen Teresa und Antek und sagte: »Eine oder zwei Woche ich noch bleibe in *Bartossize*, aber der Kino gut hier ist. Ich werde trauern in Finnland.«

Alle klatschten Bravo.

»Ich schlau bin!«, sagte Kimmo und bat den Kellner, der an ihrem Tisch vorbeigehuscht kam, ihm die Speisekarte zu bringen.

Teresa trank den letzten Schluck von ihrem Kaffee und verkündete wie eine Fernsehberühmtheit, dass ihr Auftritt beendet sei und sie gehen müsse.

»Zocha! Ich will nichts sagen, aber du bist gefeuert! Und Antek kriegt nie wieder unbezahlten Urlaub«, meinte sie zum Schluss.

Zocha war unbeeindruckt: »*To znowu takie pierdolenie w bambus, z którego nic nie wynika*«, raunte er.

»Das ist nicht das Problem«, sagte Robert und rief noch einmal den Kellner herbei, der für alle eine Runde Wodka bringen sollte. »Einen Kurzen trinkst du noch mit uns, Teresa.«

Antek schaute Zocha und Karol an, deren Gesichter so blass waren wie der kalte Vollmond im Winter über Bartoszyce, dann suchte er mit einem betrübten Blick bei Kimmo Rettung, der immer einen lustigen Spruch parat hatte und von dem er sich erhoffte, dass er jetzt etwas Entwaffnendes und Humorvolles sagte, was Teresa milder stimmen würde, aber sein Freund blieb stumm.

Der Kellner servierte den Wodka. Sie prosteten sich zu.

»Warte mal, Teresa, ich gehe mit«, sagte Antek. »Das Essen hab ich kaum angerührt. Mein Schnitzel will ich hiermit Kimmo vermachen!«, freute er sich.

Der finnische Informatikstudent aus Gdańsk sagte im korrekten Polnisch: »Du beleidigst meinen Gott, Antek!«

Kimmo war vor ein paar Jahren aufgrund seiner Depressionen zum mohammedanischen Glauben übergetreten. Er behauptete seitdem, ein glücklicher, ausgeglichener Mensch zu sein, was vor allen Dingen an dem disziplinierten, regelmäßigen und an genaue Uhrzeiten geknüpften Beten läge. Und fürwahr – besuchte er Antek, unterbrach er oft ein Gespräch, ging ins Badezimmer, rollte seinen Teppich vor dem Boiler von Junkers aus, der angeblich genau nach Mekka zeigte, und betete zu

Allah. Die einzige Sünde, die sich Kimmo erlaubte, war der Wodka. Und mit den Frauen wartete er noch bis zur Heirat.

»Antek ... Viel Spaß«, flüsterte Robert seinem Freund beim Weggehen zu.

Antek lief Teresa hinterher. Schon auf der Treppe zu seiner Wohnung streifte sie ihre Strümpfe und das Höschen ab und ließ dann die Sachen in der Küche auf den Boden fallen. Antek hatte es noch nicht einmal geschafft, sich einen Drink einzuschenken, er stand da, vor Teresa, in der einen Hand das Glas für den Wodka, in der anderen den Karton mit Orangensaft, den er von Beata mitgebracht hatte.

Er stellte alles auf dem Tisch ab, dann machte er einen Schritt nach vorn und zog Teresa an sich.

»Du weißt doch selbst, dass aus uns nichts Gescheites werden kann«, sagte er und legte seine Arme um Teresas Hüften. »Gleich ist der Film zu Ende, und du musst nach unten gehen und das Kino schließen. Und du musst vor allem zu deinem Mann zurück. Ich bin nicht dein Gigolo.«

»Warum sagst du so was Schreckliches?«, fragte sie. »Ich erwarte von dir keine Versprechungen, nichts Ewiges. Ich will doch nur ...«

»... du wirst mit einem Taxi nach *Hamburg* fahren«, warf Antek ein, »und bitte mich nicht darum, dass ich dir den Weg zum Taxistand erkläre ...«

»Ist das deine Stimme oder die von meinem Erzfeind Zocha?«, fragte sie. »Er ist impotent – jeder in der Stadt kennt sein Geheimnis.«

»Was weißt du schon von Zocha«, sagte er und küsste Teresa auf den Mund. »Verschwinde endlich ...«

Teresa loszuwerden war keine einfache Sache. Dabei

war er weder mit ihr noch mit Beata verheiratet. Er hätte jede von ihnen haben können, selbst Lucie. Er schuldete niemandem Rechenschaft. Er könnte, wenn er wollte, zu Maria ins Roma gehen, die dreiundzwanzig Jahre alt war, bildhübsch, geil, pechschwarz wie die Nacht, mit südländischem Teint wie die Portugiesinnen, und er würde sie nicht davon überzeugen müssen, dass sie nach Feierabend unbedingt noch bei ihm vorbeischauen sollte: Auf seine kostbare Plattensammlung und die Fotos von seinen Reisen nach New York oder Italien würde Maria, das leichte Mädchen, pfeifen, und sie müssten sich nicht einmal aufs Dach des Muza legen, in die warme Nacht, und die Himmelsbewegungen beobachten und romantische Minuten des Vorspiels vortäuschen. Antek würde genau wie jetzt in seiner Küche stehen und einen Drink mixen, und Maria hätte ihr weißes Kleid abgestreift, und er hätte sie nicht einmal darum bitten müssen.

»Lass mich bei dir sein, nur diese halbe Stunde«, sagte Teresa.

Ihre kalten Hände glitten unter sein T-Shirt, sie zog es hoch bis zur Herzgegend, küsste Anteks Brust, duckte sich küssend immer tiefer und machte über seinem Bauchnabel Halt, dann drehte sie sich um und stützte sich auf den Kühlschrank. Er zerrte etwas ungeschickt am Reißverschluss ihres dunkelroten Rockes und dachte an nichts mehr. Er spürte ihre Hinterbacken, beugte sich über ihren Rücken und küsste sie auf den Nacken, damit sie zusammen »über ihren Fluss Łyna hinausschauen könnten und sehen, was es für Land dort in der Ferne gab«, wie es ihm Teresa manchmal ins Ohr wisperte.

16

SEINE WOHNUNG IM KINO MUZA war ursprünglich ein Lagerraum gewesen. Aber als Antek das erste Mal seine zukünftige Wohnung betrat, entdeckte er außer den alten Dosen mit den 600-Meter-Akten der Kopien, Büchern, Schallplatten, Lautsprechern, Projektoren und anderem Gerät auch noch Plakate und Schilder mit Parolen der PZPR, der Arbeiterpartei, und rote Fahnen, die am 1. Mai durch die Straßen von Bartoszyce getragen wurden. Das Wort Kommunismus existierte schon lange nicht mehr (ausgeträumt verfaulte es in den Schulbüchern), und das andere, Sozialismus, war lächerlich geworden und klang ausgelutscht und verlogen, sobald man es in den Mund nahm. Die Mission der zwölf Apostel ist fehlgeschlagen, und Marx hat sich auch geirrt, dachte Antek, als er die beiden Zimmer ausräumte und das ganze Gerümpel samt der Plakate zu Andrzej Wajdas Filmen »Der Mann aus Marmor« und »Der Mann aus Eisen« in den Keller des Muza bringen musste.

Vielleicht waren die Figuren der Kentauren, die über dem Eingang zur gotischen, in der Nähe des Marktplatzes gelegenen Bartholomäus-Kirche thronten und die Antek schon als kleinen Jungen faszinierten, keine Produkte der Phantasie: Vielleicht würden sie bald auferstehen und die Menschen erschrecken, wenn die Propheten schon nichts taugten.

Die Einwanderer haben Ostpreußens Moore trocken gelegt, dachte Antek Haack, und ihrem Gott Paläste erbaut, damit sie jederzeit zu ihm gehen und beten konnten. Und wenn der Allmächtige sich ausruhte, wie es alle Götter gelegentlich zu tun pflegen, feierten sie in der Sakristei schwarze Messen und schlitzten Tieren oder Kleinkindern die Bäuche auf, weil in Wahrheit nur der

Teufel ihre irdischen wie auch jenseitigen Wünsche erhören und erfüllen konnte. Heutzutage spendierten sie dem Propst ihren Monatslohn, einen Toyota oder eine Waschmaschine und kauften ihm Blumen.

Und noch etwas ging ihm nicht aus dem Kopf. Er hatte in der Schule gelernt, dass seine Stadt einmal Bartenstein geheißen hatte. Er besaß alte Karten mit den ursprünglichen Namen. Aber ganz am Anfang, als Gott *Elohim* Adam schuf, als die Kreuzritter die pruzzischen Heiden, die Barten und die Natanger, die Galinder und die Warmier, bekehrt oder getötet, wie es die Spanier in Südamerika mit den Inkas und Mayas getan hatten, hieß seine Stadt noch anders: Rosental. Nein, der Name hätte nichts mit Juden zu tun, erklärte die Polnischlehrerin den Schülern, damals, vor fast dreißig Jahren.

Diese Lehrerin musste verrückt gewesen sein, dass sie den Kindern so etwas erzählte, aber wer von uns sollte sie beim Staatssicherheitsdienst verpfeifen?

Das Wort Rosental klang auf jeden Fall realistischer, fand er, als die beiden anderen: Kommunismus und Sozialismus. Die meisten dachten bei diesem Namen an Juden, Antek nicht (obgleich ihm das Foto von der Bartensteiner Synagoge bekannt war, wie auch die Tatsache, dass die Polen, die heutigen Bewohner von Bartoszyce, keinen blassen Schimmer davon hatten, wo die Synagoge einmal gestanden hatte). Wenn er Rosental hörte, stellte Antek sich vor, wie er im Kino Muza sitzen würde, in der ersten Reihe, direkt vor der Bühne mit der Leinwand, und sich den Film ansähe, den er selbst gedreht hatte: Ein kluger Mann kommt ins Tal, in dem wilde Rosen wachsen, und verliebt sich in dieses rote Meer. Er gründet ein Dorf, das tausend Jahre später so groß geworden sein sollte wie Athen oder Paris. Aber der Mann ist unglücklich, weil er keine Frau findet. In seinem Tal, in dem neuen Dorf, leben zwar Frauen, aber sie haben Angst und verstecken sich in ihren Häusern. Wovor haben sie Angst?, fragte sich Antek oft, wenn er seinen Film zum wiederholten Mal vor seinem inneren Auge laufen ließ und immer wieder die Regieanweisungen änderte, etwa vor dem Gott, der bald in die große Kirche einziehen wird, die der kluge Mann hat bauen lassen? Er ist grausam, dieser Gott und Herrscher aus dem Garten Eden. Er sagt: »Die Frau zu verführen war ein leichtes Kunststück für meinen abtrünnigsten Engel und Bruder.« Aber wie endet mein Film?, dachte er, mit einer Pointe wie in »Am Anfang war das Feuer« von Jean-Jacques Annaud? Langweilig? Oder eher wie ein Liebesdrama? Er wusste, er müsste noch an einem guten Ende arbeiten, an Phantasie mangelte es ihm nicht. Und als Fahrer und Blumenlieferant von Robert und als Kartenabreißer von seiner Theaterleiterin Teresa brauchte er sich nicht gerade das Hirn zu zermartern.

Am Morgen hatte er den DS angemeldet und die alten Nummern von seinem Benz behalten dürfen. Robert hatte ihm dabei geholfen. Im Moment blieb Antek Haack nichts anderes übrig, als Schulden zu machen. Und da er für den DS keinen Fahrzeugbrief vorlegen konnte, hatte man einen anderen Weg wählen müssen: den der Bestechung, worin Robert bestens geübt war.
»Wenn du willst«, hatte Robert an Anteks erstem Arbeitstag gesagt, »kauf ich Beata den DS ab. Du kannst ihn fahren, es ist dein Auto, aber gleichzeitig mein Firmenfahrzeug.«
»Abgemacht«, sagte Antek und freute sich. »Vielleicht geben mir meine Eltern ja das Geld zurück, das ich ihnen geliehen habe. Zu Ostern hat meine Mutter fette Pakete aus Hannover erhalten, und die Hundertmarkscheine,

die ihre Freundin beigelegt hat, wurden nicht geklaut. Die Post gibt sich neuerdings Mühe, korrekt zu sein. Ich red mal mit Inga.«

Nach dem gemeinsamen Abend hatte Teresa ihn in seiner Wohnung telefonisch aus dem Bett geklingelt und ihm eine Dienstanweisung durchgegeben. Er hatte ein neues Problem: Teresa wollte, dass er von jetzt an auch freitags und samstags arbeitete (am Sonntag würde sie selbst die Besucher ins Kino einlassen). Bis jetzt hatte er die meisten Wochenenden frei gehabt, mitunter sprang Zocha ein – ein anderes Mal Maria oder sein Cousin Karol. Aber jetzt sollte er jeden Tag arbeiten wie in China, und der Sonntag hing nur noch an einem seidenen Faden.

Dann hatte ihn Beata angerufen und wissen wollen, ob er sie am Wochenende besuchen würde. Er käme auf jeden Fall, hatte er gelogen. Er zerbrach sich nicht groß den Kopf darüber, was bald auf ihn zukommen könnte, er überlegte nur, dass er vielleicht Teresa nun doch darum bitten sollte, Zocha wieder einzustellen. Auch wenn er impotent ist, chronisch melancholisch – er schafft es schon –, da machte sich Antek keine Sorgen.

Kurz nach zehn fuhr er mit Robert von der Kfz-Zulassungsstelle zu seiner Gärtnerei. Sie lag an der Hauptstraße, die nach Lidzbark Warmiński und Olsztyn führte. Wenn man auf dieser Strecke Richtung Westen weiterfuhr und an einer Kreuzung nach links abbog, gelangte man nach Blanki oder zur Nationalstraße 16 und damit zu den großen Seen im Osten.

Es war ein Wunder, dass Robert seine Firma überhaupt hatte aufbauen können. Wer Geschäfte machen wollte, musste einen Pakt mit der Regierung unterschreiben. Er durfte keine Skrupel haben und musste schmieren und betrügen können. Robert konnte das, er wurde von Jahr zu Jahr mächtiger, und keiner spuckte ihm in die Suppe: Zehn Gewächshäuser gehören Robert, dachte Antek, als würde Bartoszyce in Holland liegen; in der Sowjetunion oder DDR –, obwohl Onkel Karl aus Bad Doberan meinem Vater schreibt, dass sein Ältester in Rostock eine Autowerkstatt besitzt –, hätte man dich, Robert, längst einer ideologischen Therapie unterzogen. Im Zimmer 101, von dem Republika singt und Samisdat schreibt, hätten sie dich geheilt.

Das Haus, das Robert seit wenigen Jahren alleine bewohnte, weil seine Mutter verstorben war, hatte immer noch keinen Außenputz und sah wie eine Baustelle aus. An den Holzfenstern und -türen blätterte der Lack langsam, aber sicher ab. Auf dem Tisch im Wohnzimmer und in der Küche faulenzten Hühner, die Robert mit einem Besen nach draußen jagte, die aber fünf Minuten später wieder erschienen, um weiter ihr Unwesen zu treiben. In einem der Zimmer hatte Robert sich eine kleine Mopedwerkstatt eingerichtet, wo er seinen *Komar*, die Mücke, die er reparierte, aufgebockt hatte und in einem fort anließ, beschleunigte und abwürgte, sodass das ganze Haus nach Abgasen stank. Das Moped war häufig kaputt, und selbst an den Sonntagen, wenn er damit zur Bartholomäus-Kirche fuhr, um angeblich für die Seele seiner Mutter zu beten, kam er höchstens bis zur Kreuzung mit Roma, Muza und Relaks. Dann stellte er seinen *Komar* an der Mauer des Roma ab und ging zu Karol Kaffee trinken und sich beklagen, dass die polnischen Ingenieure komplette Versager wären und nicht einmal so etwas Einfaches und Grundlegendes wie ein Moped vernünftig bauen könnten.

Jedem, der gesehen hatte, wie Robert hauste, war klar, dass da keine einzige Frau einziehen und mit ihm zusammenleben wollte. Und selbst Kimmo, der in dem Saustall übernachtete und die Differentialgleichung Van der Pols für seine Prüfungen paukte, spielte mit dem Gedanken, zu Antek umzuziehen. Kimmo war ein hartgesottener Bursche, den nichts so leicht umwarf, doch ein Frühstück mit Hühnern auf dem Tisch überforderte selbst einen Pfadfinder und Überlebenskünstler wie ihn.

Auf dem riesigen Gelände breiteten sich die Gewächshäuser aus. Sie waren neben dem Moped und dem BMW, den Robert in Warschau für viel Geld erworben hatte, sein liebstes Kind. Es fehlte nicht viel, und er würde in einem der Gewächshäuser sein Lager aufschlagen und jede Nacht inmitten all der Blumen schlafen; er überlegte sogar, ein Schwimmbad und einen Wintergarten zu bauen und darin zu wohnen. Sein Haus, das er nicht besonders mochte, würde er dann vermieten. Antek kannte seinen Freund schon seit der vierten Klasse und wusste, dass er seine Pläne immer verwirklichte. Hatte er sich etwas in den Kopf gesetzt, würde er es irgendwann realisieren. Das war der große Unterschied zwischen ihm und Antek, der meistens kapitulierte und sich mit Wenigem zufrieden gab. Robert belächelte ihn nur und sagte: »Du backst immer kleine Brötchen. So werden wir das Kino Muza nie kriegen. Du musst größenwahnsinnig sein wie ich, dann wird jede Idee, die du hast, Wirklichkeit! Du wirst Gott! Schöpfer!«

Antek parkte den DS vor Roberts Haus und ging mit ihm in sein Büro, das sich im Erdgeschoss befand.

»Robert, hast du dir schon ein paar Gedanken wegen Iwan gemacht?«, fragte er.

»Wenn er die Schule schmeißt, werden sie ihn zur Armee einziehen. Und da gibt es nur eine Lösung, wie du weißt. Es muss bewiesen werden, dass er nicht mehr alle Tassen im Schrank hat, was ziemlich leicht ist. Dann kann er bei mir anfangen. Ich bin der einzige Mann in dieser

Stadt, der seine eigenen Angestellten hat. Und *alle,* die bei mir malochen, hätten laut ihrer Arbeitszeugnisse, die ihnen ausgestellt wurden, einen Dachschaden. Es sind aber gute Leute, die bloß nirgendwo richtig Fuß fassen konnten. Sie verdienen bei mir fast das Doppelte im Vergleich zu ihren alten Jobs in der Fabrik und sind vollkommen zufrieden, weil ich sie in Frieden lasse. Ich zahle ihre Versicherungsbeiträge und kaufe ihnen sogar Arbeitskleidung. Und Mirek, Włodek und Jadzia könnten eine Aushilfe gut gebrauchen.«

Robert gab ihm die handschriftliche Liste mit den Kundenadressen.

»Heute hast du vier Großaufträge: Der Pfaffe Kulas, Onkel Zygmunts Gelbe Kaserne und unser ehemaliger Schulleiter Makuch haben zugeschlagen, und dann nicht zu vergessen das Relaks: Da wird eine Hochzeit gefeiert.«

Er schnappte sich Roberts Zettel, ging zu Mirek, Włodek und Jadzia, holte mit einer Schubkarre die Rosensträuße für den Priester Kulas und legte sie vorsichtig auf den Rücksitz und in den Kofferraum des DS.

»Die Blumenläden übernehme ich selber«, sagte Robert, als er in einen seiner Tarpans stieg. »Das ist mein Hauptgeschäft, da darf nichts vermasselt werden«, sagte er aus dem Fensterchen des Tarpan; er tat wieder so, als leite er ein weltweit operierendes Firmenimperium.

Antek machte sich mit seinem ersten Auftrag auf den Weg. Er hatte auf dem Rücksitz des DS alte Decken für die Blumensträuße ausgebreitet, um das Leder zu schonen. Der Kofferraum war so geräumig, dass er auch da Rosen und Tulpen unbeschadet transportieren konnte. Die Strecken, die er zu fahren hatte, waren meistens kurz, sodass die Blumen – auch bei Hitze – nicht zu sehr zu leiden hatten.

Nach einer Viertelstunde war er zurück im Zentrum, auf dem Markplatz. Er musste sich noch Zigaretten und Brot und Butter kaufen und hielt kurz vor einem Laden. Er ließ den Wagen immer offen, er hatte auch seinen Benz früher nie abgeschlossen, selbst wenn er ihn abgestellt hatte, um längere Besorgungen zu machen. Es war ein Ritual, das er sich aus den amerikanischen Krimis abgeguckt hatte. Es gefiel ihm, das Auto einfach stehen zu lassen, dann fühlte er sich wie einer dieser Gangster in Las Vegas, die im Geld schwammen und sich jederzeit einen Neuwagen leisten konnten. In allen Filmen aus Hollywood war ihm das aufgefallen: Die Fahrer schlossen so gut wie nie ihre Wagen ab, und wenn sie in einem Restaurant saßen und ihre Bestellung gebracht wurde, sagten sie: »Mann! Bin ich vielleicht hungrig! Ich könnte ein ganzes Schwein verschlingen.« Nach fünfzehn Sekunden standen sie vom Tisch auf, ohne einen einzigen Bissen angerührt zu haben, und meinten: »Oh! Ich muss los! Ich hab noch einen wichtigen Termin!« Und siebzig Prozent der Hollywood-Produktionen spielten in einem Gerichtssaal, und die Kamera verweilte ewig auf den apathischen Mienen der Geschworenen.

Von Beatas Fleischkonserven würde er tatsächlich etwa zwei Wochen leben können, dann müsste er sich etwas überlegen. Bei den Eltern zu speisen und Robert um einen Vorschuss zu bitten wäre erbärmlich; das war nicht seine Art; davor würde er sich hüten. Es reichte, dass er das Essen im Relaks am Sonntag nicht bezahlt hatte. Es nervte ihn, wenn er sich Geld pumpen musste. Er hatte doch siebentausend Mark verdient, und er dachte: Hoffentlich hat der Dieb Freude daran, meinen schwer verdienten Lohn auszugeben.

Er hatte aber noch etwas Kleingeld für Zigaretten und Brot. Und mehr brauchte er zur Zeit nicht: Beata müsste zwar zweimal im Monat ein Paket mit Gulasch und Bigos nach Bartoszyce schicken, aber der Alkohol war so gut wie umsonst, solange sein Cousin Karol im Roma kellnerte. Da hatte er Glück im Unglück. Die Versuchung war gewaltig, jeden Abend nach der letzten Vorstellung im Roma vorbeizuschauen und an der Theke zu versumpfen.

Antek Haack steckte seine *Klubowe*, die weißrote Schachtel, in die Seitentasche seines Sakkos, das Brot und die Butter nahm er in die Hand und ging zu seinem DS zurück.

Auf dem Beifahrersitz saß Zocha, das Fenster war bis zur Hälfte heruntergelassen, aus dem Radiorekorder drang laute Musik auf die Straße.

Alle Passanten sahen sich nach dem DS um, insbesondere junge Frauen und Männer. Sie dachten, da wäre ein Westdeutscher unterwegs, und die Autokennzeichen von Bartoszyce bewerteten sie als großes Missverständnis: Es konnte doch nicht sein, dass einer von ihnen einen so edlen Schlitten besaß!

»Was tust du denn hier?«, fragte Zocha, als Antek sich reinsetzte und den DS anließ.

»Dasselbe wollte ich dich auch fragen«, sagte er. »Ich arbeite.«

Er fuhr los, nach dreißig Metern bog er in eine Seitenstraße ab. Vor ihren Augen erschien die Bartholomäus-Kirche, die vor zwei Jahren vollständig renoviert worden war, das Dach glänzte mit seinem saftigen Rot in der Sonne, die Mauern sahen fast wie neu aus.

»Du solltest dich doch auskurieren«, meinte Antek. »Ich will nicht sagen, dass du störst. Aber ich hab heute noch einiges zu erledigen.«

»Du hast mich reingelegt«, begann Zocha, sich zu beklagen. »Du hast absichtlich einen Unfall gebaut, um uns allen in Bartoszyce zu verklickern, dass man dich anschließend beklaut hätte. Du hast mir etwas versprochen, wir hatten vor deiner Abreise nach Deutschland vereinbart, dass du mir zweitausend Mark leihen würdest. Für das Flugticket in die USA. Mein Cousin Czesiek hat schon zweimal angerufen, was mit mir los ist. Ob ich schon tot bin. Er hat mir einen Job in Chicago besorgt. Was soll ich ihm jetzt sagen?«

Antek parkte vor dem Haupteingang der gotischen Kirche, stieg aus, öffnete Zocha die Tür und sagte: »Wenn du glaubst, dass ich dich bescheiße, bring mich um. Jetzt sofort. Wenn du den Mut hast. Und jetzt raus mit dir, du kannst mir nämlich helfen. Du siehst ja, dass ich den Wagen voller Rosen habe. Schnapp dir ein paar Sträuße und komm mit.«

Zocha rührte sich nicht von seinem Platz, seine Lippen zitterten und wurden blass.

»Du sagst die Wahrheit?«, fragte er.

»Zocha, verdammt! Du, Robert und ich waren zusammen auf derselben Berufsschule – bei den Drehern, Schweißern und Kfz-Schlossern – und in der Armee. Als Schüler haben wir oft stundenlang vor den Schaukästen des Muza gestanden und uns die bunten Filmplakate und die Fotos von den größten Seeschlachten der Weltgeschichte angesehen. Wir waren unzertrennlich, ich hab dich zum Internat gebracht wie ein Mädchen, dann sind wir zum Muza zurückgegangen, haben uns wieder die Filmplakate angesehen und weiß Gott wovon geträumt, und dann hast du mich nach Hause gebracht. Es war ein Ritual. Und meine Eltern und deine Erzieher mussten sich daran gewöhnen, dass wir nach der Schule selten pünktlich zum Mittagessen kamen. Meinst du, so was vergisst man? Jetzt steig endlich aus!«

»Wir sind gute Freunde, Antek«, sagte Zocha und sprang aus dem DS.

»Selbst als du schon Soldat warst, fast ein Offizier – ein erwachsener Mann –, hast du dir im Muza viermal ›Schlacht um Midway‹ angesehen. Robert und ich haben dich schon raustragen müssen, samt dem Kinosessel. Erinnerst du dich nicht mehr?«

Zocha war sechsunddreißig Jahre alt, er war ein Widder wie Teresa und Beata. Kein schlechtes Tierkreiszeichen, fand Antek, der im Stier geboren wurde, im Mai 1953. Aber sobald man anfing, den Widdern auf die Finger zu gucken oder ihnen gar in die Quere zu kommen – mochte der Grund noch so banal sein –, gingen sie auf die Barrikaden. Das war Anteks Erfahrung mit den Widdern. Sie waren nicht so hoffnungslos rechthaberisch und selbstbewusst wie die Löwen Onkel Zygmunt oder sein Vater, der Bartek Haack. Sie konnten nur bei allem, was sie in Angriff nahmen, selten ein Ende finden; sie konnten sich nicht vor sich selber schützen. Sie hatten die besten Prädispositionen für eine Wahnsinnstat, für die sie später von ihren Nachgeborenen für immer verehrt oder verspottet oder gar gehasst wurden. Antek war froh, dass Zocha bis jetzt nicht völlig verrückt geworden war und dass er den Tod von Bożena so gut verkraftet hatte. Es hätte noch schlimmer kommen können, dachte er, aber wer weiß, vielleicht wird Zocha eines Tages aus seinem Leben so viel lernen, dass er mein Meister wird, ein Rebell vom Alderaan, ein echter Jedi-Ritter.

In der Eingangshalle der Bartholomäus-Kirche schielten sie durch das Gittertor in den Innenraum; niemand war da. Es war schon spät geworden, Antek musste sich beeilen. Sie liefen zum Priesterhaus, klingelten an der Tür, klingelten selbst dann noch, als der Priester Kulas rauskam und sich über den unnötigen Lärm beschwerte.

»Ach Herr *Hak*! Und Herr Zocha! Gott segne Euch!«, sagte der Priester. »Meine Blumen!«

Er war ein alter Mann, aber mit einem ausgezeichneten Gedächtnis für Namen. Als Zocha und Antek noch Berufsschüler waren, hatte er sich vorgenommen, sie zu Ministranten auszubilden, trotz ihres fortgeschrittenen Alters. Sein Kreuzzug war kläglich gescheitert – zu seiner Enttäuschung.

»Kommt rein, Jungs!«, bat der Priester Kulas. »Ich lass von meiner Katechetin einen Kaffee aufsetzen, und dann reden wir über Bożena. Sie hat viel durchlitten. Ihre beiden Kinder, die Zwillingsschwestern, werden nächstes Jahr die Kommunion empfangen! Und Bożena wird nicht dabei sein! Aber jetzt zu Ihnen, Herr Zocha: Meine Spione, die alten Weiber aus den ersten Reihen, die jeden Sonntag mit ihren hohen Stimmen meine Ohren foltern, klatschen über Sie. Sie verstehen, mein Sohn!«, kicherte er kurz und wurde dann ernst: »Wer am Grab einer Toten wacht, muss wahrhaftig gottesfürchtig sein, doch ich sage euch: Selbst dann ist Jesus Christus – unser Barmherziger – misstrauisch!«

Antek warf einen kurzen Blick auf seine Armbanduhr. Er musste noch zur Gelben Kaserne, wo Wodka und Kaffee sicher in Strömen fließen würden, zumal Onkel Zygmunt heute Dienst hatte. Und dann musste er noch zum Relaks und zum ehemaligen Schuldirektor Makuch, der schon zwei Selbstmordversuche hinter sich hatte und gewiss auch ein Schwätzchen würde halten wollen: »Ach Herr Antek! Unser Weltenbummler! Erzählen Sie mal! Stimmt es, dass man in Westdeutschland auf den Tankstellen Zahnpasta kaufen kann? Ein halbes Stündchen können Sie doch Ihrem alten Physiklehrer schenken. Wissen Sie, ich hab während meines Studiums in Warschau auch etwas Hochinteressantes erlebt. Ich jobbte in der Oper als Statist, und einmal sind wir nach Moskau geflogen! Stellen Sie sich mal vor! Ich hab im Bolschoitheater den Generalissimus Stalin gesehen! Denselben von dem Reiskorn aus China! Sie wissen doch, am 5. März 1953, als von Gera bis nach Wladiwostok die Sirenen heulten, gravierte ein chinesischer Student Stalins Fratze in das Reiskorn.«

Sie traten in den Salon, der mit rustikalen Mahagonimöbeln ausgestattet war. Es roch hier ähnlich wie in der Kirche – nach Weihrauch, Wein und Rasierwasser, dann nach etwas sehr Kaltem, Feuchtem, was Anteks Nase noch aus der Kindheit kannte – vielleicht waren es die gotischen Mauern, die diesen Geruch absonderten.

Die Katechetin stellte den Kaffee auf den Couchtisch, lud sich die Blumensträuße auf die Arme und verschwand.

»Mein Sohn!«, wandte sich der Priester wieder an Zocha. »Ich kenne dein Leid!«

»Ach was«, sagte Zocha. »Ich hab noch nie bei Jesus Christus angeklopft und um ein paar Groschen fürs Brot gebettelt. Ich bin Soldat! Ich kämpfe!«

»Aber nur mit dir selbst! Mein Sohn! Unser Herr Jesus spendet uns nicht nur Trost – er füttert uns mit ewigem Leben!«

»Kann ich Bożena etwa wiedersehen? Oder was muss ich tun? Ich habe nichts zu beichten und weiß nicht, was Sünde ist. Ich habe noch nie gesündigt. Im Gegenteil. Mein ganzes Leben habe ich dem Dienst in der Armee geopfert, nie gelogen – alle Befehle stets korrekt ausgeführt. Und was ist meine Belohnung für diese selbstlose Arbeit? Nichts. Kaputte Gesundheit, eine Rente, die gerade mal zum Überleben reicht, und keine Aussichten auf Besserung. Und dann kommt der Gott und nimmt mir noch meine erste Liebe – womöglich meine einzige und letzte! Ich habe all die Jahre wie ein Wüstenwanderer gelebt! Ich hatte doch nie eine Frau, keine Familie. Ich müsste doch der erste Kandidat fürs Himmelreich sein! Aber wer wird schon so einen Langweiler und Kranken wie mich da oben wollen, der außerdem an nichts glaubt? Ich brauche ein Zeichen, ein winziges Zeichen – wenn mir Bożena wenigstens eine Botschaft hinterlassen hätte ...«

»Das hat unser Herr Jesus Christus in ihrem Namen vor zweitausend Jahren getan! Für uns alle!«

»Mag sein – ich bin kein Gelehrter und verstehe nicht viel von eurem Buch. Aber das ist mir eine zu lange Zeit – zwanzig Jahrhunderte, und der Mensch hat ein kurzes Gedächtnis. Damit er glauben kann, müsste er rund um die Uhr von einem Propheten oder Engel betreut werden, wie ein Greis im Altenheim. Auf der Welt müssten täglich Wunder geschehen – in jeder Stadt, in jedem Dorf müsste einer wie Jesus predigen und das Wasser in Wein umwandeln und Verstorbene auferstehen lassen – dann würde ich glauben, Priester Kulas!«

Antek hörte Zochas Ausführungen mit offenem Mund zu und schubste in einer Sekunde der Unachtsamkeit mit dem Ellbogen sein Glas mit dem Kaffee von der Couchtischkante auf den Teppich, wo es zerbarst. So etwas passierte ihm selten, genau genommen nur einmal im Jahr – immer zu Weihnachten bei seinen Eltern, wenn er den Teller mit dem Karpfen auf seinen Schoß kippte oder *barszcz*, Rote-Bete-Suppe, auf Ingas weiße, gemangelte Tischdecke kleckerte.

»Heiliger Vater! Verzeihen Sie mir!«, sagte Antek. »Mir ist soeben klar geworden, dass mein Freund theologische Aspirationen hat!«

»Die hat jeder, mein Sohn«, antwortete stolz der Priester Kulas und rief nach seiner Katechetin. »Den ersten Band von der ›Summa contra gentiles‹! Bitte schnell!«

17

Antek hatte Zocha nach Hause gefahren. Er hatte dadurch und vor allem durch das Kaffeetrinken beim Priester Kulas etwa eine ganze Stunde verloren und musste sich ganz schön ins Zeug legen, um für die verbliebenen Aufträge und Fahrten den Zeitplan zu erfüllen.

Im Oberleutnantskabinett saß Maria auf Onkel Zygmunts Schoß und fummelte an seiner olivfarbenen Krawatte. Wie sie in die Gelbe Kaserne Einlass gefunden hatte, konnte man sich leicht denken. Onkel Zygmunt hatte bestimmt einen seiner Rekruten mit einem Dienstfahrzeug nach ihr geschickt.

»Das hat nichts zu bedeuten!«, sagte Zygmunt und zeigte mit seinen Augenbrauen auf Maria. »Aber ich gehe doch in drei Monaten in Rente, und meine Abschiedsfeier soll im Roma stattfinden. Das Relaks ist was für junge Leute. Und unser eigener Tanz- und Kinosaal, das Adler, ruft mir alles, was ich in der Gelben Kaserne erlebt habe, in Erinnerung, und das war nicht nur Angenehmes.«

Im Gegensatz zu seinem Sohn Karol sah Zygmunt gut aus, ein osteuropäischer James-Bond-Typ mit einem quadratischen Kopf und einer Negernase. Zygmunt war außerdem etwas zu fett, aber der 007 befand sich vermutlich auch auf dem besten Weg, ein zweiter Marlon Brando zu werden – mit einer runden Kugel unter dem Kinn, dem riesigen Bauch, aufgequollen vom Reichtum (bei Onkel Zygmunt waren es mehr das Schmalz und die panierten Koteletts, die es ziemlich oft in der Gelben Kaserne gab; der Wodka tat das Seinige).

»Antek, ich danke dir, dass du vorbeigekommen bist«, sagte Zygmunt. »Du kannst ja Maria gleich mitnehmen. Ich hab mit ihr alle Details die Abschiedsfeier betreffend besprochen.«

Er gab Maria einen Klaps auf den Hintern und sagte: »Wir sehen uns, du süßes Ding – spätestens auf meiner Feier! Antek, ich hab gleich eine Besprechung – leider! Sonst ...«

»Ein anderes Mal, Zygmunt ...«, sagte er und ging mit Maria hinaus.

Die junge Frau, Karols Kellnerin, lebte mit ihrem älteren Bruder und ihrer Mutter zusammen, die von Beruf Schneiderin war. Die Souterrainwohnung der Mutter, am Marktplatz gelegen, stammte noch aus dem neunzehnten Jahrhundert, ein kleines, rußiges Loch.

Marias Bruder war einmal ein talentierter Vokalist gewesen. Er hatte mit seiner Band im Relaks und im Kulturhaus diverse Songs von Perfect nachgespielt, doch vor zwei Jahren verlor er das Gedächtnis – ein Tumor hatte sich in sein Gehirn hineingefressen. Seitdem war er gebrechlich und desorientiert. Wenn man ihn auf der Straße traf, erzählte er was von Fremden von der Venus, die ihn angeblich im Schlaf besuchen würden, und davon, dass marinierte Steinpilze sein Leibgericht wären.

Maria Baniak war fast noch ein Kind, aber sie führte die Männer an der Nase herum und machte sich nichts daraus, dass sie sie mehr begehrten als jede andere Frau. Sie war in Bartoszyce ein Star. »Godzilla« wurde sie von den alten Weibern mit den hohen Stimmen beschimpft, die dem Priester so voller Ergebenheit dienten. Ihren Söhnen, die natürlich seit fast zwanzig Jahren glücklich verheiratet wären, würde die junge Frau den Kopf verdrehen, meinten sie. Da hatten diese Mütter nicht ganz Unrecht: Maria vernichtete Männer, sie brachte sie ins Grab, wie zum Beispiel Karols Vorgänger im Roma, den hinkenden Oberkellner Taszkiewicz, der sich vor Liebeskummer die Pulsadern durchgeschnitten hatte. Nur drei

Exemplare hatten ihren Verführungskünsten bisher widerstehen können: Zocha, Karol Biuro und Antek Haack. Und ob sie dem alten Kulas im Priesterhaus einen Besuch gemacht hatte, konnte man aus ihr nicht herausbekommen. Über manches Detail aus ihrem Liebesleben schwieg das Mädchen beharrlich.

Mit Zocha hatte Maria kein Glück, weil er sowieso jeder Frau aus dem Weg ging.

Karol Biuro war eine uneinnehmbare Festung. Selbst wenn er einen getrunken hatte, ließ er die Finger von fremden Weibern. Seine Devise war, absolut professionell sein, und dazu gehörte, auf keinen Fall ein Verhältnis mit einer Arbeitskollegin anzufangen. Außerdem – und hier musste jeder beipflichten – außerdem war er so unattraktiv wie Zocha, im Grunde genommen hässlich, zumindest eignete er sich nicht gerade für einen Seitensprung, und seine Frau Jola hatte ihn dermaßen unter der Fuchtel, dass nichts ihrer Aufmerksamkeit entging. Jola hätte bereits nach fünf Minuten herausgefunden, dass Karol fremdgegangen war. Er nannte sie nicht umsonst »meine Haus-Gestapo«.

Antek war für Maria die härteste Nuss. Sie hatte schon etliche Versuche unternommen, ihn aus seinem Versteck im Muza zu locken, aber immer sagte er ihr, dass er es nicht nötig hätte, mit der Erstbesten ins Bett zu steigen, dann noch in Bartoszyce, hier, wo sie und ihn jeder kannte. Er hätte genug Frauen, und weder Beata noch Teresa könnte sie das Wasser reichen, was Maria noch mehr reizte, Antek zu verführen.

Der ganze Ärger um Maria hatte ja damit begonnen, dass der Priester Kulas glaubte, nachgewiesen zu haben, dass sie die einzige Frau in Bartoszyce wäre, die keinen Slip trüge. Er präsentierte einmal nach der Sonntagsmesse seinen Gläubigen zwei Fotos, auf denen man angeblich deutlich erkennen könnte, dass Frau Baniak eine Exhibitionistin wäre: Ihr Hintern zeichne sich unter dem Rock so prachtvoll ab, mit dem dünnen Keil zwischen den üppigen Arschbacken, dass kein Zweifel bestehe, wer hier am Werk gewesen sei – nämlich der Satan persönlich, der Maria Baniak befohlen habe, keine Unterwäsche zu tragen; wer die Männer so provoziere, predigte der Priester vor der Bartholomäus-Kirche, dürfe mit dem Furchtbarsten rechnen. Aber hoffentlich käme es in Bartoszyce niemals mehr zu einer so herzzerbrechenden Schandtat – wie einmal bei der viel beweinten Russin Swetlana aus Bagrationowsk.

Und ausgerechnet Onkel Zygmunt, der sich bestimmt ein Heldendenkmal in Bartoszyce verdient hatte, und zwar von den beiden Antagonisten, vom 1. Sekretär Kucior (von seiner Arbeiterpartei) und vom verbotenen Gewerkschaftsverband Solidarność, ausgerechnet er, der Oberstleutnant Zygmunt Biuro, geriet in Marias Netz. Er sagte manchmal im Spaß, diese Frau müsse man in eine einsame Neandertalerhöhle entführen und solange dressieren und bearbeiten, bis sie ganz zahm werde.

Auf dem zubetonierten Platz, um den herum die Kasernenblöcke Kaiser Wilhelms II. wie auch Panzergaragen, einst für die Wehrmacht erbaut, standen, war nichts los. Junge Wehrpflichtige in weißen Unterhemden schraubten an den *Skots*, den bereiften Panzerkampfwagen, und hielten gelegentlich ihre Gesichter in die Sonne, um ein bisschen Bräune zu erhaschen.

Antek hatte Onkel Zygmunt nur guten Tag sagen wollen, die Blumen hatte er in der Küche abgeliefert. Der Koch Żygula hatte fünfzig Rosen für die Tische im Speisesaal bestellt – für das Abendessen: Ein Unteroffizier wäre in der Nacht zuvor Vater geworden.

»Ich bringe dich jetzt ins Roma«, sagte Antek zu Maria. »Und ich warne dich – Zygmunts Frau wird dir sämtliche Haare ausreißen, wenn du es wagen solltest, dich an ihn heranzumachen!«

Maria zeigte ihm ihre violett lackierten, spitzen Fingernägel und sagte: »Mit diesen Krallen kann ich jedem Weibsstück Kratzer verpassen, die sie ihr Leben lang nicht vergessen wird. Und das ist nicht schön, so ein vernarbtes Gesicht!«

Nachdem Antek Maria vor dem Roma rausgelassen hatte, raste er zu Roberts Gewächshäusern zurück: Er hatte für Bartoszyce keine Rosen mehr, aber noch zwei eilige Lieferungen.

Er machte sich auf etwas gefasst, als er später auf der Fahrt zum Schuldirektor Makuch seinen Freund zufällig auf dem Bürgersteig vor dem Milizrevier sah und sofort anhielt.

»Das ist erst meine dritte Tour, zu Makuch«, rief er aus dem Beifahrerfenster des DS. »Aber ich hole alles auf – ich üb ja noch! Und was tust du hier? Pilze sammeln?«

Robert war gar nicht sauer. Er sagte: »Ich habe einen Großauftrag aufgetrieben: Zbyszek Muracki feiert sein zwanzigjähriges Dienstjubiläum. Sein Büro wird neu gestrichen, und der 1. Sekretär Kucior will in jedem Raum des Milizreviers eine Blumenvase mit Tulpen aufstellen. Da war ich sofort dafür und habe die Bestellung gleich aufgeschrieben. Übrigens! Wir sind mit Kucior verabredet – heute Abend im Muza. Du kannst einen Film aus deinen Holzkisten im Keller zaubern und vorführen lassen. Er kommt kurz nach zehn, zusammen mit Teresa. Jetzt geht's los! Ich hab ihm ein Angebot fürs Muza gemacht. Und er war nicht abgeneigt. Er sagte, er könne uns das Muza vielleicht verpachten! Allerdings würde Teresa

Programmleiterin bleiben – wir hätten also sozusagen eine Aufseherin, einen Kapo. Mir ist das egal. Es wäre zumindest ein Anfang.«

Robert war begeistert, Anteks Freude hielt sich in Grenzen. Er wäre dann weiter Kartenabreißer, und Teresa würde ebenfalls ihren Posten behalten, und das sollte eine Wende sein? Kuciors Tresor und Bankkonto bei der PKO würden sich füllen, und Robert würde sich vielleicht tatsächlich ein Schwimmbad bauen: Nur, das war doch gar nicht ihr ursprüngliches Ziel gewesen. Sie wollten doch das System von innen angreifen, damit es direkt im Zentrum, im Kernreaktor selbst, zu einer Explosion käme wie in Tschernobyl, weil es mit der Solidarność nicht geklappt hatte.

Antek dachte: Wir wollten sie mit ihren eigenen Waffen schlagen, uns zwischen sie mischen und sie mit unseren Ideen anstecken – ohne eine Straßenrevolution und ihre Opfer. Brzeziński, dachte Antek, ist ein alter Fuchs – sie haben wirklich durchschaut, was wir vorhaben. Sie werden uns spielen lassen, werden uns mit Versprechungen und Freiheiten einlullen, damit wir niemals merken, dass dies alles nur eine Illusion ist und wir selbst jämmerliche Schatten unserer Ideen.

Er behielt seine Bedenken erst einmal für sich, versprach Robert, das Kino nach der Spätvorstellung noch einmal zu öffnen und einen passenden Film für den 1. Sekretär Kucior zu suchen. Dann fuhr er weiter Richtung Molkerei und Friedhof und am Johanniter-Krankenhaus vorbei. Die Berufsschule lag hinter der Eisenbahnlinie, im TPD-Wald, in der Nähe des Teufelsberges, wo sie während der Ausbildung mit Gasmasken und aus Holz geschnitzten Gewehren Krieg gegen die NATO-Truppen geübt und aus Spaß »Sieg heil!« gerufen hatten. Auf Deutsch.

18

ALS ANTEK AM SPÄTEN ABEND, seit zwölf Stunden auf den Beinen und nach der offiziellen Vorstellung im Muza, in seine Wohnung platzte, auf der Suche nach dem Schlüssel für den Keller, wo er seine Lieblingskopien versteckte, fiel er vor Schreck fast ins Koma. Er ließ sich schwer auf den Sessel fallen und traute seinen Augen nicht: Auf seinem Bett – auf seinem heiligen Bett, in dem er mit Beata und Teresa gebumst hatte –, saß Zocha, rauchte Zigaretten, trank Kaffee und sah fern. Er fror und hatte sich in eine Decke gehüllt, obwohl draußen seit Tagen fast dreißig Grad Hitze herrschten. An seiner Stirn klebte ein breiter Streifen Pflaster, vollgesogen mit Blut, das bereits geronnen war.

»Sag mal, wer hat dich denn reingelassen!? Etwa die Mutter Teresa!?«, schrie Antek. »Und was ist mit deiner Birne los? Bist du umgefallen?«

Zocha antwortete: »Ja, stimmt: Deine Teresa hat mir aufgemacht. Aber ich sag dir was: Schon bald geschieht in unserer Stadt ein Wunder! Ich beweise euch allen, wozu der Mensch fähig ist! Und Iwan hat mir versprochen, dass er mir hilft. Auf dich kann man ja nicht mehr zählen: Du hast deinen Mut und dein Herz längst eingebüßt – an den Teufel aus dem Westen, an deine Lucie, und an den Teufel, der auf dem Blankiwerder haust, zusammen mit dieser Beata!«

»Ich bin in Eile«, sagte Antek. »Ich kann jetzt nicht darüber diskutieren, ob die Amis wirklich auf dem Mond gelandet sind oder ob du einen Bombenanschlag auf Kulas' Kirche oder Kuciors Kanzlei planst – geschweige denn, an wen ich was verloren habe. Entschuldige, Zocha, aber ich muss gleich den 1. Sekretär unterhalten – mit einer französischen Komödie oder einem Krimi aus New

York. Und drück mir die Daumen und bete zu Gott, dass er gute Laune hat. Und wenn nichts schief läuft, werden Robert und ich heute Nacht das Muza erben – von unserer Arbeiterpartei! Wir werden Könige von Bartoszyce!«

»Oder Bettler«, sagte Zocha und legte seinen Kopf auf das Kissen und schloss die Augen; er tat so, als würde er einschlafen wollen.

Etwas war anders geworden, und dieses Etwas zu benennen fiel Antek schwer. Plante Zocha wirklich einen Anschlag? Oder wollte er sich umbringen? Mit was für einer Aufgabe hatte er Iwan betraut? Psychiater gab es in Bartoszyce nicht. In ganz Polen gab es sie nicht, obwohl man den ganzen sozialistischen Staat hätte umzäunen und zu einer gigantischen Klinik erklären müssen. »Was führt er im Schilde?«, fragte sich Antek laut wie ein Schauspieler, als er im Keller des Muza in den Holzkisten wühlte und sich die Titel der Filme anschaute. »Der gute alte Zocha. Ist es wirklich der Tod von Bożena, der ihn schmerzt wie ein vereiterter Zahn?« In dem Moment, als er sich das fragte, fiel ihm eine Kopie mit drei Spulen in die Hände, die Metalldosen glänzend neu, versiegelt und betitelt: »Ein kurzer Film über das Töten«.

Den Film will ich sehen, sagte er sich und nahm die Spulendosen mit nach oben, für eine Schocktherapie ist er bestens geeignet, sonst hätte Teresa kein Vorführverbot erteilt!

Er hatte tatsächlich völlig vergessen, dass »Ein kurzer Film über das Töten« auch in Bartoszyce präsentiert werden sollte. Antek war kurz vor Frühlingsanfang mit den Vorbereitungen für seine Reise zu Lucie beschäftigt gewesen und hatte Teresa gebeten, den Film im Keller des Muza zu deponieren, damit er ihn sich nach seiner Rückkehr aus Deutschland ansehen könnte – auf Teresas Bitte hin natürlich allein.

Antek erinnerte sich an den Tag, an dem diese Kopie auf dem Schreibtisch von Teresa, die im Gebäude der Stadtverwaltung residierte, landete, zusammen mit anderen Neuigkeiten aus der Zentrale in Warschau.

»Ich werde den Streifen von Kieślowski für unser Kino nicht zulassen. Das ist was für die Schwarze Liste«, hatte Teresa gesagt.

Im Saal waren schon alle versammelt, als Antek eintrudelte. Seine Gäste saßen ganz oben – nach alter Tradition in der letzten Reihe an der Wand. Kucior, Teresa, Gienek Pajło, Robert, Kimmo, Karol, Maria, Onkel Zygmunt mit Tante Bacha und Anteks Eltern. Nur Zocha fehlte. Der alte Haack hatte die Angewohnheit, bereits nach wenigen Minuten einzuschlafen. Er schnarchte dann laut, und Inga stieß ihn mit dem Ellbogen in die Herzgegend und beschimpfte ihren Mann – mit Nachdruck, aber leise.

»Guten Abend«, sagte Antek. »Unsere heutige Vorstellung wird einmalig sein. Ich habe etwas in meiner Schatzkiste gefunden, was alle unsere Erwartungen übertreffen dürfte.«

Er wollte sich an Teresa rächen – ihr öffentlich, im Muza, eine Ohrfeige dafür verpassen, dass sie oft in sein Leben einmarschierte wie ein feindlicher Soldat, aber angeblich im Namen ihrer großen Liebe zu Antek Haack. Er wollte ihre Spielchen beenden. Sie überraschen, sie genauso im unerwarteten Moment treffen, wie sie es mit ihm immer praktizierte. Erst schickst du mir Iwan nach Blanki, und nun sitzt Zocha in meiner Wohnung und redet wie ein Schizophrener, dachte er. Was hast du ihm versprochen? Warum darf er plötzlich das Muza betreten und in meinem Wohnzimmer Kaffee trinken und Zigaretten rauchen? Warum hältst du alle Schlüssel in der Hand? Bist du eine Reinkarnation von Kleopatra?

»Da bin ich aber gespannt«, sagte Teresa, »was du uns zu bieten hast.«

Antek bat Gienek Pajło, die Akten der Kopie »Ein kurzer Film über das Töten« aufzuspulen und die Projektoren zu starten, was noch viel Geduld erforderte.

Tante Bacha und Inga, die Schwestern waren und es nach 1945 nicht geschafft hatten, mit ihrer verwitweten Mutter aus Bartenstein zu fliehen, trennten sich von ihren Ehemännern und suchten sich zwei Plätze einige Reihen tiefer. Der 1. Sekretär Kucior, der sonst großen Wert auf Ordnung und Disziplin legte, ließ sie gehen und meinte nur: »Wenn dieser Film so besonders ist, sollt ihr alle in Ruhe gucken. Setzt euch, wohin ihr wollt. Ich bleib auch still und sag nichts.«

Normalerweise kommentierte er das Geschehen auf der Leinwand, er war der Einzige, der sprechen durfte. Er war Zeus.

»Ich bin in dieser Stadt das Gesetz«, sagte er, bevor der Vorhang aufging. »Ohne mich darf nichts unternommen und beschlossen werden. Wir leben, wenn man so will, in Bartoszyce in einer Enklave. Unser Städtchen ist von Feinden umzingelt, gegen die es sich mutig wehrt: Bei uns wurde im August 1980 zwar gestreikt, aber wir wollten nur, dass jeder ein Kotelett auf dem Sonntagsteller hat. Der Partei blieben wir stets treu, wir hatten nur Magenbeschwerden – Geschwüre. Und jetzt betrachte ich den Abend als eröffnet! Unsere Séance!«

Nach dieser kurzen Einführung wurde es im Kinosaal dunkel, die Vorhänge, in klassischer bordeauxroter Farbe, schoben sich träge in die beiden Ecken, wo sie hingehörten, für wenige Sekunden leuchtete die Bühne, das Fenster zur Welt, gelb auf, dann lief der Film an.

Robert und Karol hatten Kucior in die Zange genommen. Er saß zwischen den beiden, aufgeblasen und so selbstsicher wie Zbyszek Muracki hinterm Schreibtisch in seinem Büro auf dem Milizrevier.

Onkel Zygmunt kochte vor Wut wie immer, er war wie eine Tretmine, die auf das geringste Anzeichen einer Provokation wartete, um zu explodieren. Bartek Haack gähnte und drückte an der Quarzuhr, die ihm Antek geschenkt hatte, fortwährend auf den Knopf LIGHT, um zu sehen, wie spät es war.

Und Robert, der längst registriert hatte, dass dieser Abend in die Geschichte eingehen könnte, redete leise auf den 1. Sekretär Kucior ein, und soviel Antek mitbekommen konnte, ging es darum, wem dieses Kino eigentlich gehörte. Die Deutschen hätten es erbaut – die Nazis –, die Stalinisten lange besetzt gehalten. Es sei aber von Anfang an Privateigentum gewesen. Und die neue Regierung unterstütze Eigeninitiative, den dritten Weg – sozialistische Marktwirtschaft. Japanisches Wirtschaftswunder auf Polnisch. Er erwähnte sogar den Namen Brzeziński und Beatas Insel. Es müsse endlich eine gute Lösung gefunden werden – auch fürs Kino Muza. Toll, dachte Antek, deine lose Zunge wird uns noch ein böses Ende bescheren!

Antek hatte sich das schönste Plätzchen ausgesucht: zwischen Maria und Teresa. Beide Frauen hatten ihre Hände auf seinen Knien und streichelten sie wie den Rumpf eines Hundes. Sie ließen sich nichts anmerken.

Der Einzige, der sich durch nichts beeindrucken ließ, war Kimmo. Er war der finnische Beobachter, ein Abgesandter der UNO gewissermaßen. Er benahm sich zivilisiert und wollte sich nur einen neuen Film ansehen. Mit dem Kino Muza in Bartoszyce hatte er nichts zu tun. In ein oder zwei Wochen würde er nach Gdańsk zurückfahren, seine Prüfungen machen und mit der LOT nach Finnland fliegen – in die Ferien zu seinen Eltern.

Aber als auf der Leinwand der Taxifahrer umgebracht

wurde und allen Zuschauern, selbst Kimmo, klar geworden war, dass der Mörder einer der Ihren sein könnte, aus ihren eigenen Familien in Bartoszyce oder aus Kimmos Vaterstadt in Finnland, wurde es still. Niemand wagte mehr, etwas zu sagen, und der kleine Kucior, der 1. Sekretär, der seine Anzüge beim Schneider anfertigen lassen musste, weil er nur einsachtundfünfzig groß war, verkroch sich immer tiefer in seinen Sessel, sodass nicht einmal sein Kopf zu sehen war. Er verschwand völlig. Und selbst wenn er einen Zylinder aufgesetzt hätte, wäre er nicht mehr zu sehen gewesen.

Teresas Hand wanderte zwischen Anteks Beine und packte ihn so fest am Reißverschluss seiner Hose, dass er im Gesicht blau anlief und vor Schmerzen nicht einmal brüllen konnte. Er knirschte nur mit den Zähnen und biss sich auf die Zunge. »Du mieser Schuft!«, wollte sie ihm sagen, »seit wann darfst du alleine entscheiden, was im Muza gezeigt wird?«

Er rutschte mit dem Hintern auf die Kante des Sessels wie der 1. Sekretär Kucior und konnte sich das Grinsen nicht verkneifen. Und bis zum Ende des Films war es im Kinosaal still geblieben.

19

Als das Licht wieder anging, sprang der kleine Kucior auf und salutierte Onkel Zygmunt, als hätten sie beide Soldatenmützen auf dem Kopf. Er schaute Teresa an und sagte: »Irgendjemand wird sich verantworten müssen – dafür, dass dieser Film bis jetzt in Bartoszyce nicht gezeigt wurde. Wir sind eine große Nation – wir produzieren die wahre Kunst, die unsere Wirklichkeit nicht verunstaltet oder gar verhöhnt. Herr Robert und Herr Antek«, sagte er noch, »der Mörder des Taxifahrers wurde gefasst und mit dem Tod bestraft – zu Recht. Er musste sterben. Keine Frage! Sie, Herr Robert und Herr Antek, haben mich überzeugt – für solch großartiges Kino, das nicht lügt, muss ich Sie belohnen. Kommen Sie bitte – und das gilt auch für Sie, Teresa – morgen Mittag in meine Kanzlei, damit wir die Formalitäten klären! Ich werde Ihnen das Muza verpachten – für ein Jahr! Dann sehen wir weiter.«

Alle strömten nach draußen, in die warme Nacht, in der die Stadt versunken lag wie in einem schwarzen Waldtümpel. Die Straßen hatten keine Namen mehr, nur jede zweite Laterne brannte, aber so schwach, dass ihr gelbes Licht lediglich die Nachtfalter und die Mücken anzog. In den fünfstöckigen Blockbauten aus Beton um das Kino herum war kein Leben mehr, sie sahen aus wie Schatten von Bergen. Kein einziges Fenster war in diesen traurigen, verlassenen Gebäuden erleuchtet. Die Seelen ihrer Bewohner wurden vom Mond geweckt und reisten durch den Raum und die Zeit der Träume. Antek stand vor den Schaukästen des Kinos und betrachtete lange seine Stadt: Die Nächte waren hier absolut gegenwärtig und breiteten sich ungestört aus, bis ins Irrationale. Im Winter nahm das Gefühl, in einer totalen Sonnenfinsternis zu leben, zu, dann war Bartoszyce die letzte Bastion der menschlichen Zivilisation. Die Stadt war von Geistern bevölkert, die ihre Behausungen kaum verließen, vor allem in der Nacht so gut wie nie. Und war jemand von den vierundzwanzigtausend Einwohnern unterwegs, hatte man immer den Eindruck, da wäre einer auf der Flucht wie eine gejagte Antilope. Die Flüchtenden liefen, blickten sich um und verschwanden in den dunklen Gassen.

Teresa, die mit Gienek Pajło als Letzte das Kino verlassen hatte, sagte zu Antek: »Zocha ist schon weg.«

»Darüber reden wir später«, sagte er durch die Zähne.

Gienek Pajło, wie es seine Art war, sagte kurz und schmerzlos ade, er musste nach *Hamburg*, in die Neustadt, die vom Muza einen Fußmarsch von einer guten halben Stunde entfernt lag. Die anderen Männer standen noch eine Weile vor dem Kino und diskutierten über den Film, wobei Karol auf dem Standpunkt beharrte, dass niemand auf dieser Welt das Recht hätte, jemanden zu verurteilen – selbst wegen einer Gewalttat nicht.

»Du faselst wie dieses Greenhorn, der junge Anwalt«, sagte Onkel Zygmunt. »Wie hieß er noch? *Pan* Piotrek! Was soll 'n das aber für eine Ansicht sein? Ich würde den Mörder nicht einmal vor Gericht stellen. Ich hätte ihm noch am selben Tag, an dem er gefasst wurde, eine Kugel verpasst!«

»Dann wäre mein Sohn jetzt schon seit zehn Jahren tot«, sagte Bartek Haack.

Karol sagte: »Eben. Dann kann es auch mir passieren, dass ich mich vielleicht schon morgen für etwas verantworten muss, was ich nicht getan habe. Insofern ist jeder Mensch ein Mörder!«

»Wir haben einen Glauben, wir sind Christen und Patrioten – pass auf, was du da sagst«, ermahnte ihn Bartek Haack.

»Das mit Antek war was anderes«, wehrte sich Onkel Zygmunt. »Sie haben den Falschen ins Kittchen gesteckt. Aber im Film war alles eindeutig: wer Täter, wer Opfer war.«

»Ihr sprecht von einem Mord – ich habe nämlich zwei gesehen«, sagte Antek. »Die Henker haben den Mörder abgeschlachtet wie ein Schwein. Karol macht im Roma mit seinen dämlichen Fliegen nichts anderes.«

»Tot nicht schön«, sagte Kimmo. »Mein Bruder schon fünf Jahre tot. Er ist heilig. Gutes Mensch gewesen wie Olof Palme.«

»Genossen!«, sagte der 1. Sekretär Kucior. »Genug der Streitereien! Die Menschlichkeit hat ihre Grenzen. Ich darf Ihnen etwas verraten: Ganz am Anfang nannte man uns Götter und Engel, weil wir euch Gebote und Gesetze gaben, damit überall Ordnung herrschte. Denken Sie mal darüber nach, Genossen! Also, gute Nacht!«

Er ließ sich von seinem Fahrer, der vor dem Kino gewartet hatte, nach Hause bringen.

Tante Bacha, die eine fettleibige, kurzbeinige Frau war, wurde, nachdem Kucior weggefahren war, größer und noch dicker, als hätte sie eine schwere Last auf ihrem Bauch abgestützt.

»Endlich ist er weg«, sagte sie wütend. »Wenn der wüsste, was der Russe mit uns Mädchen in Bartoszyce angestellt hat, als er im Winter in Ostpreußen einfiel wie ein ausgehungerter Wolf! Kuciors Götter! Ich pfeife auf solche Herrscher!«

»Ja, hättet ihr nur diesen Krieg nicht angefangen …«, sagte ihr Mann und wurde sofort mucksmäuschenstill, weil ihm Tante Bacha einen angewiderten Blick zuwarf.

»Das ist wohl das Einzige, was dir seit Jahren dazu einfällt«, sagte sie. »Inga, und du? Warum schweigst du?«

»Lasst den Toten ihre Ruhe! Wir können sowieso nichts mehr ändern!«, sagte Anteks Mutter.

Teresa hielt seit einigen Minuten ihren Mund, als hätte man sie geknebelt, aber Antek konnte ihr ansehen, dass sie ihn dafür, dass er einen Film von ihrer Schwarzen Liste hatte vorführen lassen, am liebsten lynchen würde. Aber sie machte gute Miene zum bösen Spiel.

Anteks Eltern und Onkel Zygmunt mit Tante Bacha hatten es nicht weit nach Hause.

»Leg dich schlafen, mein Sohn«, sagte Inga. »Du kannst morgen bei uns zu Mittag essen. Ich hab außerdem eine Jeansjacke für dich und ein Kilo Kaffee – aus dem neuen Paket aus Paderborn.«

Die Alten gingen und waren bald in der Dunkelheit, die die Straßen wie Wasser überschwemmte, nicht mehr zu erkennen. Onkel Zygmunt und Tante Bacha wohnten in der Nähe der Gelben Kaserne, in einem der neuen Betonblöcke für Berufssoldaten, in denen aber gelegentlich die mit Gas betriebenen Boiler in die Luft flogen. Onkel Zygmunts Mutter hatte schon einen Finger verloren, und die nagelneue Küche aus Kętrzyn war vollständig verbrannt.

Antek schüttelte Robert die Hand und beglückwünschte ihn zu dem Erfolg.

»Und jetzt denkst du, dass alles geritzt ist, das Kind geschaukelt«, sagte er. »Ich freue mich auf die Auflagen: Kucior will doch bloß die absolute Kontrolle, und verdächtige Filme wird er sich privat ansehen wie ein Diktator. Der kleine Mussolini! Aus unserer Provinz wird ein Zirkus, während in Warschau oder Krakau jeder Unfug nach wie vor erlaubt ist. Wirklich, herzlichen Glückwunsch, Robert. Ist es das, was wir wollten?«

Sein Freund küsste ihn und drückte ihn dabei so fest an sich, dass Antek für den Bruchteil einer Sekunde zu ersticken glaubte. Sie standen vor dem Muza, das immer noch beleuchtet war, und Maria sah der Szene kichernd zu. Auch Kimmo und Karol hatten ihren Spaß.

»Kommt, Leute«, sagte Robert, »mein Auto steht hinterm Muza. Ich fahr euch alle zu euren Familien! Antek, wir sehen uns morgen früh!«

Teresa sagte: »Nein, ich komme nicht mit. Ich glaube, ich schulde Antek noch einen Spaziergang!«

Maria stieß einen traurigen Seufzer aus und blickte dabei auf Antek, anscheinend hatte sie sich von diesem Abend mehr versprochen. Sie klammerte sich enttäuscht an Robert, der seine linke Hand auf ihre Schulter legte.

»Dann ist ja alles bestens«, freute sich Robert. »Kimmo schläft in der Küche mit den Hühnern und Maria und ich im Bett! – In dieser Schwüle und Hitze wird man noch verrückt.«

»Ich werde heute Nacht an dich denken«, sagte Maria zu Antek Haack, der das Mädchen anlächelte.

»Aber gewiss«, sagte Teresa.

Kimmo und Karol, die längst begriffen hatten, was hier gespielt wurde, schleppten Robert und Maria zu seinem Auto.

Das Relaks war noch offen, aus der Tür torkelten Betrunkene in die Nacht und fluchten. Und das Muza, als einziger leuchtender Punkt der Stadt, schien mit seinen bunten Schaukästen, in denen sich jeder Passant auf Plakaten und schwarz-weißen Standfotos die Kino-Highlights aus seinem Leben anschauen konnte, die gegenüberliegende Kneipe Relaks zu beobachten.

»Und? Was hast du mir zu sagen? Wollen wir hier Wurzeln schlagen?«, fragte Antek Haack. »Dein Mann vermisst dich bestimmt schon.«

»Der Film hatte Überlänge«, antwortete Teresa.

»Ach ja?«

»Du kapierst überhaupt gar nichts. Womöglich hab ich deinem Zocha heute Abend das Leben gerettet. Er kam ins Kino, als du noch mit deinen Blumensträußen unterwegs warst, schweißgebadet und zitternd. Er faselte was davon, dass er mit allem Schluss machen will. Mit unserer Stadt und mit sich und mit uns: Wenn er wolle, könne er alles auf einen Schlag auslöschen wie mit einer Atombombe. Ich hab eine ganze Stunde und meine ganzen

Überredungskünste gebraucht, um ihn ruhig zu stellen. Er hat sich im Besucherfoyer auf den Boden geworfen und mit dem Kopf auf die Fliesen eingehauen wie mit einem Hammer. Mir blieb nichts anderes übrig, als ihn in deine Wohnung zu verfrachten. Gott sei Dank ist Iwan aufgetaucht. Alleine hätte ich es nicht geschafft.«

»Und das soll ich dir glauben?«, fragte er.

»Komm mit mir an den Fluss«, sagte Teresa. »Ich zeig dir die Stelle, wo ich schwimmen gelernt hab.«

Die Lyna teilte Bartoszyce in zwei verfeindete Staaten. Das neue Viertel *Hamburg*, die Republik der Hoffnung, beherbergte Zugereiste wie Teresa, das Waisenkind Zocha und Gienek Pajło, die aus Galizien, der Ukraine, Litauen oder aus den ländlichen Gegenden Polens, meistens aus dem Süden, übergesiedelt waren. Viele kurz nach dem Zweiten Weltkrieg. Ein Teil der Bewohner von *Hamburg* war gebildet und voller Ambitionen wie Teresa, die in Poznań Polonistik studiert hatte. Andere wiederum waren einfache Bauern, die sich in der Neustadt ein luxuriöses Leben erhofften. Aber anders als Gienek Pajło gehörten sie nicht hierher; ihre Hände waren für die Arbeit auf dem Feld geschaffen, für den Boden und Pflug. Diese Menschen verwelkten und verloren ihre Kraft und Sprache. Sie ähnelten exotischen Tieren im Zoo, die in ihren Käfigen restlos verblödeten und die telepathische Verbindung zur Wildnis, aus der sie gekommen waren, eingebüßt hatten. Doch manch einer, der klug war, wie Zocha zum Beispiel, rebellierte, stieß jedoch überall auf taube Ohren. Diese Rebellen redeten weiter von Bäumen und Flüssen und versteinerten Menschenknochen und vom Aufgang und Niedergang der Sonne. Man hasste sie in Bartoszyce, weil sie den Tod nicht verkrafteten, der in der Altstadt, dem Ursprung von Bartoszyce, seit acht Jahrhunderten wütete. Und dort, in der Republik des Todes, hatte Bożena gelebt.

Hier war das Kino Muza. Hier die Bartholomäus-Kirche und der Marktplatz. Hier die Kreuzritter und die Armeen Napoleons, Hitlers und Stalins. Hier der Defilierplatz der Kommunisten. Hier hörte der Umzug am 1. Mai nie auf. Und Teresa das alles zu erklären, am Fluss, der den ganzen Dreck aus den Fabriken mit sich führte, das Abwasser, die Chemikalien, die Phosphate der landwirtschaftlichen Kombinate und die Farbstoffe aus den Wirkwarenbetrieben, schien Antek unmöglich.

Er ging mit ihr an der Łyna entlang. Sie hielten sich an den Händen wie ein Mädchen und ein Junge, die sich fürs Kino verabredet hatten: »Ich zeig dir die Stelle, wo ich schwimmen gelernt hab.«

20

NACH DEM SPAZIERGANG ZUM FLUSS kehrten Antek und Teresa zu seiner Wohnung im Muza zurück. Teresa hatte beschlossen, bei Antek zu übernachten. Sie rief ihren Mann an und sagte ihm die Wahrheit. Sie käme erst morgen nach Hause, es sei sehr spät geworden und sie hätte Angst in der Dunkelheit und die Taxis würden nicht mehr fahren und sie würde bei ihrem Kollegen schlafen, Herrn *Hak*, dem Freund von Beata Kuglowska. Das Telefongespräch war kurz gewesen, Teresa hatte ihren Mann kaum zu Wort kommen lassen.

»Ich kann ihm jeden Scheiß andrehen. Er liebt mich so sehr, als wäre ich sein Aschenputtel«, sagte sie. »Er ahnt nichts Böses.«

»Na, da bin ich mir nicht so sicher«, sagte Antek. »Es gibt nichts Schlimmeres als eifersüchtige Ehemänner. Die drehen durch und gehen mit Küchenmessern auf wildfremde Menschen los – dagegen ist auch dein Seweryn nicht gefeit.«

»Das macht nichts«, scherzte sie. »Genau genommen ist Seweryn mein Sklave. Meine Wünsche sind ihm Befehl.«

Sie gingen zusammen ins Badezimmer, putzten sich die Zähne – Teresa mit Anteks Zahnbürste – und duschten. Sie wusch Antek die Haare und sagte: »Die Zugabe gibt's im Bett.«

Dann trockneten sie sich ab und liefen barfuß mit den um ihre Hüften gewickelten Handtüchern ins Wohnzimmer und hinterließen auf dem Teppich Fußabdrücke.

Teresa schlüpfte ins Bett und sah Antek dabei zu, wie er seine Plattensammlung durchstöberte. Er legte die schwarze LP mit dem Didgeridoo-Konzert auf – die einmalige Pressung an der Weichsel –, machte das Licht aus und kroch unter die Decke zu Teresa. Höchstwahrscheinlich war er in Bartoszyce der einzige Mensch, der Aufnahmen mit der Musik der Aborigines besaß. Er hörte diese Musik vor allem kurz vorm Einschlafen. Dann löste sich um ihn herum alles auf, und er glaubte, allein auf der Welt zu sein. Er fühlte sich geborgen, als wäre er wieder ein kleiner Junge, der auf dem feuchten, bemoosten Boden im Wald am Blankisee lag und sich die Sonne anschaute, die durch die Baumkronen schien. Es war wie eine Reinigung, eine Meditation, die ihm erlaubte, zu relaxen. Besser als ein Joint und fast so gut wie Sex. Aber bis jetzt hatte er diese Musik noch niemandem vorgespielt, und Teresa war die erste Person, die die Klänge seiner Didgeridoo-Konzerte kennen lernen durfte.

»Warum können wir nicht jeden Abend so einschlummern wie jetzt?«, fragte Teresa. »Was gefällt dir an Beata? Was ist es, das du an ihr liebst?«

»Keine Ahnung! Vielleicht ihre Traummaße: 91–62–92«,

versuchte er sich aus der Affäre zu ziehen. »Ich weiß nur, dass ich dich nicht liebe.«

»Du lügst«, sagte sie und küsste Antek auf die Lippen.

»Im Übrigen stehe ich mehr auf dänische Stewardessen«, sagte er. »Ihre Kostüme sind toll geschnitten, und die Mädchen haben quer durch die Bank Angst wie der winterliche Himmel am frühen Morgen. Ihre blauen Augen sind kalt und klar wie Mineralwasser. Dazu diese Schneehaut. Und alle sind selbstverständlich Jungfrauen. Der Flughafen von Kopenhagen ist für mich das reine Paradies: Ich sollte in einem der Kioske dort Zigaretten und Illustrierte verkaufen.«

»Zu solchen Märchen fällt mir nichts mehr ein. Dann erzähl mir doch lieber, welcher Teufel dich geritten hat, Kucior den Film von Kieślowski zu zeigen? Warum ausgerechnet ›Ein kurzer Film über das Töten‹?«

»Na, das kannst du dir doch denken, warum«, meinte Antek. »Muss ich dir das wirklich erklären? Kucior hat aber nichts geschnallt. Für ihn war das sozialistischer Realismus, was er heute im Muza gesehen hat. Er glaubt, dass wir gute Arbeit leisten. Grund genug, um mir und Robert zu vertrauen. Der Rest ist bereits Legende: Wir werden Pächter vom Muza – zumindest theoretisch. Und du musst dir überlegen, wie du Kucior erklären willst, weswegen ›Ein kurzer Film über das Töten‹ auf deiner Schwarzen Liste gelandet ist.«

»Tja, nichts einfacher als das. Lass mich jetzt aber mal deine Stewardess sein«, sagte Teresa.

»Soweit ich es beurteilen kann – und über einige Erfahrung verfüge ich schon –, sind Polinnen nicht besonders devot«, sagte er. »Freitags und samstags musst du für mich einspringen. Ich hab etwas Wichtiges in Blanki zu erledigen.«

»Gut.«

21

AM FOLGENDEN MORGEN fuhr Antek Haack Teresa zur Arbeit. Sie hatten nicht einmal gefrühstückt, und Teresas Mann hatte zweimal angerufen – zur Freude von Antek, der sich von diesen Telefonaten versprach, dass endlich etwas passieren würde, irgendetwas Unvorhersehbares.

Er könnte ihre Koffer packen und vor die Tür stellen, dachte Antek, na ja, nicht gerade einfallsreich, aber die Richtung stimmte, es kann doch niemand so blind sein; wenn er nicht völlig abgestumpft ist, muss Seweryn doch merken, dass seine Ehe im Eimer ist – und wenn er meine Theaterleiterin wirklich liebt, wird er um sie kämpfen, mit allen Mitteln.

Kurz – Antek wollte Teresa endgültig loswerden, auch wenn sie ihm große Lust bereitete. Er hatte noch keinen Plan, aber er hoffte, dass ihr Mann endlich aufwachen und sich einige Gedanken darum machen würde, warum seine Frau nicht zu Hause im Ehebett schlief.

Dann düste er zu Robert, um die Aufträge für den heutigen Tag entgegenzunehmen, und dachte plötzlich an das Wunder, das Zocha am Abend zuvor angekündigt hatte. Er war kein Hellseher, aber er war etwas beunruhigt, zumal er überall unterwegs auf den Straßen Menschen gesehen hatte, junge und alte, die sich angeregt und ratlos die Gesichter verziehend unterhielten. Scheinbar beherrschte sie ein wichtiges Thema.

Er parkte den DS direkt vor dem Fenster von Roberts Büro und stellte fest, dass die Gewächshäuser geschlossen waren und keiner der Angestellten arbeitete.

Es ging auf neun Uhr zu, als Antek in das Büro trat. Roberts Arbeiter saßen auf Stühlen, lehnten an der Wand oder kauerten einfach auf dem Boden. Kimmo war auch schon auf den Beinen, er hatte sich aber noch nicht gewaschen, trug einen Bademantel und wirkte müde und verschlafen.

»Vor zehn Minuten erhielt ich einen Anruf von Zbyszek Muracki«, sagte Robert in die Runde. »Zocha muss heute Nacht etwas Furchtbares angerichtet haben. Und die Miliz sucht in der ganzen Stadt nach Iwan, der spurlos verschwunden ist. Muracki meinte, dass Zocha diesmal eine hohe Gefängnisstrafe drohe. Er wollte mir nicht sagen, was Zocha getan hat, und ich mochte Zbyszek nicht ausfragen – ich fand es nur freundlich, dass er angerufen und mich informiert hat, dass die Miliz in den nächsten Tagen einige Fragen an uns hätte und dass wir uns darauf einstellen sollten. Und jetzt macht euch alle wieder an die Arbeit! Und du, Antek, vergiss nicht, dass wir heute gegen drei bei Kucior aufkreuzen sollen.«

Viertes Buch

22

DAS WUNDER, das Zocha Antek angekündigt hatte, musste sich etwa zu der Zeit ereignet haben, als er mit Teresa an der Łyna spazieren gegangen war. Zbyszek Muracki hatte auf seiner nächtlichen Patrouille Zocha vor dem Kulturhaus, das genau gegenüber der Kanzlei des 1. Sekretärs Kucior lag, aufgegabelt. Er hatte gedacht, Zocha wäre besoffen. Außerdem trug Zocha eine Frau huckepack, deren Kopf schlaff zur Seite herabhing, sodass Zbyszek Muracki mutmaßte, die Dame hätte sich besinnungslos betrunken. Erst auf dem Milizrevier, im milchig weißen Neonlicht, stellte sich heraus, dass Zocha nüchtern war und seine Begleiterin die Leiche von Bożena. Der gute Zocha hatte sie auf dem Friedhof ausgegraben (und Iwan hatte ihm dabei angeblich geholfen) und laut Aussage von Zbyszek Muracki zum Relaks bringen wollen, um mit ihr den letzten Wodka zu trinken. Diese Version war zumindest in der Stadt im Umlauf.

Zocha versauerte nun seit der Nacht im Gefängnis des Milizreviers. Antek kannte die Zelle. Er selbst hatte 1978 in Untersuchungshaft gesessen, als man ihn des Mordes an der Swetlana aus Bagrationowsk beschuldigt hatte. Die Wände waren mit Sentenzen und Kurzbiografien in fünf Sprachen vollgekritzelt gewesen: in Polnisch, Deutsch, Russisch, Französisch und Litauisch. Manche Sprüche stammten noch aus der Zeit vor dem Zweiten Weltkrieg, und kunstvoll gezeichnete Genitalien schmückten zusätzlich die niedrige Decke der Zelle. Langweilig war es dort jedenfalls nicht. Man konnte sich zum Beispiel damit befassen, was Zagreus zu Mersault in »Der glückliche Tod« von Albert Camus sagt: »Die Grenzen seines Körpers zu kennen ist die wahre Psychologie. Im Übrigen hat das weiter keine Bedeutung. Wir haben keine Zeit, wir selber zu sein. Wir haben einzig Zeit, glücklich zu sein.« Einen Satz von einem unbekannten Häftling hatte sich Antek gemerkt: »Heute sehe ich zum letzten Mal die Sonne aufgehen.«

Nach dem Mittagessen bei seinen Eltern, die ihre Schulden von vierhundert Mark beglichen hatten, holte Antek Haack Robert zu Hause zu dem Termin mit dem 1. Sekretär Kucior ab.

»Ich hab noch einmal mit Zbyszek Muracki telefoniert«, sagte Robert unterwegs. »Das mit Zocha ist jetzt amtlich. Gegen ihn wird Anzeige wegen Leichenschändung erstattet. Ein bis fünf Jahre stehen auf so was. Und Iwan haben sie zwar gefasst, aber dann wieder entlassen – mangels Beweisen. Ich vermute mal, dass Zocha den Jungen in Schutz nehmen wollte und sein Maul gehalten hat.«

Das Gebäude der Arbeiterpartei befand sich in einem jämmerlichen Zustand. Es war das hässlichste Haus in Bartoszyce. Ein zweistöckiger, gelb gestrichener Bunker. Aber auf dem Dach wehte eine rote Fahne, und Kuciors Kanzlei hätte genauso gut das Arbeitszimmer des Paten Don Vito Corleone abgeben können. Die Kanzlei war üppig und teuer möbliert. Kuciors Schreibtisch war mindestens drei Meter lang und stand in der Mitte des Raumes auf einem Perserteppich.

Teresa war auch schon da. Sie hatte sich geschminkt und umgezogen. Sie trug ein dunkelblaues Kostüm und

Pumps. Antek musste grinsen, er dachte wieder an den Kopenhagener Flughafen und an die Stewardessen. Teresa erwiderte sein leises Lächeln und schlug die Beine übereinander, wobei das Aneinanderreiben ihrer in Strümpfe gehüllten Beine ein kurzes elektrisches Knistern verursachte, ein Geräusch, das nicht einmal Kucior entgangen war.

Er blickte über den Schreibtisch auf Teresas Beine, rückte seine Krawatte zurecht und wandte sich dann an Robert und Antek.

»Bitte, nehmen Sie Platz, Genossen«, sagte er. »Im Prinzip ist alles ganz einfach. Sie wissen, was Sie zu tun haben.«

»Nicht ganz«, sagte Robert und setzte sich neben Teresa. »Was meinen Sie denn genau?«

Antek erstarrte, Robert musste ihn einmal am Hemdsärmel zupfen, damit auch er sich endlich niederließ.

»Es wird sich nichts ändern«, sagte der 1. Sekretär Kucior. »Zumindest nach außen hin nicht. Sämtliche Einnahmen aus dem Muza könnten wir aber untereinander teilen ... Wir werden Aktionäre! Das Kino bleibt Eigentum des Staates, obwohl es in privaten Händen sein wird. Es versteht sich, dass ich am Gewinn beteiligt werden muss.«

So läuft also der Hase, dachte Antek.

»Ich verstehe«, sagte Robert.

»Dann ist ja gut«, sagte Kucior. »Sehr gut sogar. Ich werde mich zumindest darum bemühen, dass das Kino aus der Stadtkasse zusätzliche Gelder bekommt. Genosse Robert! Wie wär's denn mit neuen Sesseln? Sie werden sie selbstverständlich nur auf dem Papier kaufen, ich hätte dann aber eine schöne Rechnung!«

Kucior drückte auf den roten Knopf seines monströsen Telefonapparates und sagte zu seiner Sekretärin: »*Pani*

Marylka! Bringen Sie uns bitte eine Flasche Cognac und vier Gläser!«

»Tja!«, sagte Kucior. »Das Einzige, was mich noch ein bisschen wurmt, ist der gestrige Vorfall mit Ihrem Kompagnon Zocha. Wir dürfen auf keinen Fall negative Schlagzeilen machen und Bartoszyce in den Ruf bringen, eine Stadt zu sein, in der Nekrophilie oder Vampirismus normale Praktiken sind, wie die Missionarsstellung etwa, und sogar gefördert werden. Was würden unsere Brüder im Ausland dazu sagen? Der Kreml! Und Prag! Monster wie Zocha gibt es doch nur im Westen! Genosse Haack – ich glaub, Sie kapieren von uns allen am besten, wovon ich rede.«

»Sicher«, sagte Antek.

Ihm gingen in diesem Moment verschiedene Bilder durch den Kopf, alles durcheinander wie in einem Zeitraffer, wie bei den klinisch Toten, die nach dem Wiedereintritt in ihren Körper und in ihr irdisches Bewusstsein vor ihren Angehörigen behaupten, ihr ganzes Leben innerhalb weniger Sekunden noch einmal gesehen zu haben. Er dachte auf einmal an Lucie und seinen Zimmermalerjob in Bremen. Er dachte an Beata – sah sich dabei Teresas Beine in den Nylons an, und er dachte an die vergangene Nacht mit seiner Theaterleiterin und auch daran, dass er Beata sein Versprechen gegeben hatte, sie am heutigen Freitag auf dem Blankiwerder zu besuchen. Er hörte plötzlich Musik im Kopf, den hymnischen Anfang von »Also sprach Zarathustra«, der anmutet wie die Ankündigung einer weltumspannenden Katastrophe. Was nun mit dem Kino Muza passieren würde und dass Zocha gänzlich verloren war, erschien ihm auf einmal nicht mehr so wichtig. Er konnte in all den Geschehnissen keinen Sinn erkennen, der ihn aufmuntern oder ihm zumindest vermitteln würde, was richtig oder falsch wäre. Er spürte nur, dass sich seine Rolle auf das Beobachten beschränkte und er nicht imstande war, die Kraft für irgendeinen Entschluss aufzubringen. Noch nicht.

23

SEIT FÜNF TAGEN WAR ANTEK mit seinem DS in der Stadt unterwegs, belieferte Privatpersonen, Ämter und Fabriken mit Rosen, Tulpen, Gerberas, aber der wichtigste Kunde der Gärtnerei war die Kirche: die Heiligen, dann Jesus und Maria, die Kommunionsmädchen in weißen Kleidern und die Leichname in den Särgen, die alle fast jeden Tag feierten. An zweiter Stelle folgte der Staat. Die Bartholomäus-Kirche, die die Kreuzritter erbaut hatten, aber ähnelte einem Blumenladen.

Am Freitag, gegen siebzehn Uhr, als Antek alle Aufträge erledigt hatte, parkte er seinen DS vor dem Milizrevier. Er hatte sich vorgenommen, Zocha zu besuchen. Aber sein Anliegen entpuppte sich als aussichtslos. Zbyszek Muracki war unnachgiebig: »Keine Privataudienz für Schwerstverbrecher in Untersuchungshaft!«, mokierte er sich. Antek versuchte sogar einen billigen Trick und sagte, Zocha hätte seinen Wohnungsschlüssel, aber Zbyszek Muracki riet Herrn Antek Haack besserwisserisch, das Schloss aufzubohren oder die Tür einzurennen – mit Gewalt, Junge! –, einen Schlüsseldienst gebe es in Bartoszyce nicht: »Das musst du doch wissen! Alter! Geh wieder nach Bremen zurück! Flieg meinetwegen nach Hongkong! Verzieh dich endlich! Dorthin, wo der Pfeffer wächst! *Spieprzaj!*«

Da war nichts zu machen. Enttäuscht kehrte Antek zu

seinem DS zurück. Als er losfuhr, fiel ihm plötzlich ein, dass sämtliche Fenster des Untersuchungsgefängnisses auf den Hinterhof des Milizreviers hinausgingen. Man musste nur einmal über die Mauer klettern, die nicht mit Stacheldraht abgesichert worden war.

Entlang der etwa drei Meter hohen Mauer führte eine Straße, die in eine trostlose Sackgasse mündete, wo es nur einen Wendeplatz, verlassene Lagerhallen und Garagen gab – weit und breit keine Menschenseele, nicht einmal eine Ratte.

Er parkte seinen DS ganz dicht an der Mauer, stieg aufs Dach, und schon war er auf dem Hinterhof des Milizreviers, der mit Autos, Motorrädern und Müllcontainern vollgestellt war. Sein Benz, noch nicht verschrottet, rostete einfach vor sich hin …

Beim Herunterspringen hatte er sich Gott sei Dank keinen Fuß verstaucht, er war sauber auf der Erde gelandet und pirschte sich jetzt geduckt zwischen all dem Schrott wie bei einem Slalomlauf an das Milizgebäude heran.

Unter einem der vergitterten Fenster, das geöffnet war, blieb er stehen, presste seinen Rücken an die Außenwand und rief mit zitternder Stimme nach Zocha.

»Psst! Ich bin's, Antek! Hörst du mich?«

»Natürlich höre ich dich! Was willst du?«, antwortete Zocha aus seiner Zelle im Erdgeschoss.

Er sah hinauf und erhaschte zwischen den Gitterstäben Zochas Kinn und Nase. Die Sonne hatte den Himmel erobert und blendete Antek.

»Verpiss dich!«, blökte Zocha. »Oder willst du mein Schicksal teilen?«

»Red keinen Unsinn. Was ist mit Iwan? Haben sie ihn wirklich nicht geschnappt?«

»Was denkst du denn!«

»Und wie fühlst du dich?«

»Prächtig! Mein Anwalt meinte, spätestens in zwei Jahren bin ich wieder draußen! Aber ich bin geheilt! Ich weiß jetzt, was mir Priester Kulas sagen wollte, denn Bożena hat wirklich mit mir gesprochen – mit ihrer eigenen Stimme. Da staunst du, was?«

»Und was hat sie dir gesagt?«

»Sie hat gelächelt. Sie ist friedlich gestorben. Sie meinte, dass sie nur mich geliebt hätte und keinen anderen Mann. Schade nur, dass wir es bis zum Relaks nicht mehr geschafft haben!«

»Eh! Haltet mal eure Schnauzen! Ihr Penner!«, schrie plötzlich ein Häftling im ersten Stock.

»Selber Schnauze!«, brüllte Zocha zurück, der auf einmal solch einen Lärm veranstaltete, dass Antek schleunigst das Weite suchen musste.

Er lief zur Mauer zurück. Nur stand dort keine Leiter, und ein Seil hing auch nicht herab, nicht einmal Bananenkartons gab es: Scheiße, wie soll ich denn jetzt rüberklettern? Ich hab mir nichts für den Rückweg ausgedacht! Was würde jetzt Gagarin an meiner Stelle tun?, fragte er sich. Weder hab ich Siebenmeilenstiefel an, die mich in den Himmel hinauskatapultieren würden, noch einen Raketenantrieb auf dem Rücken – so eine Wundertechnik bräuchte ich jetzt! O Götter! O Beata und Teresa! Helft mir! Ich werde auch endlich vernünftig, heirate euch beide, und ihr werdet schwanger!

Derweil stand Zocha im Fensterchen seiner Zelle, hielt sich mit beiden Händen an den Gitterstäben fest und grölte in den Himmel: »Lasst mich raus! Lasst mich raus! Ich bin unschuldig!«

Antek untersuchte die Müllcontainer, nur fand er nichts Brauchbares, keine Bretter, keinen Bauschutt. Nichts außer einem alten Fahrrad, das er regelrecht ausbuddeln musste. Jetzt oder nie!, sagte er sich. Es muss binnen weniger Sekunden klappen, sonst bin ich geliefert! Er stellte das Fahrrad im Neunzig-Grad-Winkel an die Mauer und prüfte, ob es sicher stand. Dann kletterte er über Pedal und Rahmen empor wie bei einer Leiter, griff nach der Mauerkante, zog seinen Körper hoch, die achtzig Kilo, und versuchte in einem gewaltigen Schwung wie ein Akrobat, seine Beine auf die andere Seite rüberzusetzen. Und dieses Kunststück gelang nur deswegen, weil ihn jemand plötzlich von der Mauer aufs Dach des DS herunterzerrte.

Sein Schutzengel hieß Iwan: »Das war ganz schön knapp!«, meinte der Junge.

»Ja, das kannst du laut sagen«, antwortete Antek. »Komm, wir sausen jetzt nach Blanki. Wir haben hier nichts mehr verloren ...«

Iwan hatte sich den Freitagstermin anscheinend gemerkt. Er hatte seinen Rucksack dabei und war gerade auf dem Weg ins Kino Muza gewesen, als er Anteks vor der Mauer des Milizreviers abgestellten DS erblickt hatte.

24

Bevor sie nach Blanki aufbrachen, führte Antek von zu Hause aus noch zwei Anrufe. Er vergewisserte sich bei Teresa, ob sie ihn wirklich am Wochenende im Muza entbehren könne. Sie bejahte seine Frage, versprach ihm jedoch gleichzeitig, dass sie ihm das letzte Mal entgegengekommen sei. Sie wolle es nicht mehr tolerieren, sagte sie, dass er sozusagen an zwei Fronten rumvögeln würde. »Sind wir verheiratet, oder was?«, hatte er

Teresa gefragt, die sofort den Hörer auflegte. Der zweite Anruf galt Beata, aber sie war in der Stadt, in Barczewo, und Antek hatte sich kurz mit Stefcia unterhalten, die ihrerseits mit einer spannenden Neuigkeit auftrumpfte: Elisa und Marian aus Hamburg seien seit gestern auf dem Blankiwerder. Antek nahm diese Nachricht kommentarlos auf und bat Stefcia, ihrer Chefin auszurichten, dass er mit Iwan in etwa zwei Stunden auf der Insel eintreffen würde: »Wir freuen uns, Herr Antek!«, meinte die Köchin.

Von Freude konnte bei Antek keine Rede sein. Eine Wiederbegegnung mit Elisa – nach fast fünfundzwanzig Jahren! –, in die er sich am Blankisee als Zwölfjähriger verliebt und die er so gut kennen gelernt hatte, erweckte in ihm eher Schamgefühle als Begeisterung. Seine ganze Hoffnung konzentrierte sich darauf, dass Elisa womöglich ihre gemeinsamen Erlebnisse und Abenteuer aus den Sommerferien am Blankisee vergessen hatte.

Er suchte seine Sachen zusammen, verstaute sie in einer Tasche und ging zum DS zurück, wo Iwan auf ihn wartete.

Er musste auf dem Schwarzmarkt noch die vierhundert Mark von seinen Eltern gegen Zloty tauschen. Vor dem Geschäft mit Westwaren, dem PEWEX, lauerten immer zwei, drei junge Männer auf Kunden. Die Devisenhändler erkannte man an ihrem türkisch-polnischen Wałęsa-Schnurrbart und an den hüftlangen Lederjacken mit unzähligen Taschen und Reißverschlüssen. Außerdem trugen sie immer Levi's und Turnschuhe von Adidas oder Puma – zu jeder Jahreszeit, auch in den Jahrhundertwintern. Und sie hatten alle diesen fragenden, aufdringlichen Blick wie die Straßennutten – einen Blick, dem man nur schwer ausweichen konnte.

Während der Fahrt nach Blanki blieb Antek stumm, und Iwan freute sich, dass er einen Zuhörer für seine Geschichten gefunden hatte: »Nächste Woche soll ich in die Gelbe Kaserne zu Dr. Michałowski – der Zbyszek Muracki hat es so beschlossen«, erzählte der Junge. »Keine Ahnung, warum. Die halten mich für psychisch krank. Sie glauben Zocha nicht, dass ich mit der Leichenschändung von Bożena nichts zu tun hab. Zocha hat mir zwar eine Schaufel in die Hand gedrückt, aber ich hab sie ins Gebüsch geworfen. ›Alles, aber nicht so was – ich grab doch keine toten Menschengebeine aus, nicht mal für 'ne Flasche Wodka‹, hab ich zu Zocha gesagt. In der Nacht, als er sich mit seiner Schaufel an Bożenas frisches Grab rangemacht hat, hab ich nur vor dem Friedhofstor Schmiere gestanden. Das ist alles. Bin ich deswegen ein Verbrecher? Oder etwa plemplem? Niemals. Du an meiner Stelle hättest bestimmt ähnlich gehandelt. Freunden muss man helfen! Das hast du mir doch letzte Woche auf dem Blankiwerder ans Herz gelegt! Und ich hab's nicht vergessen! Die Miliz hat mir jedenfalls so 'ne Überweisung ausgestellt wie beim Arzt. Der Dr. Michałowski wird mich also untersuchen. Er muss prüfen, ob ich für den Armeedienst tauglich bin. Ich werde ihm sagen, dass ich ein Fallschirmjäger werden will: bei den Spezialeinheiten. Mein neuster Plan ist ganz einfach! Ich lerne alles, was sie mir beibringen, und werde der Beste, selbst in Englisch! Hier, schau dir meine Muskeln an! Dann schicken sie mich nach Afrika zu den UNO-Truppen. Und bei der nächsten Gelegenheit reiß ich aus – im Prinzip gleich nach dem ersten Gehalt, und die zahlen angeblich jedem Soldaten zweitausend Dollar pro Monat. Ich kauf mir eine Fahrkarte für ein Schiff nach Italien oder Griechenland oder so. Und den Rest des Geldes kann ich dann zum Schmieren verwenden, oder meinst du, der griechische

Schiffskapitän lässt sich nicht bestechen? Na, egal. Erst muss ich mal den Test bei Dr. Michałowski bestehen. Was wird er mich überhaupt fragen? Wie sieht denn so eine Prüfung aus? Die Hauptstadt von Rumänien heißt Berlin! Hahaha! Und ich bin ein Mathegenie. In der Schule werde ich von den Paukern gehasst, weil ich so schnell bin wie ein Taschenrechner: 67,3 geteilt durch 63,5 ist 1,05984 … Du glaubst mir nicht? Du kannst mir jede Rechenaufgabe stellen! Ich kann dir sogar ausrechnen, wie groß das Universum ist: Es besteht nur aus Zahlen.«

»Jetzt mach mal Punkt, du Genie! Onkel Zygmunt wird dich bei deiner Prüfung in der Gelben Kaserne mit Pauken und Trompeten durchfallen lassen«, sagte Antek, »nur zu deiner Rettung! Und die Flucht nach Ithaka oder Kreta – die kannst du dir jetzt schon abschminken! So. Wir sind gleich da. Ich krieg von deinem Gefasel langsam Kopfschmerzen. Und ich muss diesmal bei Beata einen guten Eindruck machen – sonst verlässt sie mich.«

In dem Dorf Blanki mussten sie anhalten. Vor der Bushaltestelle trippelte Kimmo im Kreis und trampte. Er hatte seinen rechten Arm zur Straße hin ausgestreckt und den Daumen in den Himmel gerichtet wie eine Radioantenne.

»Was tut der denn hier?«, fragte Antek Iwan, der seine Beifahrertür öffnete.

Kimmo beugte sich runter und steckte seinen Kopf in den Innenraum des DS wie ein Strauß.

»Antek, ich muss mit dich ein Hasen rupfen!«, sagte er. »Ich wollte fahren mit dich nach Blanki – kleines Urlaub vor Prüfung in *Gdansk* und Sommerferien bei Papa!«

»Das kann ich doch nicht wissen!«, antwortete Antek. »Aber egal! Steig ein! Übrigens: Rupfen ja, aber nicht einen Hasen und auch keinen Wolf – sondern ein Hühnchen!«

»Ich habe genommen Bus. In Muza du bist nicht da gewesen«, sagte Kimmo. »Ich dich gesucht habe überall!«

Der Himmel über dem Blankisee hatte sich plötzlich verfinstert, ein Sturm zog von Westen auf, es hatte seit mehr als zwei Wochen nicht mehr geregnet, und die Felder rings um den See und vor allem der Wald drohten mit jedem neuen trockenen Tag in Flammen aufzugehen.

Nach dem ersten Donnerschlag begann Iwan, die Kilometer zu zählen. Es blitzte zweimal, dann setzte ein starker Regen ein. Bei zehn musste er mit dem Zählen aufhören: Es gab einen gewaltigen Donner, als sie im Schleichtempo über die Brücke auf die Insel fuhren.

Beata musste tatsächlich neue Gäste aufgenommen haben: Zwei Autos standen neben dem Opel von den Lübeckern, und eines davon hatte ein Hamburger Kennzeichen – ein nagelneuer BMW, der beim nächsten Ausflug in die Stadt der sichere Kandidat für einen Diebstahl wäre.

Iwan stieg aus und öffnete das Tor zum Pferdestall, damit Antek den DS im Trockenen abstellen konnte.

Die Hunde bellten im Zwinger mehr oder weniger aus Pflicht. Der Sturm und die Donnerschläge hatten sie etwas eingeschüchtert.

Beata hatte die Ankunft von Antek und seinen Freunden vom Fenster des Speisesaals aus beobachtet und kam ihnen mit einem Regenschirm entgegengelaufen.

Auf der Insel roch es nach nassem Gras, Heu und Pfefferminze. Der Blankisee lebte endlich auf, und es schien, als würde er sich nach der langen Trockenheit am meisten über den Regen und den Sturm freuen: Vom See her wehte ein starker Geruch, getragen von einer frischen Brise. Antek spürte ihn in der Nase und dachte an Fische, Steine und Schilfgräser, als er Beata küsste.

»Ich hab zwei Rabauken mitgebracht«, sagte er. »Beata!

Iwan kennst du ja. Und das ist Kimmo: der Informatikstudent aus Gdańsk. Er war auch schon einmal am Blankisee.«

»Guten Tag, Frau Beata«, sagte Kimmo und freute sich darüber, dass seine Begrüßung fehlerfrei ausgefallen war, sogar die Betonung hatte bei ihm diesmal gestimmt.

»Frau Kuglowska!«, sagte Iwan und verbeugte sich regelrecht.

»Hallo, ihr beiden!«, sagte sie. »Mein Haus ist voll, alle Zimmer belegt! Aber ihr könnt in einer der Holzhütten schlafen.«

»Iwan, ich dich werde einladen. Ich zahle für Nächte ganz«, sagte Kimmo.

»Na, er muss doch nicht für die Übernachtung blechen«, sagte Antek zu Beata. »Oder?«

Sie ging auf Anteks Frage nicht ein und erzählte, dass Iwans Töle wohlauf wäre und sich sogar mit ihren Hunden arrangiert hätte – von Freundschaft könnte zwar keine Rede sein, aber jedes Tier hätte sein Revier auf dem Blankiwerder genau abgegrenzt.

Sie liefen im strömenden Regen zum Haus und legten auf der Veranda eine kurze Pause ein. Ohrenbetäubend schlugen die Tropfen auf das Dach, als würde es hageln.

»Ein Glück, dass es endlich gießt«, sagte Beata. »Mein Nachbar vom westlichen Ufer, der Bauer Dernicki, hat sogar schon die Tannen im Wald um Regen angefleht. Und jeden Abend ist er zum Bildstock mit der heiligen Maria gegangen und hat ihr Blumenkränze gebracht. Die Maria steht hinter seinem Hof, direkt am Waldweg.«

»Liebste«, sagte Antek. »Das ist schön und gut, aber was wollen die beiden Kinder von August auf der Insel?«

»Kinder?«, fragte Beata. »*Eliza* ist eine erwachsene Frau, sehr hübsch sogar. Und Marian hat sich schon mit mir angelegt – wegen des Ferguson-Traktors, der einmal seinem Vater gehörte. Er will den Ferguson als Andenken nach Deutschland mitnehmen!«

»Heiliger Bimbam! So dreist und bekloppt möchte ich auch einmal sein!«

Iwan und Kimmo schauten einander an und dachten sich wohl, es wäre jetzt angebracht, sich in die ganze Angelegenheit nicht einzumischen.

Im Speisesaal spielten zwei Jungen Tischtennis. Agatka war nicht da. Stefcia auch nicht. Beata holte aus der Küche den Schlüssel für eine Holzhütte.

»Das Häuschen Nummer drei«, sagte sie zu Kimmo und gab ihm auch ihren Regenschirm.

»Wir sehen uns zum Abendbrot«, sagte Antek zu den Jungen und ging mit Beata die Treppe hoch zu ihrem Schlafzimmer.

»Aber klar, Chef«, rief ihm Iwan nach.

Als sie alleine waren, zog Antek sein nasses Polohemd aus und hängte es über einen Stuhl.

»Und wo ist Agatka?«, fragte er.

»Sie ist mit Stefcia bei Dernicki. Sie wollten zwei Kannen frischer Milch holen.«

»Und deine Elisa? Und Marian?«

»Wieso meine *Eliza*? Ich bin nicht ihre Mutter oder Tante. Sie sind gestern Morgen angekommen. Wir haben uns viele Stunden unterhalten – über ihren Vater, den Unfall und auch über die Erbschaft. Sie wissen auch, dass Augusts Leiche nicht gefunden wurde. Sie wohnen in der Hütte mit dem Kamin. Und du? Was war bei dir los?«

»In Bartoszyce ist so viel passiert, ich weiß gar nicht, wo ich anfangen soll.«

»Psst!«, deutete Beata mit dem Zeigefinger auf ihren Mund. »Du musst mir nichts erzählen. Küss mich nur«, flüsterte sie.

Er sah in ihre Augen. Sie waren blauer als der Blankisee

an einem sonnigen Tag. Aber sie strahlten Unruhe aus. Sie erschienen ihm viel zu groß, und er ertappte sich dabei, dass sie ihm auf einmal fremd vorkamen.

»Was ist los?«, fragte Antek.

»Ich weiß, wer *Lussi* ist«, sagte sie.

»Nein, das kannst du nicht wissen«, sagte er und sank auf die Knie.

Er umfasste Beatas Hintern und atmete schwer.

»Steh auf, du Trottel. Ich liebe dich doch. Aber steh endlich auf!«

»Wer ist also Lucie?«, fragte er und richtete sich auf.

»*Eliza* kennt sie. Sie waren zusammen auf einer Schule. *Eliza* hat ihr Polnisch nicht verlernt. Obwohl sie mit zehn Jahren ausgewandert ist. Diese *Lussi* war mal ihre gute Freundin. Ich hab *Eliza* gegenüber nichts davon verlauten lassen, dass ich natürlich wusste, von welchem Kartenabreißer die Gute gesprochen hat.«

»Das kann alles nicht wahr sein! Ihr habt euch also ein nettes Plauderstündchen gegönnt!«

»Antek, sei nicht albern. Du weißt nicht, was das Schicksal – und nenn es, wie du willst – mit uns vorhat. Mein August war auch kein Halbgott, obwohl er sich manchmal so aufgeführt hat, als wäre er einer.«

»Und was willst du jetzt unternehmen?«

»Ich bin auch fremdgegangen – mit dir. Es ist an der Zeit, dass wir uns trennen.«

»Du machst jetzt einen großen Fehler! Ich war mit Lucie nie richtig zusammen!«

»Nein, du hast mir nur eine Liebschaft mit einer anderen Frau verheimlicht – und das wahrscheinlich seit fünf Jahren! Küss mich endlich …«

»Du liebst mich, und trotzdem willst du, dass ich aus deinem Leben verschwinde?«

»Ja. So ist es besser. Für uns beide.«

Er legte seine Hände an ihren Hals, streichelte ihn und schloss mit den Daumen ihre Augenlider. Als sie sich wieder öffneten, sagte Antek: »Verdammte Scheiße!«

Er riss Beata das Kleid vom Leib, warf sie aufs Bett, küsste ihren Bauch, dann ihre Brüste und wischte mit den Fingern über ihre Augen.

»Ist das der Abschied? Ist das ein verfluchter Abschied?«, fragte er.

Beata lag da, umschloss ihn, drückte ihre tränenfeuchte Nase an seine.

Über dem Blankisee gab es einen Donnerschlag, dessen fürchterlicher Hall lange anhielt, als wollte er nie wieder verstummen. Der Regen wurde leiser, und Antek dachte daran, dass Beata schwanger werden könnte, aber es war ihm jetzt egal.

Sie liebten sich bis zum Abend und sprachen kein Wort mehr miteinander.

25

PANOWIE GERHARD UND WILFRIED arbeiteten in Wirklichkeit in der Schweinezucht. Ihre *internationale* Firma war eine Art Verein, der die Schweinezuchtbetriebe aus Schleswig-Holstein und Niedersachsen betreute, vor allem die Besamungsstationen. Sie verkauften ihre Tiere und Besamungstechnik in alle Länder Europas, Nordafrikas und Asiens. Und da die Volksrepublik Polen ihrer Meinung nach ein Entwicklungsland war, das kurz vor großen Umstrukturierungen in Politik und Wirtschaft stand, lohnte es sich, über dieses Land Informationen zu sammeln – für spätere Investitionen. Antek hatte also mit seinem dummen Witz und der Vermutung, Gerhard und Wilfried würden nach altem Nazigold suchen, nicht gänzlich falsch gelegen. Er war trotzdem etwas von sich enttäuscht, hatte er doch die Hobbytaucher ganz anders eingeschätzt: Hm, Schweinezüchter also ..., dachte Antek.

Beim Abendbrot auf der Veranda sagte er zu Iwan: »Nun schau dir das an! Die Deutschen sind uns wieder einen Schritt voraus. Sie wittern ein gutes Geschäft! Sie kümmern sich um ihre Nachbarländer intensiver als die Einheimischen. Sie haben aus den Fehlern ihrer Geschichte die richtigen Schlüsse gezogen: Mit Brot lässt sich jedes Volk besiegen – nicht mit Waffen! Und ich sag dir eins: Die Deutschen kämpfen immer bis zum letzten Blutstropfen! Kennst du Fritz Walter? Merkwürdigerweise ist das auch der Name des Super-Ebers aus Schleswig-Holstein, der eine halbe Million Säue befruchtet hat. Aber diese perfide Frage wird dir dein Dr. Michałowski gewiss nicht stellen – keine Bange. Jedenfalls hat mir Wilfried etwas anvertraut: ihr Super-Eber kann nicht mehr ... trotz ärztlich verordneter Therapien wie Psychoanalyse, Hodenmassage, Akupunktur und Animierdamen.«

»Und dieses verkorkste Vieh haben sie echt zu einem Psychiater verdonnert?«, wurde Iwan enthusiastisch.

Antek sagte: »Laut Wilfried ja. Ergo: Der Kapitalismus macht dich auch zu einem impotenten, asexuellen Krüppel. Und das Schiff BRD geht unter ...«

Elisa und Marian stießen erst gegen zwanzig Uhr zur abendlichen Runde, als Stefcia den Tisch längst abgeräumt hatte und der Regen in die östlichen Weiten Richtung Litauen weitergezogen war.

Antek hielt sich zunächst zurück. Er sagte seinen Namen nicht, würgte nur etwas phlegmatisch das »Guten Abend« heraus, als würde er gleich wieder gehen müssen.

Elisa hatte dunkelbraunes Haar, das sich über ihren Schultern lockte. Sie trug eine violette Stoffhose mit Schlag, ein weißes Top und italienische Ledersandaletten. Ihre Zehennägel, die Antek bei Frauen besonders ins Visier nahm, waren pastellfarben lackiert. Aber sie war mehr als nur eine schicke Frau, die auf ein gepflegtes Äußeres achtete. Ihr Gesicht mit den braunen Augen war von Akne gezeichnet, die sie wohl als Jugendliche hatte durchstehen müssen, doch die Narben waren verheilt, und das, was geblieben war, der rötliche Teint, machte ihr Antlitz interessant und sogar sehr anziehend. Kein Mann konnte seinen Blick von Elisa abwenden. Sie waren alle wie gebannt. Ihr Bruder wirkte dagegen etwas harmlos. Es war nicht seine Schuld. Jeder Typ hätte bei Elisa den Kürzeren gezogen. Und auch jede Frau.

Marian war groß, hager und sportlich. Wie man sich in Osteuropa einen jungen Deutschen vorstellte. Kein Bierbauch, nein, einen Bier- und Bratwurstbauch hatten die Alten. Er kleidete sich wie ein US-amerikanischer Jetpilot. Dass sie dennoch wie Polen aussahen, und jeder es erkennen konnte – bis auf die Hobbytaucher aus Lübeck –, kam daher, dass Elisa und Marian Kinder von August Kuglowski waren. Sie hatten nämlich beide slawische Nasen und Ohren, die sie eigentlich nicht hätten haben dürfen, zumal ihre Mutter auch deutschstämmig war, aber der Blankisee hatte ihnen offensichtlich im Laufe ihrer Kindheit seine Gene beigemischt wie der rachsüchtige Gott Jahwe. Ihre Nasen waren traurig, und ihre Ohren beherrschten die Hellhörigkeit, den siebten Sinn. Ihr Besitzer war mit seinen Ohren überall, nie folgte er einem einzigen Gespräch, wusste aber immer, worum es gerade ging. »Redet nicht über uns«, hatte Marian zur Begrüßung am Tisch gesagt, »wir sind nur zwei blöde Findelkinder.«

Die beiden Geschwister sprachen akzentfreies Deutsch, da konnte Antek nicht mithalten.

Es dauerte ziemlich lange, bis Elisa darauf kam, dass Antek Haack der kleine Junge gewesen sein sollte, mit dem sie im Hafen vom Blankiwerder Muscheln und Krebse gesammelt hatte.

Auf dem Steg, an den die Boote gekettet wurden, hatten sie sich einmal ein Laboratorium (ein *KZ* in ihrem damaligen Jargon) eingerichtet. Auf den Wiesen des Blankiwerders hatten sie Feldgrillen gefangen und ihnen Beine ausgerissen und untersucht, genau wie bei einer Vivisektion.

»Wir kennen uns ja von früher ...«, sagte sie zu Antek.

»Allerdings ...«

Beata betrachtete ihn und Elisa wachsam und ließ sich keine einzige – noch so winzige – Geste entgehen. Sie war eifersüchtig, das wusste er, spätestens seit den Abschiedsküssen in ihrem Schlafzimmer.

»Ich hab gestern die Ziegelei von August verkauft«, meinte sie, als Antek mit seinem Stuhl näher zu ihr hingerückt war.

Beata sprach sehr leise und war aufgeregt, sodass er Schwierigkeiten hatte, jeden ihrer Sätze auf Anhieb zu verstehen.

»Ja? Erzähl's nicht hier vor all den Leuten. Sonst kann es dir passieren, dass Elisa und Marian auch auf diese Einnahmen Anspruch erheben werden«, antwortete er in derselben gedämpften Lautstärke, in der sie zu ihm sprach.

Ein gekünsteltes Lächeln der Zufriedenheit huschte über Beatas Gesicht. Sie tat so, als würde sie mit ihm über belangloses Zeug reden.

»Keine Bange. Ich werde gewinnen. Gegen sie und auch gegen Brzeziński und den polnischen Staat.«

»Wieso? Wollen die Kinder von August dich denn wirklich verklagen, so wie es deutsche Art ist?«

»Noch können sie nichts machen. Sie müssen warten. Aber sollte der Kommunismus jemals zusammenbrechen – was utopisch ist –, werden sie zuschlagen. Das weiß ich.«

»Ach ja? Ich kann übrigens den DS bezahlen. Ich bin flüssig.«

»Behalt mal dein Geld.«

»Beata. Vielleicht bist du heute Abend schwanger geworden.«

Sie antwortete nicht. Sie schaute ihn nur an, mit ihren riesigen blauen Augen, wie ein Koalabär.

Iwan und Kimmo langweilten sich, vor allem Kimmo, der große Mühe hatte, Gerhard und Wilfried auf Englisch zu erklären, warum er in Gdańsk studieren würde.

»*It is not tschip – it's onli fan! And aj em so gled to bi hier – aj em e Trotzkifen!*«

»Kimmo! Ich dachte, deine Idole sind Allah und Mohammed!«, sagte Antek. »Und Trotzki war ein von Deutschen bezahlter Saboteur, genauso wie Lenin!«

»Du dich jetzt falsch eingemischt hast«, sagte Kimmo. »Herren aus Lübeck können glauben nicht, dass Finnland ist besser wie Deutschland. Wir auch haben erkennen, dass hier in *Polend* ist Potenzial. Und Glück. Basta così!«

Iwan sagte: »Wie schade, dass ich kein Ausländer bin!«

Agatka, die den ganzen Abend tapfer gegen die Müdigkeit angekämpft hatte, fing an zu quengeln und zu weinen. Stefcia tröstete sie und machte ihr ihr eigenes Bett schmackhaft, in dem Agatka gerne schlief. Und Elisa, die sich als ihre Halbschwester ausgab, erntete von Agatka nur weitere Tränen. Stefcia nahm sich der Sache an und brachte das Mädchen ins Bett.

»Mein Bruder will kein Polnisch mehr sprechen«, sagte Elisa. »Das Jugenddorf in Celle, bis 1969 ›Die Insel‹ der Inneren Mission, wo man den Kindern der Spätaussiedler aus Osteuropa gutes Benehmen und die Sprache beibringt, hat ihn zu einem Zyniker erzogen. Aber darüber wollte ich eigentlich nicht sprechen. Wir würden euch alle gerne in unsere Holzhütte einladen, zu einer kleinen Party. Vor allem dich, Beata.«

Antek übersetzte kurz Elisas Anliegen. Niemand konnte Nein sagen.

»Seid ihr alle miteinander verwandt – du und die Hamburger und Beata?«, fragte Wilfried.

»Über sieben Ecken«, sagte Antek Haack, »die nicht einmal ich begreife ...«

Elisa mochte ihm alles Mögliche zutrauen, aber dass er ihre Sprache verstand und sogar korrekt gebrauchte, musste sie beeindruckt haben. Sie wurde redseliger und schwelgte in Erinnerungen: »Und weißt du noch ...«, begann sie jedes Mal von neuem. »Wir haben oft am Badestrand der Möbelfabrik gespielt, zusammen mit Marian, und einmal hab ich dir auf dem Kopf ein Weckglas zerschlagen ... Du hast geblutet, und ich bin vor Schreck weggelaufen! Ich werde es nie vergessen!«

Antek war irritiert: Von wem hatte sie das, diese Geschwätzigkeit? Von ihrem Vater August Kuglowski und dem Blankisee oder von Hamburg, der Stadt ihrer Wahl?

»Wir kennen uns ja von früher ...«, sagte sie.

»Allerdings ...«, antwortete er. »Und bitte: Spiel mir nichts vor! Die Lucie! Und der Kartenabreißer – das bin ich!«

Elisa sagte: »So was Ähnliches hab ich vermutet, zumal sich Beata so für die Story mit Lucie interessiert hat. Was verbindet dich aber mit der jungen Witwe?«

Er zündete sich eine Zigarette an und fuhr fort: »Das ist

nicht unser Thema. Für Lucie ist Antek Haack gestorben. Sie hat mir den Laufpass gegeben, obwohl sie das natürlich genau umgekehrt sieht und ich für sie der Buhmann bin!«

»Ich bin nicht mehr auf dem Laufenden«, sagte sie. »Ich sehe Lucie überhaupt nicht mehr. Wir telefonieren drei-, viermal im Jahr. Ich muss trotzdem erst einmal verdauen, dass ausgerechnet du, der kleine Antek, dieser Kartenabreißer aus Bartoszyce gewesen sein sollst, von dem mir Lucie am Telefon so oft vorgeschwärmt hat ...«

»Ach nein!? Und trotzdem hast du gleich im ersten Gespräch mit Beata dieses Thema zur Sprache gebracht? Warum? Hat Beata dich so genau ausgefragt?«

»Wir haben über Männer geredet«, sagte sie. »Dass ich Single bin. Und dass sie, die Witwe Beata, einen guten Typen bräuchte, der hier auf der Insel mit anpackt. Ich hab irgendwann im Eifer des Gefechts zu viel gesagt. Dass auch ich nicht unbedingt glücklich bin. Und dieser spezielle Fall da mit Lucies Kartenabreißer ... Da wurde ich neugierig ...«

»Und kaum hat euer Alter den Löffel abgegeben, wollt ihr euch von dem Kuchen ein fettes Stück abschneiden«, sagte Antek.

»Klar! Wem gehört denn der Blankiwerder?«, fragte Elisa selbstbewusst. »Doch nicht nur Beata!«

Beata konnte dies Gespräch nicht mitverfolgen. Sie war immer noch mit dem Thema »Visa für Königsberg« beschäftigt. Sie kannte einen Beamten im Passamt von Olsztyn. Er war käuflich und zuverlässig und fälschte gerne die Papiere. Selbst eine Originaleinladung aus Kaliningrad in russischer Handschrift hätte er besorgen können. Aber da gab es noch andere Methoden. Die Grenze in Bezledy zum Beispiel, in der Nähe von Bartoszyce, hatte nur Symbolcharakter: ein Zaun mit einem Tor, an dem ein

Schloss hing. Ab und zu wurde das Schloss geöffnet – für den Schüleraustausch oder für Bruderbesuche beim 1. Sekretär in Kaliningrad. Die Russen fühlten sich geehrt, wenn eine polnische Delegation in das Kaliningrader Gebiet kam. Es war, als würden sie plötzlich Besuch aus dem Westen empfangen. Alles kam ihnen fremd vor – die Autos, die Kleidung, die Sitten und selbst die Sprache, die sie in der Schule nicht lernen mussten.

Gerhard sah die Reise nach Kaliningrad nüchtern: »Das ist mir alles zu kompliziert! An uns scheitert das Ganze nicht – Geld haben wir genug, aber ich hab keinen Bock mehr«, sagte er, und sein Freund musste ihm schließlich beipflichten.

Dann gingen alle zu Elisa und Marian. Ihre Holzhütte verfügte über drei Wohnräume und eine Dusche. Der Tisch im Esszimmer war üppig gedeckt: Nur der Wodka stand im Kühlschrank.

»*Pani Eliza*«, sagte Stefcia. »Hätten Sie mir bloß Bescheid gegeben, dass Sie so ein fürstliches Essen geplant hatten, denn über großen Hunger dürfte keiner von uns mehr klagen ...«

Elisa hatte Barsche gebraten, die ihr Bruder geangelt hatte, und eine Fischsuppe gekocht – zum Vergnügen Stefcias, die Beata nach jedem Löffel angrinste; sie schmeckte ihr anscheinend nicht.

Iwan aß sich trotzdem satt – aber erst nach drei Tellern, und Kimmo versuchte den Hobbytauchern aus Lübeck weiszumachen, dass der finnische Wodka genauso gut wäre wie der polnische, wenn nicht besser. Die drei sprachen ein Kauderwelsch, das jeder Außenstehende für eine Geheimsprache halten musste – ein Mischmasch aus Englisch, Deutsch, Finnisch und Polnisch, und Iwan war so erregt, dass er konsequent versuchte, sich an ihrem Gespräch zu beteiligen, und beharrlich dazwischenquasselte wie ein Papagei.

»Was feiern wir also?«, fragte Beata in die Runde.

»Frieden – hoffe ich«, sagte Marian.

Seine Muttersprache hat er doch nicht verlernt, dachte Antek.

»Das musst du gerade sagen, Marian«, meinte Beata. »Aber den Ferguson kannst du gerne haben. Und ich wünsche dir viel Spaß an der Grenze – mit diesem Schrott!«

»Unseren Vater können wir nicht mehr auferwecken«, sagte Elisa. »Ich hab ihn nie verstanden.«

»Er war nicht euer Vater«, mischte sich Antek ein. »Er hat nur so getan, als wäre er einer.«

»Hast du ihn so gut gekannt«, fragte Elisa, »dass du solch ein hartes Urteil über ihn fällen darfst? Warum bist du überhaupt hier?«

Antek fühlte, wie seine Schläfen pochten. Zwei Sekunden lang dachte er daran, von seiner Beziehung zu Beata zu erzählen, aber er hielt es für klüger zu schweigen.

Er sagte: »Ich habe auf dem Blankiwerder eine alte Rechnung zu begleichen.«

»Etwa mit mir und meinem Bruder?«, fragte Elisa.

»Vielleicht.«

Antek Haack verlor das Interesse am Tischgespräch. Er kümmerte sich um die Musik und stellte Elisas Radiorekorder der Marke Sony auf die Dielen der Terrasse. Sie hatte eine riesige Auswahl an Kassetten. Antek musste trotzdem nicht lange grübeln. Er hatte sich für Tom Waits entschieden. Er mochte diesen von der Plattenindustrie stilisierten Außenseiter nicht besonders, aber an diesem Abend, der Salz in offene Wunden gestreut hatte, schien ihm Waits das einzig Richtige, und sein leidenschaftliches Gegröle würde hoffentlich auch Beata und ihren Gästen Genuss bereiten.

Er drehte den Lautstärkeregler voll auf, sodass der Blankisee erzitterte und sich in seine tiefsten Moränengräben zurückziehen musste. Er lehnte sich an das nierenhohe Holzgeländer und spähte in die Nacht. Er verharrte lange Minuten in dieser Stellung und sorgte sich nicht einmal darum, dass Agatka von der lauten Musik aufwachen und im Nachthemd weinend und nach ihrer Mutter rufend durch die Wiesen des Blankiwerders gestapft kommen könnte.

Irgendwann, als es schon recht spät geworden war, torkelte Wilfried lallend auf die Terrasse. Antek musste ihn fast anschreien, so laut sang Tom Waits. Er selbst war immer noch nüchtern, obwohl er fleißig mitgetrunken hatte. Er schleppte Wilfried in die Holzhütte zurück, wo Iwan im Kamin ein Feuer angezündet hatte. Trockene Birkenkloben glühten vor sich hin und schossen Funken auf den gekachelten Fußboden. Der Sturm hatte kühlen Wind und die Mücken mitgebracht, die sich überall breit machten wie eine Seuche. Die Holzhütten mussten in diesem feuchten Klima regelmäßig beheizt werden.

»Um die Wahrheit zu sagen«, begann Antek von neuem, »sind Iwan und ich Profitaucher, wobei der Junge noch in der Ausbildung steckt. Wir werden auf den masurischen Seen für Spezialaufträge eingesetzt. Ertrinkt jemand, ruft man die örtlichen Penner, die vom Tauchen nichts verstehen. Wir sind für komplizierte Fälle ausgebildet. Wenn der Leichnam eines Ertrunkenen nicht geborgen werden kann und wenn alle versagen – die Familie, die Kirche und der Staat –, müssen wir einspringen und die Drecksarbeit erledigen: Koste es, was es wolle.«

Beata bat Elisa zu dolmetschen, und Gerhard und Antek spitzten die Ohren.

»Dein geheimnisvoller Gast ist besoffen und hat Bluthochdruck und läuft jetzt wie Falschgeld rum, oder er ist wirklich ein Taucher, ein Schwimmungsretter ...«, sagte Elisa auf Polnisch.

»Nein, er ist gut drauf«, sagte Marian und prostete Antek, der sich mit den Lübeckern unterhielt, zu. »Vielleicht kann *er* unseren Alten in den Meerestiefen des Blankisees entdecken – mit einem Bathyscaph! Vielleicht kann *er* sogar versuchen, unseren lieben Papa wiederzubeleben!«

»Marian! Sei vernünftig!«, unterbrach ihn seine Schwester.

»Ich verstehe gar nichts mehr«, sagte Beata, »*Eliza* – du meinst wohl Rettungsschwimmer! Aber das ist er nicht! Wie soll er denn euren Vater finden? Der Kerl ist verrückt!«

Antek Haack sagte: »Mag sein, Beata. Mag sein!«, und wandte sich sofort an die Lübecker: »Gerhard und Wilfried! Wir haben das Wissen und ihr die Technik. Könnt ihr uns morgen früh eure Taucherausrüstung ausleihen? Nur für eine Stunde! Wir müssen etwas ganz Dringendes erledigen ...«

»Aber sicher«, sagte Wilfried. »Warum nicht?«

Gerhard machte eine Miene, die zunächst kriegerisch anmutete, wobei sich seine Nase mit feinen Falten bedeckte, aber dann sagte er: »Na gut. Hier geht es um die Ehre. Und da sind wir Preußen nicht schlechter als die Engländer oder Iren!«

Iwan erkannte, wer hier das Sagen hatte, und erhob gegen Anteks seltsame Behauptungen keinen Einspruch. Kimmo, der ein bisschen Deutsch verstand, brauchte allerdings einige Minuten, um zu begreifen, dass Antek die Lübecker auf die Schippe nahm und einen Joker im Ärmel versteckte, den er offenbar morgen früh ausspielen wollte.

Selbst Elisa und Marian waren verunsichert und äußerten sich nicht dazu, was Antek nun vorhatte.

»Ich will mit Iwan gleich nach dem Frühstück aufbrechen; die Sache ist mir heilig!«, sagte er zu den Lübeckern.

Gerhard hatte auch schon mächtig Schlagseite. Er brummte etwas unter seiner breiten Nase. Und soviel Antek verstehen konnte, ging es darum, ob sie beide, er und Wilfried, als Begleiter auf die morgige Expedition mitkommen dürften.

»Wir haben unsere Taucherausrüstung am Blankisee noch kein einziges Mal ausprobiert. Und so 'ne Gelegenheit lassen wir uns nicht entgehen«, sagte Gerhard.

»Ja, von mir aus!«, sagte Antek Haack. »Wenn ihr uns nur die Gaffer, die Segel- und Motorboote, vom Leibe haltet, seid ihr schon eine große Hilfe!«

Er dachte, dass Gerhards Idee gar nicht so schlecht war. Zumindest versprach er sich von den Deutschen ein paar gute Tipps: von Profi zu Profi. Als Kind hatte er die Badeufer mit einem Schnorchel unsicher gemacht. Zusammen mit Elisa. Er stellte sich deshalb das Tauchen mit Sauerstoffflaschen ganz einfach vor: mit einer ständigen Luftzufuhr. Was sollte da schon schief gehen? Und das Schwimmen unter Wasser mit einem Schnorchel ist eine wahre Kunst! Es gehört nicht nur Mut dazu, sondern auch ein gutes Gefühl fürs Verstreichen der Sekunden, überlegte er. Er hatte in Coney Island von Lucie ein Wort gelernt, das die Sache auf den Punkt brachte: *Timing* – wann geh ich runter, wann darf ich die Luft rauslassen? Die vollkommene Beherrschung der Lunge und der Muskeln war erforderlich. Nur Kinder oder Yogameister konnten das, da war er sich sicher. Und Wahnsinnige wie er ohne Praxis mit Tauchflaschen wären vielleicht gar nicht mal so ungeschickt ...

Beata stellte die Musik etwas leiser.

»Meine Gäste sind bestimmt aus ihren Betten gefallen«,

sagte sie zu Antek, als sie in die Holzhütte zurückkam. »Wer singt da überhaupt? Ich mag die schroffe Stimme.«

Antek antwortete nicht, er zog Beata nur mit aller Kraft zur Seite, als er einen fast zwei Meter großen, etwa sechzigjährigen Mann, gekleidet in eine ausgediente Felduniform der polnischen Volksarmee, auf der Türschwelle erblickte. Der späte Besucher hielt ein riesiges Brotmesser in der Hand und schnaubte wütend: »Ich stech euch alle ab! Bei Gott! Ich tu's! Seit zwei Stunden dieser Krach! Der ganze See ist auf den Beinen! Selbst das Dorf Blanki!«

»Achtung! Er hat ein Messer!«, rief Stefcia.

Kimmo rutschte der Teller mit den gebratenen Barschen aus der Hand und zerbarst vor seinen Füßen: »Ein Amokläufer!«, sagte er.

Beata und ihre Köchin kannten den Alten mit dem Brotmesser gut: Es war ihr Nachbar, der Bauer Dernicki, von dem sie nicht nur Milch und Fleisch kauften. Er machte wieder kehrt und ging auf die Terrasse zurück. Alle folgten ihm und sahen, wie er dem Sony einen gewaltigen Fußtritt verpasste, sodass er die Treppe hinunterrutschte. Tom Waits wurde sofort still. Man konnte plötzlich das Streichkonzert der Wiesen vernehmen. Die Grillen und die Frösche und die Laubbäume und die Nacht. Das Rascheln, das nächtliche Tummeln.

Elisa und Marian trauerten ihrem zertrümmerten Sony nicht nach. Sie fanden die Vorstellung von Dernicki amüsant, und Iwan bleckte die Zähne und bereitete sich auf einen Kampf vor. Er hatte seine beiden Hände zu Fäusten geballt. Die Lübecker waren schlagartig nüchtern. Ihre Gesichter wurden abwechselnd weiß und violett. Sie hatten die Hosen voll.

»Wir müssen sofort die Polizei holen!«, sagte Gerhard.

»Nein!«, sagte Beata. »Keine Miliz! Es ist unser Freund

Dernicki! Auf meinem Gelände wird niemand angezeigt!«

»Keine *Milicja*«, trommelte Kimmo. »Ich Angst habe wegen ihr!«

Der Bauer ließ nach diesen Worten das Brotmesser auf die Terrasse fallen, bekreuzigte sich und sagte: »*Pani* Beata! Ich will Ihnen keine Schwierigkeiten machen! Aber wie soll ich denn bei diesem Lärm schlafen? Ich muss um fünf Uhr morgens aufstehen, meine Tiere füttern, und mein Sohn Darek hat morgen Frühschicht in der Fischerei.«

Beata hob das Brotmesser vom Boden auf, legte es in die Plastikschüssel mit Spülwasser und benutztem Geschirr auf der Terrassenbank und sagte zu Stefcia: »Hol mal bitte ein Glas. Wir machen jetzt reinen Tisch!«

Als er Beata so unmissverständlich hatte sprechen hören, ergriff Antek ein Schmerz, der ihm die Wirbelsäule hinunter fuhr. Er wusste jetzt, dass er diese Frau wirklich liebte. Sie zu verlassen, selbst diese Insel, die ihm nichts bedeutete, würde schwer werden. Besser wäre Bartoszyce – Bartenstein – vollständig ausradiert worden, sein Auftritt in diesem Film abgeschlossen. Er würde dann mit niemandem hadern, weder mit der Welt noch mit sich. Aber Beata zu verlieren bedeutete viel mehr.

Sie gingen alle wieder ins Esszimmer zurück.

»Na, dafür bin ich immer zu haben«, sagte Dernicki, als ihm Stefcia einschenkte. »Aber nur ein Gläschen! Mein Herz macht nicht mehr mit! Sag mal, *Pani* Beata, das Mädel da und der Junge – die kenne ich doch von irgendwoher ...«

Elisa wirkte das erste Mal an diesem Abend etwas verunsichert. Marian blieb nach wie vor gelassen und zündete sich eine Marlboro an.

»Wir sind die Kinder von August Kuglowski«, meinte er, »falls Ihnen das etwas sagt.«

»Nein!«, staunte Dernicki. »Heilige Maria! Mutter Gottes! Nun stellt euch das mal vor – und ich wollte die beiden abstechen! Ich Hornochse! August war mein bester Kumpel! Wir sind einmal im Monat nach Olsztyn gefahren und haben die Straßen der Stadt unsicher gemacht. Teufel noch mal! Hat das alles Geld gekostet!«

Gerhard konnte endlich entspannen. Er wurde so sanft und friedlich, dass er einem fast Leid tat. Um Wilfried war es nicht besser bestellt. Er schmolz dahin wie eine Kerze. Antek hatte das Phänomen bei den deutschen Männern genau studiert. Wenn sie etwas getrunken hatten, verwandelten sie sich in wehrlose Geister, die unter Einsamkeit und Depressionen litten. Man konnte sie auswringen und bügeln wie alte Lumpen – im Gegensatz zu den Polen oder Russen, die sich damit plagten, ihre slawische, schwermütige Seele zu öffnen, was meistens in einem totalen Fiasko endete: Sie wurden dann lächerlich und weinerlich, suchten nach Streit und provozierten eine Schlägerei.

Elisa ergriff die Initiative und sagte zu Dernicki: »Da bin ich gespannt. Erzählen Sie uns was von unserem Vater!«

»Nein, nein«, sagte er. »Über die Toten redet man besser nicht … Entschuldigen Sie, *Pani Eliza* …«

»Ich verstehe gar nichts mehr«, sagte Wilfried. »Antek, worüber sprechen die beiden? Und was ist mit dem Brotmesser? Warum wollte uns der Soldat abmurksen?«

»Du meinst den Alten?«, fragte Antek. »Der Typ hat was gegen Tom Waits. Das ist alles. Manche Menschen mögen es halt nicht, wenn man ihnen vorsingt, wie sie sich zu fühlen haben.«

»Du hältst dich wohl für einen ganz dollen Hecht!«,

sagte Elisa. »Du bist ein Armleuchter! Ich hoffe nur, dass hinter deiner Maske noch mehr steckt!«

Antek bedachte sie mit einem Was-willst-du-von-mir-Mädchen?-Blick. Unter anderen Umständen hätte er sich beherrschen müssen, ihr nicht spontan einen Kuss zu geben. Er fand sie auf einmal anziehend, schrecklich anziehend, als wäre sie Beatas Zwillingsschwester.

Er war nicht mehr Herr seiner selbst und beschloss, schlafen zu gehen. Aber Stefcia brachte ein neues Tablett mit Gläsern.

26

DIE NACHT MIT BEATA wurde zu einem Karussell. Ein nicht enden wollender Abschied bis zum Sonnenaufgang. Antek hatte sich darauf gefasst gemacht, dass Beata vernichtende Worte fände, die ihn verletzen würden. Dass sie Tränen vergießen würde, die nicht einmal der Blankisee verdient hätte. Aber nichts. Sie war still. Sie biss sich nicht wie ein Blutegel in seinem Körper fest, wie eine Zecke, und zerkratzte ihm auch nicht den Rücken vor Ekstase. Auch nicht aus Resignation oder Wut. Sie war nicht aufgebracht. Nicht einmal verunsichert. Sie küsste nur seine Zehennägel, seine Hände und Ohren. Und er erwiderte all ihre Bemühungen mit doppelter Kraft und erkundete ihren Körper wie bei ihrer ersten Begegnung im Kino Muza 1980. Antek hatte so vieles vergessen. Dass Beata ihren Mann einmal wirklich geliebt hatte. Ihren ertrunkenen Mann. Der zwar versagt, aber stets die Wahrheit gesagt hatte.

Er hatte Beata mit Nutten betrogen, aber er kam nach

jedem Ausflug in die große Welt zu seiner Frau zurück und flehte um Vergebung. Und er verdammte seine Freunde. Dernicki und die Fischer aus Blanki. Er verdammte diesen See und das Leben eines Gezeichneten, der keine Sprache, keine Vergangenheit und kein Land hatte. Festen Boden unter den Füßen, Wiesen und Felder, Gräser und Moore. Monde. In den Himmeln die Wipfel der Kiefernwälder, hier in Blanki und auch in Bartoszyce und überall im Ermland und Masuren. Dieses Land, erobert und verkauft, geteilt und geschlagen, gehörte niemandem, ein herrenloser Planet, der durch das Weltall trieb und jederzeit an irgendeinen zufälligen Besitzer fallen konnte.

Antek liebte Beata in ihrem Bett und kredenzte sich einen kleinen Teil von ihrem Schmerz, der ihr befahl, mit ihm Schluss zu machen. Er versuchte auch, sich etwas von August Kuglowski zu stehlen, von seinem namenlosen Land, um wenigstens seine Geschichte zu begreifen, aber er war unfähig, in August Kuglowskis Leid aufzugehen und sich mit seiner Seele zu vereinigen. Er fand es sogar absurd und grotesk, dass Menschen für jeden existierenden Leib einen Namen erfinden mussten – damit die Welt nicht aus den Fugen geriet und ihre gewöhnlichen Runden drehen konnte, mit all den anderen Sternen und Sonnensystemen.

Kurz vor halb sieben, nach lediglich drei Stunden Schlaf, wachte er auf. Es ging ihm nicht gut. Schädelbrummen, Kater, ein schlechtes Gewissen und Traurigkeit quälten ihn. Beata war hundemüde und schlief so fest, dass er es nicht wagte, sie wachzurütteln, obwohl sie normalerweise an jedem Wochenende zusammen mit Agatka aufstand – pünktlich zum Kinderprogramm im Fernsehen.

Antek trippelte leise ins Badezimmer, rasierte sich und

dachte daran, was ihm Marian gestern erzählt hatte, als sie kurz vor Mitternacht am Tisch mit den vielen Fischgräten und den leeren Gläsern und Flaschen und überfüllten Aschenbechern hängen geblieben waren und niemanden mehr vermissten.

Marian war Urologe, arbeitete in Hamburg in der Eppendorfer Klinik und hatte vor kurzem eine Praxis eröffnet. Seine Berufswahl verdankte er mehr oder weniger der Wuppertaler Schwebebahn, aus der 1950 der Jungelefant Tuffi während einer Werbefahrt für seinen Zirkus vor Panik in die Wupper gesprungen war. Das Tier hatte den Sturz überlebt, und etwas Ähnliches war auch Marian passiert.

Einmal hatte er als Kind mit seiner Mutter und Schwester in Wuppertal weit entfernte Verwandte von August Kuglowski besucht, zwei Jahre nach ihrer Übersiedlung in die Bundesrepublik Deutschland. Sie hatten zu ihren Verwandten die Schwebebahn nehmen müssen. Unterwegs, nachdem sie etwa zwei Stationen zurückgelegt hatten, sagte Marian: »Mama, ich muss Pipi!« Aus Angst und Scham, in die Hose zu pinkeln, versuchte er, bei jeder neuen Haltestelle aus der Tür zu springen, was ihm auch schließlich gelang. Nach diesem Abenteuer entwickelte Marian eine Pinkeltechnik, mit der er in der Schule und auch später im Studium protzen konnte. Bei der Erwähnung des Namens »Wuppertal! Wuppertal!« urinierte er wie auf Kommando. Dieses Phänomen hatte ihn so fasziniert, dass er nach dem erfolgreich bestandenen Physikum beschloss, Urologe zu werden.

Marians Privatpraxis befand sich noch im Aufbaustadium, sodass er gezwungen war, eine ausländische Fachkraft einzustellen, die nicht anspruchsvoll war, was das Gehalt anging. Seine Wahl fiel auf die Ukrainerin Tatjana Mild, eine Ärztin aus Berdyansk, die ihn jedoch fast um den Verstand brachte. Schuld daran war vor allem die Kommunikation. Ihr Deutsch steckte noch in den Windeln. Außerdem stellte Tatjana Mild ihren jungen Chef auf weitere Geduldsproben. Bei den Hausvisiten ließ sie sich immer viel Zeit, und zwei Stunden waren da oft die Regel. Marian musste sie nicht selten richtig zusammenstauchen, was bei der Ukrainerin trotzdem meist auf taube Ohren stieß: »Tatjana! Zwanzig Minuten! Spritze! Rezept! Gute Besserung! Und ab zum nächsten Patienten! Du verstehen?!«

Elisa war da ein ganz anderes Kaliber, wie nun Antek von ihrem Bruder erfahren durfte. Die Schule für Fremdsprachenkorrespondenten in Hamburg, wo sie auch Lucie kennen gelernt hatte, musste Elisa abbrechen – angeblich wegen mangelnder Intelligenz, wie ihr eine Lehrerin nach der Zwischenprüfung mündlich bescheinigt hatte. Elisas Ärger war so groß, dass sie ihren IQ ermitteln ließ. Der Test ergab bei ihr, dass sie überdurchschnittlich intelligent war: Ihr IQ lag bei 155. Das war zwar noch kein Grund zum Stolz, aber das Testergebnis reichte Elisa vollkommen, um den Schulen und Universitäten, die ihrem Genie keinen Beifall zollen wollten, den Rücken zu kehren. Sie hatte sich ein neues Ziel gesetzt: Sie wollte steinreich werden. Sie bewarb sich in Hamburg bei einer exklusiven Agentur und jobbte ziemlich unregelmäßig als Begleitdame für wohlhabende Männer aus der High Society. Sie hoffte damit, einen Prinzen mit Diamanten und Villen an den sonnigsten Stränden Südeuropas zu finden. Aber sie hatte bis jetzt wenig Erfolg gehabt und musste sich damit begnügen, das Gehalt einer Sprechstundenhilfe zu kassieren, und das noch als Teilzeitkraft.

Wovon Antek lebte, wusste Marian immer noch nicht, obwohl Antek sich redlich bemüht hatte, Elisas Bruder seine berufliche Situation zu erklären: »Du bist Kartenabreißer?«, hatte Marian gestaunt. »Und Blumenlieferant? Und Zimmermaler? Im Polnischen sagt man zu solchen Kerlen – ein *Figo-Fago,* wenn ich mich recht entsinne: mal hier, mal dort, und nichts richtig! Eine Lebenshaltung – wie soll ich sagen? Vielleicht so: banal und merkantil!«

Zumindest hatten sie ihre Adressen und Telefonnummern ausgetauscht.

Antek zog sich an, fand in der Hosentasche den zerknüllten Zettel mit den bundesrepublikanischen Koordinaten von Marian und Elisa und steckte ihn ins Portemonnaie, wo er sicher aufgehoben war. Er sah noch einmal leise nach Beata, um sich zu vergewissern, dass sie schlief, nahm noch ein Badehandtuch aus ihrem Kleiderschrank und ging weg. Es war sehr früh, erst Viertel vor sieben, und Antek Haack nahm sich vor, eine Runde zu schwimmen, und zwar auf der anderen Seite des Blankiwerders, wo es keine Holzhütten und keine Menschen gab, nicht einmal Angler. Dort, im Osten, wuchsen Birken und Pappeln, dazwischen schilfartige Gräser, die einem in die nackten Fußsohlen schnitten. Außerdem war dort der Boden feucht und mit Steinen aller Größen übersät – von Riesen bis Liliputanern.

Die ganze Insel lag im tiefen Schlaf. In der Küche brannte Licht, Stefcia schlurfte in Hausschuhen und im Morgenmantel hin und her und räumte das Geschirr in die Schränke. Sie hatte Antek draußen nicht gesehen.

Er inspizierte den Pferdestall, wo er August Kuglowskis Spinnruten vermutete. Eine, die ganz passabel aussah, praktisch wie neu, war mit einem Blinker bestückt. Er nahm sie mit. In der Frühe lohnte es sich, eine Angel auszuwerfen und zu gucken, ob ein Fisch, ein Hecht oder ein Barsch, beißen würde.

Als Antek über eine Lichtung mit Lagerfeuerplatz von

hinten zur Badestelle kam, bemerkte er, wie unendlich ruhig der Himmel über dem Blankisee an diesem Morgen war. Der Horizont jenseits des anderen Ufers versteckte sich unter den Strahlen der aufgehenden Sonne, die ihm ins Gesicht schien. Der Himmel war wieder lasurfarben, als hätten ihn Regen und Sturm vom Vorabend gereinigt und ihm zu neuem, sommerlichem Glanz verholfen. Das neu geborene Blau überdachte die ganze Gegend und erfüllte Antek mit Frische, die er jetzt dringend brauchte – nach den Nachtgesprächen mit Beata. Nach der Schlaflosigkeit.

Er entledigte sich seiner Kleidung und schwamm nackt in den See hinaus. Gewöhnlich empfand er immer Furcht vor dem Blankisee, vor allem vor den Fischen, die in der Tiefe lebten. Aber manchmal kamen sie an die Wasseroberfläche. Und manchmal schwammen sie direkt unter seinem Bauch wie ferngesteuerte, unbemannte U-Boote.

Die Kälte brachte seinen Blutkreislauf schnell in Schwung. Er sah in den Himmel. Er sah hinüber zur Schwesterinsel, dem Krebs. Er hätte hinschwimmen können und sogar noch weiter; das kalte Wasser hatte ihm soviel Energie eingeflösst, dass er sich vor der Tiefe des Sees und vor einem Ertrunkenen nicht mehr ängstigte.

An Land, während er sich mit einem Badehandtuch mit der riesigen Aufschrift »Nivea« abtrocknete, wurde ihm plötzlich klar, welchen Fehler die Taucher bei der Suche nach August Kuglowskis Leiche gemacht hatten: Wahrscheinlich ist er mit seinem Benz gar nicht in einen der Moränengräben hinuntergerutscht, dachte er. Wahrscheinlich liegt sein Auto nur in drei, vier Meter Tiefe. Und bei gutem Wetter wie heute kann man vielleicht sogar mit bloßem Auge eine gelbe Oberfläche schimmern sehen – das Dach vom Mercedes von August Kuglowski.

Er rauchte Zigaretten, bis zu den Knien im Wasser stehend, warf einige Male die Spinnrute aus und rollte den Blinker zurück. Er fing nichts, doch er hatte seinen Drang nach Erholung und körperlichem Gleichgewicht befriedigt. Das Schädelbrummen war verflogen, der Kater vernichtet und die Traurigkeit darüber, dass er nach seiner Rückkehr nach Bartoszyce womöglich nie wieder in Beatas Armen liegen würde, betrübte ihn nicht mehr. Er dachte, dass spätestens mit seinem eigenen Tod Beata und ihre gemeinsame Liebe für ihn aufhören würden zu existieren. Und ab und an musste man sich damit, dass etwas zu Ende war, schon zu seinen Lebzeiten abfinden. Deswegen irgendetwas zu bereuen hieße, dass er jedes noch so kleine Erlebnis mit Beata würde durchstreichen müssen wie mit einem Bleistift, als hätte es nie stattgefunden, und das wäre erbärmlich – so dachte er.

Er hatte noch die Tauchtour mit Iwan und den Lübeckern vor, um August Kuglowskis Grabstätte zu lokalisieren – dort, in den seichteren Gewässern, in der Nähe der Schwesterinsel Krebs und des Binnenlandes.
»Ich weiß, wer du bist«, sagte Gerhard zu Antek nach dem Frühstück; sie trugen die Ruder und die Taucherausrüstung durch den Obstgarten zum Hafen.
»Marian hat mir einiges verraten«, sagte er. »Du bist der Kartenabreißer aus *Bartossiz*. Hättest du bloß gestern Nacht mit ihm nicht gezecht! Wir wollen also einen gewissen August Kuglowski ans Licht befördern – ich bin dabei, du Profitaucher! Du wirst das Tauchen bei mir schon lernen! Wilfried und ich haben auf Malta und in Alexandria ganz andere Dinge erlebt. Und wir betrachten dieses Abenteuer als Fingerübung!«
Antek wusste nicht, ob er sich bedanken oder heulen sollte. Er hatte sich lächerlich gemacht. Nur auf eines war er stolz: dass Gerhard und Wilfried zu ihm hielten und

mit ihm redeten, von Mann zu Mann. Da war plötzlich seine ganze Vorstellung über die Lübecker zerbrochen:

Diese Hobbytaucher! Warum sind sie bloß so uneigennützig und riskieren Kopf und Kragen, obwohl dabei nichts für sie rausspringt? Diese Fußballweltmeister und Phönizier, die aus der Auto- und Pharmaindustrie ein Heiligtum gemacht haben, weil ihnen das militärische Aufrüsten verboten wurde. Sie sind schwer zu durchschauen.

Antek behielt jedoch alle Gedanken vor Gerhard für sich, auch als ihm einfiel, was er kurz vor Morgengrauen im Schlafzimmer von Beata geträumt hatte. Es war einer dieser Alpdrücke aus dem Himmelreich des Bösen und Unbekannten. Schwarze Schwäne hatten ihn aufgesucht; mit gelben Schnäbeln. Er träumte schon seit Jahren davon, dass er in Berlin Zoo auf einen Zug warten würde, der ihn über Breslau (Wrocław) nach Krakau bringen sollte. Bis jetzt hatte er diesen Zug immer verpasst. Aus ganz einfachen Gründen. Immer musste er sich eine Limonade kaufen, weil er Durst hatte, oder mit der Visakarte aus einem Bankautomaten Geld ziehen oder sich vergewissern, dass die Abfahrtzeiten seines Zuges nach Krakau wirklich korrekt waren. Er verwickelte sich dann in endlose Gespräche mit Schaffnern und weiblichen, uniformierten Bediensteten der Deutschen Bahn. Aber heute Morgen, im völligen Blaudunst der Träume, als die Sonne anfing, den Blankiwerder und das Land der Ermländer und der Masuren zu erleuchten, hatte er diesen unerreichbaren Zug nach Krakau endlich erwischt und sogar eine Platzreservierung vorweisen können. Die schwarzen Schwäne flogen davon, das Ziel – Krakau – war vollkommen unwichtig. In diesem Traum zählte nur, dass er endlich in den Zug gestiegen war.

Gerhard baute sich auf dem Steg auf, blies seinen dicken Bauch auf und gab dann Kommandos. Er war der Kapitän. Wilfried und die Kinder von August Kuglowski gehorchten ihm. Sie setzten sich in eines der leeren Ruderboote, etwas unbeholfen zwar, sodass ihr Boot ins Schaukeln geriet und sie sich ein paar Wasserspritzer einfingen, aber unter dem Gewicht ihrer Körper kam es schließlich zur Ruhe.

Elisa sagte auf Polnisch: »Irgendwie wird's mir ganz schön mulmig bei dem Gedanken, dass wir vielleicht gleich unseren Alten zu Gesicht bekommen. Und ich hasse Ertrunkene! Ich hab als Kind so viele am Badestrand der Möbelfabrik gesehen, dass es mir für den Rest meines Lebens gereicht hat!«

»Jetzt gibt's kein Zurück mehr«, sagte ihr Bruder. »Wir müssen beweisen, dass er nicht umgebracht wurde ...«, scherzte er.

Antek, der ihnen zugehört hatte, sagte ernst: »Was ihr der Beata zutraut, ist ungeheuerlich ...«

»Interessant«, sagte Elisa, »ist, warum du dich so sehr dafür einsetzt, dass unseres Vaters Leiche gefunden wird. Ist das diese alte Rechnung, die du begleichen willst?«

Antek legte die Ruder auf dem Steg ab.

»Ich will, dass euer Vater ein anständiges Begräbnis kriegt. Das ist alles. Ich kannte ihn ja. Er war zu mir immer sehr nett, als wir klein waren. Und was er Beata angetan hat, geht mich nichts an.«

Im Prinzip stimmte, was er Elisa geantwortet hatte. Er wollte Augusts Augen sehen, wollte wissen, ob sie geschlossen oder weit aufgerissen waren. Und er wollte, dass er in einem Sarg in ein Grab herabgelassen würde und ein Priester ein Gebet spräche, damit im Blankisee kein Dämon Menschen erschrecken oder gar töten könnte.

»Er soll ein Begräbnis bekommen. Auf dem Friedhof«, wiederholte er.

August Kuglowskis Kinder wurden still wie bei einer Gedenkminute.

»Wir haben unseren Vater das letzte Mal vor mehr als zwanzig Jahren gesehen!«, sagte Elisa.

»Ich verstehe«, sagte Antek.

Kimmo und Iwan mussten mit einem alten Holzboot, das langsam war und selbst mit einem Außenbordmotor nicht weit gekommen wäre, vorlieb nehmen. Da war wieder einer gefragt, der sich mit dem Rudern gut auskannte, wie Antek.

Die drei fuhren los und sahen Beata mit Agatka und Stefcia den Abhang des Obstgartens in den Hafen hinunterkommen und das Mädchen ihnen freundlich zuwinken.

Das Rudern bereitete Gerhard und Wilfried keine Probleme, sie hatten ein schnelles Boot aus Kunstharz, das leicht und schmal war. Antek strengte sich zwar an, streckte seine Beine aus, tauchte die Ruder schwungvoll ein und lehnte sich dabei mit seinem ganzen Oberkörper auf der Bank weit nach hinten, aber bereits nach hundert Metern ging ihm die Puste aus, das Holzboot bewegte sich im Wasser wie eine Fliege im Honig. Es war aus Eichenbrettern zusammengeleimt worden. Sein mit Teer beschichteter Boden war flach und hatte keinen Kiel.

Antek beobachtete das Panorama mit dem Hafen des Blankiwerders. Beata stand immer noch auf dem Steg und hielt schützend ihre Hand über die Augen. Die Sonne war in den Hafen eingewandert. Agatka schaukelte im Obstgarten zwischen zwei Birnbäumen. Die Schaukel hatte ihr Vater aus Leitungsrohren zusammengeschweißt und bunt angestrichen, gelb und rot. Stefcia gönnte sich eine kleine Pause und spielte mit dem Straßenköter von Iwan.

Die Fahrt zur Schwesterinsel Krebs dauerte etwa eine halbe Stunde. Iwan hatte Antek mit ermutigenden

Rufen angefeuert: »Und los! Eins, zwei, drei! *Panie Hak!* Schneller!«

Antek hatte Gerhard an Land erklärt, in welchem Bereich ungefähr er die Anker auswerfen müsse. Das Boot der Lübecker stand still, als Antek, Iwan und Kimmo zu ihnen stießen. Es war die Stelle, an die Antek heute Morgen gedacht hatte: auf der Höhe des Blankiwerders, weiter westlich, zum Ufer hin, wo sich der Badestrand der Möbelfabrik erstreckte. Hier war das Wasser grün, und die Algen, die wie Brennnesseln aussahen, wucherten überall, und wenn man hier im Hochsommer baden ging, konnte man sie mit den Füßen erspüren.

»Ah! Das wird nicht so einfach«, sagte Gerhard, nachdem Kimmo zwei Anker in die Tiefe hinabgelassen hatte; ihre beiden Boote lagen Heck an Heck und bildeten eine Plattform.

Die Seeoberfläche war glatt wie eine Folie, die Inseln fingen die Wellen aus dem Südosten auf, wo die Moränengräben waren und wo man vermutlich August Kuglowski gesucht hatte.

»Die Scheißalgen«, sagte Gerhard. »Die sind lebensgefährlich. Du musst höllisch aufpassen, dass du dich nicht verfängst und stecken bleibst wie ein Fisch im Netz. Antek, und sei sparsam mit jedem Atemzug. Lass die Luft langsam raus ... Nicht hetzen! Nicht hecheln.«

Gerhard zog sich um. Sein Bauch verschwand im Taucheranzug, als hätte man ihm das Fett abgesaugt.

Wilfried, der etwa so groß war wie Antek, reichte ihm seine Ausrüstung, die Flossen, zwei Sauerstoffflaschen, den Atemregler mit den Schläuchen und Ventilen, den Gürtel, die Taucherbrille, den Gummianzug und ein Messer. Antek konnte jetzt keinen Rückzieher machen, obwohl ihm danach war.

Gerhard sprang ins Wasser und tauchte unter. Antek

paddelte zunächst in der Nähe der Boote, atmete asthmatisch durch die Schläuche und kämpfte gegen das Gewicht auf dem Rücken an, das ihn in die Tiefe reißen wollte. Seine Taucherbrille hatte Wasser gefangen. Er spülte sie, setzte sie wieder auf und geriet ein bisschen in Panik. Dann kam Gerhard wieder nach oben. Die Kinder von August Kuglowski, Iwan und Kimmo riefen ihnen voller Begeisterung etwas zu, aber Antek war wie taub. Was ihn am meisten störte, war diese Gummihaut, die so eng an seinem Körper anlag, dass er meinte, gleich zu ersticken.

Gerhard hielt einen Suchscheinwerfer in der linken Hand, mit der anderen machte er in der Luft irgendwelche Zeichen, die Antek wohl beruhigen sollten. Dann schloss er den Daumen und den Zeigefinger zu einem »O« zusammen und tauchte wieder unter. Das war der Befehl. Antek musste ihm folgen. Er tauchte in die grüne Tiefe und schwamm hinter dem Licht des Suchscheinwerfers her.

Sie erreichten die Algenfelder, die den Boden bedeckten. Die Algen waren nicht groß gewachsen, ihre volle Pracht würden sie erst im August entfalten. Antek spürte das erste Mal in seinem Leben, wie seine beiden Lungenflügel arbeiteten. Er konnte seine eigenen Herzschläge und das Wallen des Blutes in seinen Adern hören. Aber er wurde endlich seine Angst vor der Tiefe des Blankisees los und koordinierte jede Bewegung seiner Beine – sanfte, langsame Schläge mit den Flossen führten ihn zum Boden. Über ihm schwebte Gerhard wie eine Schildkröte und leuchtete Antek den Weg. Er hatte erwartet, dass es hier unten stockfinster sein würde. Dass sie Fischen, Welsen mit Überlänge, begegnen würden, doch nirgendwo war ein Lebewesen zu sehen. Die Sonne schlug sich brechend durch die Wassermassen und gelangte fast bis zu den Algen. Unheimlich war der ungeheure Druck, der seinen Ohren Schmerzen bereitete. Er meinte, das Wasser hören zu können: das tonnenschwere Wasser. So sprach also der Blankisee, dachte er eine Sekunde lang, wie ein Besoffener im Delirium tremens. Wie die Faust eines Schwergewichtsboxers. Wie der Neumond.

Gerhard zeigte mit dem Suchscheinwerfer nach rechts, und Antek deutete dies als Aufforderung, ihren Unterwasserspaziergang fortzusetzen.

Er hatte jetzt vollkommen die Orientierung verloren. Er drehte sich um hundertachtzig Grad und erfasste mit wenigen Blicken, wie riesig der See war, der in einer Richtung, die er als den Osten mit den Moränengräben identifizierte, in der Dunkelheit verschwand. Außerdem sagte ihm seine Nase, dass sie auf der richtigen Spur waren und den zurückgelegten Weg einfach nur verlängern müssten, zum Algenmeer und zu den Steinen, die riesige Inseln bildeten.

Sie schwammen zu den Steinen und noch weiter, dann tauchten sie kurz auf und stellten fest, dass sie sich etwa dreißig Meter von ihren Booten entfernt hatten. Und sie waren unter Wasser in Richtung des Badestrandes der Möbelfabrik geschwommen. Sie tauchten wieder unter, der See war hier nur etwa fünf, sechs Meter tief. Sie legten eine lange Strecke zurück und sahen hintern Algenmeer in der Ferne den Mercedes von August Kuglowski, wie es sich Antek gedacht hatte. Sie näherten sich dem Wrack und erkannten, dass die Fahrertür ausgerissen worden war und auf dem Boden lag. Ein Paar Schuhe – Winterstiefel – fanden sie im Innenraum des Mercedes, auf dem Fahrersitz, als hätte sie jemand gerade ausgezogen. Das Leder war pechschwarz geworden.

August Kuglowski war nicht da.

Sie kehrten wieder zu ihren Booten zurück. Die Winterstiefel und einen der Blinkerhebel hatten sie mitgenommen, um beweisen zu können, das sie das Autowrack gefunden hatten.

Elisa bebte am ganzen Körper. Ihr Vater schien verschollen. Als hätte ihn jemand entführt, aus welchen Gründen auch immer.

»Schwesterchen ...«, sagte Marian.

»Wir müssen nach einer Erklärung für sein Verschwinden suchen und sogar die schlimmsten Szenarien in Betracht ziehen, zum Beispiel, dass er tatsächlich ermordet wurde«, antwortete Elisa und stellte eine kühne These auf: Ihr Vater wäre vom Staatssicherheitsdienst aus dem Blankisee geborgen worden, seine Leiche anschließend im Krematorium verbrannt und die Asche in alle Winde verstreut worden, damit niemand zu seinem Grabmal pilgern und sagen könnte: »Schaut! Hier liegt August Kuglowski! Der Mann, der staatenlos war und seine Insel tapfer gegen den Feind verteidigt hat!«

Marian sagte: »Antek, sie hatte, glaub ich, einen ganz guten Riecher, als sie vom Staatssicherheitsdienst sprach. Und du kannst dir jede Menge Ärger ersparen, wenn du aufhörst, in fremden Angelegenheiten herumzuschnüffeln!«

Elisa ging zu Beata, um sie über den Ausgang der Tauchmission zu unterrichten.

Die Männer entluden unterdessen die Boote und bereiteten auf dem Steg die Taucherausrüstung für einen neuen Einsatz vor, voller Sorgfalt. Dabei lobten die Lübecker Antek Haack für seinen Mut.

Gerhard sagte: »Nicht schlecht, mein Lieber! Bis ich das erste Mal tauchen durfte – mit einem Lehrer allerdings –, waren viele Wochen verstrichen. Erst die Übungen im Trockenen, dann dieser dämliche Schwimmkurs mit Flossen! Junge, Junge! Für jeden Scheiß brauchst du in Deutschland ein Papier, ob du nun angeln oder segeln willst. Die lassen dich nicht aus der Tür, bevor sie nicht Brief und Siegel haben, dass du gesund und zurechnungsfähig bist! Und du hast Talent, Antek. Solltest was draus machen!«

Marian säuberte mit einem Flanelllappen die Taucheranzüge und die Sauerstoffflaschen. Er hatte nichts zu sagen – allerdings merkte man ihm an, dass ihn der trübe Wirbel um seinen Vater ein wenig zermürbte.

Und Antek bedachte die wohlwollenden Worte der Lübecker mit einem Lächeln. Er erkannte, dass sie ihn mochten, aber etwas störte ihn. Vielleicht ihr besserwisserischer Ton, dass sie mit ihm redeten wie mit einem Schüler? Sie sind so, sie können einfach nicht anders, als bei jeder Gelegenheit ihre Überlegenheit zu präsentieren, obgleich ihre Ratschläge oft von Herzen kommen. Ihre Fotoapparate, Angeln und Autos und Jogginganzüge sind immer vom Besten. Ihre Flugzeuge dürfen nicht abstürzen, ihre Züge nicht entgleisen ...

Er hatte als Kind am Blankisee die Touristen aus dem Westen gerne mit ihrer Campingausrüstung hantieren sehen: mit ihren Spirituskochern und Ferngläsern und Badmintonschlägern und Radioantennen – alles ähnelte ein bisschen dem Verhalten der Lübecker. Aber vielleicht lebten sie genau deswegen im Wohlstand und spielten guten Fußball und produzierten Dinge, die der Bequemlichkeit dienten – aus Liebe zur künstlichen Materie.

Antek vermisste Beata und Elisa, und als er sie nicht entdecken konnte, sagte er dem Straßenköter von Iwan guten Tag. Als er Antek sah, freute sich der Hund. Er hatte zwischen den Obstbäumen sein Reich errichtet. Zusammen mit den Schmetterlingen und Bienen und Staren, die sich in jeder Morgendämmerung auf die Kirschjagd machten. Antek hockte sich im Schneidersitz neben das Tier.

»Na, du blöde Töle! Du bist gar nicht so blöd, nicht wahr?«, sagte er. »Dir geht bloß am Arsch vorbei, was wir Menschen hier auf der Erde treiben. Und das ist auch gut so.«

Der Köter glotzte ihn mit seinen traurigen Augen an. Seine Zunge hing ihm halb aus dem Maul, sein Schwanz wippte freudig.

Die Lübecker unterhielten sich mit Marian und trugen die Taucherausrüstung in ihr Apartment.

27

AM NÄCHSTEN MORGEN, im Speisesaal, wo er sich einen Kaffee eingoss, überfiel ihn Stefcia mit einer schlechten Nachricht von seiner Mutter, die angerufen hatte: Sein Vater sei in der Nacht nach einem plötzlichen Schwächeanfall in das Johanniter-Krankenhaus eingeliefert worden und die Ärzte hätten Bartek Haack diagnostiziert, dass er womöglich einen Schlaganfall erlitten habe. Es ginge ihm zumindest seit heute Morgen wieder etwas besser – aber den Umständen entsprechend.

Anteks Mutter hatte um Rückruf gebeten, was er als eine Einladung deutete, seinen Wochenendaufenthalt auf dem Blankiwerder vorzeitig abzubrechen. Jetzt schien ihm alles klar. Er würde von Beata Abschied nehmen, nach Bartoszyce fahren und seinen Vater im Krankenhaus besuchen. Das Pflegepersonal war schlecht ausgebildet und kümmerte sich um einen Patienten nur dann – sachgerecht vor allen Dingen –, wenn es in einem fort mit kleinen Aufmerksamkeiten wie duftender Seife, Kaffee oder Pralinen bedacht wurde. Und niemand könnte seinen Vater so gut rasieren wie er, was Antek mit Fünfzehn schon einmal getan hatte, als Bartek Haack das rechte Bein abgenommen wurde.

»Stefcia, ich danke dir«, sagte er. »Ich werde in einer Stunde aufbrechen, zurück nach Bartoszyce.«

Antek weckte Beata, putzte mit Agatka die Zähne und ließ sie duschen. Er zog sie an, kam mit ihr in den Speisesaal herunter und schmierte ihr ein Brötchen mit Himbeermarmelade.

Um neun, pünktlich wie zum Appell, überfiel die restliche Bande die Frühstückstische: Kimmo und Iwan, die Lübecker und Elisa und Marian.

Beata hatte sich etwas verspätet und hätte sich dafür bei ihren Gästen am liebsten entschuldigt, aber sie sagte nur, dass sie heute viel zu tun hätte, und verkroch sich in die Küche und aß dort zusammen mit Stefcia. Ihre Ausrede galt mehr oder weniger Antek, der aber klaren Kopfes war und von ihr keine Entschuldigung erwartete, zumal so etwas nicht Beatas Art war. Er musste gehen. Jetzt gleich oder morgen – es war egal, wann. Aber er musste es tun.

Er informierte Beata, dass sein Vater im Krankenhaus lag, und bat sie darum, vom Telefonapparat im Speisesaal bei Inga anrufen zu dürfen.

»Natürlich«, sagte sie. »So was musst du nicht fragen. Ruf deine Mutter an!«

Er bemühte sich, das Telefonat schnell hinter sich zu bringen. Inga war erfreut, als sie Anteks Stimme hörte, und gleichzeitig sehr besorgt. Der Vater hätte sich seine Gesundheit ruiniert: durch seine zwei Päckchen Zigaretten täglich, das fette Essen, die Nerven, die Klebstoffe und die Farben aus seiner Möbelfabrik, durch all die Chemie, die er zig Jahre eingeatmet habe, und durch den

Wodka! Sein Herz sei schon schwächer geworden, nachdem man ihm das Bein amputiert hatte. Dann erzählte sie ihm, dass sie drei Nächte hintereinander vom Fleisch geträumt hätte, von rohem, blutigem Rindfleisch, und das sei überhaupt das schlechteste Omen. Da werde jemand schwer krank oder gar sterben.

Antek versprach Inga, sich so schnell wie möglich in Blanki aus dem Staub zu machen.

Der alte Haack kämpfte jetzt wahrscheinlich um sein Leben, und sein Sohn ruderte auf dem Blankisee, sonnte sich und bildete sich ein, dass er Beata und den beiden Geschwistern aus Hamburg etwas Gutes getan hätte: Stattdessen wussten sie jetzt nur, dass sie ihren Vater nie begraben und dass sie nie von ihm würden Abschied nehmen können.

Beata hat mir heute Nacht gesagt, dass der Blankisee wie ein Mensch ist. Dass er fühlt und spricht und denkt. Wer seine Sprache nicht versteht, hat Beata gesagt, wer ihn nicht liebt, dem kann es passieren, dass er von diesem See herausgefordert wird wie August Kuglowski, der schließlich sterben musste. Der Blankisee muss geliebt werden, hat Beata gesagt. Und sie hatte noch die Worte ihres Mannes wiederholt: »Beata, ich habe eine Frau, du bist meine Frau, ich gebe dir zu essen und kleide dich an, aber unsere Liebe ist nicht mehr das, was sie einmal gewesen ist: gut und rein und wahrhaftig. Du ekelst dich vor mir. Das ist nicht gut, Beata, das wird den Blankisee gegen uns beide aufbringen, und er wird sich an uns rächen. Er wird uns bestrafen, erst mich, dann dich. Er kann nicht akzeptieren, dass zwei Eheleute für einander nichts mehr empfinden. Er duldet auch keinen Hass, und jeder Mensch, der hierher kommt und mit Hass erfüllt ist, wird bestraft. Früher oder später. Er muss nicht unbedingt ertrinken. Es kann sein, dass er eines Morgens aufsteht und aus dem Haus geht, wie jeden Tag, um seine Pflicht zu tun, doch sein Leben ist bereits Vergangenheit und Staub geworden. Er wird nach diesem Morgen nicht mehr nach Hause zurückkehren. Der Blankisee wird seinen Hass umbringen. Sein Herz auslöschen.«

Das alles hatte August Kuglowski seiner Frau gesagt, und Beata hatte sich daran erinnert, weil sie plötzlich von großer Angst ergriffen wurde: »Wenn du mich verlässt, Antek«, hatte sie im Fieber gesagt, »und wenn wir uns nicht mehr lieben werden, wird der Blankisee mich bestrafen, wie mein Mann prophezeit hat.«

Antek war sich sicher, dass er die Sprache des Sees nicht verstand. Leute, die hier lebten, hatten ihre eigene Sprache, die unübersetzbar war. Wer sie erlernen wollte, musste im Dorf Blanki oder auf der Insel einen Mietvertrag unterschreiben, der ihn auf ewig an den See binden würde. Woanders, in Deutschland und Frankreich und in Coney Island, selbst in Bartoszyce – überall konnte man wie ein Spaziergänger flanieren. Es gab keine Macht, die einen stoppen würde. Aber hier war das anders. Und er begriff jetzt, dass er zu feige war. Er müsste dann nicht nur Beata lieben, damit der See zufrieden war, nein, er müsste ein weit größeres Opfer bringen. Wie August Kuglowski. Käme es einmal zu solch einer Prüfung, müsste er bereit sein, für den Blankiwerder, für den Moränensee und für die Leute aus dem Dorf zu sterben.

Er dachte an seinen Vater. Er betete im Stillen zu der heiligen Maria, was er sonst nie tat, damit sie seinen Vater am Leben ließ. Nicht etwa nur weil er dem alten Bartek Haack noch lange, glückliche Jahre in Bartoszyce wünschte. So oder so war sein Vater bald an der Reihe. Die Mutter hatte es in ihrer Litanei am Telefon auf den Punkt gebracht: Der Körper Bartek Haacks war kaputt, besiegt. Aber es war gar nicht so einfach, in Bartoszyce einen Sarg anfertigen zu lassen. Das war wirklich nicht einfach. Genauer, es gab keine Särge. Keine Bretter und Nägel und Lacke und keine Kissen und Tücher mit weißer Spitze. Und er würde seinen Vater niemals in einem schwarzen Plastiksack, mit dem die Leichen der GIs in ihre Heimat geflogen werden, dem Friedhof in Bartoszyce übergeben. Niemals.

Als sein Cousin Karol noch als Sargträger arbeitete, hatte er Antek oft erzählt, dass die Angehörigen des Verstorbenen viele Tage damit beschäftigt waren, einen vernünftigen Sarg zu organisieren. Selbst wenn sie Geld hatten. Sie fuhren mit dem Verstorbenen im Taxi oder im Leichenwagen durch die ganze Stadt und suchten vergeblich nach einer guten Firma. Sein Vater durfte noch nicht sterben, denn Antek wollte sich den Ärger und das Grinsen der Tischler ersparen.

In Blanki gab es einen kleinen Friedhof mit deutschen, polnischen und russischen Gräbern von Zivilisten und Soldaten. Fabriken wurden hier keine gebaut und Mietskasernen für die Arbeiter. Nur der Wald von Blanki musste gebändigt werden, damit er nicht über seine Grenzen hinauswuchs. Er wurde regelmäßig abgeholzt. Der Förster Tapla, ein Freund von Dernicki und August Kuglowski, war nicht nur ein gewissenhafter Staatsdiener. Er hätte es niemals zugelassen, dass der Friedhof von Blanki seinem Wald zum Opfer fiel.

Ob das Kino Muza vielleicht auch ein intelligentes Wesen war wie der Blankisee und sprechen konnte, fragte Antek sich. Und er bereitete sich im Geiste schon darauf vor, es nach seiner Rückkehr nach Bartoszyce auf irgendwelches Geflüster abzuhorchen. Er hatte studiert und glaubte an die Wissenschaft, auch wenn er sein Ökonomiestudium in Toruń nicht hatte abschließen dürfen. Er war ein Mann der Wissenschaft, der sich mit Fakten und ergründeten Erkenntnissen befasste, und sein Verlangen, mit dem Kino Muza zu sprechen, und zwar von Angesicht zu Angesicht, erstaunte ihn. Vielleicht hatte ihn der Blankisee mit seiner Sprache angesteckt.

Kimmo und Iwan legten sich in die Sonne – Kimmo mit zwei dicken Wälzern von Tolkien. Die Pfefferminzwiese im Hafen war noch feucht vom gestrigen Regen, und ihre Handtücher hielten keine fünf Minuten.

Sie zogen an den Holztisch im Obstgarten um, wo Kimmo den Versuch unternahm, Iwan in seine heilige Lektüre einzuweihen.

Antek streichelte den herrenlosen Hund und amüsierte sich über Kimmo, der dozierte: »Zwei Bücher gut für dich, Iwan, du musst lesen sie: ›Koran‹ und ›Herr der Ringe‹. Wir alle kleine Hobbits sind wie Mohammed. Wir müssen ziehen los. In Dschungel und Wüste und suchen. Und was? Keine Macht! Sondern Gott! Wir heute Computer wollen meistern – und suchen Gott in sie. Allmächtiger ist modern immer. Für Hobbits. Er will uns tun nicht weh. Er sieht: Heute hat Hobbit Computer. Er kann lernen neues Sprache und sagen: Gut, ich steige in Computer, und auf Bildschirm du anschaust Allmächtiger.«

Iwan nickte und unterbrach Kimmos Predigt. Seine Glatze lief dabei rot an. Der Junge multiplizierte Zahlen wie ein militärischer Großrechner aus den USA oder Japan, aber Kimmo hatte ihn mit seiner Rede in Verlegenheit gebracht.

Er richtete schließlich seine Igelstacheln auf und sagte in gebrochenem Polnisch wie der Finne: »Ja, gut! Und was kann geschehen, wenn Gott dann ist böse und explodiert und offenbart: Ich steige in Computer und schimpfe mit anderen – wir können töten dich, wenn hast du anderes Glauben oder Aussehen?!«

Antek hätte sich an ihrer Diskussion gern beteiligt, doch er musste sich um seinen Vater kümmern. Die Stadt Bartoszyce war gefräßiger als jeder masurische Wald und jede siegreiche Panzerdivision. Diese Stadt, das Rosental, hatte dem Blankisee etwas voraus, und es war ein äußerst feiner Vorsprung, der jedoch im Resultat ausschlaggebend war: Sie wehrte sich nicht, und deshalb, weil sie sich nicht wehrte, verfügte sie über eine undefinierbare Stärke. Sie ließ ihre Bewohner nicht zappeln. Sie ignorierte sie und betrachtete sie als Waisenkinder. Und dieses gefühllose Gebaren seiner Geburtsstadt machte Antek rasend. Vielleicht war ihre mütterliche Kälte auch der Grund, warum er nicht auswandern wollte.

Und nun hatte sich seine Stadt den Vater vorgenommen, um ihn zu entsorgen wie Müll. Den Ostpreußen, den doppelzüngigen Osteuropäer aus Bartoszyce-Bartenstein. Und diesem Angriff wollte Antek ein wenig entgegenwirken.

Er überprüfte den Öl- und Wasserstand des DS. Dann ging er ins Schlafzimmer von Beata, um seine Sachen zu packen. Zahnbürste, Duschgel aus Ingas Paketen aus Paderborn; Unterhosen, Socken und seine Lektüre, die Sportzeitungen und die deutschsprachigen Himmelsjahrbücher.

Er las gerne Berichte über Fußballstars und kaufte sich am Kiosk neben den Periodika über Astronomie Sportzeitungen und -illustrierte. Bei Lucie in Bremen war es immer seine Lieblingsbeschäftigung gewesen, mit der Straßenbahn zum Bahnhof zu fahren und am Kiosk den »Kicker« zu erwerben. Im Grunde genommen machte er sich nicht viel aus Fußball, aber es entspannte ihn, bei Lucie im Wohnzimmer auf dem Sofa zu faulenzen und den »Kicker« zu lesen.

Lucie hatte ihn auch mit ihrer Abendlektüre versorgt

und ihm Romane aufgedrückt, die sie vergötterte. Eines ihrer Bücher hatte ihm besonders gefallen. Es handelte sich um eine Übersetzung aus dem Französischen. Nichts über den Spagat zwischen Diesseits und Jenseits der menschlichen Existenz wie bei Camus – schade. Aber dieser Roman, der so sehr an Tom Waits und seine Balladen erinnerte, erzählte von einem verliebten Typen, der Anfang dreißig war und an der Côte d'Azur Holzhütten anstreichen musste (vielleicht waren es aber auch die breiten Strände des Atlantiks gewesen!), um seinen Lebensunterhalt zu verdienen. Seine Freundin war eine Nymphomanin und steckte eines Morgens nach einem Orgasmus ihre eigene Holzhütte, das Domizil des Malers, in Brand. Die beiden Verliebten mussten fliehen, Hals über Kopf, um dem Zorn und der Strafe ihres Chefs zu entwischen. Und diese Szene fiel Antek ein, als er, die gepackte Tasche in der Hand, im Flur des Erdgeschosses mit Beata zusammenstieß: Die ganze Côte d'Azur stand in Flammen.

Beata wechselte in den Gästeapartments die Bettwäsche und die Handtücher. Die junge Familie aus Katowice mit den beiden Kindern war heute Morgen weggefahren.

»Du gehst ...«, sagte sie.

»Ich befolge nur unsere Abmachung«, sagte Antek. »Was dagegen?«

Er wollte nicht länger in der heißen Suppe herumrühren und Beata mit Sticheleien bedrängen.

Antek steckte sich eine Zigarette an. Seine Tasche klemmte er sich zwischen die Beine wie ein Schmuggler.

Beata sagte: »*Eliza* möchte uns beide nach Hamburg einladen. Das ist sehr nett, aber ich kann meine Insel nicht verlassen. Besonders im Winter, wenn Diebe, Hungerleider und Wilderer durchs Land ziehen.«

Sie langte mit der Hand in die Bauchtasche ihrer Känguruschürze. Ein Briefumschlag mit Geldscheinen kam zum Vorschein.

»Hier sind siebentausend Mark«, sagte sie. »Dein Anteil.«

»Wovon?«, fragte er; seine Augenbrauen und seine blutleere Stirn zogen sich zusammen.

»Vom Verkauf der Ziegelei – es ist genau ein Drittel. Und außerdem die Summe, die man dir gestohlen hat – Augusts Anteil werde ich für Agatka sparen.«

»Dieses Geld kann ich nicht annehmen«, sagte er.

»Doch! Beleidige mich nicht!«, sagte sie. »Mehr kann ich für dich nicht tun.«

Beatas Blick duldete keinen Widerspruch.

Er verstaute den Umschlag in seiner Tasche und sagte: »Ich komme wieder. So einfach wirst du mich nicht los. Ich bin ein Langstreckenläufer.«

Sie gingen auseinander, Antek Haack auf wackeligen Beinen, Beata Kuglowska zurück zu ihrer Arbeit. Sie hatte sich nicht einmal umgedreht, er ja.

Sie ist wie ich, in dieser Frau schlägt mein Herz, fließt mein starrköpfiges Blut; sie ist unbestechlich und stolz – nie erlaubt sie sich eine Pause.

Er eilte zu Kimmo und Iwan. Er sagte ihnen, was zu tun sei und dass er beabsichtige abzuhauen.

»Mein Vater ist krank geworden«, sagte Antek.

»Du bist der Chef«, sagte Iwan. »Wir machen kleines Urlaub hier«, sagte er vergnügt. »Wir laufen heute Abend zur Bushaltestelle, und dann ist das Kapitel Blankiwerder auch erledigt!«

»Da sprichst du mir aus der Seele«, sagte Antek sarkastisch und bereute im selben Augenblick seine Worte.

»Warum?«, fragte Kimmo. »Beata dich nicht mehr liebt?«

Iwans Gesicht wurde griesgrämig: »Antek, Chef! Weißt du eigentlich, was du da tust?«

Seltsamerweise ähnelte Iwan mit seiner kantigen Glatze den aus Stein gehauenen Figuren, die in Bartoszyce an einer Kreuzung aufgestellt worden waren. Sie hießen Bartel und Gustabalde. Gustabalde war angeblich eine Herzogin gewesen. Die Figuren waren mindestens so alt wie die Stadt – fast acht Jahrhunderte. Es hieß, dass sie zwei archetypische Liebhaber darstellten, aus einem der pruzzischen Stämme, Barten genannt; in Anteks erster Muttersprache: *Bartki*. Eine Legende besagte, das Liebespaar sei in Steine verwandelt worden, weil es ein Verbrechen begangen habe. Vermutlich hat es sich um einen sozialen Konflikt gehandelt, spekulierte Antek: Heute haben solche Legenden keinen Zauber mehr. Eine Herzogin fängt mit ihrem Personal ein Verhältnis an und verliebt sich in den Stallknecht. Es sind Schnulzen, die im zwanzigsten Jahrhundert bestenfalls Stoff für einen Porno abgeben, und im dritten Jahrtausend nach Christus werden selbst die Pornos Legende sein, lieber Iwan.

28

Kino Muza war stumm.

Die Bekanntschaft mit Gerhard und Wilfried war für Antek ein gutes Zeichen gewesen, von dem er noch nicht genau wusste, worauf es hindeutete: »Solltest du dich mal in unserer lieben BRD aufhalten, meld dich«, hatte Gerhard auf Blankiwerder gesagt, als sich Antek für die Fahrt nach Bartoszyce fertig machte, die Kassette mit der siebenundachtziger LP »Bôte Noire« von Bryan Ferry einlegte und von Marian und Elisa ein »Tschüs-man-sieht-sich!« zugeworfen bekam. Die Kärtchen mit den Adressen und Telefonnummern der Lübecker steckten unter der Sonnenblende.

Auf solche Einladungen war Antek Haack nicht angewiesen – er hätte schließlich jederzeit die Papiere seiner Eltern aus dem Dritten Reich aus den Schubladen und Schuhkartons kramen können, mit denen er schwarz auf weiß nachweisen konnte, dass er deutscher Abstammung war und folglich Anspruch auf den bundesrepublikanischen Pass hätte, aber er freute sich trotzdem.

Man weiß ja nie, wozu solche Kontakte wie mit den zwei Lübeckern gut sind, dachte er; obwohl sich meistens ja doch niemand meldet, weder der Einladende noch der Gast; unsere Beziehungen basieren auf Versprechen, die nicht eingehalten werden.

Seine Freiheit definierte sich im Ostblock nicht durchs Geld. Sie war unbezahlbar und unbegrenzt, denn sie war ideologischer Natur. Ein totalitäres Regime gab jedem die Möglichkeit, die Rolle des Dissidenten zu spielen, und er musste dafür nicht einmal der Gewerkschaft Solidarność beitreten. Sein Parteibuch hatte Antek vor Teresas Augen mit einer Schere zerschnitten, wie eine Kreditkarte, als sie ihm am 13. Dezember 1981 mitteilte, dass das Kino Muza wegen des Kriegsrechts bis zum 10. Januar geschlossen werden müsste.

Im Westen würden ihn die Ämter – selbst wenn er nur ein Asylant wäre – zur Steuerkuh degradieren. Die Beamten würden sich für das Individuum Antek Haack nur deswegen interessieren, weil es die Vorhaben der Regierung finanzieren könnte. Beata, August Kuglowski, die Russin aus Bagrationowsk und vielleicht selbst Brzeziński, der Schatten aus Mordor, würden dabei auf der Strecke bleiben – Anteks Vergangenheit.

Er wusch und rasierte jeden Morgen seinen Vater, lieferte Rosen und Tulpen aus und riss im Kino Muza Eintrittskarten ab.

Sein Vater lag zwar noch nicht im Sterben – er konnte sprechen und seine Hände und Arme bewegen – aber er war dem Tod nahe. Sein rechtes Bein, das sonst vor Gesundheit strotzte, war gelähmt, und das künstliche aus Prag lag unter seinem Krankenhausbett neben dem *nocnik*, dem Schieber, und gab kein Lebenszeichen mehr von sich.

»Mein Junge!«, sagte der Vater, wenn sich Antek jeden Morgen zwischen acht und neun mit dem Rasiermesser dem zerfurchten Gesicht von Bartek Haack näherte. »Du solltest ein besseres Leben führen als ich. Du weißt ja – deine Mutter und ich haben uns in den Sechzigern darum bemüht, nach Westdeutschland auszureisen, aber die Ochsen aus Warschau wollten uns nur in die DDR gehen lassen, zu deinem Onkel Karl in Bad Doberan. Aber was sollten wir da? Hm? Vom Regen in die Traufe? Wir lebten doch schon in einem sozialistischen Staat! Und in den Siebzigern, nachdem der gute Brandt – Gott möge ihn nicht allzu lange im Fegefeuer leiden lassen! – die Friedensverträge mit unserem französischen Hasardeur und Bergmann Gierek unterschrieben hatte, war es schon zu spät! Inga und ich waren zu alt für solche Eseleien wie Auswanderung: Zurück in die Heimat, die uns verraten hat! Aber du, Antek! Du! Streich die Segel und handle wie ein Mann! Inga wird es schon verkraften. In unserem Land, das keinen König hat, hast du nichts mehr zu suchen. Lass mich nur würdevoll sterben: alleine – ohne Trauer. Geh endlich weg! Und denk an deinen Großvater, der alles vermasselt hat!«

Die Ärzte des Johanniter-Krankenhauses verhielten sich Antek gegenüber verständnis- und respektvoll, konnten ihm aber keine Hoffnungen mehr machen. Ihre Käuflichkeit wurde durch die Übermacht des Todes nutzlos, sie würden nichts mehr tun können, auch nicht für Geld: »Seien Sie auf alles vorbereitet«, sagten sie.

Antek versuchte, seine Mutter zu einem klar denkenden Menschen umzuerziehen. Sie weigerte sich und heulte Abend für Abend am Kachelofen im Wohnzimmer. Ihre Schwester Bacha und Onkel Zygmunt wischten ihr die Tränen mit Taschentüchern von Tempo aus den niedersächsischen Paketen ab, füllten in ihrem Namen die Lottoscheine aus und bezahlten den Mindesteinsatz am Kiosk. Sie kochten Hühnersuppe oder brachten Inga das Mittagessen aus der wenig abwechslungsreichen Küche der Gelben Kaserne, aber mehr konnten sie nicht tun.

Argwöhnisch betrachtete Antek diese Hilfs- und Annäherungsversuche von seinen Verwandten: »Lasst doch den Alten einfach sterben!« Dasselbe dachte auch Teresa. Sie inspizierte jeden Abend das Kino, obwohl es ihr gar nicht mehr gehörte. Sie guckte Antek auf die Finger und war dabei trotzdem so blind, dass sie etwas Wichtiges übersehen hatte, was ihr Antek eigentlich nicht verzeihen konnte: dass er schwer verwundet war – wegen Beata.

Am Abend des 1. Juli – es war ein trüber Freitag ohne Sonnenbrand und das Gelächter des Sommers, und Antek stand wieder in der Einlasstür des Kinos Muza wie schon an so vielen Abenden seit 1979 – kam Brzeziński zu ihm und ließ sich die Eintrittskarte abreißen.

Brzeziński trug Dienstkleidung: schwarze Krawatte, weißes Hemd, einen breiten Hut wie von einem New Yorker Rabbiner oder einem Agenten aus einem amerikanischen Comic über UFOs und CIA, spitze Lederschuhe und einen Ledergürtel mit nur fünf Löchern – nichts für dickbäuchige Sechzigjährige.

Brzeziński sagte nach der Vorstellung (es handelte sich um eine französische Schnulze mit einem Jean-Paul und einer Natalie, die unsäglich schlecht gespielt war): »Antek, wir haben unsere Pläne, was Sie betrifft, geändert. Sie kriegen von uns einen Pass, mit dem Sie sogar nach Amsterdam reisen können. Sie werden mit Leuten in Verbindung treten, die Ihnen Ihr *wahres* Lebensziel erklären. Ich biete Ihnen siebentausend Mark an – damit Sie sich in Köln ganz Ihrer Aufgabe widmen können. Und sobald Ihnen das Geld ausgegangen ist, wenden Sie sich wieder an uns. Was sagen Sie dazu?«

Zu Brzezińskis Überraschung ließ Antek ihn abblitzen.

»Sie werden so enden wie August Kuglowski«, versprach ihm der Regierungsbeamte aus Warschau.

»Sie waren's also ...«

»Das habe ich nicht gesagt ...«, unterbrach ihn Brzeziński und setzte seinen Hut auf. »Auf Wiedersehen!«

Nach diesem Auftritt war Antek Haacks Entschluss gefasst: Er würde nach Deutschland fliehen.

Noch am selben Abend nahm er ein Taxi und ließ sich nach *Hamburg* fahren. Über den Fluss Łyna, die Alle. Zu Teresa.

Ihr Mann öffnete ihm die Tür. Er hatte sich gerade die Zähne geputzt und seinen grauen Schlafanzug bis an den Hals zugeknöpft. Er war ein hässlicher, alter Sack.

Er bewahrte Haltung, als er Antek sah, und fragte ihn im Flur: »Was wollen Sie, *Hak,* so spät?«

Antek streckte ihn mit einem bleiernen Kinnhaken nieder. Mit dem rechten Fuß trat er dem Schaffner in die Eier. Er verschonte seine Rippen und schlug ihm mit der Faust in den Magen und dann auf die Nase. Der achtundvierzigjährige Mann, der auf dem Kopf kaum Haare hatte, erbrach sich auf den Teppich im Flur, blutete aus der Nase und flennte: »Hilfe! Jesus Maria! *Ja pierdolę! Jak mnie boli!*«

»Antek! Du bringst ihn noch um!«, rief Teresa und stürzte sich auf ihren Mann, um ihn zu beschützen.

Antek schloss die Tür hinter sich und sagte: »Ich muss das Land verlassen, die SB hat mir mit dem Tod gedroht, weil ich nicht ihr Spitzel werden will, und du kommst mir irgendwann nach! Wenn ich alles geregelt hab. Ist dir das klar!? Und erzähl mir nicht, dass es das ist, was du schon immer wolltest!«

»Tu ihm nicht mehr weh«, sagte sie. »Verschwinde, Antek! Ich liebe dich doch!«

Er drehte sich auf dem Absatz um und lief aus Teresas Wohnung nach draußen. Sein Visum für das Gebiet der BRD bewahrte noch sieben Tage lang Gültigkeit, und der Pass lag zu Hause und die deutschen Papiere bei seinen Eltern. Er wusste jetzt, was er zu tun hatte. Er würde mit dem DS die Grenze bei Göttingen passieren und auf einer Raststätte an der Autobahn eine Currywurst essen und eine Cola trinken. Vielleicht schon morgen.

Fünftes Buch

29

ER ARBEITETE ABWECHSELND Früh- und Spätschicht und jedes zweite Wochenende. Auf seiner Station lebten fünfzehn erwachsene Männer, die so weit selbständig waren, dass sie in den Werkstätten des Heimes Holzspielzeug zusammenhämmern, Korbwaren flechten und sich vor allem alleine den Hintern abwischen oder Zähne putzen konnten. Einige hatten schon das Rentenalter auf dem Buckel, und Johann Neumann war ein Greis.

In regelmäßigen Abständen geschah es, dass einer der Heimbewohner von der Polizei bei Hamburg oder Hannover auf der Autobahn aufgegriffen und mit dem Streifenwagen wieder nach Hause, in sein Heim im Allertal, befördert wurde. »Wo wollten Sie denn eigentlich hin?«, befragten die Polizisten den Ausreißer: »Ich weiß nicht«, bekamen sie zur Antwort, was für das Protokoll völlig unbrauchbar war.

Nur einmal wusste ein Heimbewohner eine präzise Antwort zu geben: »Nach Bonn! Ich will Bundeskanzler werden!«, hatte Volker gesagt, der auf Anteks Männerstation lebte.

Einige der Insassen auf anderen Stationen sahen aus wie Rugby-Spieler. Sie trugen gepolsterte Helme, weil sie bis zur Bewusstlosigkeit ihre Köpfe gegen die Wände schlugen. Ihre Stirnen waren davon schon ganz deformiert und mit Narben bedeckt. Sie ähnelten Frankenstein; er war ihr Gott. Aber sie hatten auch etwas Erhabenes und

Zeitloses an sich, was Antek sehr imponierte: Ihre irdische Behinderung machte sie zu Meistern der Sprache – sie kannten die Lüge nicht. Gerieten sie einmal in Wut, bebte der Planet. Sie waren Schamanen, die ihre kosmische Bestimmung aus dem Blickfeld verloren hatten. Sie waren wie Vulkane, deren explosiver, unerschöpflicher Lebensenergie sich jenseitige Dämonen bemächtigt hatten, um ihre eigenen dunklen Ziele und Machenschaften zu verwirklichen.

Antek hatte Glück, weil einige seiner Männer sprechen, lesen und schreiben konnten. Volker wollte Bundeskanzler werden, und Thorsten las sogar die Bibel und zitierte aus ihr belehrende Sentenzen von Jesus Christus wie in einer Sonntagsmesse.

Und selbst wenn Detlef wieder einmal handgreiflich wurde, sich ein Messer vom Esstisch schnappte und seine Betreuer bedrohte, blieb Antek gelassen oder stürzte sich auf ihn wie ein Leibwächter, der den Präsidenten der Vereinigen Staaten von Amerika vor Attentätern beschützen musste.

Über seine Bewerbung um die Stelle eines Pflegehelfers war nicht gleich positiv entschieden worden. Die so genannte Pädagogische Leitung des Heimes hatte Bedenken angemeldet: Schließlich musste sich jeder Angestellte darüber im Klaren sein, dass er vertraglich zum Schweigen verdonnert worden war.

»Herr Arnold«, wiederholte ein Mitglied der Pädagogischen Leitung den Fehler vom Arbeitsamt bei einem persönlichen Bewerbungsgespräch mit Antek Haack. »Sie kommen aus Polen. Na ja. Die Sache ist äußerst delikat. Wie können wir uns sicher sein, dass Sie über unser Heim und seine Bewohner keine Informationen an Ihre Landsleute im Osten weitergeben? Sie wissen doch, dass wir potenzielle Feinde sind ... Ich meine nicht uns Menschen, sondern die beiden politischen Lager: die NATO und den Warschauer Pakt ...«

Antek war an jenem Morgen, an dem sein Bewerbungsgespräch stattfand, nüchtern, ausgeschlafen und biss sich auf die Zunge, um nur nichts Falsches zu sagen. Er erzählte dem Mitglied der Pädagogischen Leitung, er habe sich mit diesen politischen Fragen auch auseinander gesetzt und sei zu der Überzeugung gelangt, dass er seinem neuen Staat und vor allem seiner Regierung nichts verheimlichen könne. Er sei dazu bereit, ein Gelübde abzulegen. Er könne versichern, dass er ein loyaler, sich seiner Rechte und Pflichten bewusster Bundesbürger sei, der sich nichts vorzuwerfen habe. Oder mit anderen Worten: Er sei ein Deutscher!

Nach dieser Erklärung war das Mitglied der Pädagogischen Leitung etwas gerührt gewesen und hatte sogar den Ton seiner Stimme um einige Oktaven gesenkt: »Jaja, ich wollte Sie nicht angreifen. Wir haben nur unsere Auflagen. Und wenn ich ehrlich sein soll, muss ich gestehen, dass meine Eltern aus Lyck kommen ... Das ist doch Ihre Gegend ...«

»Ja, nicht ganz, nicht ganz, aber die geographische Richtung stimmt schon ...«, hatte ihm Antek zugesichert, während er im Geiste an ein Sprichwort aus seiner ersten Muttersprache dachte: *Aus dir – Haack – kann man genauso einen Deutschen machen wie aus einem Ziegenarsch eine Trompete!* – wie rum es auch immer gemeint war.

Eine Woche später und nach der Hospitation, für die er gute Noten erhalten hatte, unterschrieb Antek am dritten Oktober den Arbeitsvertrag und bedankte sich bei der Pädagogischen Leitung.

Mit all den Zulagen, die einem im öffentlichen Dienst zustanden, kam er im Monat auf ein ordentliches Gehalt: Mit zweitausendfünfhundert Mark ließ sich zwar keine

Welt erobern, aber er war plötzlich seine Geldsorgen los und konnte sich sogar nach einer Wohnung umsehen, in der man nicht Gefahr lief, psychisch krank zu werden (weil man ausstellungswürdige Bilder malen musste) oder sich seine Nieren kaputt zu machen (weil man nur in Ausnahmefällen zur Toilette durfte). Und laut Marian gab es nichts Schrecklicheres als verfaulte Nieren: »Dialyse – sprich Blutwäsche – ist das wahre Gesicht des Todes, Junge«, hatte ihm Marian auf dem Blankiwerder offenbart, »in unserer Hamburger Klinik betreuen wir einige Patienten, die Sterbehilfe befürworten – und manchen meiner Ärztekollegen juckt die Hand wie Mördern ...«

Anteks Arbeitskollegen waren älter als er und prahlten die meiste Zeit damit, was sie für großartige Urlaubsreisen in die Türkei und auf die Balearen gemacht hätten.

Anteks Chef, sein Stations- und Gruppenleiter, hieß Georg. Sein Job bestand im Wesentlichen darin, am Schreibtisch zu sitzen. Georg musste den monatlichen Dienstplan erstellen, Entwicklungsberichte über die Bewohner der Männerstation schreiben und ihre Einkäufe und Einkünfte abrechnen und verwalten.

Annette und Lena, die meist den Frühdienst verrichteten, sorgten in der Hauptsache dafür, dass es auf der Station immer schön sauber war. Sie konnten einander nicht ausstehen.

Lena hatte nur noch wenige Jahre bis zur Rente zu überbrücken (genauso wie Georg), und Annette, eine Vierzigerin, besuchte eine Erzieherschule für Heilpädagogen. Sie war ehrgeizig und hoffte, später einmal Georgs Posten zu übernehmen. Lena war davon überzeugt, dass Georg und Annette ein Verhältnis miteinander hätten. Klar, von neun bis zwölf Uhr vormittags war die

Station entvölkert, alle Männer schufteten in den Werkstätten; in einem der Bewohnerzimmer, die entweder nach dem IKEA- oder Eicherustikalsystem eingerichtet waren (die Wände geschmückt mit Karnevalsmasken aus Venedig), hätte man unbemerkt zehn Minütchen vögeln können.

Schon nach wenigen Tagen bei Georg wurde Antek bewusst, dass er das große Los gezogen hatte. Denn auf anderen Stationen des Heimes wohnten geistig Behinderte, die man von morgens bis abends davon abhalten musste, sich umzubringen, und das war für Pflegehelfer, ausgebildete Erzieher und Pädagogen gleichermaßen Knochenarbeit. In den ersten drei Wochen im Behindertenheim hatte Antek Haack mehr gelernt als in den Jahren vor seiner Ausreise nach Deutschland. Der Patient McMurphy aus »Einer flog über das Kuckucksnest« erschien ihm hier im Allertal plötzlich irgendwie zu liebenswert. Im Kino Muza war er noch ein großer, tragischer Held mit einer *Message* an den Zuschauer gewesen (wie Lucie sagen würde).

30

EINES SAMSTAGABENDS IM NOVEMBER, um einundzwanzig Uhr, nach der Spätschicht mit Georg, flitzte er über die A27 nach Hause, durch die Nacht, die selbst um diese Jahreszeit nicht so bedrohlich schwarz und sternenübersät war wie über den Wäldern und Seen in seinem Ermland.

Er suchte im Radio vergeblich nach guter Musik. Er legte schließlich eine Kassette mit Sade ein, um ein bisschen abzuheben, und tauschte sie nach wenigen Takten gegen Chick Coreas »Trio Music Live in Europe«, Jazz, der nicht so wehleidig war wie die Stimme von Sade. Doch wäre er Sade einmal begegnet – egal wo, in Manhattan oder gar in Bartoszyce –, er hätte ihr einen Heiratsantrag gemacht: ihr, seiner schönsten Popsängerin.

Er ließ sich von Chick Coreas Jazztrio zum Hauptbahnhof begleiten und drehte sich noch während der Fahrt eine Bantam-Zigarette von ALDI. Betäubt von der Musik, lenkte er seinen DS durch die Straßen. Auf seinem Parkplatz angekommen, stand dort der BMW von den Hamburgern Elisa und Marian.

Was wollen die denn hier? Wie haben die rausgekriegt, wo ich wohne?

Seine Kontrollstation war nie abgeschlossen. Es gab nichts zum Klauen. Außer vielleicht den Universum-Fernseher, den er noch nicht abbezahlt hatte. Der Rest war vom Roten Kreuz: ein Sofa, eine Matratze, ein Schrank, ein paar Stühle und ein Esstisch, summa summarum Plunder.

Als er sich seiner Wohnung in der Halle 7 näherte, wurde es plötzlich lauter, wie in einer Diskothek.

Normalerweise brauchte man hier eine Taschenlampe, aber Antek kannte den Weg mittlerweile ganz gut und stolperte nicht mehr über Eisenstangen, Farbeimer und Ziegelsteine. Er riss die schwere Metalltür auf und wurde augenblicklich von kalten Zigarettenrauchwolken erfasst. Im Raum war es schummrig, auf den Fensterbänken flackerte Kerzenlicht, und 200-Watt-Boxen sorgten mit ihren höllischen Bässen für Unterhaltung: Antek platzte bereits das Trommelfell. Da waren mindestens fünfzig Leute, und die meisten sah er zum ersten Mal. Sie tanzten und grölten, die Mädchen in Abendkleidern entblößten ihre Schenkel, ihre Partner allesamt angetrunken oder high. So hatte er sich seinen Dienstschluss nicht vorgestellt und die Bundesrepublik schon gar nicht. Am nächsten Morgen musste er um halb sechs aus dem Bett zur Frühschicht.

Diese Nacht kann ich abhaken!, beruhigte er sich und drehte sich eine neue Bantam mit Filter. Zum Frühstück werde ich den Heimbewohnern meine Bierfahne servieren.

Er schlug sich durch die Menge auf der Suche nach einem vertrauten Gesicht und entdeckte in einer Ecke Flora, die aus einem Champagnerglas Rotwein nippte.

»Feiert ihr gerade meinen Sechzigsten?!«, fragte er Flora. »Oder habt ihr endlich ein paar Bilder an das Guggenheim-Museum verscherbelt?!«

»Ah! Unser Zen-Meister ist da!«, freute sie sich. »Und danke für die Einladung!«

»Keine Ursache!«, sagte er. »Trotzdem: Die Alzheimerkrankheit wurde bei mir noch nicht diagnostiziert, und in meinem Terminkalender ist diese Fete hier nicht eingetragen: der 12. November.«

Flora hörte es nicht mehr, sie zwitscherte ab. Heute war sie hübsch. Gewöhnlich, obwohl sie farbenfroh malte (sie hatte ihm einmal einen Blick in ihr Atelier im dritten Stockwerk gewährt), trug sie unbeschreiblich graues Zeug, meist Jeans und T-Shirts von H&M. Vielleicht ist sie mit einem Stipendium ausgezeichnet worden und hat beschlossen, ihren Kleiderschrank etwas aufzupeppen?, dachte Antek. Floras lange schwarze Haare verdeckten ihren Rücken. So offen und böig hatte sie ihre Mähne noch nie getragen. Sie ging in ihrem gewandelten Outfit tanzen, und Antek lehnte sich an die Wand und spähte gelangweilt in die Menge: Wo ist Elisa? Und Marian?

Er hatte große Lust, die Kabel der 200-Watt-Boxen mit einer Schere durchzuschneiden und die ganze Gesellschaft vor die Tür zu setzen.

Er schlug die Zigarettenasche auf den Boden ab wie alle anderen und schrie: »Marian! Hol mich hier raus! Scheiße! Wo bist du?! Marian!«

Sein Geschrei zeigte keine Wirkung. Eine Ewigkeit aus langen Minuten verging, bis ihn jemand ansprach, und diese Stimme konnte nur aus einem Grab zu ihm geschickt worden sein, denn Lucie hätte er hier in seiner Kontrollstation am allerwenigsten erwartet. Er drehte sich um und sagte erschrocken und etwas ungelenk: »Du lebst!«, als ob sie nach zehn Jahren plötzlich wieder aufgetaucht wäre – eine vermisste Seele, die nach einem Krieg nicht nach Hause zurückgekehrt war.

»Natürlich lebe ich, was soll ich denn sonst tun?«, sagte Lucie und warf sich ihm in die Arme.

Er erschauderte, als sie ihn mit Küssen bedeckte. Seine Nase, seinen Mund, seine Ohren.

»Du hast mich in die Wüste geschickt«, sagte er.

»Nein, ich war nur wütend. Aber jetzt bist du hier. Für immer?«

Er küsste Lucie auf die Lippen und sagte: »Zum Teufel! Wie hast du mich gefunden?«

»Du Narr ...«, flüsterte Lucie.

Ja, er war ein Narr, er hatte das Kino Muza verraten, Beata und Robert. Von ihnen hatte er doch gar nicht weggehen wollen. Er hatte nur Angst um sein Leben gehabt und davor, dass Brzeziński nicht in den Wind redete. Antek war vor seinem eigenen Tod geflohen, und das tat man doch nicht, und er schämte sich, dass er nicht die Stirn gehabt hatte, Brzeziński zu sagen: »Schieß doch! Los! Hier ist mein Gerippe!«

Da tauchten Elisa und Marian auf – mit einem Foto aus

dem Weserkurier, auf dem Antek, Georg und ein paar der Herren von der Männerstation beim Karstadt-Einkauf abgebildet waren. Unter dem Foto stand der übliche, im Telegrammstil gehaltene Text: ... *eine Spende der Bremer Sparkasse für das Behindertenheim im Allertal*, dann weiter: ... *hier die überglücklichen Bewohner beim Einkaufsbummel* ...

Jetzt erinnerte sich Antek an diesen propagandistischen Ausflug mit Georg und den Männern. Der Fotograf hatte an jenem Nachmittag ganze fünf Minuten gebraucht, und schon war alles im Kasten gewesen.

Lucie hatte die Zeitung in ihrem Übersetzerbüro gelesen. Wenn Brzeziński ihn suchte, war Lucie ihm zuvorgekommen und hatte Elisa angerufen, und Elisa hatte die Lübecker benachrichtigt, die Anteks Adresse ausspuckten. So in etwa musste sich das Ganze abgespielt haben, falls Antek dem unglaublichen Bericht von Lucie Glauben schenken wollte. Und die Partygäste waren ihre und Floras Freunde.

Elisa streckte Antek ihre Hand entgegen, sehr förmlich, sagte gleichgültig Hallo und musterte ihn mit Blicken, die nicht verhehlten, dass sie von Lucie genervt war. Wenn sie bloß ihr angeborenes Misstrauen ablegen könnte, dachte Antek und grinste im Stillen, diesen entzückenden Schleier vor ihrem Gesicht; Elisa, du bist eigentlich meine kleine Schwester – du musst nicht eifersüchtig sein!

»*Hi, man!* Wie kannst du bloß in einem solchen Dreckloch hausen?«, schüttelte Marian den Kopf. »Na, wenigstens ist dein Begrüßungsfest der absolute Hammer! All die scharfen Bräute! Und dein Koks haut gut rein! Ich hab mir nämlich was geschnorrt!«

»Wieso mein Koks? Ich richte mir doch nicht freiwillig die Nase zugrunde!«, sagte Antek.

Lucie, ganz in Schwarz gehüllt, passend zu ihren glatten, hellen Haaren, entführte Antek auf die Tanzfläche. Ihr Rollkragenpullover, die Stretchhose und die Schuhe mit den Zehn-Zentimeter-Absätzen ließen sie so groß werden wie einen Turm. Sie hatte die Lufthoheit, und alle sahen sich nach ihr um. Antek starrte auf ihr Kinn. Dieses Mädchen war außer Kontrolle, ein Feuer, das die Urwälder in Oregon vernichtete. Und er war nicht gewappnet. Er hatte Lucie einmal geliebt.

»Du kannst nicht zwischen Himmel und Hölle unterscheiden«, sagte Antek, als er mit beiden Händen ihren Hintern umklammerte. »Ich musste aus Bartoszyce fliehen, sonst hätten sie mich *gekillt*, wie ihr sagt. Ich hab ihr Angebot abgelehnt. Sie wollten, dass ich für sie spioniere. Für ihre Firma in Warschau.«

»Du kleiner Pole! Wach endlich auf«, sagte Lucie und biss in sein linkes Ohrläppchen. »Hier kann dir keiner an den Kragen, keiner ...«

»Wart's ab, Baby ... Wart's ab ...«, flüsterte Antek und unterdrückte die Lust an diesem kitzelnden Bissschmerz. »Sie geben nie auf und können mich jederzeit ausfindig machen«, fügte er hinzu. »Warum vernichten wir Menschen einander?«

Marian unterbrach seinen Tanz und legte auf Anteks Wunsch hin die zerkratzte LP der ungarischen Band Omega auf. Ihre berühmte Rockballade »The Girl with the Pearl Hair«, bei der laut Antek in den Siebzigern im Ostblock zwei Millionen gesunde Kinder gezeugt worden seien, kannte hier niemand.

»Und jetzt eine Hymne für die Verliebten, Antek und Lucie«, dröhnte Elisas Bruder noch einmal in die Runde. »Eine Hymne aus Budapest! Ihr Preußen und Schwaben und Nibelungen! Yeah! Und ich weiß, wovon ich spreche: Ich bin Urologe in der Eppendorfer Klinik!«

31

O̲m̲e̲g̲a̲s̲ R̲o̲c̲k̲b̲a̲l̲l̲a̲d̲e̲ von den Perlenhaaren eines Mädchens und Anteks penible Auslegung des Songinhalts hatten Lucie in dieser Nacht wachgerüttelt: »Warum willst du von mir kein Kind, Antek?«, fragte sie ihn. »Liebst du mich etwa nicht mehr?«, und er trank noch ein Bier und sagte nichts.

Vielleicht nächsten Sommer, dachte er nur, nicht mehr in diesem Leben.

Kurz nach ein Uhr trudelten Antek und die beiden Geschwister aus Hamburg bei Lucie in der Neustadt ein.

Marian war so stramm und high und seiner Umwelt gar nicht wohlgesinnt, dass er nur noch antiamerikanische Verschwörungstheorien über die wahren Weltherrscher zusammenbraute. Der Koks hatte ihm den letzten Kick gegeben.

Er sagte: »Ich bin Doktor, und wenn ich will, kann ich sogar Professor werden. Denn ich liefere meine Arbeiten immer zeitig ab und schreibe die internationalen Artikel auf Englisch, oder aber ich treibe die Entwicklung meiner Praxis voran, doch ich sage dir: Unser Land ist nach wie vor voll von diesen Experimentatoren, die gerne einen Ameisenhaufen hervorbringen würden, in dem jeder Arbeiter seinen Platz kennt. Antek, hörst du mir überhaupt zu?«

Ja, er hörte Marians Wahnsinn zu. Unter dessen lautstarken Protesten half Antek Marian ins Bett im Gästezimmer und kümmerte sich danach um Lucie und Elisa, die, noch nicht müde, sich in der Küche amüsierten.

»Mädchen«, sagte er, während Marian in seiner Lagerstätte weiter randalierte. »Wenn ich jetzt mit euch versacke, kriege ich Ärger! Ich muss morgen früh, also bereits heute, meinen Männern den Tag von halb sieben bis fünfzehn Uhr organisieren: Frühstück, Fernsehen, einmal ums Puddinghaus laufen, dann Mittagessen und Mittagsschlaf! Und mit Thorsten spiel ich jeden Sonntag Schach – ich kann nicht mit euch versumpfen!«

Lucie kannte kein Pardon, und wollte er unnötige Diskussionen vermeiden, musste er sich ihr wohl oder übel beugen.

»Nur ein Glas Martini mit Eis und Zitrone«, sagte sie, »dann kannst du pennen gehen! Und Marian soll endlich seine Tiraden einstellen. Meine Nachbarn lauern nur darauf, mich anzuzeigen!«

Elisa sagte: »Wegen Marian? Wie lächerlich!«

Plötzlich ließ sich aus dem Gästezimmer ein schauderhafter Lärm vernehmen, als wäre dort etwas zu Bruch gegangen, ein Bücherregal oder eine Vitrine. Kurz danach wurde es mucksmäuschenstill.

»Er ist haftpflichtversichert«, sagte Elisa.

»Du meinst, ich muss nicht nachsehen, was da los ist?«, fragte Lucie.

»Besser nicht«, sagte Antek. »Und ich bin froh darüber, dass Marian in tiefster Seele ein echter Ostpreuße geblieben ist.«

Er öffnete den Martini. Seine Kontrollstation in Halle 7, aus der sie sich unbemerkt davongeschlichen hatten, durchlebte gerade ebenfalls den Dritten Weltkrieg und würde am Morgen danach zu nichts mehr zu gebrauchen sein.

»Es ist mir egal, ob meine oder diese Bude hier verwüstet wird! Ich bin lediglich euer Barkeeper!«, sagte Antek, als er ihnen die zwei blutroten Martinis servierte.

»Na, momentan sieht's eher danach aus, als wäre ich die Leidtragende«, sagte Lucie.

Er ging zu Marian, vergewisserte sich, dass alles in Ordnung war, und kehrte mit einem beruhigenden Lächeln in die Küche zu den Mädchen zurück: »Nichts passiert. Ein Garderobenständer ist umgekippt und hat das Nachttischlämpchen zertrümmert. Marian schnarcht schon ...«

Lucies Wohnung war ein Monstrum. Von den Jugendstilmöbeln ihrer Eltern hatte sie nichts behalten, alles wurde verkauft. Diese Frau schwamm im Geld und hatte sämtliche Räume von Designern gestalten lassen, und zwar im nostalgischen Stil der späten Sechziger: runde Plastiksessel und Stühle, weiße Regale mit roten Gläsern, an den Wänden ein paar Farbfotos aus »Ein Mann und eine Frau« des Regisseurs Claude Lelouch. Antek kam sich in dieser Umgebung so vor wie in einem der futuristischen Kino-Muza-Filme mit Louis de Funès: Reichtum und Fortschritt gaben sich hier die Hand, und anstatt des üblichen Kreuzes mit dem zu Tode gemarterten Jesus, der in jedem Schlafzimmer in Bartoszyce hing, stieß man auf die Pop-Ikone Madonna.

An die Kühlschranktür hatte Lucie mit Tesafilm ein Zitat aus »Schöne neue Welt« von Aldous Huxley geklebt: »Körperliche Unzulänglichkeit konnte geistigen Überschuss bewirken. Offenbar ließ sich der Vorgang aber auch umkehren. Geistiger Überschuss konnte zu seinem eigenen Nutzen freiwillige Blindheit und Taubheit selbstgewählter Einsamkeit, künstliche Impotenz der Askese hervorrufen.«

Dieses Zitat war neu, denn bei seinem letzten Besuch im Frühling klebte da noch eines von Isaac Bashevis Singer, den Lucie liebte und der zu ihrer reichlich ausstaffierten Wohnung so passte wie die Faust aufs Auge.

Gewöhnlich, wenn sich im Leben einer Frau etwas Gravierendes änderte, vereinbarte sie einen Termin bei ihrem Frisör, nicht aber Lucie, sie ergriff eine andere Methode. Sie experimentierte nicht mit ihrer Frisur, sondern mit ihren Büchern. Sobald es ihr gut ging, las sie wieder Singer, vor allem seine Liebesgeschichten, die in New York spielten. Und da Antek Haack jetzt in Bremen lebte, müsste das Huxley-Zitat, das er als einen Ausdruck für Lucies gebrochenes Herz interpretierte, bald in den Mülleimer wandern.

»Tut mir Leid«, sagte er, »ich muss jetzt los ... Wir sehen uns ...«

»Nein, du gehst nirgendwo mehr hin«, unterbrach ihn Lucie. »Dein Zuhause ist jetzt bei mir ... Und vergiss eines nicht: Du bist keine Nadel im Heu – ich find dich überall! Morgen früh kannst du ja meinen Wagen nehmen. Der Schlüssel liegt auf der Kommode im Flur, der Fahrzeugschein ist im Handschuhfach.«

Elisa zuckte zusammen: »Was ist denn mit euch los? Seid ihr nun Romeo und Julia oder ein altes Ehepaar?«

»Ich hoffe, dass ich das mit Antek nicht mehr klären muss«, antwortete Lucie.

»Ich schlafe bei Marian im Gästezimmer mit«, war Anteks Kommentar.

Er sagte gute Nacht und ging auf die Toilette, pinkeln. Als er den Reißverschluss seiner Jeans wieder zuzog, erblickte er im Spiegel über dem Waschbecken die linke Hälfte seines Gesichtes. »Heute ist Halbmond«, alberte er herum, »die Flaggen sind auf Halbmast, die Fans trauern um Antek Haack, er war ein großer Schauspieler, fürwahr – der letzte Kartenabreißer! Mist! Ich bin betrunken!«

Er duschte kalt, um nüchtern zu werden. Es war fast zwei Uhr. Marian schlief endlich. Er schnarchte leise, als Antek sich auf die Matratze neben dem Bett legte.

Da Antek aber kaum die Augen zumachen konnte, schnappte er sich später sein Kissen und wanderte damit zu Lucie.

32

NACH DIENSTSCHLUSS – er war morgens pünktlich zur Arbeit gefahren, weil ihm Lucie noch spät in der Nacht ihren Wecker gestellt hatte – rief er sie vom öffentlichen Telefon, das sich in der Empfangszentrale des Heimes befand, an.

»Wo bist du?«, fragte sie.

»Noch im Allertal. Hab gerade Feierabend gemacht. Meine Kollegin, die heute Spätschicht hat, wollte mich schon eine halbe Stunde früher nach Hause schicken. Ich sähe grässlich aus, meinte sie, ich hätte ein Mittagsschläfchen nötig. Lange Rede, kurzer Sinn: Sind Marian und Elisa noch da?«

»Nein. Die müssten schon in Hamburg sein.«

»Und wie fühlst du dich?«

»Ich bin okay. Wir sind um elf aufgestanden, haben gefrühstückt, und dann hat mich dieses Mädchen angerufen, he, wie hieß sie noch? Ja, genau, Flora! Sie hat uns gebeten, ihr beim Aufräumen zu helfen. Deine Kontrollstation ist wieder blitzeblank.«

»Das freut mich. Lucie, ich ...«, seufzte Antek.

»Nein. Sprich es nicht aus. Ich weiß, was du mir sagen willst. Komm schnell rüber, ich warte ...«

Sie legte auf. Ihre Stimme hallte immer noch in seinem Kopf. Komm schnell rüber, ich warte ...

Er war durcheinander. Die Zigarette, die er sich ansteckte, schmeckte fade. In ihrem Auto rauchte Lucie nicht. Er drückte die Camel auf dem Parkplatz mit dem Schuh aus und stieg in den Honda: Wie kann man sich so ein beschissenes Ding kaufen? Als gäbe es keine anderen Wagen. Sie müsste einen Jaguar Kabrio fahren. In Grünmetallic.

Er flitzte durch die Dörfer Richtung Bremen und bog in Achim auf die A27. Wenigstens war die Musik leicht verdaulich. Eine Kassette, die er ihr in Bartoszyce aufgenommen hatte, lief im Rekorder. Das Band war aber schon so abgespielt und ausgeleiert, dass es im Fünfzehnsekundentakt stockte, als würde dann ein Sitarspieler eingreifen, um sein Solo zu vollenden.

Antek hatte Lucie am Telefon nur sagen wollen, dass er bei ihr nicht einziehen würde, niemals. Und sie hatte gespürt, was mit ihm los war.

Antek nahm die Autobahnabfahrt *Universität* mit dem Physikerturm, der einem Phallus ähnelte und ihn immer an die heiligen Obelisken in Ägypten denken ließ. Er beeilte sich und überfuhr mit dem Honda einmal eine rote Ampel.

Lucie empfing ihn im Flur im Schlafrock. Ihre Wangen waren ganz fahl vor Aufregung.

»Du bist endlich da«, sagte sie.

Antek glaubte, diesen Satz schon einmal in Bartoszyce gehört zu haben, und zwar aus dem Mund von Teresa oder Beata.

Er löste die Gürtelschleife von Lucies Schlafrock. Sie trug keinen Schlüpfer. Er fasste nach der zimtfarbenen Böschung.

»Ich hab für uns beide Wasser in die Badewanne eingelassen«, sagte Lucie und zog seine Hand weg.

Antek fixierte ihre Augen, die fast von derselben tiefbraunen Farbtönung waren wie seine.

»Wenn du mich so anstarrst, als wolltest du mich in eine Kröte oder eine steinerne Statue verwandeln, wird mir sofort ganz anders.«

»Warum sollte ich das? Will ich dich bestrafen? Wofür? Ich bin derjenige, der eine Tracht Prügel verdient hätte. Ich habe dich all die Jahre an der Nase herumgeführt. Als wärst du eine meiner Mätressen.«

»Was willst du mir damit sagen, Antek?«

Sie zog sich aus, warf ihren Schlafrock auf die Bank im Flur und ging ins Badezimmer. Von hinten ähnelte sie einem Kind. Ihr Rücken war schmal und jungenhaft, überhaupt nicht weiblich.

Antek entledigte sich seiner Kleidung. Nur in Socken marschierte er zu Lucie, die schon bis zum Hals eingetaucht in der Badewanne lag und sagte: »Ich hasse Männer, die in Socken schlafen.«

»Ich will jetzt baden. Darf ich meine Socken anbehalten? Das tu ich nämlich immer, wenn ich bade.«

»Das wäre mir neu. Also, was ist mit deinen Mätressen? Wie viele hast du denn?«

»Sie sind mir alle weggelaufen, Lucie!«, schmunzelte er. »Aber dafür habe ich über euch Frauen etwas Wichtiges gelernt.«

»Oh! Wie ich sehe, hast du Amerika neu entdeckt!«

»Lass mich aussprechen ... Ich hab euch in drei Klassen eingeteilt wie im Kamasutra.«

»Also gut. Bitte. Du machst mich neugierig. Zu welcher zähle ich denn deiner Meinung nach?«

»Du bist die *Sanfte*. Die *Sanften* sind ewige Jungfrauen.«

Lucie lachte auf.

»Komm jetzt endlich ins Wasser, es wird kalt!«

Er streifte die Socken ab, setzte sich in die Badewanne, zwischen die Füße von Lucie, zog seine Knie hoch, sodass sie fast sein Kinn berührten, und fuhr mit seinen Ausführungen fort: »Die zweite Sorte nenne ich die *Schreckliche*. Diese Frauen sind unersättliche Liebhaberinnen. Ganze Bataillone beißen sich an der *Schrecklichen* ihre Zähne aus und bekommen Komplexe, dass sie im Bett nichts taugen. Danke. Und jetzt die dritte Sorte: Die *Traurige* – ihr bin ich unter anderem im Behindertenheim im Allertal begegnet. Ich hab einmal auf einer Frauenstation hospitiert,

nur einen Tag im Frühdienst. Ein Mädchen erinnerte mich an meine erste Freundin aus der Schulzeit. Die *Traurige* liebt die Selbstbefriedigung, kann aber auch einfach frigide sein.«
»Gut. Ich bin die *Sanfte* ...«
»Absolut.«
»Also bin ich glücklich, und ich mache auch meine Partner glücklich.«
»Normalerweise – ja.«
Lucie benetzte ihr Gesicht mit Wasser. Sie schöpfte es wie aus einem Bach und sagte: »Und deine Mätresse Beata? Ist sie die *Schreckliche*?«
»Ich kenne keine Beata ...«, sagte er.
»Nein? Kennst du keine Beata Kuglowska, die mir vor zwei Monaten einen Brief geschrieben hat? Ich hab ihn in unserem Büro von einer Kollegin übersetzen lassen.«
Er küsste Lucies große Zehen.
»Was steht in diesem Brief.«
»Du kannst ihn gleich lesen.«
»Ja?«
»Das Foto aus der Zeitung war nur ein Beweis dafür, dass Beata keine Unwahrheiten geschrieben hat.«
»Aber was steht in diesem Brief?«
»Fakten, Antek. Hätte ich ihn nicht bekommen, würdest du jetzt nicht so ausgelassen und allwissend herumphilosophieren. Dazu noch in meiner Badewanne! Ich hätte dich auch nicht quer durch Deutschland gesucht, das Foto aus der Zeitung wäre mir egal gewesen.«
Antek stieg aus der Badewanne und wickelte sich ein Handtuch um die Hüften: »Wo ist der Brief?«
»In meiner schwarzen Handtasche – sie liegt auf dem Bett im Schlafzimmer. Ich trage ihn immer bei mir.«
Er holte ihre Handtasche. Er hatte einen Tick. Er wühlte gerne in den Handtaschen von Lucie. Sie wusste es, sie

ließ ihn schnüffeln. Für ihn waren es wahre Schätze, die er bei Lucie aufspürte: Lippenstifte, Wimperntusche, Cremeproben von Vichy, abgebrochene Radiergummis, angebissene Bleistifte, Flaschenöffner, Vitamin C in Dragees, Fotos, Kontoauszüge, Kleingeld, Quittungen, die manchmal ein Jahr alt waren, Eintrittskarten fürs Kino, Flyer mit Werbung für Kosmetika, Kalender, Notizen, Einkaufslisten und vieles mehr, ohne nähere Bestimmung. All diese Utensilien waren wie Hieroglyphen, die mühsam gedeutet und zu einem ganzheitlichen Bild zusammengefügt werden mussten.

Er fand den Brief in ihrem Kalender. Er war mit der Hand geschrieben. Antek setzte sich mit dem Rücken zu Lucie auf den Badewannenrand und begann für sich zu lesen:

Meine Liebe,

ich kann leider kein Deutsch und kenne Sie nicht, muss Ihnen jedoch ein paar Zeilen schreiben, weil ich sonst den Verstand verliere. Sie fragen sich bestimmt, wer ich bin und warum ich mich überhaupt an Sie wende. Sie sollten wissen, dass ich Antek geliebt habe, ja vielleicht immer noch liebe. Ich kann es nicht ausschließen. Sie dürfen aber auf mich keine Rücksicht nehmen. Antek hat sich für Sie entschieden. Seinen Entschluss muss ich respektieren. Er hat einen anderen Weg gewählt, und es steht nicht in meiner Macht, dies zu ändern. Ich könnte aber meine Hand dafür ins Feuer legen, dass er Ihnen von mir niemals erzählt hat. Aber ich erahne endlich, wie viel Sie ihm bedeuten. Er wäre sonst nicht zu Ihnen nach Deutschland gegangen. Ich habe viel zu spät erkannt, dass ich einen großen Fehler gemacht habe. Und das ist auch der Grund, warum ich Ihnen schreibe. Ich möchte, dass Sie ihm das geben, was ich ihm versagt habe und was er vielleicht – so will ich hoffen – bei mir vermisste. Sie dürfen meinen Fehler nicht wiederholen: Fordern Sie nichts von ihm noch von sich selbst! Keine Versprechungen, keine idiotischen Gelübde! Planen Sie nicht Ihre Zukunft mit ihm, ja, vergessen Sie sogar, warum Sie Antek lieben. Versuchen Sie nicht, sich etwas zu nehmen, bloß weil Sie davon überzeugt sind, dass es Ihnen zusteht. Lassen Sie alles geschehen – wie es kommt. Und bitte – Antek darf hiervon nichts erfahren ...

Ihre Beata Kuglowska

Antek zerknüllte das beschriebene Blatt Papier und hielt es in der geschlossenen Faust.

»Was tust du da? Das ist mein Brief!«

Er fühlte, wie ihm das Blut in den Kopf stieg. Für eine Sekunde war er vollkommen abwesend und verstand nicht, warum er hier in diesem fremden Badezimmer saß, ja, wer er überhaupt war.

»Von welchen Fakten hast du eigentlich vorhin gesprochen?«, fragte er, als er seine Erinnerung wiedererlangte.

»Du Armleuchter! Deine Notlügen, dass dich jemand verfolgt und sogar erledigen will, finde ich sehr heldenhaft. Aber ich muss mit dir nach dem Tod nicht mehr zu deinen Plejaden gehen, wie du es manchmal im Spaß gesagt hast. Das ist mir durch den Brief von Beata klar geworden. Hier in Bremen existiert auch ein *Kino Muza*! Du musst es nur endlich wahrhaben wollen! Jeder Ort, an dem *du* dich aufhältst, ist Kino Muza!«

»Du hast mir einmal gesagt, was Bartoszyce auf Hebräisch heißen könnte.«

»*Bara* bedeutet: erschaffen, *bresheet*: im Anfang. Wie in der Bibel.«

»Und Bremen? Was ist das für ein Name?«

»Das bin ich, Antek, ich – jeden Frühling das Warten auf dich. Und sonst nichts! Begreif's doch endlich!«

Er hievte seine Beine über den Badewannenrand ins Wasser, hockte sich Lucie gegenüber, lehnte den Kopf an die gefliese Wand und öffnete seine Faust mit dem zerknüllten Brief, aus dem ein Papierbällchen geworden war. Er warf es Lucie zu, die einen guten Reflex bewies und es fing.

»Wie hat nur Beata deine Adresse rausgekriegt?«

»Na, von Elisa selbstverständlich! Du wärst kein guter Detektiv!«

Sie schob sich zu ihm: »Ich bin die *Sanfte*. Vergiss das nie!«

33

ANTEK HATTE DIE GANZE NÄCHSTE WOCHE über Spätdienst, dafür aber das Wochenende frei. Er telefonierte drei Abende hintereinander mit Elisa, die sich gegen seine Anschuldigungen, sie hätte ihn bei Beata verpfiffen, verwahrte: »Sie hat mich kontaktiert – nicht ich sie! Antek, was sollte ich machen? Sie heulte fast! Und ich – wenn ich ehrlich sein soll – auch. Ich war ja völlig unvorbereitet auf solche Neuigkeiten, obwohl mir mein Bauch, der ein Hellseher ist, auf dem Blankiwerder einiges zu sagen versuchte. Ich war ganz schön baff, als mein hellseherisches Talent aus Beatas Mund eine Bestätigung erfuhr. Antek! Wir können bei einer Tasse Kaffee noch darüber reden. Wenn du am Samstag freihast, nimm Lucie mit und komm nach Hamburg; es ist doch nur eine Stunde Autobahnfahrt. Antek, bitte, du kannst mir nicht böse sein!«

Nein, sie hat sich korrekt verhalten, dachte er nach den Telefonaten mit Elisa, warum behandle ich sie wie eine Tratschtante?

Lucie bestand darauf, dass er bei ihr einziehen sollte, am besten sofort.

»Nicht um einen Wald voll Affen«, sagte er. »Ich behalte meine Kontrollstation!«

»Aber wozu? Seit Sonntag bist du ein einziges Mal bei dir zu Hause gewesen – und dass nur wegen der Post!«

Seine Wohnung in der Halle 7 des Güterbahnhofs aufzugeben hieße, dass Teresa, die schon bald in Bremen auftauchen konnte, auf der Straße leben müsste. Wo sollte er sie dann verstecken? Bestimmt nicht in Lucies Kleiderschrank oder in einem der Schließfächer für Reisegepäck im Hauptbahnhof.

Es war Donnerstag, und Antek hatte erst um einundzwanzig Uhr Feierabend. Er saß am Schreibtisch im Dienstzimmer, das sich an die Küche anschloss und karg eingerichtet war: mit einer Kommode für Glotze und Radio, einem Kleiderschrank und einem runden Tisch mit drei Sesseln für die Mitarbeiter.

Er langweilte sich. Er hatte von Lucie den Auftrag erhalten, »Feinde, die Geschichte einer Liebe« von Isaac Bashevis Singer durchzulesen. Er blätterte in dem Roman herum. Er fing mit dem Lesen immer erst dann an, wenn ihm das Ende einer Geschichte gefiel, die letzten fünfzig Seiten. Er hatte sich dieses Verfahren von seinem Großvater angeeignet, der bis zum Ende des Zweiten Weltkriegs in Gallingen, in der Nähe von Bartoszyce, Dorfschullehrer gewesen war. Die Auskunft über seine Lesetechnik hatte er von Inga. Der Großvater hieß Berthold Haack wie Anteks Vater und war auf dem Friedhof in Bartoszyce beerdigt. Polnisch hatte er nie gelernt. Und wenn Antek zu

Allerseelen eine Kerze auf Opas Grabstein anzündete, musste er lachen: »Mein Alter steht jedes Mal vor seinem eigenen Grab, obwohl er noch gar nicht tot ist!«

Die Bewohner der Männerstation hatten schon Abendbrot gegessen, ihre Tabletten und Tropfen geschluckt und sahen in ihren Zimmern fern.

Der fast neunzigjährige Johann Neumann kam gerade von der Krankenstation zurück, wo seine Waden, die voller dunkelbrauner Löcher waren, neu verbunden wurden wie jeden Abend. Er hielt sich für einen prominenten Schiffskapitän, der die Weltmeere bereist hätte, und so sprach er auch mit jedem. Antek verpasste ihm den Spitznamen Joseph Conrad.

Johann Neumann schaute kurz bei Antek herein, um ihn mit einer seiner Gute-Nacht-Storys zu unterhalten, was zum festen Abendprogramm gehörte. Sie waren meistens so unverständlich und wirr, dass es für den Zuhörer schwierig war, die nötige Portion Geduld aufzubringen. Außerdem haperte es bei Johann Neumann mit dem Handlungsaufbau. Man hatte bei ihm das Gefühl, mitten in eine Theaterprobe hereingeplatzt zu sein: »Und dann sagt er mir, hol unsere Gemälde zurück! Ja, das sind Diebe! Alles, was nicht niet- und nagelfest war, haben sie gestohlen! Und Kartoffeln gekocht! Und die Linsensuppe! Ja, wir mussten nicht hungern! Der Norbert kaufte sich dann ein Motorrad! Jaja! Also, schlafen Sie schön, Herr Arnold!«, hüstelte er in sein Schnupftuch.

Antek kritzelte ins Dienstbuch für die Kollegen von der Frühschicht den im Heim beliebten Standardsatz: *Ein ruhiger Nachmittag, keine besonderen Vorkommnisse.*

Danach schrieb er Georg, der ihm gerne kleinliche Rügen in Form eines Ratschlags erteilte: *Antek! Bitte immer erst den alten Aufschnitt aufbrauchen!* All dies erledigte er, ohne den Duden zu benutzen, worauf er stolz war.

Gegen halb neun rückte Dietrich Pabst zum Dienst an, die Nachtwache. Bereits an Anteks erstem Abend auf der Männerstation erwies er sich als ein redelustiger und geselliger Zechkumpan, der ihm warmherzig eröffnete: »Mein Job ist die reinste Schinderei. Seit zehn Jahren bin ich schon dabei, und ich hab nicht vor zu kündigen!«

Dietrich Pabst aus Lilienthal! Er war vierzig, sehnig, knochig und blond. Er hatte einen Bart und lange, auf Schulterlänge geschnittene Haare. Seine Augen lagen tief in ihren Höhlen, aber das Auffallendste waren die hervorstehende, kräftige Stirn und die breiten Augenbrauen. Er ähnelte ein bisschen Tom Waits und dem Schauspieler mit dem Quasimodo-Gesicht, Ron Perlman, der aus »Am Anfang war das Feuer« oder »Der Name der Rose« bekannt war.

Dietrich Pabst lebte in einem Zwei-Wochen-Rhythmus: vierzehn Tage Nachtwache und vierzehn Tage frei (dann schlief er und verließ seine Wohnung nur zum Einkaufen).

Er sagte von sich, er sei ein Neandertaler, womit er keineswegs meinte, dass er den meisten Menschen von heute intellektuell unterlegen wäre oder dass ihn sein Aussehen dazu befugte, so etwas zu behaupten. Nein. Ein Neandertaler sei er deshalb, weil er mit der Zivilisation, wie sie sich in den Jahrtausenden entwickelt hatte, nichts gemein hätte. Und er hielt sich sogar für einen Philosophen, und zwar mindestens für einen vom Rang eines Friedrich Nietzsche, dessen großer Fan er war. »Hier, sieh mal: in diesem Finger steckt der ganze Nietzsche!«, sagte er oft, den kleinsten Finger der rechten Hand gerade streckend. »Als Nachtwache hast du meistens nichts zu tun. Die Bewohner schlafen, und wenn einer austickt oder einen epileptischen Anfall kriegt, renne ich zum Medizinschränkchen, schließe es auf und hol das Fläschchen mit den Tropfen oder die Tube mit dem Einlauf raus, um den Betroffenen wieder ruhig zu stellen oder ihm das Leben zu retten. Für all die Tätigkeiten benötige ich höchstens zehn Minuten. Was soll also einer wie ich mit der Nacht anfangen? Lesen! Nachdenken! Und das tu ich schon zehn geschlagene Jahre, Freundchen! Ich könnte an jeder Universität unterrichten: natürlich jeden Tag nur zehn Minuten.«

Und Dietrich Pabst war in der Tat fleißig gewesen. Auf tausendachthundert Seiten – zumindest gab er es vor, denn Antek hatte das Manuskript noch nie zu sehen bekommen – hatte er eine Theorie namens »Das wahre Gesetz der Reinkarnation« niedergeschrieben, und das ausschließlich während seiner Arbeitszeit!

Die jahrelange Beobachtung der geistig Behinderten und ihrer Betreuer war für ihn wie ein Studium. Dabei gelangte er unter anderem zu der Ansicht, dass alle Existenzformen recht seien und dass es keinen Unterschied mache, ob einer in geistiger Umnachtung oder im Besitz aller mentalen Kräfte lebe. Es sei aber nicht *das wahre Gesetz der Reinkarnation,* dass jedes Bewusstsein nach einem Behälter suche, in dem es sich wohl fühle, wie es in dem Sprichwort »Auf jeden Topf passt ein Deckel« sinngemäß beschrieben sei. Nein, das nicht. *Das wahre Gesetz der Reinkarnation* bedeute generell, dass jeder Mensch zu einem Punkt zurückgehen müsse, an dem ein schlimmer Ärger begonnen habe. Er müsse die Fehler korrigieren. Da dies aber unheimlich schwierig sei – für einen Sterblichen so gut wie unmöglich –, würden wir immer wieder neu geboren werden und drehten uns im Kreis wie auf einem Karussell: »Das Schiff sinkt und wir mit ihm«, dozierte er des Öfteren. »Und schon manches Mal habe ich mir gewünscht, ich wäre eine Ratte ...«

»Hallo Antek«, sagte er, stellte seinen australischen Rucksack auf den kleinen Tisch an der Wand und packte seine australische Thermoskanne mit dem Kaffee aus. Er trank ihn literweise wie Balzac. Den Jahresurlaub verbrachte er in Australien bei den Aborigines, die er als seine Brüder betrachtete. Er posaunte, sie seien das einzige Volk auf Erden, das vor Gott oder Göttern keine Angst habe – wie er selbst, wie Nietzsche, dessen Texte er seinen australischen Freunden vorlas. Sie versuchten im Gegenzug, ihm das Zubereiten und Garen von köstlichen daumengroßen Maden beizubringen – na ja, begossen mit Dosenbier wie saftige Schweinesteaks. Er hätte bei ihnen das Didgeridoo-Spielen erlernt und wie man unter einer Tarnkappe verschwindet, aber ob das wirklich stimmte oder einfach Angeberei war, entzog sich Anteks Urteilskraft – dafür kannte er Dietrich Pabst zu wenig.

Sie besprachen kurz und bündig ein paar dienstliche Angelegenheiten, was sich im Jargon des Heimes Dienstübergabe nannte, und tranken Kaffee.

»Mein Freund«, begann Dietrich Pabst. »Ich sehe tief in dein Herz – so tief, wie ich nur kann, und das schon seit Wochen – und muss feststellen, dass dich ein böser Geist oder gar ein Dämon quält. Muss ich mir Sorgen um dich machen? Ich schätze, ja. Du bist nicht ganz bei der Sache. Du trinkst Kaffee, aber es sind nicht deine Lippen und deine Zunge, die den Kaffee schlürfen und schmecken!«

Antek, dessen Lebensgeschichte seinem neuen Freund bestens bekannt war, räusperte sich und fragte: »Was soll ich denn tun? Mich vor den Zug werfen?«

»Im Grunde genommen ja: Dann könntest du eine neue Reinkarnation beginnen!«

»Das ist doch albern.«

Dietrich kratzte sich hinter dem linken Ohr, drehte sich eine Drum-Zigarette und sagte: »Selbstmord zu begehen ist nur ein Ratschlag von mir. Der zweite wäre: Kauf dir einen Mercedes, den gleichen, den du mal hattest! Spar sieben Riesen und fahr nächstes Jahr am selben Tag, an dem du den Unfall gebaut hast, nach *Bartossiz* ... Aber diesmal darfst du während der Autofahrt nicht einschlafen ..., denn das wäre schon der erste Fehler, den du wiederholen würdest! Wie gesagt, dreh das Rad der Zeit zurück!«

»Danke, Dietrich! Und dass du mir nicht verbietest zu überlegen, was ich unternehmen soll, finde ich richtig Klasse! Und jetzt muss ich los. Lucie kocht jeden Abend, seitdem ich bei ihr übernachte.«

»Stellst du sie mir irgendwann vor?«

»Sicher, wenn ich wiedergeboren werde«, lachte er.

Sie umarmten einander, wie sich das für gute Freunde gehörte.

Die Nächte waren bereits sehr kalt und lang geworden, was Antek mochte. Im Allertal sah man noch alle Sterne wie über seiner Geburtsstadt im Ermland. Aber sobald er nach dem Spätdienst wieder in Bremen war, entstand in ihm das Gefühl, dass diese Stadt keinen Himmel hätte. Es war weder dunkel noch hell. Ein Zylinder schwebte über Bremen, ein Chapeau claque, unter dem es nur die Straßen und Häuser gab. Die Erde.

34

AM SAMSTAG BRACH ER WIE VERABREDET mit Lucie nach Hamburg auf. Sie glitten mit dem DS über die Autobahn, und Antek saß etwas verunsichert am Steuer, weil er fürchtete, von den Frankfurtern, die ihren Wagen bei August Kuglowski gelassen hatten, angehalten zu werden. Mit polizeilicher Hilfe: »Sie haben unser Auto gestohlen!«

Absurd, aber schließlich befand er sich auf fremdem Boden und kutschierte ein fremdes Auto durch die Gegend. Er musste lachen und Lucie auch.

Am Abend zuvor hatte er in seiner Kontrollstation mit Teresa telefoniert, die mit ihrer Vermutung, dass er sich mit Lucie träfe, richtig lag.

Teresa konnte ihrerseits mit einer Überraschung aufwarten, die Antek nicht unbedingt positiv stimmte. Sie sagte, dass sie gute Aussichten hätte, noch vor Weihnachten dieses Jahres nach Bremen zu kommen – mit sämtlichen Papieren, sodass sie sogar heiraten könnten. Und besonders gut gefiel ihr, dass sie genauso wie er aus Bartoszyce fliehen müsste. Und sein plötzliches Verschwinden wäre auf der Straße das Thema Nr. 1. Sie sagte auch, dass sie ihm in Bremen keinen Kummer bereiten würde. Sie würde versuchen, ihm eine gute Geliebte zu sein, um jeden Preis, selbst dann, wenn sie in Kauf nehmen müsste, dass Antek weiterhin ein Verhältnis mit Lucie hätte: »Du kannst sogar mit ihr leben. Ist mir egal. Nur heirate mich, damit sie mir die Aufenthaltserlaubnis erteilen. Besuch mich ab und zu und schlaf mit mir. Ich werde putzen gehen und Deutsch lernen. Ich werde alles tun, was erforderlich ist. Ich werde nicht so dumm sein wie Lucie oder Beata!«

Nach diesem Telefongespräch hatte er seine Post durchgesehen – Verdienstabrechnung, Krankenversicherung, Werbeprospekte. Beata würde ihm nicht mehr schreiben, das war sonnenklar. Auch Robert nicht. Robert würde ihn vielleicht eines Tages anrufen, sobald sich in Bartoszyce alles etwas beruhigt hätte. Er vermisste ihn und erzählte Lucie von seinem Freund und auch von Zocha, Inga und Bartek.

»Warum lädst du Robert nicht ein?«, fragte Lucie.

»Da muss erst mal über die ganze Sache Gras wachsen. In zwei, drei Jahren vielleicht. Jetzt ist es noch zu früh dafür. Wenn er jetzt zu mir nach Bremen käme, würden sie ihn nach seiner Rückkehr so lange verhören, bis er endlich singen würde: meine Adresse, Telefonnummer, neuer Name, Job, Frauen. Einfach alles. Lucie, du ahnst nicht, wozu diese Typen fähig sind ...«

»Aber wieso? Ich verstehe nicht. Was hast du in *Bartoschitze* angestellt?«

Sie war die einzige Person, die den Namen seiner Stadt korrekt aussprechen konnte. Und das gefiel ihm. Er fand es erregend, wenn sie *Bartoschitze* sagte.

»Willst du eine Zigarette?«, fragte sie.

»Ja.«

»Gut. Ich muss es auch nicht begreifen.«

Sie steckte sich Anteks Zigarette an, zog einmal an ihr und gab sie ihm.

»Was wollten sie aus dir machen? Einen Spion? Das ist doch wie in einem schlechten Film. Und nur weil du Deutsch kannst?«

»Und weil ich schon fünfmal bei dir gewesen bin, beziehungsweise in Westdeutschland. Das reicht.«

Der Verkehr wurde dichter, und Antek überholte die LKWs. Er schonte den Motor und fuhr nicht schneller als hundertdreißig.

»Und du meinst allen Ernstes, dass sie dich in der Bundesrepublik suchen werden? Wozu?«

»Nicht sie, sondern ein gewisser Brzeziński. Ein hoher Offizier, der – wie soll ich sagen – ein Kopfjäger ist. Ja, das ist sein wahrer Beruf. Menschenjagd. Darauf steht er. Hier geht es weder um den Sozialismus noch um Verrat an meinem Land. Brzeziński ist gefährlicher als Judas. Von solchen Menschen hängt mehr ab, als du dir denken kannst. Sie sind der eigentliche Staat, das Regime. Sie sind die Henker – nicht ihre Arbeitgeber, die im Parlament irgendwelche Gesetze erlassen und sich ihr Süppchen am Feuer anderer kochen.«

»Aber du bist doch ein Nichts – sprich ein Durchschnittsbürger mit null Kontakten zu den hohen Tieren, Antek.«

»Das ist ja gerade das Entscheidende, dass ich ein Nichts bin. Ein leichtes Opfer. Ein Soldat, nach dem, wenn er draufgehen sollte, kein Hahn krähen wird. Und das ist ein wesentlicher Vorteil.«

»Ich mag mir gar nicht ausmalen, was das alles bedeutet – vor allem für dich, in ständiger Angst zu leben.«

»Dir wird nichts passieren. Das verspreche ich dir.«

»Phi! Ich pfeife darauf! Ich will glücklich sein – mit dir!«

Antek machte die Zigarette aus. Er warf einen Blick auf den Zettel mit der Wegbeschreibung, die Elisa ihm gegeben hatte, und wechselte die Spur. Er lenkte den DS Richtung Elbtunnel.

Elisa und Marian wohnten in Altona. Lucie kannte sich zwar in Hamburg gut aus, aber als Pilotin taugte sie überhaupt nicht. Erst nach einer knappen Stunde fanden sie die Straße mit der Wohnung der beiden Geschwister vom Blankiwerder. Von ihrem gemeinsamen Besuch in New York war Antek gewohnt, als Lucies Chauffeur die Nerven zu behalten. Einmal hatten sie sich einen Wagen gemietet – für einen Ausflug nach Coney Island, wo sie nie ankamen. Sie brachten den Vormittag im Auto zu, ließen es schließlich in Chinatown stehen und sattelten auf die Subway um. Erst am Abend landeten sie wieder bei Lucies Freundin in Greenwich Village.

Es fing an zu regnen, als Antek den DS in eine enge Parklücke manövrierte. Beim Aussteigen mussten sie ihre Bäuche einziehen und sich ganz dünn machen, um nicht mit der Tür an die angrenzenden Karossen zu kommen, und Lucie stieß einen Freudenschrei aus: Hurra, wir sind endlich da! Antek küsste sie im Regen, nahm ihr die Tasche mit den Schlafanzügen, frischer Unterwäsche für morgen und Geschenken für die Gastgeber ab und ließ sich von Lucie zum fünfstöckigen Mietshaus aus den Dreißigerjahren führen. Nicht selten ergriff ihn in Deutschland der Gedanke, der ihm sagte: Schau, Antek, überall, wo du hintrittst, sind hier Nazis und Juden herumgestreut, auch auf diesem Bürgersteig – wie in Bartenstein zwar, aber hier bist du mitten im Ursprung des Geschehens: Geschichtsunterricht live wie in der Wolfsschanze. Er teilte diese Gedanken niemandem mit, nicht einmal Lucie, weil er befürchtete, nicht verstanden zu werden, zumal es ihm eine gewisse Lust bereitete, im kleinsten, intimsten Raum ein Privatgelehrter zu sein.

»Ich hasse diese Treppen«, klagte er, als sie im fünften Stockwerk ankamen und bei Dr. Kuglowski und Elisa Kuglowski klingelten.

Marian schloss ihnen auf und sprang sie an – mit offenen Armen und nassen Küssen nach alter polnischer Sitte: »*Witajcie*«, rief er. »Antek! Mein Junge! Bist du aber groß geworden! Und Lucie – das hübscheste Mädchen in der ganzen Stadt. Tretet ein! Elisa!«, schrie er. »Unsere Gäste sind da! Sie bringt gerade ihr Make-up zur Vollendung!«

Sie trippelte auf hohen Absätzen und im Abendkleid, freudestrahlend und geschminkt wie Marlene Dietrich aus dem Badezimmer in den Flur.

»Hallo, ihr Bremer«, sagte sie und umschlang Lucie – Antek bot sie die Hand dar, als wenn er sie küssen sollte.

Er war sich plötzlich nicht sicher, ob er hätte herkommen sollen. Zu den Kindern von August Kuglowski. Er musste an Beata und ihre Insel und den Blankisee denken. Er ertappte sich oft dabei, dass er von jetzt auf gleich Raum- und Zeitreisen unternahm, zwar nur für wenige Sekunden, aber es kostete ihn dann viel Kraft, sich wieder bewusst zu machen, dass er in Deutschland war und nirgendwo anders.

Marian zeigte ihnen die Wohnung. Drei Zimmer, Parkettboden, endlose schwedische Bücherregale, zwei, drei Prachtstücke im Biedermeierstil (ein Schreibtisch und ein Sofa), eine Truhe aus dem Mittelalter (angeblich sehr teuer und echt), Stehlampen mit silbernen Stielen und Filmplakate, die Antek aus seinem Kino Muza kannte.

»Na, Herr Kartenabreißer«, sagte Marian, »da staunst du, was!? Ich bin Sammler von Filmplakaten! Ich bestelle sie mir aus einem Katalog!«, freute er sich und machte vor der Brust eine abrupte Handbewegung, die besagte, das alles gehört mir. »Und jetzt wollen wir essen! Ich bin heute der Koch! Meine Spezialität ist Paella! Ihr werdet euch die Finger lecken! Bevor wir mit dem Picheln loslegen, müssen wir was für unseren Magen tun.«

Antek hatte Marian die Spulendosen der Kopie von Kieślowskis »Ein kurzer Film über das Töten« schenken wollen, die er aus Bartoszyce mitgebracht hatte. Jetzt bezweifelte er, dass Marian der Richtige war. Die Hefte mit den Lizenzen und Aufführungsterminen wie auch die Himmelsjahrbücher konnte er jederzeit verbrennen, um so mit seiner Vergangenheit abzurechnen. Aber Kieślowskis Werk nicht, es war *nonflammable,* zumindest laut Aufschrift auf den Spulendosen. Er musste ihn also anders loswerden, und Marian war ihm als genau der richtige Mann vorgekommen, einer, der sich sicherlich über das Geschenk freuen würde. Schön und gut. Nur, nachdem er all die bunten Plakate gesehen hatte, die Fratzen der Schauspieler, die Marian per Post nach Hause geliefert bekam, bestellt in einem Versandkatalog, übermannte ihn ein Ekel, den er nicht näher beschreiben, dafür aber spüren konnte.

Doch es war zu spät, seine Entscheidung zu revidieren. Kieślowski musste in Hamburg in Marians Arbeitszimmer zwischen medizinischen Fachbüchern verstauben.

Lucie packte im Wohnzimmer die Geschenke aus, die allgemeine Begeisterung hervorriefen, auch bei Antek. Er kehrte aus seinem inneren Exil zurück und konzentrierte sich auf das Geschehen am Esstisch. Elisa wickelte sich das perlmuttfarbene Halstuch um den Kopf, machte eine Schleife unterm Kinn wie eine Babuschka und bedankte sich bei Lucie. Sie setzte ihre Sonnenbrille mit dem weißen Gestell auf, ging zum Spiegel im Flur und kehrte pfeifend zurück: Audrey Hepburn im Cabriolet an der kalifornischen Küste – so sah sie aus.

Marian ächzte nur noch, er war auf das unglaubliche Geschenk, das ihm Antek gemacht hatte, nicht vorbereitet.

»Hast du dir das echt richtig überlegt?«, fragte er schüchtern. »Das Ding ist nicht mit Gold aufzuwiegen!«

»Heb die Kopie gut auf! Irgendwann, was ich stark hoffe, gucken wir uns den Film im Muza an!«

Marians Paella fehlte der letzte Schliff: etwas mehr Safran. Vielleicht war es aber nur der Meeresduft aus einem Strandcafé, eine warme Brise von der Küste, die fehlte. Mit Gin Tonic, den Antek erst nach dem vierten Glas zu schätzen begann, schmeckte ihm Marians Lieblingsgericht.

Lucie, die nicht hätte trinken sollen, hatte eine lockere Zunge bekommen und begann, von Beatas Brief zu erzählen. Noch vor zwei Stunden hätte bei Antek das Barometer auf Sturm gestanden, aber jetzt, da der Alkohol erträglich wurde und seine trübsinnigen Gedanken ans Ende der Welt vertrieben hatte, war es ihm egal, dass sie den Inhalt des Briefes Wort für Wort referierte.

Elisa verhielt sich für eine Weile wie Anteks Mutter, die, sobald ein peinliches Thema angesprochen wurde, immer versuchte, das Gespräch an sich zu reißen, um es in friedlichere Bahnen zu lenken. Elisa legte eine Kassette mit Tanzmusik ein und lobte die Jazzband in den Himmel.

»Lasst uns tanzen!«, sagte sie.

Marian flüsterte Antek ein paar Derbheiten ins Ohr, um ihn zu trösten: »Mann! Im Vergleich zu Beata ist Lucie doch ein Klasseweib! Eine Arierin! Reinrassig!«, sagte er. »Für eine Nacht mit ihr hätte ich meine Konten und Sparbücher geplündert, aber sie hat nie ein Auge auf mich geworfen, obwohl wir uns schon seit einer Ewigkeit kennen. Und Beata – sei ehrlich – wie konntest du mit einer Frau etwas anfangen, die mit unserem Vater verheiratet war! Das ist doch krank! Du weißt gar nicht, wie sehr ich es bereue, dass ich kein Psychiater geworden bin! Zumindest hätte ich dann eine Chance – das bilde ich mir jedenfalls ein –, meine Träume zu verstehen. Und sie handeln oft von August.«

Er gestand Antek, dass eigentlich nicht der Kleinelefant Tuffi wie auch sein eigenes Abenteuer in der Wuppertaler Schwebebahn an der Entscheidung, Urologe zu werden, maßgeblich beteiligt waren, sondern seine mangelnde Begabung und eine Prise feiner Intelligenz. Sigmund Freud und C. G. Jung hatte er ursprünglich studieren wollen und bezeichnete sie als Halbgötter.

»Seitdem ich in der Bundesrepublik lebe, kommt es mir so vor, als neigte man hier zum Größenwahn«, antwortete Antek.

Elisa und Lucie dachten gar nicht daran, den Tisch abzuräumen. Sie tanzten und unterbrachen die Diskussion der Männer mit Rufen, die unter der Wirkung von Gin Tonic reichlich laut waren: »Los! Ihr Schlappschwänze! Bewegt euch! Uns wird allmählich heiß!«

Lucies Hintern, der sich unter ihrem engen Kleid einladend wölbte, war für eine wilde Orgie wie maßgeschneidert. Das war Antek schon immer klar, doch heute Abend, nachdem ihm Marian in lauter Superlativen und gedankenverloren von Lucies Sexappeal vorgeschwärmt hatte (»... was für eine geile *cipka* ...«), schien er ihm verführerischer denn je.

»Tanzt du mit meinem Po oder mit mir?«, fragte Lucie und verschob seine Hände auf ihre Hüften.

Es musste schon sehr spät in der Nacht gewesen sein, als Antek irgendwann mit Elisa nach unten ging, um frische Luft zu schnappen. Marian und Lucie blieben in der Wohnung, umschlungen im Tanz zu einer Ballade von Phil Collins und restlos blau.

»Können wir die beiden alleine lassen? Ich dachte, Lucie, dieses Luder, steht auf deinen Bruder nicht«, sagte Antek, als sie auf der Straße waren.

»Eifersüchtig? Du willst sie doch eigentlich loswerden!«

»Ich kann nicht mehr zu Beata zurück. Du hast doch gehört, was sie Lucie geschrieben hat. Und in Polen bin ich eine Persona non grata.«

Er skizzierte kurz, was ihm bevorstünde, sollte er jemals in Brzezińskis Fänge geraten.

»So wenig Vertrauen hast du zu Beata, dass du ihr davon nichts erzählt hast?«

»Als es passierte, waren wir nicht mehr zusammen. Sie war diejenige, die eine Trennung wollte. Und ich musste schnell handeln! Brzeziński saß mir im Nacken – wie auch deinem Alten. Hals über Kopf habe ich meine Zelte in Bartoszyce abgebrochen. *Pan* Haack fiel wie Hitlers Soldaten vor Stalingrad.«

»Du hast einen in der Krone!«

»Du auch. Müssen wir Deutsch sprechen?«

»Von mir aus nicht«, sagte sie und wechselte ins Polnische. »Jedenfalls geht meine Geschwisterliebe nicht so weit, wie du vielleicht denkst ...«

»... das wollte ich dir nicht unterstellen ...«, unterbrach er sie.

»... wenn er sich nicht zu dumm anstellt. Deine Freundin wird schon wissen, was sie vorhat! Und ich gönne es Marian! Dass er sich vor kurzem hat scheiden lassen, ist dir wahrscheinlich nicht bekannt. Und sein Sohn ist mittlerweile schon acht. Auf dem Blankiwerder hat er dir das Wichtigste aus seinem Leben verschwiegen. Er ist ein Phantast wie August.«

»In Hamburg wird ihm nichts zustoßen. Auf der Insel wäre er wahrscheinlich längst seinem Vater in die ewigen Jagdgründe des Blankisees gefolgt. Diese Erde hier ist auch verdammt, aber sie ist mit Opfern so gesättigt, dass sie niemanden mehr aufnehmen kann. Die Nazis haben ihren Job mehr als gründlich erledigt. Im Osten ist noch viel Platz für Friedhöfe. Auschwitz ist nur vorübergehend stillgelegt worden, glaub mir.«

Sie hielten an. Sie waren ein ganzes Stück gegangen und hatten es gar nicht gemerkt. Sie standen vor der Fabrik, in der eine Rockband spielte.

»Was ist das?«

»Eine Konzerthalle. Bist du immer so düster, wenn du einen getrunken hast?«, fragte Elisa.

»An meinem dritten Tag auf der Männerstation im Allertal haben sie einen Greis auf einer Bahre weggetragen. Er hatte sich die Pulsadern aufgeschnitten. Auf dem Unterarm war eine Nummer eintätowiert: schöne blaue Ziffern. Ich hab ihm noch am Morgen zuvor die Haare gewaschen und ihn gekämmt. Georg, mein Stationsleiter, meinte, der alte Buckhardt wäre nur verhaltensgestört, also nicht einmal geistig behindert. Er rauchte Pfeife und ...«

Sie legte ihre rechte Hand auf seinen Mund und sagte: »Sei still ...«

Sie zitterte vor Kälte. Antek zog seinen Bundeswehrparka (eine Kleiderspende aus Friedland) aus, hängte ihn Elisa um, und sie küssten einander, aber so schüchtern, als täten sie es zum ersten Mal.

»Jetzt sind wir wieder Kinder, wie damals am Blankisee«, sagte er.

»Lass uns zurückgehen. Ich friere.«

»Nein. Wir wollen sie nicht bei etwas erwischen, was ihnen unangenehm wäre. Kriegt man in diesem tollen Schuppen noch was zu trinken?«

»Du – ja«, sagte Elisa und brach in Gelächter aus.

»Was ist eigentlich mit eurer Mutter?«, fragte er. »Wo lebt sie?«

»In Wuppertal. Sie hat sich in Augusts Cousin Hermann, den Apotheker, verliebt und ihn zum Altar geführt.«

Sie mussten keinen Eintritt bezahlen, obwohl auf der Bühne kein Geringerer als Klaus Schulze auf seinen Synthesizern spielte. Da das aber schon die Zugabe war und das Konzert beendet werden sollte, waren die Türsteher großzügig zu ihnen gewesen. Der Saal platzte aus allen Nähten. Antek schlängelte sich durch die von der elektronischen Musik Schulzes hypnotisierten Menschenmassen zur Theke, wo er zwei Bier bestellte.

So einfach war das. Sein Traum, Klaus Schulze oder Tangerine Dream, die sich hinter dem Eisernen Vorhang großer Beliebtheit erfreuten, einmal live zu sehen, sollte sich in Hamburg erfüllen. Und jetzt, da es endlich so weit war, verspürte er keine Freude. Er müsste praktisch jedes Wochenende ins Konzert gehen, um all das nachzuholen, was ihm seine Altersgenossen aus dem Westen voraushatten. Er zog es vor, ein Bürger zweiter

Klasse zu bleiben. Auf diese Weise ließen sich Missverständnisse vermeiden, und er konnte sich ungestört sein Teil denken.

Sie tranken Bier aus Plastikbechern.

»Ich will ein Autogramm von ihm«, sagte er.

»Das ist doch kindisch.«

»Nein. Ich will ein Autogramm. Und ich hab ihm was zu übermitteln. Eine brandneue Botschaft von den Plejaden.«

»Die Roadies werden dir die Nieren aus dem Leib schlagen. Anschließend bringt dich ein Krankenwagen zu Marian in die Eppendorfer Klinik.«

Er erinnerte sich an die Geschichte, die ihm Dietrich Pabst einmal erzählt hatte. Bei einem Konzert von Novalis in der Bremer Stadthalle sei er high auf die Bühne gesprungen, habe das Mikro an sich gerissen und gebrüllt: »Jetzt singe ich: ›Es färbte sich die Wiese grün!‹« Aber das Ende vom Lied war, dass er von der Polizei abgeführt wurde.

Die Roadies in den Lederklamotten waren nette Leute, und Klaus Schulze gab Antek nach dem Konzert ein Autogramm – auf eine Postkarte, die er sich an der Theke eingesteckt hatte und auf der in roten Buchstaben auf schwarzem Hintergrund geschrieben stand: AIDS IST DEIN LETZTES WORT AUF DEM STERBEBETT.

Draußen zerriss er die Postkarte und sagte: »Meine Botschaft von den Plejaden werde ich für mich behalten.«

Elisa schlief fast im Stehen. Sie hielten vor der Fabrik ein Taxi an, das frei geworden war.

Am Ziel angekommen, kassierte der iranische Fahrer zehn Mark, und Antek schleppte Elisa Huckepack ein Stockwerk hoch. Dort war Schluss. Er war aus der Puste.

Marians Schwester lehnte an der Wand, und Antek sagte, er würde Hilfe holen: »Rühr dich nicht vom Fleck.«

Sie taumelte an der Wand und weinte: »Lass mich nicht allein, bitte!«

Oben im Fünften klingelte er die Nachbarn aus dem Schlaf. Falsche Tür, falscher Knopf.

35

DER FRÜHDIENST, der für Antek meist um sechs Uhr dreißig anfing, beschränkte sich in der Hauptsache darauf, dass man bis zum Mittag mit einem Putzlappen durch die Station tingelte und den kleinsten Dreck wegwischte. Fünfzehn männliche Bewohner, von denen einige nachts ins Bett urinierten und ejakulierten, wären in einem Hotel mit Sicherheit keine gern gesehenen Gäste.

Wenn Antek die Fliesen im Badezimmer auf Hochglanz polierte, schnappte er manches Mal mit einem Ohr im Geiste auf, was Robert dazu sagen würde: »Was? Du bist in den Westen geflohen, um als Putzfrau und Gefängniswärter zu malochen?« – »Schön wär's«, hätte er dann Robert geantwortet. »Ich bin Krankenschwester und muss die Deutschen pflegen. Immerhin sind sie mit meinen Eltern blutsverwandt. Denn wer ich bin, wird sich erst noch herausstellen müssen!«

Georg war nicht da. Er hatte wieder eine dieser langen Sitzungen bei der Pädagogischen Leitung. Lena stopfte die schmutzigen Handtücher in die Waschmaschine. Annette hatte heute Spätdienst. Johann Neumann spülte seinen Teller nach dem Mittagessen, und Antek kümmerte sich im Büro ums Organisatorische. Er schlug das Adressbuch auf und stieß sofort auf Dietrich Pabsts private Telefonnummer, die jemand mit einem grünen Textmarker eingekreist hatte. Er orderte über die Zentrale ein Dienstgespräch nach Lilienthal, und nach einer halben Minute klingelte das Telefon. Dietrich Pabst musste für eine Nacht einspringen, weil sich seine Kollegin von der Nachtwache mit heftigen Zahnschmerzen krankgemeldet hatte.

»Okay ...«, sagte er. »Sag mal, bist du am späten Nachmittag zu Hause? So um fünf?«

Antek war verdutzt, bejahte aber seine Frage, er sei da.

»Das trifft sich gut. Ich muss mich mal mit dir unterhalten. Geheimstufe eins! Top secret! Bevor ich mich auf die Socken ins Allertal mache, schau ich bei dir in Bremen vorbei. Wo ist das also genau, wo du haust? Hinter dem Bahnübergang? Ist dort dieser Güterbahnhof?«

Anteks Angaben waren verwirrend. Es gelang ihm selten, jemandem zu erklären, wo sein Zuhause eigentlich lag.

Er rief noch bei Lucie an, um ihr anzukündigen, dass er erst am Abend zu ihr kommen würde. Seit ihrem gemeinsamen Wochenendausflug nach Hamburg war sie misslaunig, weil er sie in der Nacht nach dem Spaziergang zur Fabrik als Hure beschimpft hatte. Es tat ihm Leid, aber da sie nach wie vor übertrieben und fast schon hysterisch bestritt, mit Marian geschlafen zu haben, sah er sich außerstande, das einmal ausgesprochene Misstrauensvotum zurückzunehmen, obgleich ihn die Vorstellung, Lucie hätte mit einem fremden Mann Sex gehabt, sogar erregte.

Elisa hatte ihm am folgenden Tag die Visitenkarte ihres Rechtsanwaltes, eines gewissen D. P., überreicht, der seine Kanzlei in der Teufelstraße betrieb. D. P. hätte ein paar Fragen zum Blankiwerder und würde sich bald mit Antek in Verbindung setzen, noch vor Weihnachten. »Wie heißt die Straße? Bist du blind? Was willst du von diesem *diabeł*? Das riecht man doch auf Kilometerentfernung, dass der Typ ein Abgesandter der Hölle ist. Mach mal lieber einen Termin mit einem Spiritisten ab und frage über ihn deinen Alten im Jenseits, ob er im Obstgarten einen Schatz vergraben hat ... Im Übrigen empfehle ich dir, Lotto zu spielen ...«, hatte ihr Antek etwas unwirsch an den Kopf geworfen, wobei Marian keine Anstrengungen unternahm, seine Schwester zu verteidigen.

Elisa war daraufhin beleidigt und sprach den ganzen Sonntag nicht mehr mit Antek und Marian, und am Abend, als Antek und Lucie in den DS stiegen, sagte sie gleichgültig: »Tschüs. Wir telefonieren.«

Jeder hat sein Kreuz zu tragen, pflegte Anteks ostpreußische Großmutter aus Gallingen zu sagen, und daran erinnerte er sich seit Tagen gerne, weil viele Kreuze so groß waren, dass es eigentlich eine Verschwendung war. Die Menschen brachen unter der allzu schweren Last zusammen und haderten mit sich und den Göttern, zu denen sie beteten – sie waren ihrem eigenen Schicksal nicht gewachsen.

Und solch ein Kreuz kosmischen Ausmaßes sah er Elisa schleppen. Sie hat sich germanisiert, dachte er, als er mit seinem DS auf die A27 einbog, und steckt immer noch mit einem Fuß in der Erde, die ihre Mutter ist. Beatas Insel wird ihr noch zum Verhängnis: Da hab ich lieber mein Kino Muza, und Marian kann sich mit seinen Filmplakaten die Wände und Decken tapezieren, er wird niemals der Zuschauer und Kinogänger werden, der ich einmal in Bartoszyce gewesen bin: ein Spanner auf Reisen ohne Visum, Pass und Kreditkarten.

Was er über Lucie und Marian dachte, mochte er sich nicht eingestehen. Er machte sich Hoffnungen, dass ihn Lucie verlassen würde, doch was geschähe dann? Leben? Wie und mit wem? Ob mit ihr oder Teresa oder einer anderen – keine von ihnen würde ihm Beata ersetzen oder zurückgeben.

Es war Mittwoch, fünfzehn Uhr, vom Himmel nieselte es kalt, und der Güterbahnhof, in dem einst Betriebsamkeit geherrscht haben musste, wirkte wie eine verlassene Militärbasis. Diesen Ort hätte man auch in eine der Volksrepubliken verpflanzen können. Die Zäune und die Mauern, die den Güterbahnhof umgaben, bildeten für Antek die Grenze zwischen Ost und West, wie in Berlin.

Er stellte seinen Wagen vor einer Laderampe ab und ging die langen Korridore des Verwaltungsgebäudes entlang. Als er zur Halle 7 gelangte, sah er, dass die Tür seiner Kontrollstation weit offen stand. Jemand hatte einen milchig weißen Hohlstein davor gelegt. Er ärgerte sich, weil er sich geschworen hatte, seine Wohnungstür abzuschließen. Niemand sollte mehr mir nichts dir nichts bei ihm hereinspazieren und spionieren. Es gab bei ihm nichts zu erforschen.

Der ungebetene Gast saß bequem auf dem Sofa und nippte an einem Becher Tee. Es war Dietrich Pabst, der sich sofort entschuldigte: »Ich bin gleich nach deinem Anruf losgefahren. Ich war viel zu aufgeregt, ich konnte nicht bis zum Abend schmoren, denn was ich dir zu sagen habe, ist von größter Wichtigkeit. Womöglich für uns beide! Aber immer mit der Ruhe, alles hat seine natürliche Ordnung, wie es die Upanischaden und Manichäer bezeugen und uns lehren, und dass ich von den Erfindungen moderner Wissenschaften nichts halte, muss ich dir nicht mehr verklickern, liebster Freund. Also, ich mach dir jetzt einen Tee, und dann reden wir!«

»Aber was ist denn?«, fragte Antek Haack, schloss die Tür, streifte seinen Bundeswehrparka ab, warf ihn aufs Sofa und nahm Platz am Tisch, der an der Wand stand mit den winzigen Fenstern unter der Decke. Um die Fenster zu öffnen, musste man auf eine Leiter steigen und schaute dann auf die Gleise und verrostete Güterwagen, die monatelang nicht zum Einsatz kamen.

In diesem Raum aß und kochte er. Der andere, der so groß war wie eine Zigarettenschachtel, diente ihm als Schlafzimmer.

Dietrich Pabst goss aus einer Plastikflasche Wasser in den Kessel und stellte ihn auf den Campinggaskocher, den Antek auf dem Flohmarkt erworben hatte.

»Wo steht dein Auto? Ich hab es auf dem Parkplatz gar nicht gesehen«, sagte er zu seinem Gast.

»Ich parke vor dem Hauptbahnhof. Bei der Information habe ich nach dir und den Künstlern gefragt. Dich kannten sie nicht – erst als ich durch dieses gespenstische Gebäude irrte, wurde mir weitergeholfen: ›Der Zen-Meister? Halle 7!‹, meinte ein junger Mann. Nun aber zu meinem Anliegen. Und das ist nicht ganz einfach. Ich muss dazu weit ausholen, bis zu meiner Kindheit – deswegen sei geduldig.«

Das Wasser kochte. Dietrich Pabst machte neuen Tee und setzte sich zu Antek an den Tisch. In seinen graublauen Augen entbrannte ein Feuer wie bei allen Geschichtenerzählern, wenn sie endlich zum Zuge kamen und ihren Stoff loswerden konnten.

»Also. Mein Großvater Heinrich war Arzt in Berlin, aber schon in zweiter Generation. Es war deshalb ganz selbstverständlich, dass auch sein Sohn eines Tages Arzt werden sollte. Keiner in unserer Familie wäre auf die Idee gekommen, meinem Vater vorzuschlagen, er solle ein Jurastudium aufnehmen. Das wäre eine Beleidigung gewesen. Und viel schlimmer noch, wenn jemand von ihm verlangt hätte, Lehrer zu werden. Selbst meine Großmutter Erna, die eine rabiate und liberale Person und dazu noch Schauspielerin an einem kleinen Theater war, wagte es nicht, ihrem Enkel vom Arztberuf abzuraten. Unsere Familie durfte nur Doktoren der Medizin hervorbringen, denn die Juristen und Lehrer gehörten in ihrem Bild zu einer niederen Kaste. Das waren gewöhnliche Berufe, die jeder, selbst ein Arbeiterkind, ergreifen konnte. Aber um Arzt zu werden, musste man andere Qualitäten mitbringen, ganz besondere, von denen meine Familie stets glaubte, sie zu besitzen. Das Schicksal wollte es, dass mein Großvater und mein Vater in Berlin berühmte Ärzte wurden. Fast Professoren. Schließlich zogen sie es vor, mit Patienten zu arbeiten. Ihrer Universitätskarriere stand aber nie etwas im Wege, und einmal hatte sich sogar mein Großvater Heinrich bereit erklärt, für ein Semester an einem Klinikum zu forschen, und zwar zusammen mit seinem Freund Max. Das war die einzige Ausnahme, aber dazu später. Zunächst möchte ich erzählen, was passierte, als ich mein Medizinstudium begann. Ich kam bis zum Physikum, bestand es erfolgreich, hörte sogleich mit Medizin auf und wechselte zur Philosophie. Das ist nichts Ungewöhnliches. Nicht selten passiert es, dass ein Kind rebelliert und eine lange familiäre Tradition unterbricht. Und ich war der Erste. Dabei wollte ich auch ein guter Arzt werden – wie meine Väter in den Generationen zuvor. Was mich davon abhielt – und jetzt bitte ich dich, genau aufzupassen –, war die Tatsache, dass mein Großvater Heinrich wie auch mein Vater Alfred an ihrem fünfzigsten Geburtstag Selbstmord begangen hatten. Ich bin kein Okkultist, mein Verstand ist klar und nicht zu erschüttern. Das Beten ist mir fremd, und Nietzsche lese ich um seiner Liebe zur Freiheit willen. Ich glaube weder an Gott noch daran, dass es nach unserem Tod ein zweites Leben im Äther gibt. Nein! Wir kehren immer wieder zum Bowling auf die Erde zurück, bevor wir mit dem Höchsten in uns und der Ursuppe allen Seins verschmelzen! Der Mensch ist das eigentliche Universum und sonst nichts und niemand, und mir dämmert's mehr und mehr, dass mein Nietzsche kein Philosoph und auch kein Dichter, sondern ein Gnostiker gewesen ist. Aber zum Eigentlichen! Soviel Kraft, um meinem Leben ein Ende zu setzen, dachte ich damals, als ich Student war, würde ich niemals aufbringen. Mein Vater hatte mir aber ein Schreiben hinterlassen, in dem er mich aufforderte, an meinem fünfzigsten Geburtstag Selbstmord zu begehen – er nannte auch den Grund dafür. Und jetzt darf ich dir endlich die Pointe verraten. Du erinnerst dich, dass mein Großvater Heinrich für ein Semester seine Praxis aufgab, um mit seinem Freund Max zu arbeiten – an einem Klinikum. Max erfand einen Impfstoff, der viele Menschenleben retten konnte. Um den besagten Impfstoff möglichst rasch auf den Markt zu bringen, musste er noch einige Versuche durchführen, und dafür brauchte er die Hilfe meines Großvaters. Max war aber Jude und wurde nach Treblinka deportiert. Und später, als der Impfstoff große Erfolge feierte, gab sich Heinrich Pabst als dessen Schöpfer aus ...«

»... und dieses Geheimnis war so schrecklich, dass dein Opa und dein Alter nur eine Lösung sahen: nämlich Selbstmord ...«, sagte Antek.

»Genau. Und dieses Geheimnis unserer Familie veranlasste mich auch dazu, meine Theorie *Das wahre Gesetz der Reinkarnation* zu entwickeln, die ich in unserem Behindertenheim fast zur Vollkommenheit gebracht habe, aber nur fast. Freiwilliges Scheiden aus dem Leben ist kein Makel. Du machst nichts kaputt. Du musst dir nur deiner Schuld vollkommen bewusst sein. Das hat Heinrich erkannt. Und Alfred brachte ein weiteres Opfer, aber gänzlich unnötig. Er ließ sich von seinem Gewissen ins Bockshorn jagen. Hätte er auf seine Vernunft gehört, würde er entdeckt haben, dass er von den Taten seiner Vorfahren frei ist. Das besagt auch mein *wahres Gesetz der Reinkarnation*: Du musst dich von deinen Wurzeln losreißen und jedes Mal eine neue Geschichte schaffen, die deine eigene ist. Das und nur das zählt. Die Vergangenheit und die unzähligen Toten vor dir behindern dich nur bei all deinen Vorhaben. Oder andersrum gesagt: Jeder Mensch soll Adam werden.«

Antek schaute auf die Wanduhr über der Spüle und griff zu einer Zigarette. Er steckte sie sich aber nicht an. Er sagte: »In letzter Konsequenz ist deine Theorie nicht durchführbar. Du forderst, dass ich mein Gedächtnis lösche und wie ein Baum werde. Eine Eiche am Wegesrand. Das wäre in vieler Hinsicht vielleicht sogar heilsam. Aber auf die Dauer käme es einer Selbstvernichtung gleich. Nein. Ich will und muss mich erinnern.«

»Eben deshalb hab ich dich heute aufgesucht. Ich komme nämlich mit meiner Theorie nicht mehr weiter: Ich erinnere mich immer noch. Dabei ist mein Anliegen ganz einfach. Ich habe das Philosophiestudium abgebrochen und bin vor einer Ewigkeit in diese Provinz in Lilienthal umgezogen, weil ich mich nur noch einer Sache widmen wollte. Aber ich komme nicht mehr weiter. Was habe ich bloß falsch gemacht, Antek?«

»Nichts. Du hast nur zehn Jahre lang über ein Problem nachgedacht, und jetzt solltest du damit aufhören. Das ist alles.«

Dietrich Pabst wurde ganz blass und fragte: »Ist das deine Antwort?«

»Ja. Pass auf! Siehst du diesen drei Monate alten Fernseher? Er ist kaum benutzt worden. Ich will ihn dir schenken. Nimm ihn heute mit. Und wenn du das tust, wirst du mich zum glücklichsten Menschen unter der Sonne machen. Ich hab mein Kino Muza. Im Kopf. Als Erinnerung.«

Antek zog das Stromkabel aus der Steckdose, wickelte es um den Fernseher und sagte: »Es ist schon spät. Du musst arbeiten, und ich will zu Lucie. Ach übrigens! Dein Vorschlag, ich sollte das Rad der Zeit zurückdrehen – na du weißt schon – und am 8. Juni noch einmal zu Beata aufbrechen, unterwegs keinen Unfall bauen und so weiter: Das ist ein kluger Vorschlag. Insofern waren all die Jahre, die du wie ein Mönch gelebt hast, nicht umsonst. Du hast mir sehr geholfen. Und ich bin mir sicher: Es kommt ein Tag, da werde ich es tun, am 8. Juni, alles noch einmal, aber anders, vielleicht sogar besser.«

Dietrich Pabsts Gesicht wurde wieder lebendig. Er stand lächelnd auf und sagte: »Das ist ein schöner Fernseher. Ich danke dir.«

Sechstes Buch

36

Lucie hatte kalte Füsse. Er stülpte ihr Wollsocken über und deckte ihren schlafenden Körper mit einer zweiten Bettdecke zu, damit sie gehörig schwitzte. Auf dem Fieberthermometer verharrte die Quecksilbersäule immer noch bei neununddreißig Grad. Ihre Grippe war urplötzlich gekommen, denn noch am Morgen im Büro hatte es nicht einmal irgendwelche Anzeichen gegeben. Antek hatte einen Arzt zu Lucie nach Hause bemühen müssen – sie war zu schwach für eine Autofahrt –, der ein Rezept und eine Krankschreibung ausstellte.

Und jetzt waberte über der Neustadt dieses schmutzige Licht, das sich ausbreitete und die Nacht daran hinderte, auch in den kleinsten Straßenwinkel vorzudringen. Schmutzig deshalb, weil es rätselhaft war, wie kosmischer Abfall aus fernen Galaxien, Reste unbekannter, vergangener Himmel und Sonnen.

Er fröstelte in der eisigen Luft, rauchte eine Zigarette und schritt die Terrasse vorm Schlafzimmer auf und ab wie ein Dieb. Da lag Lucie, hinter den silbernen Fenstern, seine Lucie. Krank und in Träume versunken. Und wem gehörten sie, diese Träume? Welchem Kopf? War sie jetzt bei ihm? Oder bei ihren jenseitigen Verbündeten oder Gespenstern?

»Du musst mir verzeihen, bitte«, hatte sie gemurmelt, bevor sie, von Schmerztabletten bereits ein wenig betäubt und matt, einnickte. Was sollte er ihr verzeihen? Diese paar betrunkenen Minuten mit Marian? Oder dass sie ihn täglich ihre Überlegenheit spüren ließ, die sie aus dem Brief von Beata gewonnen hatte? Ein glänzender Sieg, dachte er und schritt weiter die Terrasse auf und ab und hörte auf dem Walkman den Song »San Jacinto« von Peter Gabriel, den Jahrhundertsong, zumindest laut einer Kritik, die er einmal im *Musikexpress* gelesen hatte. Das texanische San Jacinto war so unbedeutend wie das Dorf Blanki. Aber es war sein Lied und auch das von Zocha, Robert und Karol. Peter Gabriel hatte es ihnen gewidmet und sonst niemandem.

Damals, als sie noch jung waren, gingen sie jeden Sonntag bei ihm in der Heilsbergerstraße vor Anker und später in seiner Wohnung im Kino Muza und becherten und hörten, wie der Radiomoderator voller Inbrunst die Musik ansagte. Mit einer priesterlichen Stimme. Salbungsvoll. Ehrfürchtig. Der Westen schien ihnen weit weg. Unerreichbar. Und überhaupt nicht komisch. Bis auf die Abrüstungskonferenzen vielleicht.

Er verließ die Terrasse, durchquerte auf Zehenspitzen Lucies Schlafzimmer, wie über eine Transitstrecke, und ging in die Küche, um sich ein Stück Salami abzuschneiden und eine Dose Beck's zu trinken. Auf der Kühlschranktür klebte ein Blatt Papier mit einem neuen Zitat aus »Der Kabbalist vom East Broadway« von Isaac Bashevis Singer: »Der Mensch lebt nicht nach den Regeln der Vernunft.«

Eigentlich war an diesem Zitat nichts auszusetzen, vor allem daran nicht, dass es da überhaupt hing, denn Lucie, abgesehen von ihrer Grippe und der Affäre mit Marian, war im Allgemeinen guter Dinge und schaute hoffnungsvoll in die Zukunft – in die gemeinsame Zukunft mit ihrem Liebhaber Antek Haack. Aber der Kabbalist vom East Broadway sprach mit mindestens zwei, wenn nicht drei Zungen. Antek musste den Satz, der voller Arglist und Falltüren war, für sich übersetzen: Lucie ist zwar mit mir glücklich, traut jedoch dem Frieden nicht, war seine Auslegung, und denkt, da kann noch vieles passieren. Schon zweimal war es vorgekommen, dass Lucie auf dem Sofa vor dem Fernseher in einen tranceähnlichen Zustand verfallen war, im Sitzen mit ihrem Rumpf geschaukelt und wie eine Schamanin gebrummt hatte: »Ich bin Beata. Ich bin Beata! Ich bin Beata!« Das hatte ihm Angst eingejagt, musste er später vor sich selbst zugeben. Und *das* hatte ihm verraten, dass seine Fremdsprachenkorrespondentin auf alles gefasst war und sich nicht sofort die Haare ausreißen würde, sollte er zum Beispiel von ihr gehen wollen: »Du liebst mich doch, Antek?«, fragte sie ihn ab und an.

Lucie sammelte Omnibots. Die Omnibots waren japanische Spielzeugroboter und zugleich ihre Schutzengel, die sie alle auf den Namen Jeff taufte. Sie konnten sprechen, Musikkassetten abspielen, mit ihren Scheinwerferaugen leuchten und auf dem Fußboden rollen – von einem Möbelstück zum anderen. In jedem amerikanischen Kinderzimmer, das in den späten Siebzigern auf der Leinwand im Kino Muza zu sehen war, stand neben dem Bett solch ein Jeff und sagte: »Guten Abend, Lucie! Wie geht es dir heute?«

Einer der Jeffs hütete die Küche und kuschte am Fenster. Bis jetzt hatte ihm Antek keine besondere Aufmerksamkeit geschenkt, aber als er sich ihm in dieser Nacht bis auf einen Radius von einem halben Meter näherte, auf einer Scheibe Wurst kauend und mit der grünen Bierdose in der Hand, schaltete sich automatisch eine Warnblinkanlage ein wie bei einem Auto. Dann sagte eine biblische Stimme aus dem Bauch des Spielzeugroboters: »Am Anfang war der Hunger! Am Anfang war der Hunger ...«

Der Küchen-Jeff bellte ihn regelrecht an und freute sich. Seine Lämpchen spielten Diskothek. Antek erinnerte sich an den Bauer Dernicki, der auf dem Blankiwerder den Sony von Elisa und Marian zertrümmert hatte. Und es juckte ihn, es Dernicki gleichzutun.

Antek Haack musste lediglich auflachen. Er trank einen Schluck Beck's und packte den Küchen-Jeff am Hals, als wollte er ihn erwürgen: »Was ist?«, sagte er zu ihm. »Willst du dich mit mir anlegen? Ausgerechnet du? Du Häufchen Elend? Ich kann dich einfach umbringen, indem ich dir den Strom abschalte! Du Seifenblase!«

Der Küchen-Jeff wiederholte seine Litanei: »Am Anfang war der Hunger! Am Anfang war der Hunger ...«

Antek kniete vor ihm nieder. Im Fenster war der Mond zu sehen. Die Bremer Luna.

»So, jetzt bist du endlich mundtot, Jeff«, sagte Antek, nachdem er zuvor die R4-Batterien aus seinem Rücken entfernt hatte. »So mundtot wie der Korporal Kruczek in der Gelben Kaserne, wenn er unsere junge Truppe Wehrpflichtiger zum Kuckuck wünschte und ich als Einziger meine Fresse aufriss und sagte: ›Ich gehe ins Kino, ins Adler! Heute kann ich das Übungsschießen auf dem *poligon, kurwa*, nicht bestreiten! Womöglich verfehle ich noch das Ziel und töte meine Mutter, die nichts ahnend ihre Sommersandaletten bei unserem Jiddisch sprechenden Schuster Mendel zum Besohlen abgibt.‹«

Der Korporal Kruczek musste sich schon damals der Allmacht von Onkel Zygmunt beugen, sodass Antek zusammen mit dem Armeefotografen Jacek, der als Sohn eines Parteibonzen auch privilegiert war und Bartoszyce für den Militärdienst nicht hatte verlassen müssen, in den Genuss eines Films von Spielberg oder Kubrick kam (nie von Polański). Das Adler stellte für das Muza keine ernste Konkurrenz dar, gewiss nicht. Sonderbar war nur, dass

Antek Haack in der Gelben Kaserne im selben Saal schlief, in dem auch sein Großvater mütterlicherseits als Soldat Kaiser Wilhelms II. und später Adolf Hitlers geschlafen hatte. Er fiel für Erwin Rommel.

Er leerte das Beck's, machte das Licht aus und legte sich auf den weiß gekachelten Boden. Seine Füße ragten bis unter den Tisch mit dem hölzernen Rahmen und der Glasplatte darin, an deren Rändern sich Dreck sammelte: Brot- und Tabakkrümel, Zucker- und Salzkristalle. Lucies Küchen-Jeff blickte ihn verstört von der Seite an, als hätte er Schluckauf. Ganz gewöhnlichen Schluckauf, der nicht aufhört. Antek dachte plötzlich an Swetlana aus Bagrationowsk. Wer hat sie *gekillt*, liebe Lucie? Die jungen Arbeiter aus dem Schweinezuchtbetrieb in Kinkajmy? Zocha? Oder gar der Priester Kulas? Wer bloß? Was habe ich auf der Tribüne des Defilierplatzes der Kommunisten in jener Nacht zu suchen gehabt? Wo waren meine Sterne, die Allensteine? Über Paderborn? Bartenstein? Saigon? Oder im Muza?

Ich bin heute den blöden Fernseher losgeworden, liebe Lucie, dachte er noch, bevor er sich wieder aufrappelte und zu ihr ins Bett ging.

Der Wecker bimmelte ihn um Viertel nach fünf aus dem Schlaf. Er rieb sich mit den Knöcheln die Augen, gähnte, und sein rechter Arm wanderte zu Lucie, aber dort, wo ihr Kopf sein sollte, war nur das leere Kissen. Sie war aufgestanden, und Antek hörte das Wasserrauschen der Dusche.

Er schleppte sich zum Badezimmer.

»Was ist bloß mit dir? Es ist noch so früh und dunkel«, sagte er, als er die Schiebetür der Dusche mit einem Ruck halb zur Seite stieß.

»Ich konnte nicht mehr schlafen«, sagte sie. »Mein Pyjama war nass und roch übel nach Schweiß. Aber ich habe das Gift ausgeschwitzt. Mein Kopf fühlt sich wieder federleicht an! Keine Schmerzen, nicht einmal erhöhte Temperatur. Und ich möchte, dass du endlich bei mir einziehst – das war mein einziger Gedanke, als ich aufwachte.«

»Das bin ich doch schon längst! Und wenn ich nicht im Allertal malochen würde, käme ich von dir gar nicht mehr weg. Ich gehe nicht einmal einkaufen!«

Antek sah, wie die Wasserstrahlen auf Lucies Schultern niederbrausten und an ihren Brüsten bis zum Bauch herunterflossen. Er streifte seine Unterhose ab, trat in die Dampfwolken ein und schob hinter sich die Türen zu.

Sie wären einmal fast ausgerutscht und gegen die Plastikwände der Dusche geknallt. Es hätte einen Riesenkrach gegeben und blaue Flecken.

»Und du bleibst mir zu Hause! Klar?«, sagte Antek und dachte bei sich: Mit den Frauen ist es wie mit Arbeitslosengeld – es bremst einen nur. Du wirst süchtig, träge und lasch. Wie Gott in Frankreich.

Nach dem Sex sagte Lucie: »Mir ist schlecht. Vielleicht habe ich eine Magen-Darm-Grippe?«

Der Bauch! Da waren die Deutschen am verwundbarsten. Onkel Karl aus Bad Doberan klagte in seinen Briefen an Anteks Vater über Magenbeschwerden. Im Westen gab es im Fernsehen Sendungen über Sodbrennen, Werbung nicht mitgezählt, und das Medikament *Maaloxan* als Kautablette oder Suspension. Warum trinken sie so wenig schwarzen Tee?, fragte sich Antek, als er die Vorräte an Maaloxan in den Schränken der Krankenstation im Allertal zu Gesicht bekam. Die Heimbewohner mussten auch noch andere wirksame Mittel einnehmen: Zur Behandlung ihrer Psychosen und Aggressionen half *Haloperidol*, Tropfen.

Es war schon zehn vor sechs, als er wie auf der Flucht zu seinem DS rannte.

Auf der Autobahn gab er Vollgas, und die anderen Pendler in ihren Zookäfigen auf Rädern ärgerten sich, dass alle so langsam waren.

Pünktlich um halb sieben erschien Antek im Dienstzimmer, völlig außer Atem, weil er vom betriebseigenen Parkplatz zur Zentrale und dann zum Wohngebäude mit der Männerstation gelaufen war. An der Weichsel und in Bartoszyce sagte man: *mit der Zunge am Hals.*

Georg hatte heute auch Frühschicht. Dietrich Pabst war allerdings nicht mehr da.

»Guten Morgen, Antek! Wo gehobelt wird, fallen Späne«, sagte Georg und gab ihm ein Schreiben von der Pädagogischen Leitung mit gestrigem Datum, unterzeichnet vom Heimleiter Kammer, zum Durchlesen. Es war eine Dienstanweisung: *... ab sofort ist darauf zu achten, dass unsere Bewohner nur in Begleitung von Mitarbeitern auf der Aral-Tankstelle einkaufen,* dann weiter: *... der Pächter der Aral-Tankstelle hat sich beschwert,* und: *... die Autowaschanlage ist keine öffentliche Badeanstalt ...*

Georg heftete das Blatt an die Pinnwand über dem Schreibtisch und sagte: »Gestern Nachmittag hat sich Volker auf der Aral eine Karte mit dem teuersten Waschprogramm geholt – zweimal waschen, Heißwachs, und zweimal trocknen – und ist dann mit seinem Fahrrad baden gegangen. Dass er aus Ochsenzoll kommt, wie die Hamburger sagen, sieht man ihm nicht an. Er will doch Bundeskanzler werden. Und an der Kasse saß ein junges Mädel, eine Aushilfe, die Volker noch nicht kannte. Tja! Der alte Kammer hat natürlich nicht lange gefackelt. Er hat sofort nach der Beschwerde diesen Wisch verfasst und ihn in unser Postfach geschmissen. Annette war bedient, als sie das Ding gestern gelesen hatte!«

Antek, der aus dem Allertal inzwischen einiges gewohnt war, schenkte sich einen Becher Kaffee ein und sagte: »Dann werde ich jetzt Volker wecken ...«

»Brauchst du nicht«, antwortete Georg. »Das Heißwachs ist ihm nicht bekommen. Er musste zum Frisör und ist krankgeschrieben worden – reine Vorsichtsmaßnahme.«

Aber als Volker später zum Frühstück kam, das er sich zusammen mit Joseph Conrad an einem Tisch teilte, griente er und berichtete lang und breit davon, was auf der Tankstelle geschehen war. Er war von Stolz und Freude erfüllt und fügte abschließend hinzu, er werde schon bald mit seiner Partei die Bundestagswahlen gewinnen.

Gegen Mittag bimmelte das Telefon. Georg, der in jeder freien Minute, die er auf der Arbeit herausschinden konnte, auf die Tasten seiner NES-Spielkonsole von Nintendo einhackte, um als Klempner Super Mario Bros. in Leitungsrohren irgendwelche Viecher zu jagen, schreckte auf und hob den Hörer ab.

Antek war gerade im Dienstzimmer. Er hatte die Bettwäsche aller Bewohner gewechselt und nähte an den Ärmeln eines Hemdes von Joseph Conrad die Knöpfe an. Das Hemd war rosa, mit weitem Kragen versehen und hätte auch von Janis Joplin getragen werden können. Lucie hätte das zumindest gefallen, dass Antek Janis Joplin die Knöpfe annähte. Neben Madonna war das nämlich ihr absoluter Superstar, wenn auch schon etwas verstaubt und nostalgisch. Aber die Joplin hatte eine Nase, die Lucie über alles liebte: Sie war kräftig, selbstbewusst und überhaupt nicht spitz.

Georg stotterte etwas in die Sprechmuschel und überreichte Antek den Hörer: »Das ist Russisch oder Rumänisch – ich nichts verstehen. Außer Therese!«

»Nein, es ist Polnisch«, sagte Antek und dachte: Wundersam, dass das linke Ohr sozusagen aufs Telefonieren dressiert worden ist – und wie es scheint, bereits bei der Schöpfung im Garten Eden; auf dem rechten hört man immer schlecht.

Teresa sagte: »*Cześć* Antek. Morgen, Freitag, den 25., kannst du mich um einundzwanzig Uhr zehn vom Gleis fünf abholen.«

»Das ist alles?«

»Ja, das ist alles. Nein. Ich hab ein Video für dich. Der Film heißt ›Caligula‹. *Ekstra klasa.*«

»Schön. Gleis fünf. Ich werde da sein.«

Er legte auf und sank sogleich auf Georgs Chefsessel. Und Georg, dem seine Lesebrille um einen Zentimeter tiefer rutschte, sagte: »Du hast entweder den Vogel abgeschossen, weil ihr verliebt seid, oder den Super-GAU verursacht, ein Tschernobyl auf deutschem Hoheitsgebiet.«

»Nichts von beidem«, sagte Antek.

37

DIETRICH PABST BEWOHNTE in Lilienthal in einem Dachgeschoss bescheidene drei Zimmer zur Miete und war Pfeifenraucher, zumindest in seinen eigenen vier Wänden. Er züchtete in Zweihundert-Liter-Aquarien Kakteen, die von Kautschukschlangen bewacht wurden.

»Was mach ich nur mit dieser Frau?«, fragte Antek und schlürfte in der Küche an seinem Tee. »Ich kann sie doch nicht ins Gefrierfach stecken und so tun, als wäre sie ein Sonntagsbraten. Mich trennen nur noch ein paar Stunden von ihr, dann wird der Zug mit Teresa in Bremen einrollen, halten und seine Fahrgäste ausspucken. Ein junger Mann wird Teresa beim Koffertragen helfen wollen, und sie wird es mit einem schüchternen Lächeln ablehnen.«

Was er Dietrich Pabst zu erläutern versuchte, entsprach nur bedingt der Wahrheit, denn er war auch ein bisschen gespannt, welche Neuigkeiten aus Bartoszyce Teresa im Gepäck mitbringen würde. Von Robert und von den Eltern, Bartek und Inga, mit der er nach seiner fluchtartigen Ausreise nach Friedland nur einmal telefoniert hatte.

Ja, er freute sich, Teresa wiederzusehen. Er hatte zwar mit ihrer Ankunft erst in ein oder zwei Monaten gerechnet, doch da ihr Kommen unvermeidlich war, wollte er die Katastrophe schnell hinter sich bringen: »Ich werde sie in meiner Kontrollstation einschließen wie einen Schmetterling hinter Glas!«, fuhr er fort. »Ich werde Teresa einmal täglich zum Spazieren ausführen und dann wieder einschließen. Das ist die Lösung. Und sollte Lucie ihr begegnen, werde ich sagen: ›Schau! Diese Frau ist eine begabte Künstlerin aus Stettin. Sie hat in Krakau studiert. Und da ich ihr Landsmann und Bewunderer bin, hab ich ihr meine Wohnung zur Verfügung gestellt, damit sie malen kann. Die jungen Künstler haben *Pani* Teresa eingeladen. Der Güterbahnhof soll ein internationales Forum für Begegnungen und Austausch in der europäischen Kunstszene werden.‹ Na, wie klingt das? Und selbstverständlich werde ich Teresa heiraten. Ich stehe zu meinem Wort!«

Dietrich Pabst klopfte die Asche aus seiner Pfeife auf eine Untertasse, säuberte den Pfeifenstiel und machte eine neue Tabakfüllung fertig.

»Es ist meine letzte Reinkarnation auf Erden«, begann er. »Ich werde nicht mehr hierher zurückkehren. Der Höchste in uns und sein Paradies, die Ursuppe allen Seins, werden mich nach meinem Hinscheiden aufsaugen und nie wieder freigeben. Ich werde Gott! Das Universum! Aber wenn ich bedenke, was dir bevorsteht, gerate ich in Versuchung, mein erhabenes Ziel aufzugeben. Du fragst dich, warum? Nun, ich möchte dir mit Rat und Tat beistehen, wenn du Teresa, Beata und Lucie und andere Weiber zum millionsten Mal ehelichen wirst. Ich möchte dann Zeuge deines Scheiterns und deiner Erleuchtung sein. Denn irgendwann musst du den Spieß umdrehen und die Liebesspiele beenden. Sonst kann es dir passieren, dass du zum Beispiel in deinem vierhundertvierten Leben als Beata auf dem Blankiwerder wiedergeboren wirst. Und läuft noch etwas schief, wirst du vielleicht ihre Tochter oder ihr Mann August Kuglowski werden – so hieß er doch, ja? Du ahnst nicht, lieber Freund, wozu der Höchste in uns fähig ist. Geschweige denn sein Gegenspieler, der, als christlicher Priester verkleidet, leere Versprechungen macht, indem er Mitleid für Arme und Kranke vortäuscht. Dabei geht er nur auf Seelenfang. Und das von morgens bis abends.«

»Die Liebesspiele beenden?«, fragte Antek. »Lucie hat in ihrem Kleiderschrank ein echtes Kostüm eines BDM-Mädels hängen. Sie will es einmal für mich anziehen – wann, weiß ich nicht – und dass ich sie in diesem Kostüm vernasche ...«

Antek, der noch nie Pfeife geraucht hatte, auch nicht aus Spaß oder in der Pubertät, nahm von Dietrich Pabst zwei Züge, sog den Rauch in die Lunge ein und hustete: »Ist das Opium?! Da paff ich lieber meine Camel oder Marlboros.«

»Ein BDM-Kostüm? Hm!«, sagte Dietrich Pabst. »Ich muss dir etwas gestehen. Die Story mit dem Impfstoff, den der Jude Max erfunden haben soll, habe ich einem Buch entnommen und geschickt in unsere Familiensaga eingeflochten. Mein Opa Heinrich hatte damit nichts zu tun. Er war bloß ein ganz gewöhnlicher SS-Arzt, der in Berlin sogar kurz mit Alexander Mitscherlich, dem späteren Psychoanalytiker, befreundet war. Als die Nazis Alexander Mitscherlich verfolgten, versuchte Heinrich, für seinen Kumpel ein gutes Wort einzulegen – vergeblich. Der Rest meiner Erzählung stimmt aber: Die Selbstmorde und das Schreiben von meinem Vater, jedoch mit dem Inhalt: ›Heinrich war ein Verbrecher, lass uns Buße tun!‹ Ich fürchtete nur, dir die volle Wahrheit zu beichten, aus Angst, dass du mich mit Fragen überschütten würdest: ›Ein SS-Arzt? Wo? In einem KZ?‹ Und so weiter. Dabei wollte Heinrich nur dem Dienst in der Wehrmacht entrinnen. Er soll in einem Berliner Soldatenkrankenhaus tätig gewesen sein, nachweisen kann es aber niemand.«

Da Antek nichts sagte, setzte Dietrich Pabst seine Rede fort, wenn auch über ein anderes Thema: »Nietzsches Vorfahren stammten aus dem polnischen Adel. Wusstest du das? Du bist sein Verwandter – leider nicht ich! Und er schreibt an einer Stelle, er würde zu den angesprenkelten Deutschen gehören. Wie du quasi. Das fiel mir grad so ein. Keine Ahnung, warum. Vielleicht weil ich dir schon immer sagen wollte: Alter Schwede, nimm's leicht! Du bist einer von uns, dein Polen läuft dir nicht weg!«

Antek ersparte ihm die Geschichte von seinen Bartensteiner Eltern und sagte: »Adelig ist nicht einmal meine Nase! So! Ich muss los! Von Lilienthal nach Bremen – das ist zwar keine Weltreise, aber Teresa soll am Bahnsteig nicht dumm rumstehen und nasse Hände kriegen. Sie kann kein Deutsch.«

»Gut, lieber Freund, gut! Hiermit entlasse ich dich! Du bist mir ein angenehmer Gesprächspartner. Und ich weiß das zu würdigen. Ich leihe dir ein Buch, das meine Bibel ist: ›Ecce homo‹. Lies es, und dann reden wir darüber. Oder auch nicht. Hauptsache, du liest es!«

Dietrich Pabst holte das Buch aus seinem Arbeitszimmer und legte es auf den Tisch.

»Bei dieser Gelegenheit: Ich habe erst in zehn Tagen wieder Dienst, bis dahin sehen wir uns wohl nicht – es sei denn, ich muss zwischendurch einspringen«, sagte er. »Nun ja – meine Mutter vermutete mal, ich sei schwul, weil ich mich nie mit Mädchen verabredete. Ich bin nicht schwul, obwohl ich Männer gut leiden kann. Doch ich steige mit ihnen nicht ins Bett – ebenso wenig mit den Weibern. Wenn du ein wahrer Mensch werden willst, dich mit dem Höchsten und der Ursuppe allen Seins vereinigen, musst du koscher leben und Sex tunlichst vermeiden.«

Dann gönnte er sich eine kurze Verschnaufpause, kramte aus der linken Brusttasche seiner Lee-Jeansjacke ein schwarz-weißes Bild und sagte: »Aber ich hatte als Student eine Freundin. Susanne. Und das ist ihr Foto. Sie schreibt mir aus Kassel Briefe, die ich selten beantworte. Eine Zahnärztin. Ihre Kinder hätten auch meine sein können!«

Antek betrachtete das Foto und sagte: »Hübsch, die Lady. Hast du sie nicht geliebt?«

»Selbstverständlich habe ich sie geliebt. Sogar sehr. Nur, sie wurde schwanger – von meinem Freund Klaus. Und da ich strenger und konsequenter bin als jeder andere, den ich kenne, beschloss ich, nach diesem Verrat, koscher zu leben. Eine Bindung an ein Weib, die Eifersucht und das Verlangen, die Geilheit und die Kindererziehung – all diese Leidenschaft hätte mich nur gelähmt und den Illusionen und Gefühlen hörig gemacht. Ich hätte nicht an meinem Lebenswerk arbeiten können – an dem wahren Gesetz der Reinkarnation. Ich wäre wahnsinnig geworden!«

»Und?«

»Da gibt es kein Und. Wo sind bloß all die Jahre hin? Das ist das einzige Und. Außerdem hast du mir bei unserem letzten Treffen in deinem Güterbahnhof dieses Und entschärft. Das Foto von Susanne zeige ich dir, damit du bloß nicht denkst, ich würde die Liebe nicht kennen. Ich kenne sie sehr wohl. Hier ist sie: Susanne.«
»Ich bin im Bilde. Also, tschüs dann!«

Antek, dem vom langen Sitzen die Beine eingeschlafen waren, blieb nach ein paar Treppenstufen für Sekunden stehen. Es war, als würde er in der Luft schweben, und ihm fiel ein, dass er vergessen hatte, Dietrich Pabsts Bibel einzustecken, aber er kehrte nicht mehr um. Er hätte sie sowieso nicht gelesen. Bücher, selbst die paar Romane von Lucie, bedeuteten ihm nicht mehr so viel. Während seines Ökonomiestudiums hatte er jeden Marek Hłasko in der Pariser Ausgabe oder jeden Julio Cortázar gelesen, zum Beispiel »Rayuela. Himmel und Hölle«. Dazu von A bis Z, oder, wie die Polen sagen, von Brett zu Brett. Iberoamerikanische Autoren waren damals unschlagbar und begehrt. Nachdem er jedoch im Kino Muza Kartenabreißer geworden war, änderte sich das schlagartig. Auf Papier war kein Verlass, schien ihm, da jedermann ganze Seiten vollkritzeln und seine Beschreibungen als Tatsachen deklarieren konnte. Dass ihn auch das Kino Muza mit seinen Bildern belog, war ihm klar. Das Zuschauen tat nur weniger weh.

Auf der ganzen Fahrt nach Bremen spürte er ein elektrisches Zwicken in den Beinen und selbst noch auf Bahnsteig fünf, als eine Verspätung des Zuges aus Hannover um zwanzig Minuten angesagt wurde.

Er hatte nach Feierabend Lucies Krankschreibung im Übersetzerbüro vorbeigebracht und war dann zu Dietrich Pabst weitergefahren.

Er nutzte die Verspätung des Zuges und rief von einer Telefonzelle Lucie an.

Er bestand noch einmal darauf, dass sie absolute Ruhe bräuchte, damit sie sich von ihrer Grippe erholte. Er versprach ihr, sie am Sonntag zu besuchen. Nach dem Frühdienst.

Wäre sie nicht krank und geschwächt gewesen, hätte es eine Atombombenexplosion gegeben. Lucie wäre in ihren Honda gesprungen und mit Bleifuß zu ihm gefahren. Sie hätte ihm die Augen ausgekratzt oder ihn wenigstens geohrfeigt, weil er sie mit seinem Umzug zu ihr andauernd vertröstete. Das war jetzt egal. Er hatte Sehnsucht nach seiner Kontrollstation. Und auch nach Teresa.

Dann fuhr der Zug aus Hannover ein. Teresa stieg aus dem Waggon Nr. 9, blickte sich nervös in der Menschenmenge um und sah Antek nicht, obwohl er nur wenige Schritte von ihr entfernt war.

»He! Teresa! Teresa«, rief er, als sie ihm den Rücken zukehrte und mit ihrem Koffer Richtung Ausgang stiefelte.

Und taub war sie auch noch. Antek rannte hinter ihr her, riss ihr den Koffer aus der Hand und stellte ihn ab: »Teresa«, sagte er. »Ich bin hier!«

Sie trug einen schwarzen Mantel, der aufgeknöpft war, und einen Winterrock aus dicker Wolle.

»Wo wolltest du hin?«

»Zum Taxi, Antek«, sagte Teresa und fiel ihm in die Arme. »Ich hab doch deine Adresse! Uff! Jetzt ist mir aber ein Stein vom Herzen gefallen!«

Ihre geschminkten Lippen schmeckten wie Zuckerwatte. Sie roch gut, und ihr schwarzer Mantel kam nicht aus dem Kommunismus, sondern aus einer Boutique in Amsterdam oder London. Er hatte Geld gekostet.

Teresa redete auf Antek ein und hielt sich an seiner

Hand fest, mit der er den Koffer schleppte. Dazu bewegte sie ihren Kopf mal nach links, mal nach rechts, sie blickte nicht auf Antek, sondern auf die Reklamen und Lichter, die sie noch nie in ihrem Leben gesehen hatte: »Das ist ja hier so hell wie am Tage!«, meinte sie.

Auf der Windschutzscheibe des DS, den Antek in Deutschland noch kein einziges Mal hatte waschen müssen, klebte eine Verwarnung der Hansestadt Bremen.

Er riss den Strafzettel ab und hörte Teresas Reisebericht zu.

Seine Fragen und ihre Antworten reduzierten sich auf Stichworte: Die Grenze? Kein Problem! Die Schäferhunde in Ost-Berlin? Nette, arme Tiere. Die Reisenden aus ihrem Abteil? Ja, ein Mann aus Lublin! Dreiundvierzig, ledig, Mike-Oldfield-Fan mit großen Füßen! Und der Proviant? Sie habe nicht gegessen. Sie habe nur Durst gehabt und für eine Dose Cola drei oder vier Mark bezahlt!

Erst in Anteks Wohnung wurde Teresa so, wie er sie aus Bartoszyce kannte. Sie löste den Reißverschluss und ließ den Rock von den Hüften gleiten.

»Du wohnst wie ein König!«, sagte sie und küsste seinen Mund. »Du besitzt ein Schloss. Deine Freundin – sie weiß nichts davon, dass ich da bin?«

»Nein. Und sie ist nicht meine Freundin. Nächste Woche erkundigen wir uns beim Standesamt, wann ein Termin frei ist, damit wir unsere Scheinheirat schnell über die Bühne bringen. Nach drei Jahren oder so kriegst du eine unbefristete Aufenthaltserlaubnis – umsonst quasi –, danach werden wir uns scheiden lassen. Du hast alle Urkunden mit, bestätigt von der Botschaft der *RFN* in Warschau? Ja?«

Teresa nickte einige Male.

»Und ich bin ledig«, sagte sie. »Doch bevor ich dir im Einzelnen schildere, wie ich das mit dem Familienstand gedeichselt hab, noch etwas vorweg: Was ist mit meinem Unterhalt?«

»Die Miete und Lebensmittel bezahl ich – aber nur solange du nicht jobbst. Für einen Sprachkurs kann man sogar ein Stipendium beantragen. Du bist eine attraktive Frau. Früher oder später wirst du jemanden kennen lernen.«

»Du hast schon alles geplant«, sagte Teresa. »Nein. Ich werde nicht heulen.«

Sie stieß Antek von sich, legte aber ihren Mantel nicht ab, schaute sich kurz in seiner Kontrollstation um und setzte sich aufs Sofa. In Stiefeln, Strumpfhose, Pullover und Mantel schlug sie die Beine übereinander.

Antek kochte schwarzen Tee und schmierte für Teresa ein paar Brote.

»Heulen? Warum solltest du?«, fragte er.

»Ich hab keinen Hunger ...«

»Teresa, an dem Abend, als ich deinen Mann verprügelt habe ...«

Sie ließ ihn nicht weitersprechen und sagte zornig: »Spar dir die Erklärungen. Du liebst mich nicht. Na und? Und dass dir Brzeziński gedroht hat, ist für mich keine Neuigkeit. Er war am selben Tag auch bei mir: Ich sollte dich zur Zusammenarbeit mit ihm überreden.«

»Du kennst ihn?«

»Du bist eigentlich so strohdumm, dass ich vor Wut bersten könnte. Du kapierst nicht, wie ein Kleid zusammengeschneidert wird. Anderseits ist deine Dummheit genau das, was ich an dir mag: Sorglosigkeit, gepaart mit kindlicher Naivität lautet meine Diagnose. Brzeziński und der 1. Sekretär Kucior stecken doch unter einer Decke. Sie haben euch mit der Verpachtung vom Kino Muza eine Scheinselbständigkeit verliehen. Und Robert wird irgendwann alles ausbaden müssen. Sobald er einen Fehler macht, werden sie seine Firma überprüfen. Er kann im Handumdrehen seine Gewächshäuser verlieren. Im Muza geht das ganze Programm den Bach runter. Robert und Gienek Pajło veranstalten zweimal die Woche Videoabende, aber mit erotischen Filmen. Jetzt haben sie den ›Caligula‹ neu entdeckt. Die Zuschauer sind zahlreich. Sie lechzen nach Sex und Blut und Gewalt, obwohl die Videokopie von ›Caligula‹ grottenschlecht ist. Teilweise erkennst du nichts außer Schatten von nackten Körpern, die kopulieren. Den Liebesakt musst du dir vorstellen. Aber du hast ja nicht einmal eine Glotze, *Hak,* und keinen blassen Schimmer, wovon ich rede. Wie soll ich dir denn den ›Caligula‹ vorführen?«

»Von dem Streifen hab ich schon gehört, Teresa. Tinto Brass ist der Regisseur, Caligula die Hauptfigur, der dritte römische Kaiser, Sohn des Germanicus. Blutrünstig und sexbesessen. Ich war Kartenabreißer. Und an der Nikolaus-Kopernikus-Universität hab ich immerhin sieben Semester gepackt – das Ende ist Geschichte. So bekloppt, wie du das gerne hättest, dürfte ich also nicht sein.«

»Ja, *Pan* Kartenabreißer. Kann man denn in deiner *Stacja Kontrolna* überhaupt ein Auge zumachen? Ich habe schon zwei Züge gezählt.«

»Die Mauern sind dick wie in Jericho. Du kriegst nachts wenig mit. Und nach drei Nächten hast du dich daran gewöhnt.«

Er servierte Teresa den Tee und aß die Brotschnitten mit Leberwurst selbst. Er trottete dabei durch den halben Raum auf und ab.

»Auf meinem Bankkonto sind tausend Mark. Ein günstiges Darlehen der Bundesregierung hab ich ausgeschlagen. Sollen sie sich ihre Kohle für Spätaussiedler sonst wo hinstecken. Ich bin weder eine Spätlese noch ein Siedler aus einem Kuhdorf. Nach fast einem halben Jahrhundert kann man nichts mehr wieder gutmachen. Ich lass mich nicht kaufen. Und die Piepen, über die ich verfüge, sind ausreichend.«

Er erzählte ihr von seiner Arbeit im Allertal. Teresa zog ihre schwarzen, knielangen Stiefel mit hohen Absätzen aus und stemmte ihre Füße gegen den Rand der Tischplatte. Sie hatte schöne Füße, ohne Hühneraugen, die Beata und Lucie im Sommer plagten.

»Kannst du nicht zwei Kerzen anzünden und das Licht ausmachen?«, fragte Teresa. »In meinem Koffer unter meinen Pullovern sind einige Kassetten und LPs von dir, aus deiner alten Wohnung im Muza! Das ist das Einzige, was ich retten konnte. Und dreh bitte die Heizung auf, ich friere.«

Antek erfüllte ihre Wünsche und wählte Musik aus. An seiner taiwanesischen Stereoanlage aus der Kaufhalle funktionierten nur der Plattenspieler und das Kassettendeck. Der Verstärker streikte manchmal, die Bässe dominierten.

»Und ... Ja, wie geht es meinem Vater und Inga?«, fragte er, als er sich zu Teresa setzte.

»Nicht gut. Inga ist ein Nervenbündel. Und dein Alter? Na ja. Sie muss ihn sogar wickeln.«

»Solch ein jämmerliches Finale hat er nicht verdient.«

Sie brachen die Stange Marlboro an, die Teresa im PEWEX gekauft hatte, weil sie dort billiger war als im Westen, und rauchten.

»Und Robert? Was treibt er so?«

»Er lässt dich grüßen. Ich bin durchgebrannt wie du. Mein Mann denkt, ich bin in Warschau, bei der Schnattertante Renatka. Der wird sich schon nicht aufhängen, höchstens vor Kummer totsaufen. Wo sollen sie mich suchen? Bei einem Liebhaber in Warschau? Renatka hat von mir die Order zu bestätigen, dass ich sie besucht habe, falls jemand nach mir fragt. Mehr nicht. Die Miliz und den Zbyszek Muracki wird Seweryn mit einer Vermisstenanzeige nicht belästigen. Dazu ist er zu feige. Vor den Nachbarn wird er von Scheidung faseln und dergleichen. Und der Robert hat mich heute Nacht nach Olsztyn zum Bahnhof gefahren. Er konnte seine Eifersucht darauf, dass ich zu dir nach *Brema* auswandere, nicht verbergen, hat mich kaum verabschiedet. Aber dank seiner phänomenalen Kontakte und Bestechungskünste konnte ich als eine ledige Frau nach Deutschland reisen. Im Pass ist mein Geburtsname eingetragen: Knapowicz. Meine Dokumente sind sauber. Bei den Ämtern hat niemand etwas beanstandet, und schon gar nicht bei der Botschaft der *RFN*. Allerdings musste ich Robert für seine Protektion in natura vergüten.«

»Das würde er mir nie antun. Er ist mein Freund.«

»Für eine heiße Nummer spielt ihr schon mal *va banque*, da seid ihr Männer alle gleich. Außerdem sind wir kein Paar, Antek, oder täusche ich mich? Der untreueste Hund von uns allen aus Bartoszyce und *Brema* bist nämlich du.«

Er war unbeeindruckt und küsste die Strumpfhose von Teresa, die akrobatisch ihre Beine eingezogen hatte, sodass ihre Knie auf den Busen drückten und die Füße in der Luft baumelten. Sie war rasiert.

»Wer ist im Muza mein Nachfolger geworden?«

»Es gab nur einen, der mir geeignet schien: der Kollege Iwan«, antwortete sie und strich ihm mit den Fingern durchs Haar. »Dein Onkel Zygmunt hat ihn von der Wehrpflicht entbunden, aufgrund eines psychologischen Gutachtens. Iwan ist ein wenig enttäuscht. Er träumte doch von den UNO-Truppen ...«

»... durchgeballert, nicht enttäuscht ...«, sagte Antek, »... ich liebe diesen Jungen, als wäre er mein eigener Sohn ...«

Teresa wurde still, als sie dieses Bekenntnis hörte, und fixierte ihn mit Blicken, die sagten: »Liebe mich, nicht Iwan und schon gar nicht Beata. Ich bin manche Nacht in *Hamburg* wach geworden ... Dann dachte ich an dich und hab mir auf den rechten Daumen gebissen – vor Begierde – und um Seweryn mit meinen Schreien nicht zu wecken ...«

38

AM FOLGENDEN MORGEN, gleich nach dem Frühstück mit Teresa, telefonierte er mit Lucie. Lucie war ziemlich kratzbürstig, weil er sie mit ihrer Grippe alleine gelassen hatte: Aber es ging ihr schon etwas besser. Sie hatte ihrerseits mit ihrer Mutter in Dubai telefoniert, die ihr mitteilte, dass sie zum Weihnachtsfest nach Bremen fliegen wolle. Ihr Scheich habe im Park-Hotel schon eine Suite reservieren lassen.

Schön, schön. Ich werde mit Teresa einen Karpfen zubereiten, hatte sich Antek gedacht. Keine Lust auf Kartoffelsalat mit Knackwürstchen und Götterspeise aus dem Allertal! Dieses Weihnachtsmenü nämlich hatte der Küchenchef des Behindertenheimes auf fotokopierten Zetteln angekündigt, die auf den Tischen in der Kantine auslagen.

Sie mussten einkaufen. Im Supermarkt hatte Teresa Angst, laut Polnisch zu sprechen: »Dann schauen sich die Leute ja nach mir um. Das möchte ich nicht.«

»Du hast jetzt schon eine Phobie«, sagte Antek. »Wie soll das in ein paar Monaten werden? Tu so, als wärst du unsichtbar.«

Grüne Augen, lange Beine und slawische Wangen. Diese Frau zu einem Stadtspaziergang auszuführen war die Hölle. Alle Männer drehten sich nach ihr um. Ein Autofahrer hätte beinah eine Karambolage verursacht, fuhr dann aber nur ein Baustellenschild platt. Die Betonbauten der Stadtränder okkupierten Arbeiter, Rentner und Ausländer. Hier im Steintorviertel aber war Babel. Hier ging Lucie mit ihren Kolleginnen aus dem Büro frühstücken, meistens ins Piano. Hier hatte Teresa keine Angst, Polnisch zu sprechen. Es war egal, wo einer herkam und was seine Muttersprache war. Und hier waren alle Passanten jung. Die Achtundsechziger und die Hochschullehrer und die Trinker. Und es war alles zu erwerben. Der goldene Schuss und Schmuck und Kleider und Nutten. Teresa hatte die kleinen Boutiquen lieb gewonnen, und am Abend waren sie in die Schauburg gegangen, aber der Film war schlecht. Das war Teresas erster Tag im Westen. Schlechtes Kino, fettes Essen beim Türken, Versprechungen der Reklamen. Ewige Jugend im Viertel.

Die Straße mit den Kaufhäusern Karstadt und Horten hatte ihr Antek vorenthalten. Diesen Rausch sollte sie selbst entdecken. Zwanzig Sorten Essig und Butter. Hundert Paar Schuhe Größe 42. Tausende Bratwürstchen. Sprechende Schaufenster. Musizierende Häuser. Flughafenrolltreppen. Kein Stacheldraht, keine Wachtürme, dachte er.

Beim Bäcker hatte Antek ein kurzes Gespräch belauscht, in dem es ums Geldverdienen ging. Eine etwa achtundzwanzigjährige Verkäuferin, die zu einem Stammkunden nett sein wollte, sagte zum Schluss: »... jedem das Seine! Schönen Tag! Wiedersehen!«

Die Verkäuferin hatte den Ton nicht getroffen, entschuldigte Antek sie vor dem Allmächtigen, als er Teresa die Übersetzung lieferte.

Sie lagen schon im Bett. Er sagte: »Morgen nach dem Frühdienst muss ich zu Lucie. Ich übernachte auch bei ihr. Am Montag oder Dienstag siehst du mich wieder. Die ganze nächste Woche habe ich Spätdienst, aber dafür das *Weekend* frei.«

Sie sagte traurig Ja, drehte sich auf die andere Seite und schlief ein.

Es war halb zwölf. Er musste auch einschlafen.

Kurz nach fünf weckte ihn Teresa: »Antek! Los! Beweg dich! Antek!«

Er hatte den Wecker nicht gehört. Seine Träume waren wirr gewesen. In einer Szene war er Zeuge einer Vergewaltigung geworden: Ein riesiger Troll hatte einen Zwerg zum oralen Sex gezwungen. Anschließend begleitete ihn Lucie in ihrem BDM-Kostüm zu einem Pferdestall mitten auf einer Koppel. Sie hatte raue, dreckige Hände. Den Schnitt machte Teresas Stimme.

»Der Kühlschrank ist voll, meine Liebe. Es ist alles da. Milch. Schinken. Marmelade. Käse. Ich werde dich anrufen«, murmelte er noch im Bett. »Die Toiletten sind im dritten Stock, aber das weißt du schon. Und ein Mädchen namens Flora sieht bei dir vorbei, eine Malerin. Du wirst dich nicht einsam fühlen. Vielleicht kannst du mit ihr Deutsch lernen.«

»Antek, Antek. Steh auf!«

Der Dienst am Sonntag wirkte auf die Mitarbeiter wie eine Schlaftablette. Besonders dann, wenn man Frühschicht hatte. An den Sonntagen waren alle müde und schläfrig.

Er putzte sich über einer Plastikschüssel die Zähne und rasierte sich nass. Teresa machte ihm eine Brotdose fertig.

»Das ist nicht nötig, danke. Offiziell dürfen wir im Heim nicht mit den Bewohnern essen, aber jeder tut's. Bei den Mengen, die sie in der Küche kochen! Halb Afrika könnte man miternähren.«

»Ruf mich an. Ich werde heute spazieren gehen und in deiner *Stacja Kontrolna* aufräumen. Ich bin deine Putzfrau. Seweryn ist für mich gestorben, und ich bin noch einmal geboren worden. Es ist wie Urlaub, aber auf ewig. Unser Stadtkino können sie von mir aus schließen und das Gebäude abreißen.«

Als er im Allertal ankam, dachte er nicht mehr an Teresa. Die Nachtwache war ein neues Gesicht. Er hatte die Frau noch nie getroffen, obwohl sie zur alten Garde zählte wie Dietrich Pabst oder Georg. Ihr Name war Irene. Eine dürre Fünfzigerin. Sie trug einen Kittel wie ein Arzt. Mit der Welt draußen und der Sonne hatte sie nicht mehr viel gemein. Irenes Haut war von den Nächten im Heim weiß geworden.

»Der Dietrich Pabst«, sagte Irene nach der Dienstübergabe, »ist ein Schwätzer. Ich geb dir einen guten Tipp: Lass dich nicht mit ihm ein.«

Er schmunzelte nur und sagte: »Du kennst ihn ja besser! Ich bin hier neu und bemühe mich, mit jedem Kollegen einigermaßen auszukommen.«

Irene hängte sich den Lederriemen der Nachtwachenuhr, die nachts stündlich aufgezogen werden musste, um die Schulter. Diese Uhren wurden regelmäßig vom Heimleiter Kammer persönlich kontrolliert.

Irene schüttelte Antek die Hand, der sich sogleich, als sie aus der Tür war, seiner Pflichtlektüre hingab. Er hatte das Ende von »Feinde, die Geschichte einer Liebe« schon gelesen und war nicht enttäuscht. Jetzt knöpfte er sich die ersten Kapitel vor. Bis neun war an den Sonntagen nichts zu tun. Die Bewohner durften sich in ihren Betten lümmeln. Spätestens um halb zehn musste das Frühstück fertig sein. Der kleine Ingo, der Kettenraucher mit dem Wasserkopf, und Volker holten immer mit einem Wagen Brötchen oder Toasts und die Metallkanne mit heißem Malzkaffee. Die Kühlschranktür war mit einem Hängeschloss gesichert, damit keiner den Käse und Wurstaufschnitt stahl und ihn sich in Sekundenschnelle in den Rachen stopfte, was eine Spezialität von Volker war.

Als Antek nach vierzig Seiten Romanlektüre das Dienstbuch aufklappte, um das Datum seiner Frühschicht einzutragen, den 27. November, fand er einen Zettel mit den weihnachtlichen Geschenkwünschen der Männer.

Die Liste hatte Georg zusammengestellt, und er bat Antek in einer angehefteten Notiz um Ergänzungen: ... *nachschauen, gegebenenfalls vervollständigen! Dringend! Wollen nächsten Mittwoch einkaufen ...*

Georgs Kollegialität war nur vorgetäuscht. Er pfiff auf Anteks Vorschläge, durfte es nur nicht zugeben. Er hatte als Stationsleiter stets korrekt zu sein.

Die Liste eröffnete Joseph Conrad. Er wünschte sich eine neue Kapitänsmütze (von seiner alten war nämlich das goldene Steuerruder abgefallen), außerdem eine Fahrkarte für das Kraft-durch-Freude-Kreuzfahrtschiff »Wilhelm Gustloff«, wobei Georg neben diesen Wunsch in Klammern geschrieben hatte: *Nicht ernst nehmen, vertrösten auf nächstes Jahr!*

Volker war da etwas realistischer. Die Bedienungsanleitung für eine Waschmaschine, am besten von Miele, solle unter dem Weihnachtsbaum liegen. Er fand Waschmaschinen erotisch, das war den Mitarbeitern bekannt. Als Alternative erwog Volker LPs von Heino. Aber Tonträger mit Volksmusik wünschte sich fast jeder Bewohner – bis auf Thorsten, der ein Eigenbrötler war. Er bevorzugte das Traumorchester von Franz Lambert: »Ein neuer

Klang verzaubert die Welt«. Das »Wiegenlied«, »Ave Maria« und »Die Moldau«.

Antek überflog die Liste, die sich über zwei DIN-A4-Seiten erstreckte, und notierte mit einem grünen Stift neben den ersten Wunsch von Joseph Conrad folgende Bemerkung: *Seine Kapitänsmütze kann ich ihm am Montag in Bremen besorgen.*

Detlef war mit dem linken Fuß aufgestanden. Er war Alkoholiker und hatte die Angewohnheit, seine Mitbewohner mit boshaften Sprüchen zu provozieren: »Volker! Dein Gebiss haste wohl auf einem Schießstand gewonnen! Wenn du nach dem Bundestag gehst, erschreckste ja die anderen Politiker. So 'ne Robbe mit zwei Hauern im Maul wählen die nicht zum Kanzler!«

»Doch! Ich habe eine Lesebrille«, wehrte sich Volker.

»Und eine Krawatte!«

Volker konnte nicht richtig beißen, weil seine Schneidezähne um fast einen Zentimeter zu lang waren.

Antek verbrachte eine ganze Stunde mit Detlef auf dem Zimmer und versuchte mit allen möglichen Tricks, ihn abzulenken, damit er seine Wut vergaß, zumal er sowieso nicht genau sagen konnte, warum er so aufgebracht war.

Erst als Lena zum Spätdienst auf der Bildfläche erschien, hellte sich Detlefs Gemütslage ein wenig auf. Für ihn war Lena »seine Mutti«.

Lena bügelte im Wohnzimmer der Bewohner Tischdecken, die Detlef zusammenfaltete.

»Musst du immer so gehässig sein?«, befragte ihn Lena.

»Was kann ich denn dafür, dass Volker eine Robbe ist?«

Antek war erleichtert, als er den Parkplatz des Behindertenheimes betrat und sich auf den Fahrersitz seines DS fallen lassen konnte. »Endlich vorbei, diese Scheiß-Gehirnwäsche von Detlef«, sagte er sich laut.

Im Gegensatz zu Gienek Pajło, der sich an keinen einzigen Film, den er im Muza gezeigt hatte, erinnerte, speicherte Anteks Gedächtnis Bilder, Filmtitel, einzelne Szenen und Schauspielergesichter. Er konnte diese Informationen aber nicht beliebig abrufen wie auswendig gelernte Fakten. Die Erinnerungen an bestimmte Filme tauchten von alleine auf wie Botschaften, um nach wenigen Augenblicken zu verschwinden. So war es auch jetzt.

Er dachte an Dr. Kauters aus »*Szpital przemienienia*«.

»Krankenhaus der Wandlungen«, so müsste der Streifen in der Schauburg heißen, dachte er und ließ den Motor an.

Es war Herbst 1939 in Polen. Das Spital für psychisch Kranke sollte aufgelöst werden. Dr. Kauters gab sich für einen Deutschen aus und beobachtete, wie seine Patienten niedergemetzelt wurden.

Er sah auch Stefan, den jungen Arzt, der mit einem Jungen auf dem Rücken in den Wald floh. Aber der Junge war schon tot.

Warum ihm gerade dieser Film einfiel, hätte er niemandem beantworten können. Vielleicht war er nach sieben Tagen Frühschicht nur erschöpft. Groggy und abgestumpft.

Auf der A27, kurz vor Bremen, dachte er wieder an Teresa. Er hatte vergessen, sie anzurufen, und hielt vor einer Telefonzelle. Flora nahm ab und bombardierte ihn mit merkwürdigen Einzelheiten aus Teresas Biographie: »Ausstellungen in Polen, Tschechien, DDR und Stockholm! Diverse Staatspreise und Ehrungen. Wo hast du nur dieses Talent aufgegabelt?«

»Wie bitte? Wovon faselst du?«

»Na von deiner *Therese*!«

»Gib sie mir mal bitte.«

Teresa sagte, wieso, ich finde deine Komödie toll, lass mich auch meinen Spaß haben!

Flora sei sehr verständig und nett und so weiter. Sie habe Flora mit Händen und Füßen und den paar Brocken Englisch und Deutsch, die sie im Muza aufgeschnappt habe, ihr Herz ausschütten können. Solch eine intime Unterhaltung habe sie schon lange nicht mehr geführt, in Bartoszyce seien die Menschen überhaupt nicht mehr neugierig aufeinander und schon gar nicht so weltoffen wie Flora.

Ihre Euphorie konnte Antek nicht teilen. Seine Meinung dazu war eindeutig: »Teresa! Emigranten verhalten sich wie Manisch-Depressive! An einem Tag liebst du dein neues Land, an einem anderen hasst du es abgrundtief ...«

»Ich erwarte dich am Dienstag«, sagte sie und knallte den Hörer auf die Gabel.

Der DS sprang wieder an. Er hatte Antek noch nie im Stich gelassen.

Solltest du irgendwann den Geist aufgeben, lass ich dich von den jungen Künstlern des Güterbahnhofs hübsch bemalen: Keine Bange, du wirst nicht verschrottet, sagte er zu seinem Citroën und fuhr zu Lucie.

Als er unten auf die Klingel drückte, brüllte ihn Lucie aus der kleinen Box der Sprechanlage an: »Ich bin nicht da!«

Er ballerte mit der Faust gegen die Eingangstür und schrie, los, aufmachen, Lucie!

Eine Nachbarin im Erdgeschoss, die achtzigjährige Frau Kaiser, steckte den Kopf aus dem Fenster: »Junger Mann! Was ist mit Ihnen? Polizei! Hilfe! Einbrecher! Polizei!«

»Frau Kaiser! Erkennen Sie mich nicht? Den Freund von Frau Weigert?«

Er klingelte noch einmal und presste seinen ganzen

Körper gegen die Tür, die sich plötzlich öffnete. Er stürzte in den Flur und rannte die Treppe hoch, zum zweiten Stock, wo Lucie schon auf ihn lauerte.

»Ich bring dich um, das schwöre ich! Ich bring dich um!«, drohte sie ihm.

Sie trommelte mit ihren Handflächen auf Anteks Brust ein, er bugsierte sie in ihre Wohnung, sie brach in Tränen aus, er lachte und sie flennte: »Ich bin sterbenskrank, und er macht eine Spritztour durch die Weltgeschichte!«

»Was für eine Stadt! Was für ein Wetter! Was für Frauen«, sagte er, fasste sie an ihren Schultern und schüttelte sie mehrere Male, sodass ihr Kopf nach hinten schleuderte. »Lucie! Hör damit auf!«

Sie wurde ernst, befreite sich aus seinem Griff und sagte: »Ich hab die Schnauze voll! Nächste Woche ziehst du bei mir ein. Versprich es mir! Auf der Stelle! Sonst siehst du mich heute zum letzten Mal!«

»Okay, Schätzchen, dann lassen wir mal die Korken knallen!«

»Ich nehme Antibiotika. Aber egal. Eine Flasche Sekt werde ich wohl irgendwo stehen haben.«

Sie einigten sich für Anteks Umzug auf den kommenden Freitag. Bis dahin würde er von seiner Kontrollstation aus noch einiges zu regeln haben. Organisatorisches. Privates. Amtliches.

»Passt mir hervorragend, zumal ich meine Kontrollstation an eine Malerin aus Stettin vermieten werde. Flora betreut die Polin Teresa, die seit gestern ihr Aufenthaltsstipendium in der BRD im Güterbahnhof absolviert – für ein ganzes Jahr!«

Später, als er unter der Bettdecke Lucies mit Muttermalen gesprenkelten Rücken entlang der Wirbelsäule küsste, als wäre er Beatas, fragte sie ihn: »Wer ist diese *Teressa?*«

Er drehte sie zu sich um. Das Bettlaken roch nach Waschpulver.

»Eine Berühmtheit! Mehr weiß ich nicht!«

Lucie beabsichtigte, ihre Krankschreibung zu verlängern – auch wegen des Umzugs. Sie fieberte nicht mehr. Ihr Bauch war kalt, die Muskeln angespannt. Lucies Augenlider zuckten, ihre Lippen formten das Ü.

»Sag mir, ob du in dieser Dunkelheit irgendetwas erkennen kannst, los, sag es mir!«

»Das Passagierschiff *Die Möwe* auf der Weser und den muskulösen Matrosen«, keuchte sie. »Er ist ölbeschmiert und lächelt mich an. Wie damals, als ich ein Mädchen war.«

39

WENN MAN IN DER *RFN* Standesbeamter werden wollte, musste man nicht nur von guter Herkunft sein, sondern auch einen gediegenen Nachnamen tragen: Luther oder Ludwig – auf keinen Fall Lubański oder Lubowicz. Alle Standesbeamten hießen Luther oder Ludwig. Selten Lüdtke oder Lehmann. Lüdtke war für Zahnärzte und Chirurgen reserviert. Lehmann für Speditionsfirmen.

»Und Sie haben sie nicht aus einem Katalog?«

»Nein. Verzeihung – Philippininnen sind kleiner, haben keine grünen Augen und kein blondes Haar, oder meinen Sie, ich irre mich?«

»Nein, nein. Überhaupt nicht«, sagte der Standesbeamte Ludwig im grauen Restposten-Sakko. »Aber Sie sollten sich genau merken, welche Farbe die Zahnbürste Ihrer

Verlobten hat. Was das angeht, sind meine Kollegen pingeliger als das Finanzamt.«

Antek warf einen verlegenen Blick auf Teresa, die wie auf glühenden Kohlen dasaß, und griff nach ihrer Hand.

»Und kann sie denn sprechen?«, fragte Herr Ludwig.

»Noch nicht. Zwei Wörter hab ich ihr allerdings schon beigebracht: die Angelegenheit und der Antrag. Im Deutschen die wichtigsten Begriffe.«

»Gewiss, gewiss. Also, dann viel Erfolg! Sie kriegen von mir einen schriftlichen Bescheid – spätestens in drei Monaten sind Sie ein Ehepaar. Frau *Knapowitsch*! Herr Haack! Wiedersehen!«

Sie traten aus dem vornehmen Gebäude auf die Straße. Es war ein sonniger Vormittag, die kahlen Bäume atmeten die laue Luft tief in ihre hölzernen Lungen ein, auf Vorrat für den Winter. Auf der Esso-Tankstelle am Stern, wo Antek voll tankte und den Luftdruck in den Reifen prüfte, haute ihn ein Mann in den Vierzigern an und fragte: »Was soll 'n der Schlitten kosten? Tausend Mark?«

»Der ist nicht zu verkaufen«, sagte Antek. »Ein Familienerbstück aus Frankreich!«

»Hier ist meine Visitenkarte! Vielleicht brauchst du mal Zaster, ich bin Händler für Oldtimer: *Ovid van Derbank.*«

Der Typ verzog sich, und Antek sagte zu Teresa: »Lass uns uns bloß verpieseln. Die halten uns für Autodealer. Der Macker gerade war scharf auf meine Karre. *Idiota*!«

Sie stiegen in den DS. Bis zu Anteks Spätdienst blieben ihnen noch drei Stunden. Heute war Mittwoch, und er würde mit Georg und Annette das Geld der Bewohner für Weihnachtsgeschenke ausgeben. Es war Wahnsinn, was ein Aufenthalt in einem Behindertenheim kostete. Wie ein anständiges Hotel mit Vollpension – Krankenkosten auf der Rechnung nicht mitberücksichtigt. Das war ein anderes Kapitel. Deutschland war ein teures Pflegeheim. Antek hatte Zugang zu den Akten der Bewohner – wie jeder Mitarbeiter – und stöberte in freien Minuten in ihren Papieren: in den Entwicklungsberichten, Zeugnissen und Rechnungen. Alles streng geheim. Man könnte meinen, auf Ausplaudern bestimmter Angaben stünde die Todesstrafe. Joseph Conrad habe seinen Verstand auf der Flucht in das gebändigte Dritte Reich verloren. Er kam aus Zoppot. Wenn sie alle einen Motorradunfall gehabt hätten und Krüppel geworden wären, dann hätte Antek das akzeptiert: Motorsport-Idioten, die nicht einmal Hemingway gelesen hatten. Aber so?

Detlef war verhaltensgestört – in der Fachsprache der Mitarbeiter –, seine Eltern waren alkoholabhängig und hatten sich wie die Kaninchen vermehrt. Volkers geistige Behinderung entstand bei seiner Geburt (wegen akuten Sauerstoffmangels), Roman, sein Zimmergenosse, hatte Down-Syndrom.

»Gestern Nacht warst du geladen wie ein Hochspannungsmast«, sagte Teresa, als sie in einer langen Autokolonne durchs Viertel Richtung Hauptbahnhof schlichen. »Du hast mich kein einziges Mal berührt.«

Was sollte er ihr darauf sagen? Ganz kurz, wie bei einem Déjà-vu, hatte ihn gestern im Bett die Mordlust überkommen: Teresas göttliche Füße in einen Plastikeimer einzubetonieren, und ab in die Weser! Er hatte sich wegen dieser Anwandlung die ganze Nacht kaputt gemacht und kaum die Augen zutun können. Sein Kopf brannte wie Feuer, und der Standesbeamte Ludwig hatte ihm mit seinen penetranten Ratschlägen den Rest gegeben.

Auf halbem Weg zum Güterbahnhof unternahm er ein riskantes Wendemanöver – einen Chicago-Drive, wie sein Stationsleiter Georg sagen würde – und steuerte den DS zurück ins Viertel: »Wir gehen ins Café. Ins *Erzengel* oder wie das Ding heißt«, meinte er. »Wir müssen reden. Wir können nicht andauernd rumvögeln und nichts tun.«

»Wieso? Ich bin doch in Bremen noch gar nicht richtig angekommen, wir haben mittelmäßigen Sex gehabt und sind heute in diesem Rosemaries-Baby-Haus gewesen, wo mich der Standesbeamte so angeguckt hat, als wäre ich ein Flittchen oder eine Sklavin, für zwanzig Kamele auf einem Basar in Arabien erworben!«

Er fand eine Parklücke. Nur auf dem Mond gab es mehr Parkplätze.

Eine junge Kellnerin, eine Studentin im Lederanzug und Gürtel mit Nieten, bediente sie.

»Ich fang an«, sagte Teresa. »Mir scheint, du willst schmutzige Wäsche waschen. Also fang ich mit meiner an. Ich war mit Kimmo im Bett.«

Antek verschluckte sich, der Cappuccino rann sein Kinn und seinen Hals hinab, direkt auf den Hemdkragen.

»Mit meinem Kimmo? Er ist doch so ein Strolch ...«

»Wir haben zusammen deine Wohnung ausgeräumt. Das ist noch nicht alles. Ich hab ihm deine Adresse verraten. Er hatte mich auf Knien darum gebeten. Und du kannst ihn an diesem Samstag vom Flughafen abholen. Um 17 Uhr 21. Aus Kopenhagen, Flugnummer 33.«

Er schob sich eine Zigarette zwischen die Lippen.

»Sag mir noch, dass Brzeziński sein bester Freund ist und zusammen mit Kimmo auf dem Bremer *Airport* landen wird ... im selben Flieger ...«

»Nein. Jetzt bist du dran, Antek ... Was willst du mir enthüllen?«

»Ab Freitag wirst du alleine wohnen. Lucie hat mich so

festgenagelt, dass mir das Wasser nicht bis zum Hals, sondern bis zur Nase steht. Ich bin erledigt.«

»Das warst du schon in Bartoszyce. Verlass sie, leb mit mir.«

»Wäre vielleicht die beste Lösung. Ich hab Lucie klar gemacht, dass du eine Malerin aus Stettin bist, wie du es Flora vorgegaukelt hast. Aber mach dir nichts aus all dem. Von mir denken sie, ich sei Picasso. Die Polen müssen eine äußerst begabte Nation sein. Ich hab kein Problem damit, als Krokodil zu leben – immerhin ein heiliges Tier. Und du?«

»Keineswegs. Aber ich darf von dir auch etwas fordern. Du darfst deine Geliebte nicht vernachlässigen. Ich will dich haben. Bei jeder Gelegenheit. Vor deinen Spätdiensten, wenn sie im Büro ihren Sessel plattdrückt.«

»Kein Mann hält das durch.«

»Du ja. Du hast Übung darin. Oder willst du wieder fliehen? Und wohin dann?«

»Wie war es mit dem Finnen?«

»Hast du Komplexe? Er war gut. Reicht das?«

Sie verließen das Café. Teresa kaufte sich ein Kleid und Handschuhe. Sie hatte ihren Seweryn sämtlicher Ersparnisse beraubt.

»Notabene, was meine nahe Zukunft anbelangt«, sagte sie in Anteks Kontrollstation, »ich hab einen Job. Floras Mutter ist durch eine Krankheit ans Bett gefesselt. Sie sucht jemanden, der den ganzen Haushalt schmeißt. Und das bin ich. Für sieben Mark die Stunde. Da kann man nicht meckern. Wirst du mein Einkommen besteuern?«

Antek sagte: »Verdien erst mal was! Für eine Theaterleiterin, die gerne Pumps trägt, bist du flexibler, als ich gedacht hätte.«

Gegen dreizehn Uhr war er schon auf der A27.

Im Allertal war der Bär los. Die heimeigenen Busse waren ausgebucht, Dienstfahrten mit privatem Fahrzeug an der Tagesordnung. Auf den feuersicheren Eingangstüren der Stationen winkten lebensgroße Weihnachtsmänner mit bauchnabellangen Bärten aus Watte. Auf den Fenstern schneite es wie in den Alpen. Lichterketten imitierten die Milchstraße.

Georg hatte fünfzehn Brustbeutel mit dem Geld der Bewohner in drei Reihen auf dem Schreibtisch aufgestellt. Jeder Beutel war mit den Initialen seines Besitzers gezeichnet, pro Person durften die Mitarbeiter nicht mehr als hundert Mark verbraten. Annette schnatterte pausenlos auf Lena ein: Im ALDI hätte sie Kinderbücher über Verkehrsregeln gesehen, bestens geeignet für Detlef und Volker.

»Hallo, Antek«, sagte Georg und schaukelte auf seinem Chefsessel. »Wir düsen gleich los, mit meinem Benz. Eine Kleinigkeit noch: Ein Rechtsanwalt hat angerufen und eine Nachricht für dich hinterlassen, ich war dran. Hier ist sie.«

Mittlerweile konnte Antek Georgs Klaue entziffern: *am 7. Dezember bitte den Abend freihalten, wichtige Angelegenheit!*

»Hast du was ausgefressen? Wer ist das, dieser D. P.?«, fragte Georg, worauf Annette und Lena die Ohren spitzten und ihr Geschnatter rund ums Weihnachtsgeschäft unterbrachen.

»Ein alter Freund«, sagte Antek.

40

Er beförderte einen Karton zum DS. Flora war mit zwei Rucksäcken behängt.

»Flora, ich flehe dich an! Mutter Maria und alle Heiligen sind meine Verbündeten! Verpetz mich nicht bei Lucie! Teresa ist nicht mein Gast! Ihr, die Künstler des Güterbahnhofs, habt sie eingeladen, als Stipendiatin.«

»Ist gut, Zen-Meister«, sagte sie. »Bei Lucie wirst du sicherlich in einem lichten Atelier mit breiten Dachfenstern und weißlackiertem Dielenboden malen. Ich beneide dich! Sie ist reich. Auf deiner Begrüßungsparty meinte sie zu mir, sie würde irgendwann zwei Millionen Mark erben, und du wärest bescheuert, wenn du nicht vor ihr auf Knien kriechen würdest.«

Den Umzug zu Lucie bewerkstelligte er mit den Frauen alleine. Dietrich Pabst war als Nachtwache am hellichten Tage zu nichts zu gebrauchen. Schon beim bloßen Gedanken, Anteks Gerümpel auf dem Rücken durch die Halle 7 zu transportieren, packte ihn der Hexenschuss. Da wäre er machtlos gegen, sagte er am Telefon.

Viel hatte Antek nicht, nur ein paar Kartons. Die Einrichtung der Küche und sein Schlafzimmer, überhaupt sein ganzes schäbiges Mobiliar, hätte Lucie am liebsten der Sperrmüllabfuhr übergeben. Argwöhnisch beäugte sie Teresa und rauchte vor Aufregung eine Kippe nach der anderen. Sie verhielt sich wie die Grenzbeamtinnen der DDR und stellte Anteks Kontrollstation auf den Kopf. Ob er dieses und jenes mitnehmen wolle? Nein? Das auch nicht? Und die Matratze? Und das Besteck? Und die Töpfe?

»Sie ist giftig«, sagte Teresa. »Der Schlag soll mich treffen. Giftiger als die FDJlerinnen aus der Möbelfabrik in Zeulenroda, wo wir Polonistikstudentinnen unser

Studiumspraktikum ableisteten. Eine von uns, Joasia, büßte drei Finger ein! Und wäre beinahe verblutet. Die FDJlerinnen hatten ihre rechte Hand an einen Pappkarton angetackert. Sie konnten Joasia nicht riechen, weil sie ihre Uniformen und ihren Befehlston auf die Schippe nahm.«

»Und wo sind deine Bilder, Antek?«, fragte Flora.

»Ich habe nur dieses eine mit dem Kreis und dem Punkt anzubieten, und das ist noch nicht fertig! Die Zen-Kunst hat nicht den Anspruch, merkantil zu sein und Aufsehen zu erregen.«

Lucie sagte: »Für einen ehemaligen Zimmermaler bist du ganz schön arrogant!«

Nach vier Umzugstouren in die Neustadt lief Antek in der Halle 7 Teresa über den Weg.

»Sie hasst mich!«, beklagte sie sich. »*Lussi* hasst mich! Sie behandelt mich wie den letzten Dreck ...«

»Sie ist nicht mehr da, und in Zukunft wird sie um den Güterbahnhof einen großen Bogen machen. Sieh das positiv!«

»Beim Abschied hat sie mich komplett links liegen lassen!«

»Willst du dich ein bisschen abreagieren?«

Sie bestiegen im Verwaltungsgebäude den Fahrstuhl und blockierten ihn auf dem Weg zur Chefetage, zwischen dem dritten und vierten Obergeschoss.

»Die Kabine könnte abstürzen«, meinte Teresa. »Hast du keine Angst?«

»Schon mehrmals hab ich mich hier für ein Viertelstündchen eingeschlossen, meistens nachts. Niemand kann dich stören. Oder ich bin rauf- und runtergefahren, völlig sinnlos ...«

»Antek, das ist nichts für mich. Ich leide unter Klaustrophobie.«

41

ER RÄUMTE IN LUCIES GÄSTEZIMMER seine Sachen in die Regale und Schränke, aber die Coney-Island-Brille war unauffindbar. Er durchwühlte die Umzugskartons, Lucies Schubladen, die Taschen seiner Jacken und Sakkos. Er alarmierte die Fundbüros, ohne Ergebnis. Die Sonnenbrille mit den rechteckigen Spiegelgläsern, wie sie die Rennfahrer lieben, war weg. Antek fand stattdessen zwei Bücher, die er und Lucie im Antiquariat am Washington Square in Greenwich Village erworben hatten, für fünfzehn Dollar, am selben Tag, an dem ihm Lucie die Sonnenbrille geschenkt hatte. Das eine Buch war das Alte Testament auf Hebräisch, das andere eine Biographie über Clint Eastwood. Der Antiquar hatte höllischen Spaß daran, Lucie und Antek zu bedienen. Zwei Kunden, dazu noch Verliebte, deren Interessen so extrem auseinander klafften, hätte er noch nie in seinem Laden gesichtet, bekannte er, als er ihnen das Wechselgeld gab.

Antek zerlegte die Umzugskartons und schnürte sie zusammen.

»Es ist mir schnurzpiepegal, ob dein Kumpel Kimmo ins Hotel geht oder zu *Teressa*. In deinem Zimmer kannst du meinetwegen Champignons züchten«, sagte Lucie, »aber ich will den Typen in meinem Haus nicht haben! Und sie auch nicht, deine Künstlerin aus Stettin!«

In der Nacht nach dem Umzug hatten sie nebeneinander gelegen wie in Schlafsäcken. Sie vermied jeden Körperkontakt, er flüchtete sich aufs Sofa im Wohnzimmer, wo er wenigstens rauchen konnte. Er brannte Lucie ein Zigarettenloch in den Teppich, geschätzter Schadenswert: zweitausend Mark. Sie sollte froh sein, dass er ihren Palast nicht in Brand gesetzt hatte – aus Entrüstung, dass sie den Teufel an die Wand malte und ihn und Teresa an den Pranger stellte.

»Warum belügst du mich? Ich bin nicht blind. Ihr verbergt etwas vor mir. Mein Instinkt täuscht mich nicht! Oder ist etwa ihr wahrer Name Beata? Los, sprich mit mir!«

»Ich muss zum Flughafen. Wenn ich zurückkomme, will ich dich im Abendkleid und mit einer Flasche Wein um den Esstisch tanzen sehen ... Dann begraben wir das Kriegsbeil.«

»*Never*! Du hast sie gevögelt! Gib's endlich zu!«

Sie knallte mit den Türen und jagte ihn mit den Umzugskartons in den Keller. Sie rief ihm im Treppenhaus nach, er solle es nicht wagen, den Finnen und die Künstlerin aus Stettin in ihr Haus zu schleppen. Und Antek dachte: Wenn alles so einfach wäre wie in »Karate – Polish Style«! Ich, der Zen-Meister, würde den Piotr spielen und meine himmlische Frau Dorota vor Banditen beschützen, in einem masurischen Städtchen, das der böse Roman terrorisiert. Dorota ist zunächst von der Derbheit Romans angetörnt. Die Freske, die ich mit meinem Kollegen Michał in der ländlichen Kirche pinseln müsste, würde Dorota darstellen – nackig neben dem Baum der Erkenntnis, umworben von der Schlange. Am Ende des Films schießt man mich nieder, im Kampf gegen Roman und seine Bande. Ich wäre ein Märtyrer!

Kimmo hatte sich einen frommen Bart wachsen lassen. Er stand unter Schock, weil der Propellerflieger aus Kopenhagen beinahe abgestürzt wäre. Seine Flügel hätten die Windstöße mehrmals tapfer abgewehrt.

»Bist du noch nie mit so 'ner russischen Klapperkiste geflogen?«

»Das war eine Monsun oder eine Orkan, wo wir hingeraten! Allah hat gerettet uns! In Himmel darfst du saufen, in Koran das ist nicht verboten! Ich aus Angst die Bar auf Rädern habe ausgetrunken, die kleine Fläschchen!«

»Na, damals gab's noch keine Flugzeuge, als der Mohammed seine Offenbarungen empfing.«

Dass Antek kein BMW-Fahrer war und immer noch den alten DS besaß, enttäuschte den Finnen.

»Wozu du nach Westdeutschland geflohen?«, fragte er, als er sich auf dem Beifahrersitz eine Büchse Cola gegen Katzenjammer knackte. »Wenn ich Antek bin, ich sofort Schulden in Bank nehme und BMW für Teresa kaufe.«

»Das kannst du für mich erledigen. Liebst du sie?«

»Antek, was du denkst von mich! Wir Freunde!«

Der Güterbahnhof und die Kontrollstation erst beraubten Kimmo seiner restlichen Illusionen. In diesem Westdeutschland hatte er Antek gar nicht besuchen wollen. Bei Lucie hätte er sich viel besser gefühlt.

Aber Teresas Anblick und Umarmungen machten seinem Herzen Freude, obwohl er zugleich Antek vorwarf, dass er seiner Theaterleiterin nicht den Komfort biete, den sie verdiene.

»Wenn ich du bin«, sagte der Finne, »ich Schulden in Bank beantrage und baue hier aus Bahnhof Kino Muza und Hotel!«

»Ich kein Kapitalist – ich Dissident und Pflegehelfer«, imitierte er Kimmo und begrüßte Teresa mit einem Wangenkuss.

Teresa hatte sich verkleidet wie für einen Galaabend mit Prominenten und Fernsehen. Sie deckte den Tisch für das Hühnerfrikassee, faltete blaue Papierservietten zu Dreiecken und stellte Wodkagläser auf. Kimmo holte aus seinem Rucksack eine Videokamera, die ihm sein Vater geliehen hatte.

Dann schrillte das Telefon. Lucie war dran. Sie meldete

sich mit einer überaus netten Stewardessenstimme. Elisa und Marian wären bei ihr, zusammen mit den Lübeckern, die in Bremen mit einer holländischen Firma ein Bombengeschäft abgewickelt hätten. Er könne selbstverständlich den Finnen und die Künstlerin aus Stettin einladen, zu ihr nach Hause.

Diese BDM-Schlange, was führt sie im Schilde?, überlegte er sich.

Antek übersetzte das Telefongespräch. Teresas Gesicht begann sofort zu strahlen, und Kimmo sagte: »Prima! Ich drehe Abenteuerfilm über Germany, für Papa in Finnland!«

»Da hab ich mir was eingebrockt!«, meinte Antek.

»Ich werde zu ihr so freundlich sein wie die Sonne!«, sagte Teresa.

Gegen Abend verließen sie seine Kontrollstation, Kimmo musste ans Steuer, weil er noch gerade gehen konnte. Außerdem hatte er einen polnischen Führerschein, um den er nicht trauern würde, sollte er ihn verlieren.

»Falls uns die Bullen anhalten«, erklärte ihm Antek, »darfst du kein Finnisch sprechen. Merk dir das! Du bist Kimmo aus Bartoszyce!«

Die Strecke in die Neustadt war unbewacht, aber als ihnen kurz vor Lucies Haustür ein Streifenwagen entgegenkam, beschleunigte Kimmo auf neunzig km/h, bremste scharf, sodass das Heck ins Schleudern geriet, und bog in eine Sackgasse ab. Dort parkte er hinter einem VW-Bus. Sie sprangen in Panik aus dem Citroën und versteckten sich in einer Kneipe. Sie zählten bis zehn, zogen sich eine Schachtel Zigaretten aus dem Automaten und gingen nach draußen. Keine Polizei, nichts, außer dem Nieselregen, der auf dem Asphalt glitzerte.

»Moto-Cross gewonnen!«, verkündete Kimmo stolz.

Teresa kicherte und hakte sich bei Antek ein: »Deine *Stacja Kontrolna* ist wie das Muza: Sie krächzt und quakelt und heult, insbesondere nachts. Ich höre immer ein und denselben Satz: ›Du wirst nicht vereinsamen‹. Oder: ›Du bist nicht albern, Teresa.‹«

»Mein Kino ist doch stumm.«

Mit rasendem Herzklopfen drückte er auf Lucies Klingelknopf. Elisa ließ sie hinein, sie brabbelte unverständliches Zeug ins Mikrofon. Im Hintergrund waren die Lübecker und Marian zu hören, die fast brüllten.

Lucie kam die Treppe hinuntergelaufen, gab sogar Teresa die Hand und führte ihre Gäste nach oben. Kimmo, der achte Fahrgast der *Nostromo,* filmte wie besessen die Beine und Füße der Frauen und schnaufte schwer, Stufe für Stufe. Für die vielen Gesichter, die ihm im Flur begegneten, hatte er im Objektiv seiner Videokamera keinen Platz mehr. Er nahm jedes einzeln auf und drehte sich fast im Kreis.

Die Lübecker, beide in Anzügen und Krawatten, und Elisa und Marian begrüßten Teresa und den Kameramann und stürzten sich mit ihren Sektgläsern auf Antek und gratulierten ihm.

»Herzlichen Glückwunsch zu eurer Verlobung!«, riefen sie einstimmig.

Lucie brachte ein Tablett mit neuem Sekt und sagte: »Antek, das musst du übersetzen …«

Er bückte sich, weil sich an seinem linken Schuh der Schnürsenkel gelöst hatte. Dabei versetzte er Lucie mit dem Ellbogen einen leichten Stoß, der aber ausreichte, damit ihr das Tablett mit den gefüllten Sektgläsern aus der Hand rutschte.

Lucie, die einen Minirock trug, kniete sofort nieder, um die Glasscherben aufzusammeln. Sie verletzte sich am Knie, und Elisa eilte mit einem Geschirrtuch herbei. Kimmo richtete seine Videokamera auf Lucies Knie, aus dem jetzt Blut rann.

Antek riss beim Einfädeln in die Löcher den Schnürsenkel ab. Er richtete sich wieder auf und blökte zu Marian: »Wir haben dieselbe Schuhgröße! Kannst du mir nicht deine Latschen ausleihen? Draußen regnet es und kaputte Schuhe und gerissene Schnürsenkel treiben mich in den Wahnsinn!«

Lucie erstarrte. Elisa wickelte ihr das Geschirrtuch ums Bein und zurrte es so fest, dass ihre Freundin aufschrie. Die Lübecker brachten keinen Ton mehr hervor. Kimmo drückte auf die Stopptaste seiner Videokamera, und Teresa fing an zu lachen, aus vollem Halse, dann wurde sie still, wie gelähmt, wie wenn jemand sie mit einer Spritzennadel mitten ins Herz gestochen hätte.

»Lucie und Teresa – ich verlasse euch«, sagte Antek Haack.

Er langte mit der Hand in Kimmos Jackentaschen und fischte sich aus einer den Schlüssel vom DS.

»Alter Schmock! Du kannst sie beide heiraten.«

42

ER SCHICKTE LUCIE PER POST den Roman von Isaac Bashevis Singer. Er hatte auf dem Postamt angegeben, dass es sich um eine Büchersendung handele (»... haben Sie wirklich keinen Brief beigelegt? Nicht einmal eine Grußkarte? ... Nein ...«). Er sparte eine Mark und fünfzig Pfennig. Bei Dietrich Pabst sparte er noch mehr Geld. Er wollte von Antek keine Miete für sein Arbeitszimmer (»... ist ja nur zur Überbrückung ... eine neue Reinkarnation ... du musst mir nichts zahlen ... lies nur ›Ecce Homo‹ ... damit wir uns nicht langweilen ... an den langen Winterabenden ...«). Teresa tauschte Antek gegen Kimmo. Der Standesbeamte Ludwig empfahl ihnen Finnland wärmstens (»... ist billiger als Kanada und nicht so weit ...«). Und ER, der Kartenabreißer, vereinbarte ein *Date* mit Elisa.

Am 7. Dezember 1988 kaufte sich Antek Haack auf der ESSO-Tankstelle den Stadtplan von Bremen und fuhr zu einem Hotel, in dem D. P., Elisas Rechtsanwalt, sein Lager aufgeschlagen und ihn zu einem abendlichen Termin gebeten hatte.

D. P., etwa fünfzig Jahre alt, betreute in Schwachhausen einen Mandanten, dem er gerade gestern wieder einmal aus einer verzwickten Lage auf die Beine geholfen hätte. So D. P.

Das Hotel war gepflegt, aber bescheiden. D. P.s Apartment musste das beste und teuerste sein, denn immerhin bestand es aus zwei Räumen, und im Bad gab es neben der Dusche auch eine Wanne.

D. P. ließ vom Zimmerservice Kaffee und eine Flasche Brandy bringen. Er war ein stattlicher Mann mit einem Schnurrbart und einer langen Nase wie Gérard Depardieu in »Danton«. Sein Kinn schmückte ein Grübchen, und sein Mund war schmal und klein. Solchen Menschen dürfe man niemals trauen, hatte Anteks Vater einmal gesagt.

D. P.s schwarzer Hut, von derselben Schönheit und Erhabenheit wie Brzezińskis Rabbinermodell bei seinem Besuch im Muza, lag auf dem Bett. Es war die einzige Nachlässigkeit, die sich Elisas Rechtsanwalt erlaubte. Sein Apartment wies ansonsten nicht die kleinste Spur der Benutzung auf. Hier wohnte niemand.

»Wissen Sie, Herr Haack«, begann D. P., und sein Deutsch klang wie das eines mit allen Wassern gewaschenen Diplomaten, »ich lasse Sie schon lange beobachten.«

»Verzeihung, was meinen Sie damit?«

»Lassen Sie mich es so ausdrücken: Ich kenne die Zukunft. Ihre, meine eigene, aber auch die unserer Nachbarn auf beiden Seiten des Eisernen Vorhangs. Verstehen Sie mich jetzt besser?«

»Wer sind Sie?«

»Im Moment Ihr Partner. Und wer sind Sie? Haben Sie die junge Russin aus Bagrationowsk wirklich nicht umgebracht? Wahrscheinlich nicht. Sicher kann sich jedoch diesbezüglich niemand sein.«

»Wer sind Sie?«

»Es müsste Ihnen dämmern, wer ich sein könnte. Ich bitte Sie nur, Nachnamen, die uns beiden geläufig sind, nicht zu erwähnen.«

Antek goss sich einen großen Schluck Brandy ein. D. P. tat dasselbe. Sie kippten ihn runter, ohne vorher miteinander anzustoßen.

»Sagen wir mal so, Herr Haack: Ich weiß, wer Sie sind. Sie selbst werden es aber nie erfahren. Sie waren doch in B. Kartenabreißer, im *Kino der Musen*. Sie kennen bestimmt den Film ›Die drei Tage des Condor‹. Max von Sydow, der Killer Joubert, empfiehlt dem Condor Europa. Aus diesem Gleichnis sollten Sie lernen. Ich persönlich würde Amerika vorziehen. Es ist nicht wichtig, auf welcher Seite man steht …«

»Habt ihr August Kuglowski ermordet?«

»Ja und nein.«

»Was ist mit Zocha?«

»Ein Versuchskaninchen … Ein armer Irrer …«

»Und meine Visa und mein Pass? Warum habt ihr mich reisen lassen?«

»Wir haben Sie ausgebildet. Zu unserem besten Mann. Sie wollten es nur nie akzeptieren. Sie kommen aus dem sozialen Nichts. Das ist Ihre Stärke.«

»Warum bin ich dann noch am Leben?«

»Wir machen nie Fehler. Auf beiden Seiten, die wir ständig wechseln. Manchmal ändern wir den Lauf der Geschichte. Nächstes Jahr werden wir einen neuen Sternenhimmel bauen. Mit neuen Satelliten. Neuen Planeten. Für uns wird sich wenig ändern. Wir bleiben an der Macht. Aber Sie erhalten eine neue Chance. Denken Sie an das Gleichnis von vorhin. Sie sind wie Clint Eastwood. Sie können überall überleben.«

»Wer bin ich?«

»Sehen Sie! Sie fangen an zu begreifen. Möchten Sie noch einen Brandy?«

Epilog

Zwei Tage nach der Unterredung mit D. P. donnerte Antek Haack auf der A27 mit seinem DS gegen einen auf dem Seitenstreifen parkenden Vierzigtonner, nach dem Spätdienst im Allertal. Mit 180 Sachen. Diesmal bei vollem Bewusstsein – hellwach – und mit einem Lächeln auf den Lippen. Am Wochenende hätte er Elisa getroffen. Sein Körper verbrannte bis zur Unkenntlichkeit.

Ende